KING

Título original: *The Perfect Couple*

© 2020, Jackie Kabler. Publicado por primera vez en Reino Unido en formato *ebook* por HarperCollins*Publishers*.
© 2024, de la traducción por Marta Carrascosa Cano
© 2025, de esta edición por Antonio Vallardi Editore S.u.r.l., Milán

Todos los derechos reservados

Primera edición en esta colección: mayo de 2025
Tercera edición en esta colección: enero de 2026

Newton Compton editores es un sello de Antonio Vallardi Editore S.u.r.l.
Pl. Urquinaona, 11, 3.º 1.ª izq. Barcelona, 08010 (España)
www.newtoncomptoneditores.com

Gruppo editoriale Mauri Spagnol S.p.A.
www.maurispagnol.it

ISBN: 978-84-19620-97-2
Código IBIC: FA
DL: B 4.410-2025

Diseño de interiores:
David Pablo

Composición:
Sergi Godia

Impreso en enero de 2026 en Puntoweb s.r.l., Ariccia (Roma), en Italia.

Jackie Kabler

La pareja perfecta

Traducción de Marta Carrascosa Cano

Newton Compton Editores
Barcelona, 2025

Capítulo 1

Lo primero que noté fue el silencio. Cuando Danny estaba por aquí siempre había ruido, cantaba canciones o tarareaba, sonaba el golpeteo del teclado de un portátil, el repiqueteo continuado de la cuchara contra la taza mientras removía su café solo con vigor durante demasiado tiempo para no haberle echado azúcar... ¿qué removía? Pero me encantaba que hiciese ruido a pesar de mis protestas habituales, que decían lo contrario. Había vivido sola demasiado tiempo antes de Danny, y el clamor constante me hacía sentir conectada, viva. Feliz. Así que aquella noche, mientras abría la puerta principal y sacaba la llave de la cerradura, a la espera de un grito de bienvenida desde el salón o de ver, en cuestión de segundos, su cara risueña asomándose por la puerta de la cocina, la decepción me cayó como un jarro de agua fría.

–¿Danny? Danny, estoy en casa. ¿Dónde estás?

Mientras hablaba, me di cuenta de que no estaba, pero encendí las luces y dejé la bolsa de viaje en la mesa situada junto a la puerta. De todas formas, di una vuelta rápida por la casa y mis pasos resonaron en el parqué pulido. Fruncí el ceño al abrir cada puerta, las habitaciones estaban a oscuras y vacías. ¿Dónde estaba? Anoche, cuando me escribió para darme las buenas noches, me prometió que estaría aquí cuando volviese y que prepararía la cena. Mientras me dirigía a la cocina, recordé que incluso me había prometido que tendría una botella de mi cava favorito enfriándose; un regalo de bienvenida.

«Como se le haya olvidado...».

–Joder, Danny. ¿En serio?

Miré qué había en la nevera. Estaba exactamente como la había dejado el jueves por la mañana: un recipiente de leche por la mitad, un trozo de queso al que le habían cortado una esquina y un paquete de salchichas al que le faltaban cuatro, las cuatro que habíamos desayunado antes de que me marchase a mi último viaje de prensa. Ni cava ni comida reciente. ¿Ni siquiera había ido a comprar? ¿Qué había pasado? ¿Había pasado algo en el trabajo que le había hecho retrasarse? Me había dicho que ese día terminaría a la hora de comer, que por una vez tendría tiempo de sobra para ir al supermercado y evitar que fuese yo quien hiciese la compra el sábado por la mañana, como siempre, mientras él se quedaba en casa pasando la aspiradora y quitando el polvo de las estanterías. Un descanso de la rutina en la que habíamos caído con rapidez, en la que habíamos caído felices desde que nos habíamos mudado a Brístol y a la hermosa casa en el lujoso Clifton. No siempre había sido así, pero cuando nos mudamos dijo que quería ayudar más en casa, hacer más de las tareas que yo odiaba, y yo no se lo discutí. Solo llevábamos tres semanas en nuestro nuevo hogar, pero las palabras «felicidad doméstica» resumían bastante bien todo, por deprimente que sonara incluso para mí.

–Puedes descansar el sábado, Gem. Estarás hecha polvo después de todo el desenfreno en tu lujoso hotel con *spa* –me había dicho mientras tomábamos un desayuno inglés completo, acercándose al otro lado de la mesa para limpiarme una mancha de kétchup del labio inferior con el dedo.

–Es trabajo –repliqué, haciéndole señas con el tenedor, y luego sonreí mientras ensartaba otro trozo de morcilla–. Bueno..., quizá también un poco de placer.

–No lo dudo. Vosotros, los periodistas, y vuestra vida dura y vuestras costumbres de borrachos empedernidos.

Su acento, de normal suave, del oeste de Irlanda, se convirtió enseguida en el de Moore Street Market, Dublín, y tragué saliva a toda prisa y me eché a reír.

–Sí, vale. Tomaremos unas copas, pero a las once estaremos todos en la cama, te lo prometo. Ya hay demasiadas madres cansadas en el grupo. Una noche sin niños significa que por fin podrán dormir como es debido.

Levantó sus gruesas cejas oscuras –que antes eran solo una, hasta

8

que un día lo sujeté a la cama con las pinzas en la mano– y volví a reírme de su cómica y exagerada expresión de incredulidad.

–Cállate.

–¡Pero si no he dicho nada!

En ese momento, se levantó de la silla y me abrazó, susurrándome contra el pelo:

–Te echaré de menos. Pero pásalo bien. Te lo mereces.

«Danny, ¿dónde estás?». Cerré la puerta de la nevera de un portazo y rebusqué mi móvil en el bolsillo del abrigo con estampado de cebra. Mierda. El trabajo nuevo de Danny se había retrasado un poco en proporcionarle un móvil de empresa, le habían prometido que estaría listo para el lunes y, como había entregado el suyo cuando dejó el anterior, se había quedado sin móvil de forma temporal. Por un momento pensé en llamar a la oficina y preguntar si le habían hecho trabajar hasta tarde, pero suspiré y decidí no hacerlo. Que su mujer le llamara preguntándole dónde estaba sería un poco exagerado, teniendo en cuenta lo poco que llevaba trabajando ahí. ¿Un correo electrónico, pues? Aún tenía su tableta y el correo electrónico había funcionado bastante bien en las últimas semanas cuando habíamos tenido que ponernos en contacto. Ambos teníamos Skype también, para emergencias, aunque no habíamos tenido que usarlo hasta ahora y, al igual que llamar a su oficina, pensé que hablar por Skype con él podría ser un poco intrusivo. Sí, un correo electrónico.

Me senté en el borde de una de las sillas del comedor y escribí un mensaje.

Estoy en casa. ¿Dónde estás? Y, lo que es más importante, ¿dónde está mi cena? ¡¿Y mi FIZZ?!

Le di a «enviar», miré la hora y me levanté con un suspiro. Eran más de las siete de la tarde. Desharía las maletas, me daría una buena ducha con agua caliente y me cambiaría. Me dije que en vez de cocinar podíamos pedir que nos trajeran algo de comer y que tal vez Danny podría pasar por la licorería de camino a casa para comprar un poco de champán. Eché un vistazo a la cocina y me di cuenta de que al menos había fregado, limpiado las superficies y colocado los cuchillos en su taco de madera. De hecho, todo estaba impecable, había un ligero olor a lejía en el aire, incluso la campana extractora de acero inoxidable estaba reluciente. Sentí que mi pequeña cólera disminuía. Sería trabajo, nada más. No era culpa suya que se hubiera retrasado. Pronto estaría en casa. Me quité el abrigo de los hombros y fui al recibidor para recoger las maletas.

Capítulo 2

–Por todos los santos. Es como mirar a dos hermanos. ¿Coincidencia o no? ¿Tú qué opinas, jefa?

El subinspector Devon Clarke miró por encima del hombro. Detrás de él, la inspectora jefe Helena Dickens asintió despacio, con los ojos color azul índigo fijos en las dos fotografías que había en la pizarra.

–No lo sé. Al menos, todavía no. Pero, sí, se parecen tanto que da miedo. Es raro, ¿eh?

Echó un vistazo a su reloj. Eran más de las siete. Suspiró y se volvió hacia la sala haciendo un leve gesto de dolor al sentir una punzada en la parte baja de la espalda. Pensó que la carrera de la noche anterior había sido demasiado larga y había ido demasiado rápido.

–Bien, acercaos todos. Siento haceros esto un viernes por la noche, pero con un segundo asesinato entre manos voy a tener que pediros que trabajéis todo el fin de semana, como imagino que ya habréis adivinado. Vamos a repasar lo que tenemos hasta ahora y luego repartiré el trabajo.

Esperó, volviéndose para observar la pizarra mientras las sillas se movían y los pies se arrastraban; entonces la sala quedó en silencio, la lluvia que había empezado a caer hacía una hora golpeaba con fuerza las ventanas, el aire estaba cargado de un olor a café rancio.

–Gracias. Bien, sé que a algunos os han hecho venir hoy a Brístol para aumentar los efectivos, así que gracias a todos. Soy la inspectora Helena Dickens, investigadora jefe. Este es el subinspector Devon Clarke.

Hizo un gesto con la mano hacia Devon, que agachó la cabeza.

—Hacía tiempo que la Policía de Avon no tenía dos asesinatos entre manos en tan poco tiempo. De momento no hay nada que sugiera que los dos asesinatos estén relacionados, aunque todavía estamos esperando el informe forense del último. Pero… —hizo una pausa e intercambió miradas con Devon—, bueno, empecemos por el principio. Devon, ¿puedes explicarnos lo que sabemos sobre Mervin Elliott?

—Claro.

Devon asintió y se aclaró la garganta.

—Vale. Este es Mervin Elliott.

Señaló la fotografía de la esquina superior izquierda de la pizarra.

—Treinta y dos años, gerente de una tienda de ropa para caballero, una de esas tiendas que están de moda en Cabot Circus. Soltero, heterosexual, sin hijos, vivía solo en un apartamento en el puerto. Su cuerpo fue hallado en Clifton Down por un paseador de perros hace poco más de dos semanas, a primera hora de la mañana del miércoles 13 de febrero. Aquí, justo al lado de Ladies Mile, cerca de Stoke Road. —Señaló un mapa de The Downs, el vasto espacio público al norte del acomodado barrio de Clifton—. El cuerpo estaba medio oculto por unos arbustos, un matorral, algo parecido. Se calcula que la hora de la muerte fue unas diez u once horas antes, es decir, entre las siete y las ocho de la tarde del martes día 12. Causa de la muerte: golpe en la cabeza. No hay otras heridas importantes. No se encontró el arma homicida. —Hizo una pausa, se frotó la nariz y continuó—: Según todas las personas con las que hemos hablado hasta ahora, era un tipo agradable y normal. Trabajaba duro, estaba soltero, como ya he dicho; sus amigos decían que últimamente había tenido alguna que otra cita, casi siempre con mujeres que había conocido por internet, pero que no había encontrado a nadie con quien quisiera tener algo serio. Era un tipo sociable, le gustaba salir por la noche, pero no consumía drogas ni bebía mucho. Estaba en forma, era miembro de un gimnasio, uno grande que abre las veinticuatro horas del día en el puerto, cerca de su piso. Se cuidaba. No tenía antecedentes penales. No hay ningún motivo obvio para el asesinato. Parece que había salido a correr la noche en que lo mataron: llevaba zapatillas y ropa de deporte cuando encontraron el cuerpo. Pero llevaba un reloj deportivo bastante bonito y un teléfono decente en el bolsillo y no los tocaron. En algunas partes de The Downs hay muchos rateros por la noche, gente en busca de acción, pero no había signos de actividad sexual en el cadáver, ni pruebas de que estuviera allí para algo así. No hemos encontrado testigos del ataque. Claro que, a esa hora, estaría oscuro. Pero hasta ahora tenemos muy poco en qué basarnos. No hay pruebas forenses útiles. Nada.

De repente, sonó un teléfono en un escritorio del fondo de la sala y Devon esperó mientras uno de los agentes jóvenes se apresuró a aceptar la llamada, contestó en voz baja y luego hizo una mueca hacia Devon.

–Nada importante –dijo.

Devon asintió y se volvió hacia la pizarra.

–Vale, pues ese es Mervin Elliot. Este… –señaló la fotografía a la derecha de la primera– es Ryan Jones. Encontraron su cuerpo ayer por la mañana, jueves, 28 de febrero, en un callejón entre dos casas de Berkeley Rise. Eso es aquí, justo al lado de Saville Road. –Pasó el dedo por el mapa–. Saville Road bordea Durdham Down por el este. Y, para quienes no estén familiarizados con The Downs, Durdham Down es la parte norte, al norte de Stoke Road. Clifton Down es la parte sur. Alrededor de ciento sesenta hectáreas en total.

–Entonces…, ¿los dos cuerpos fueron encontrados a cuánto? ¿A menos de dos kilómetros de distancia?

La pregunta procedía de algún lugar al fondo del grupo de agentes reunidos. Devon asintió.

–Respecto a eso, sí. Una vez más, es probable que la causa de la muerte fuesen traumatismos craneoencefálicos, pero estamos esperando los resultados de la autopsia, que deberían llegarnos pronto. También tenía un par de contusiones leves, pero nada importante. De nuevo, la lesión de la cabeza era compatible con un ataque con algún tipo de arma pesada. Una vez más, no hay rastro del arma homicida. Aunque todavía es pronto, ya que lo

13

encontraron ayer. En el lugar de los hechos se estimó que la hora de la muerte había sido unas diez horas antes, es decir, el miércoles por la noche. Lo encontró un vecino de la zona que había salido a dar un paseo en bicicleta a primera hora de la mañana y tomó un atajo por una callejuela. Conseguimos identificarlo con la cartera de la víctima, la cual seguía en su bolsillo y tenía unas cincuenta libras dentro. Ryan tenía treinta y un años y también estaba soltero, sin hijos, tenía algunas citas, pero ninguna novia seria, por lo que sabemos hasta ahora. Trabajaba como contable en una empresa de Queen Square. De nuevo, es pronto, pero hasta ahora se parece un poco a nuestra primera víctima: un tipo simpático y normal, sin antecedentes.

Hizo una pausa y se volvió para mirar a Helena.

–Supongo que no hay cámaras de vigilancia en la zona donde lo encontraron –aventuró.

Devon negó con la cabeza.

–No hay cámaras en esa zona. Sin embargo, está mucho más urbanizada que donde apareció Mervin, como es obvio, así que empezamos a ir casa por casa ayer por la tarde, pero hasta ahora nadie parece haber visto ni oído nada.

Helena suspiró.

–Recuérdanos qué llevaba puesto. Me refiero a Ryan.

Devon se volvió hacia la pizarra.

–Ropa normal. Es decir, nada de ropa de correr. Vaqueros, zapatillas, un jersey de color azul marino, un abrigo enorme de color negro. Hacía frío el miércoles por la noche. Y no, aún no hemos averiguado qué hacía en la zona. Vivía en un barrio llamado... –frunció el ceño, buscando con la mirada en la pizarra–, en Redcliffe. O sea, a tres o cuatro kilómetros de donde lo encontraron.

–Gracias, Devon.

Helena se aclaró la garganta y se volvió hacia la sala.

–Bien, esto es lo básico. Dos hombres muertos, ambos con lesiones en la cabeza, ambos asesinados en The Downs con un par de semanas de diferencia. Ambos con éxito y trabajadores, ambos con poco más de treinta años. Dos hombres que, por lo que sabemos hasta ahora, no estaban involucrados en ningún tipo de actividad criminal. Y dos hombres que parecen… –se volvió de nuevo hacia la pizarra y tocó primero la fotografía de Mervin y luego la de Ryan– que, francamente, parecen putos gemelos. El mismo pelo oscuro y rizado, ojos oscuros, cejas gruesas. Altura y complexión similares. Puede que no signifique nada, pero… –se encogió de hombros y volvió a mirar a los agentes reunidos– es un poco raro, ¿no? Vale, escuchad. No nos fijemos demasiado en su aspecto por ahora. Y, por supuesto, puede que no haya conexión alguna entre estos dos asesinatos. Pero, teniendo en cuenta las similitudes entre los dos casos, no podemos descartarlo. Mantengamos la mente abierta y dejemos que los hechos nos guíen.

»Los informes forenses sobre Ryan podrían ayudarnos cuando los tengamos, si tenemos suerte. Pero, mientras tanto, hablemos con tantos amigos y familiares como sea posible y veamos si hay algún factor común: Redcliffe y el puerto no están tan lejos, así que ¿pasaban estos dos por los mismos bares? ¿Se conocían? ¿Tenían amigos en común o intereses comunes? ¿Y por qué estaban ambos en o, en el caso de Ryan, muy cerca de The Downs las noches en que murieron? Vale, Mervin corría por allí y es un buen sitio para correr, yo también corro por allí de vez en cuando. Pero es miembro de un gimnasio y, aunque prefiriera correr al aire libre, hay muchas rutas para escoger alrededor de Bristol. Entonces, ¿por qué allí específicamente? ¿Era algo que hacía con regularidad? ¿Y por qué estaba Ryan en la zona? ¿Estaba visitando a un amigo, a un familiar? Necesitamos saber todo sobre ellos, y rápido.

Dejó de hablar y observó cómo sus colegas garabateaban notas en blocs, muchos de ellos lanzándose miradas. Enseguida supo lo que estaban pensando. Era algo que ella misma había pensado, con una sensación de malestar y náuseas en el estómago, cuando la fotografía de Ryan Jones había aparecido el día anterior en el tablón junto a la de Mervin Elliott. Si esos dos asesinatos estaban relacionados, si habían sido cometidos por la misma persona, bueno…

Tragó saliva. Sin embargo, oficialmente tenían que ser tres. Tres asesinatos, para ajustarse a la definición más utilizada en el Reino Unido. Y hasta ahora solo eran dos. «Dios, por favor, que se quede tal y como está», pensó.

Dos ya era malo.

Pero tres…

Con tres podría tener a un asesino en serie entre manos.

Capítulo 3

–¿Dónde demonios estás, Danny? Esto está rozando lo ridículo.

Dejé de pasearme de un lado a otro de la cocina durante un rato para quedarme mirando por la ventana mojada por la lluvia que daba al elegante patio de la parte trasera de la casa. Tenía los puños apretados y las uñas clavadas en las palmas de las manos, deseando que apareciera de repente. Era sábado por la tarde y, a pesar de haberme pasado todo el día intentando localizar a mi marido, no había conseguido nada. Tenía que hacer algunas llamadas más, pero antes tenía que tranquilizarme. Respiré hondo, traté de ralentizar los acelerados latidos de mi corazón y apoyé la frente en el cristal frío mientras recorría el patio con la mirada. En dos niveles separados por una hilera de carpes plisados, el espacio pavimentado con piedra caliza y diseñado con esmero me había cautivado desde el primer momento en que Danny y yo habíamos ido a ver la casa. En el centro del nivel superior, el que estaba más cerca de la casa, el agua burbujeaba con suavidad desde una esfera de metal pulido situada sobre un zócalo de piedra, junto a la cual había una enorme mesa de cristal con seis sillas de hierro forjado colocadas debajo. La zona para comer al aire libre tenía un aire exótico y tropical que recordaba más a Bali que a Brístol, gracias a los bambúes, los linos de Nueva Zelanda y los helechos de los árboles, que iluminaban el espacio por la noche con cientos de lucecitas repartidas entre el follaje. En la parte delantera de la terraza superior, había unos escalones que conducían al nivel inferior. A ambos lados de la puerta trasera había laureles que se mecían al viento en altas macetas de grafito y parterres de hierbas en las paredes; nuestro propio huerto en el corazón de la ciudad. Incluso en un sábado de marzo húmedo, me recorrió un pequeño escalofrío de placer a pesar de sentirme tan miserable.

—¡Una fuente! ¡Hay una fuente, Danny! —había chillado cuando entramos por la puerta de atrás, y él se había reído y me había apretado la mano. Nos habíamos preguntado por qué el agente inmobiliario nos había sugerido reunirnos en la parte trasera de la casa en lugar de en la puerta principal, pero de repente todo tenía sentido. Era impresionante.

—Es más bien una especie de instalación con agua, pero está bien. Tú y tu obsesión con los patios —había susurrado Danny mientras nos llevaban al interior. Ambos supimos al instante que no importaba cómo fuera el interior, este lugar ya me tenía enamorada. Tenía razón: siempre había querido un patio con jardín. Un lugar tranquilo para recibir a los amigos, para sentarme al sol con una copa de vino una tarde de verano, para descansar con un libro un domingo por la tarde, ¿y sin césped que cortar? Para mí, el sitio de mis sueños.

Teníamos una casa preciosa en Londres, pero, como suele ocurrir en la capital, era difícil encontrar un lugar céntrico con algún tipo de espacio exterior decente. La pequeña terraza de la azotea de nuestro apartamento era bonita, pero, en comparación, el patio de Brístol nos había parecido enorme.

—Incluso hay un cobertizo para las bicicletas, mira, ahí abajo, en la esquina del nivel inferior. Por fin podré dejar de encadenar mi preciosa bicicleta a la barandilla y tú podrás dejar de quejarte de que queda mal —había dicho Danny, y yo había aplaudido y bailado un poco, feliz, haciéndole reír.

Sin embargo, aquel sábado, mientras miraba por la ventana, pude ver que, al igual que había ocurrido desde que regresé de mi viaje, el elegante cobertizo de madera donde solía estar su querida bicicleta estaba vacío. Miré el espacio en blanco durante unos segundos más, con la vista nublada, y me asusté cuando una nariz fría y húmeda me acarició la mano.

—Hola, Albert. ¿Dónde está Danny? —susurré y él ladeó la cabeza, con los ojos fijos en los míos, y lloriqueó. No lo culpaba; yo también tenía ganas de llorar. Con el estómago revuelto y los ojos secos e irritados por el llanto y la falta de sueño, miré el patio vacío una vez más, me aparté de la ventana y volví a dar vueltas. Albert se quedó mirándome un rato, luego lloriqueó por lo bajo y trotó hacia su cama, en un rincón de la cocina.

Al final, el viernes por la noche había pedido unas *pizzas* y había estado picoteando mientras actualizaba el correo electrónico sin parar, a la espera de que un mensaje de disculpa de Danny apareciera en mi bandeja de entrada en cualquier momento. Cuando no llegó nada, supuse, malhumorada, que iba a pasar la noche en vela y me fui a la cama. Al meterme bajo el edredón, me di cuenta de que había cambiado las sábanas en mi ausencia y de que la funda de la almohada estaba fresca contra mi mejilla. «Puñetero trabajo», pensé. A él le encantaba, pero a mí no siempre me gustaba tanto. Danny era especialista en seguridad informática: analizaba y solucionaba fallos en los sistemas y defendía a las empresas de los piratas informáticos.

–Lucho contra el crimen cibernético. Básicamente soy un superhéroe de la seguridad –había anunciado con un gesto teatral con los brazos en nuestra primera cita, y yo había puesto los ojos en blanco, sonriendo, y, para ser sincera, sin entender muy bien a qué se dedicaba, aunque en secreto estaba impresionada.

En realidad, el trabajo significaba muchas horas y muchas llamadas de emergencia y, aunque esta sería la primera vez en el trabajo nuevo, no era raro que tuviera que trabajar toda la noche si algo iba mal en el sistema informático de un cliente importante. Cuando nos conocimos, trabajaba para una empresa de Chiswick, al oeste de Londres, y tenía un buen sueldo de seis cifras. Cuando hablamos de dejar la capital, supuse que Danny aceptaría un salario más bajo, pero no fue así, algo que me sorprendió hasta que me di cuenta de que su nueva empresa, ACR Security, se había trasladado del centro de Londres hacía un par de años, aprovechando los alquileres más bajos de la undécima ciudad más grande del Reino Unido.

–Tiene sentido –había dicho Danny la primera vez que propuso que nos mudáramos de Londres–. En Brístol tienen un trabajo estupendo, e internet es internet, mi trabajo va a ser el mismo en cualquier sitio, con el mismo sueldo también. Y piensa en lo mucho que va a agradecer nuestro bolsillo el no tener que pagar los precios de Londres, ¿sabes? Y tú también puedes trabajar desde cualquier sitio, ¿verdad, Gem? Te encantaría, sé que te encantaría, la calidad de vida es muchísimo mejor. Brístol es una ciudad preciosa, y tienes Devon y Cornualles a pocas horas en coche, y los Cotswolds no muy lejos en la otra dirección, y es una ciudad universitaria, así que hay un montón de bares y restaurantes buenos, y la arquitectura es preciosa...

–Vale, vale, me has convencido, ¡hagámoslo!

En verdad, no tuvo que currárselo mucho para convencerme. Tenía razón en que, como periodista autónoma, podía trabajar desde donde quisiera, y Londres ya no me atraía. Estaba demasiado abarrotado, era demasiado estresante y, en los últimos años, a menudo había anhelado una vida más tranquila, más verde, menos ruidosa. Así que él aceptó el trabajo que le habían ofrecido y dejamos nuestro apartamento moderno junto a Chiswick High Road para mudarnos a un precioso edificio victoriano de techos altos con un patio precioso en el verde barrio de Clifton, en Brístol. Solo llevábamos un año casados y seguíamos viviendo de alquiler en Londres, sin querer comprometernos con una hipoteca enorme hasta que hubiéramos decidido dónde queríamos establecernos. Aunque Brístol nos gustaba a los dos, tampoco queríamos lanzarnos a comprar allí demasiado pronto, queríamos darnos tiempo para asegurarnos de que los dos seguíamos contentos con nuestros trabajos y con el estilo de vida de Brístol y para encontrar la casa perfecta para siempre.

–Alquilaremos, un año o así. Pero en un sitio bonito. En la mejor parte de la ciudad –había dicho Danny mientras recorríamos con entusiasmo los anuncios inmobiliarios *online,* asombrados por lo baratos que parecían los alquileres en comparación con lo que habíamos estado pagando en Chiswick. Todo encajó a la perfección y, a los pocos días, supe que estaba en casa. Danny parecía sentir lo mismo, aunque su jornada laboral era igual de larga que en Londres, algo que yo odiaba, pero que me había acostumbrado a aceptar.

Aun así, había tenido tantas ganas de verle el viernes por la noche que me había sentido triste, dormí mal, me despertaba cada hora para ver si el espacio vacío de la cama junto a mí se había llenado con su cuerpo cálido y cansado.

Cuando a las nueve de la mañana del sábado seguía sin llamar, empecé a preocuparme de verdad. Esto no estaba bien. Haciendo a un lado mi reticencia a parecer una esposa irritante, busqué el número de la centralita de su empresa y lo marqué. Me había saltado el buzón de voz, que me informaba de que ACR Security había cerrado y volvería a abrir el lunes a las nueve de la mañana y aconsejaba que los clientes que tuvieran un problema urgente llamaran al número de emergencia que figuraba en su contrato.

—¿Qué pasa con las esposas que tienen un asunto urgente? —grité al teléfono y luego colgué la llamada, el corazón empezaba a latirme con fuerza. Si su despacho estaba cerrado, ¿dónde demonios estaba Danny? ¿Habría tenido un accidente de camino a casa? Esa maldita bicicleta. Siempre me había parecido raro que no condujera, pero se había encogido de hombros con alegría cuando se lo había preguntado.

—Nunca me ha hecho falta. Había mucho transporte público en Dublín cuando estudiaba. Y luego en Londres… ¿Quién conduce en Londres? Los atascos, el aparcamiento irrisorio… Ah, la bicicleta es el futuro, Gem. Y ya tenemos tu coche para cuando lo necesitemos, ¿no? No tiene sentido gastar dinero en dos.

Tenía sentido. Pero me seguía preocupando que se desplazara en ese trasto. Así que, cuando no pude localizarle en la oficina y después de intentar llamarle por Skype unas seis veces y descubrir que siempre estaba desconectado, empecé a llamar a los hospitales. Parecía que en Brístol solo había unos pocos que tuvieran servicio de urgencias y, después de descartar los hospitales infantiles y oftalmológicos, solo quedaban dos: Southmead y Bristol Royal Infirmary. Con las manos temblándome, llamé a los dos, pero ninguno tenía constancia de que un varón con la fecha de nacimiento de Danny o que se ajustara a su descripción hubiera ingresado en las últimas veinticuatro horas. Durante un minuto me invadió una oleada de alivio, antes de que el miedo volviera a apoderarse de mí. Si no estaba trabajando o herido, ¿dónde podía estar? Si hubiera decidido hacer un viaje de última hora para ver a un amigo, me habría llamado, ¿no? Pero me había prometido estar aquí cuando llegara a casa, preparándome la cena, así que eso era muy poco probable. Después de todo, quizá estaba en el trabajo y la centralita de la oficina estaba en modo fin de semana. Pero ¿por qué no había contestado a mi correo electrónico ni se había puesto en contacto conmigo para decirme dónde estaba? Por muy ocupado que estuviera, habría tenido tiempo de hacerlo, ¿no? Sabría lo preocupada que estaría.

Respiré hondo e intenté controlar la ansiedad, que amenazaba con desbordarme; entonces escribí otro correo electrónico:

Danny, ¿dónde estás? Ahora estoy preocupada de verdad. He intentado llamar a tu oficina, pero salta el contestador. POR FAVOR, hazme saber que estás bien. Gracias.

Pulsé la tecla de «enviar» y consulté la hora. Era sábado a mediodía. No sabía nada de él desde el correo electrónico de buenas noches que me había enviado el jueves a eso de las once de la noche, el que había leído en la habitación del hotel. Algo más de treinta y seis horas. Aquello no encajaba, no era normal, no cuando se trataba de nosotros. ¿Debería llamar a la Policía? Pero ¿y si en realidad estaba muy ocupado en el trabajo intentando arreglar algún tipo de desastre informático para un cliente importante y había perdido la noción del tiempo? Imagina la mortificación si la Policía se presentaba de repente en su oficina, las risitas de sus nuevos compañeros de trabajo, los murmullos sobre esposas neuróticas. No, no podía llamar a la Policía; era demasiado pronto. Era una tontería. Me dije a mí misma que en cualquier momento contestaría al último correo electrónico y todo iría bien. «Esta noche estaremos acurrucados en el sofá bebiendo vino y riéndonos de mí y de mi reacción estúpida y exagerada».

Había salido un momento a recoger a Albert de la guardería canina más cercana –lo había dejado el miércoles por la noche antes de marcharme el jueves por la mañana, ya que las largas e impredecibles jornadas laborales de Danny no son compatibles con el cuidado del perro–, con la esperanza desesperada de que, cuando llegáramos a casa, mi marido hubiera vuelto cansado y estuviera preparando café en la cocina o tumbado, exhausto, en el sofá tras una larga noche en la oficina. Pero no estaba allí, así que a la hora de comer encendí las noticias de BBC Radio Bristol, algo que era poco habitual en mí porque hacerlo demasiado a menudo me hacía sentir temor y ansiedad. Había trabajado en redacciones años antes de hacerme autónoma, cubrí tantas historias que me habían conmocionado y asqueado y, aunque me había vuelto más fuerte a medida que pasaba el tiempo, más capaz de soportar el horror de informar sobre otro apuñalamiento, otro asesinato sin sentido, había llegado un punto en el que la vida que había llevado en aquel entonces se había convertido en demasiado para mí y, simplemente, había cerrado la puerta y lo había dejado todo atrás. Dejé de ver las noticias por completo durante meses después de dejarlo, dejé de leer los periódicos, refugiándome en la ignorancia sobre la situación real del mundo; me pasé al periodismo de estilo de vida cuando volví a trabajar, dejando atrás el crimen y la política. Pero ahora mi marido había desaparecido, así que encendí la radio, temblorosa, mientras escuchaba historias sobre accidentes, coches estrellados, cadáveres sin identificar.

Por la tarde, sintiéndome un poco tonta, le puse la correa a Albert y salí a recorrer el camino de Danny para ir y volver del trabajo, con la vaga idea en la cabeza de que tal vez lo había atropellado un coche y lo había arrojado, inconsciente, a un seto o a un callejón. Era ridículo, incluso yo lo sabía, en una ciudad grande donde lo habrían visto en cuestión de minutos, pero lo hice de todos modos. Antes de ponernos en marcha me había dado cuenta de que ni siquiera sabía cuál era su ruta exacta para ir al trabajo, ni siquiera sabía si iba todos los días por el mismo camino: como ciclista, había tantas opciones, tantos atajos posibles... Así que estudié un mapa, escogí las dos rutas que me parecían más factibles, los caminos más lógicos para viajar desde nuestra casa, en Monville Road, hasta la oficina de Danny, en Royal York Crescent, e hice las dos, una a la ida y otra a la vuelta. Cuando llegué, estaba claro que la oficina estaba cerrada, pero llamé al timbre de todos modos y miré a través de las ventanas las salas vacías y sin gente antes de dar media vuelta y volver a casa, con una sensación de desesperación cada vez mayor. Por supuesto, no encontré nada en ninguna de las dos rutas. Ni bicicleta, ni casco, ni a Danny.

Me pasé el resto de la tarde dando vueltas por la casa, mirando por las ventanas, gritando en vano a mi marido ausente y rompiendo a llorar de vez en cuando. Miré la hora, eran casi las seis de la tarde y me obligué a sentarme y empezar a hacer más llamadas. Había pasado demasiado tiempo y necesitaba ayuda; no podía manejar eso sola, ya no. Había conocido a unas cuantas personas en el poco tiempo que llevábamos en Brístol, un par de las cuales ya sentía que podrían llegar a ser buenas amigas, pero, en mi opinión, las relaciones eran demasiado nuevas como para cargarlas con algo así. En cuanto a los viejos amigos, la mayoría eran amigos míos en un principio y no creía que ninguno de ellos pudiera ayudarnos, no a esas alturas; si Danny se hubiera ido a visitar a alguien sin decírmelo, por improbable que pareciera, lo más probable es que hubiera sido a uno de sus propios compañeros de trabajo. No tenía el teléfono de ninguno de sus amigos irlandeses, pero encontré los números de dos de los compañeros con los que había hecho más amistad en su antiguo trabajo en Londres, y el de su antiguo jefe. Todos parecían un poco desconcertados: no, no habían sabido nada de él desde que se marchó, pero... «ya sabes cómo es este trabajo, seguramente no sepa ni qué hora es ni cuánto tiempo lleva con la cabeza metida en su escritorio, seguro que aparece en un par de horas, no te preocupes, Gemma. Mantennos informados, ¿vale?».

Me hubiera gustado tener el número de teléfono del nuevo jefe de Danny, por si acaso, pero no lo tenía y ni siquiera recordaba su nombre. ¿Y la familia? Danny tenía un primo en Londres, pero el resto de su familia vivía en el oeste de Irlanda y, después de pensármelo un poco, decidí no llamarlos, al menos por ahora. Nunca me había sentido cómoda con su primo Quinn, y su madre, Bridget, era un pelín demasiado difícil. Su padre, Donal, había muerto poco antes de que nos casásemos y Danny nunca había estado muy unido a ninguno de sus padres; no tenía sentido hacer que Bridget entrase en estado de pánico si, al final, no había nada de qué preocuparse. Tampoco llamé a mis padres, ambos eran nerviosos y no podía manejar su preocupación, no yo sola, no mientras yo misma me sintiera tan angustiada. Y, así, seguí marcando números y, cuando los amigos de Danny no pudieron ayudarme, decidí llamar a algunos de los míos de todas formas, no para preguntarles si sabían algo de mi marido desaparecido, sino para que me aconsejaran, para que me consolaran, aunque de esto último encontré poco.

–Mierda, Gemma, eso es preocupante. Si yo fuese tú, habría llamado a la Policía.

–¡Gem, cariño, qué horror! ¿Quieres que vaya? Solo tienes que decírmelo. Pero estoy segura de que aparecerá pronto, es probable que sea solo algo del trabajo…

–Malditos hombres. Pero Danny es de fiar, ¿no? No sé qué pensar, Gem. Tal vez dale hasta mañana y luego denuncia su desaparición. Tú no… Bueno, odio preguntarte esto, pero no crees que se haya ido con otra mujer, ¿verdad?

Era algo que no se me había pasado por la cabeza hasta entonces y, cuando colgué el teléfono después de hablar con Eva, una de mis mejores amigas, tragué saliva, tratando de considerar la posibilidad. No, no podía ser verdad. Desde que nos mudamos a Brístol no nos habíamos separado ni una noche hasta el jueves, cuando me había ido a mi viaje de prensa, y habíamos pasado cada segundo de cada fin de semana juntos, arreglando nuestro nuevo hogar. ¿Cuándo habría tenido tiempo? También habíamos sido bastante inseparables la mayor parte del tiempo antes de mudarnos… Después de todo, prácticamente éramos unos recién casados. Bueno, no éramos inseparables en todo; obviamente nos habíamos separado alguna que otra noche, en viajes de trabajo y en noches de chicas y chicos, y Danny era el tipo de hombre que a veces necesitaba su propio espacio, pero… Negué con la cabeza. Si hubiera tenido una aventura, lo habría sabido, ¿no? Fuese lo que fuese, eso no era. Pero ¿podría haberme dejado por alguna otra razón? Me levanté, me ceñí la rebeca de cachemira –la azul celeste que Danny me había comprado por Navidad– y salí del salón, despacio, y caminé por el pasillo hasta la cocina y volví a asomarme al patio, que estaba oscuro y vacío. Albert también se levantó de un salto y me siguió de cerca, rozándome las espinillas con el hocico. Estaba casi tan inquieto como yo, lo notaba, sus sentidos perrunos siempre estaban en sintonía con los míos; me agaché a su lado, le acaricié la cabeza, que estaba suave, y lo miré a los ojos marrones, oscuros e inteligentes, murmurando tonterías tranquilizadoras mientras mi mente seguía acelerada.

Si Danny me había dejado, ¿qué motivo podía tener? Y no se había llevado nada, ¿verdad? Entonces, con un escalofrío, caí en la cuenta de que no lo sabía. No había mirado, ni siquiera se me había ocurrido comprobarlo. De repente, mareada por el miedo, subí corriendo al dormitorio, abrí cajones, arañé la ropa de su armario, busqué como una loca en la mesilla de noche sin saber qué estaba buscando. Pero parecía que todo estaba intacto, ordenado, en su sitio. Su pasaporte, guardado en el cajón donde siempre lo tenía. Toda la ropa, la ropa interior, la colección de relojes. Por lo que pude ver, no faltaba nada. Todo estaba como siempre. Entonces, ¿qué había desaparecido? Solo el abrigo, el portátil, la tableta, la mochila negra en la que los llevaba, la bicicleta y el casco. Las cosas con las que solía ir a trabajar. Todo lo demás seguía allí, esperándole, como yo. Como Albert.

Me desplomé sobre la cama deshecha, con la respiración agitada, y Albert dudó un momento (por lo general, no se le permitía subir a la cama) y luego saltó para unirse a mí, al parecer creyendo, sin equivocarse, que en ese momento estaba demasiado distraída para regañarlo.

¿Que las cosas de Danny siguieran aquí era una buena señal o no? No lo sabía, no podía pensar con claridad, el pánico se apoderó de mí y, de repente, me sentí muy sola. Si todavía estuviéramos en Londres, al menos habría tenido a mis viejos amigos cerca, gente que podría visitarme, gente que podría apoyarme, pero aquí, en esta nueva ciudad…

Respiré hondo varias veces, con el corazón acelerado otra vez, y me pregunté si debía reconsiderar mi decisión de no agobiar con todo esto al par de nuevos amigos que había hecho hasta entonces en Brístol. Había conocido a Clare en Clifton Down pocos días después de mudarnos. En realidad, había llegado a la ciudad una semana antes que Danny, que tenía trabajo que acabar en Londres antes de venir conmigo, y había abandonado la montaña de cajas sin abrir durante una hora para despejarme y dar un paseo decente a Albert. Clare tenía un caniche, un montón de energía de pelo blanco y rizado que había brincado hacia Albert, le había hecho un arrumaco entusiasta y había vuelto a salir corriendo, mirando con timidez por encima del hombro. Albert había dudado durante un momento y luego había corrido con alegría tras ella, dejándonos a Clare y a mí impotentes, con las correas colgando de los dedos, esperando a que volvieran.

—Se llama Winnie. Winnie the Poodle.[1] ¿Lo pillas?

Sonrió y me cayó bien de inmediato. Clare era alta, medía 1,70, y era delgada como una ramita de color avellana, con una masa de rizos rubios.

—Y sí, elegí un perro que se parece a mí —añadió.

Nos sentamos en un banco y charlamos durante media hora ese primer día y, cuando le dije que era nueva en Brístol y que pensaba buscar algún sitio donde diesen clases de yoga por los alrededores, insistió en que fuera al suyo al día siguiente, por la tarde.

—Voy dos veces a la semana con mi amiga Tai. Es ashtanga y es bastante completo, después te sientes muy bien. Y a veces vamos a tomar algo a la vinoteca de enfrente cuando terminamos, si te apetece…

Me apetecía y me había encantado la clase, aunque solo había asistido a dos clases en las últimas semanas, ya que estaba demasiado ocupada intentando poner en orden la nueva casa por las tardes, cuando Danny volvía del trabajo. Había quedado varias veces con Clare y Tai (una mujer china guapa y bajita, con una risa contagiosa, que se había trasladado al Reino Unido para ir a la universidad y nunca había vuelto a casa) para tomar algo, y ya

---

[1] *Poodle*, en inglés, significa «caniche». La autora hace un juego de palabras con el personaje Winnie the Pooh (N. de la T.).

notaba que empezaba a forjarse una amistad sólida. Eran de las mías, luchadoras y fuertes, amables y divertidas, y me di cuenta de que yo también les caía bien. ¿Era pronto para llamarlas y contarles algo así? ¿Decirles que mi marido había desaparecido de repente y pedirles su apoyo? No, no podía hacer eso.

Me quejé. ¿Dónde estaba? ¿Y cuándo se podía denunciar de forma oficial la desaparición de un adulto? ¿No había alguna norma? Me levanté de la cama, bajé al salón, agarré el iPad y volví a mirar la bandeja de entrada del correo electrónico (vacía) antes de hacer una búsqueda en Google.

No, no había ninguna regla.

> Existe la creencia común de que hay que esperar 24 horas antes de denunciar, pero esto no es cierto. Puede denunciar una desaparición a la Policía en cuanto crea que se ha producido. La mayoría de las personas desaparecidas regresan o aparecen en un plazo de cuarenta y ocho horas, y solo alrededor del uno por ciento siguen desaparecidas después de un año...

«¿Un año?». El miedo se apoderó de mi estómago. Pero la mayoría de la gente volvía en cuarenta y ocho horas. Miré la hora. Eran las nueve. Entonces habían pasado cuarenta y seis horas. Cuarenta y seis horas desde la última vez que supe algo de mi marido.

«Vamos, Danny. Tienes dos horas. Sé como la mayoría de la gente. Vuelve a casa. Danny, por favor».

¿Y si no lo era? ¿Y si no volvía a casa? Entonces, ¿qué? Tendría que hacerlo, ¿no? Pensé que sí. Lo haría, sería lo primero que haría mañana por la mañana. Iría a la Policía y denunciaría su desaparición.

Capítulo 4

–Jefa, siento molestar, pero hay alguien que acaba de llamar abajo con quien quizá quiera tener una charla rápida.

A regañadientes, Helena apartó los ojos de la pantalla del ordenador, donde estaba volviendo a leer las últimas novedades sobre los dos casos de asesinato. El bullicio habitual del centro de coordinación se había reducido a un rumor apagado en esa mañana gris de domingo y sospechaba que no era la única que estaba desanimada y agotada. Había sido un fin de semana largo y bastante poco productivo, y la noche anterior había dormido mal, despertándose cada hora con la mente acelerada. Al final, se levantó de la cama a las cinco de la mañana y salió a correr por The Downs, asegurándose de que la ruta la llevara cerca de las escenas del crimen de ambos asesinatos, con la esperanza de encontrar algún destello de inspiración, algún indicio de por qué dos jóvenes habían sido apaleados hasta la muerte sin motivo aparente. Se frotó la parte baja de la espalda: «De verdad que necesito ir a ver a un osteópata o a alguien si quiero seguir corriendo», pensó y suspiró. Los forenses no habían encontrado nada sobre el último asesinato y, aunque seguía sin estar segura de que las dos muertes estuvieran relacionadas, el parecido entre los dos hombres era tan sorprendente…

Sabía que los periódicos no tardarían en hacerse eco de la noticia y temía los posibles titulares del lunes por la mañana:

DOS ASESINATOS: TERROR EN THE DOWNS

**TERROR EN THE DOWNS: SORPRENDE
EL PARECIDO DE LAS VÍCTIMAS**

Se estremeció. Tenía que dormir o tomarse una taza de té decente, pero ninguna de las dos cosas parecía que fuera a suceder pronto.

—¿Qué pasa, Devon?

Se volvió hacia su subinspector, intentando que la irritación no se reflejara en su voz.

—Es una mujer que quiere denunciar la desaparición de su marido. Dice…

—¿Una persona desaparecida? Mierda, Devon, tengo un doble asesinato entre manos. ¿Por qué demonios estaría interesada en una persona desaparecida? Dame un respiro.

Le vio estremecerse e inmediatamente se sintió culpable.

—Oh, colega, lo siento. Estoy agotada, ya sabes. Vamos, cuéntame.

Él le dedicó una pequeña sonrisa.

—No te preocupes, yo reaccioné igual cuando me llamaron de recepción. Pero hablé un poco con ella y, sinceramente, hay algo… Mira, ¿puedes confiar en mí y bajar a hablar con ella un momento? Serán cinco minutos como máximo.

Helena se quedó mirándole durante un rato y luego suspiró. Devon era un buen policía, también era un buen amigo, y confiaba en su criterio. Había pasado por un momento un poco duro en lo personal, pero ni una sola vez había afectado a su trabajo, y se preguntó si se daba cuenta de lo mucho que ella valoraba eso, y a él. Quizá no. Tendría que decírselo un día de estos. Pero, por ahora, si él creía que tenía que ver a esa maldita mujer, entonces no había problema. Le vendría bien salir de la acalorada sala de reuniones durante unos minutos al menos. Echó la silla del escritorio hacia atrás y se levantó.

—Vale, tú ganas. Pero me invitarás a una taza bien grande de lo mejor de la cafetería cuando volvamos a subir.

Sonrió con los dientes blancos y uniformes.

—Trato hecho.

La mujer, que esperaba en una sala de interrogatorios, tendría unos treinta y pocos años, era delgada, tenía el pelo castaño y ondulado y le llegaba hasta los hombros. Le estrechó la mano nerviosa, con la palma húmeda, y se presentó como Gemma O'Connor.

Al otro lado de la mesa, Helena sonrió, intentó tranquilizar a la mujer y se dio cuenta de que, a pesar su evidente angustia, se había esforzado por cuidar su aspecto: un poco de carmín en los labios a juego con el enorme bolso de cuero rojo que tenía sobre las rodillas y un elegante abrigo de lana negro complementado con una bufanda de leopardo alrededor del cuello.

–¿Y quiere denunciar la desaparición de una persona? ¿Su marido? –dijo.

Gemma asintió.

–Sí. Se llama Danny. Daniel Ignatius O'Connor es su nombre completo. –Hizo una pequeña mueca–. Sus padres son irlandeses, católicos. Al parecer, Ignatius es un santo poco conocido.

Helena volvió a sonreír.

–Mi segundo nombre es Muriel, por mi abuela. Entiendo su dolor. Cuénteme.

Gemma le devolvió una pequeña sonrisa, entonces cogió aire.

–Vale, bien, el jueves por la noche estaba de viaje de negocios, desayunamos juntos por la mañana y por la noche me mandó un correo electrónico para darme las buenas noches. Cuando llegué a casa el viernes por la noche, no estaba y al principio pensé que había tenido que quedarse a trabajar hasta tarde, porque a veces lo hace, ¿sabe? Tiene que trabajar toda la noche. Pero no pude contactar con él y cuando me desperté el sábado por la mañana, ayer, y seguía sin aparecer por casa y yo seguía sin poder contactar con él, empecé a asustarme. Me pasé todo el día llamando a todo el que se me pasó por la cabeza: a su trabajo, a los hospitales, a amigos…, incluso me llevé a Albert a pasear por el camino que hace para ir al trabajo para ver si lo encontraba, por si había pasado algo. Parece una tontería, lo sé, pero él va al trabajo en bicicleta y esto no es propio de él, no lo es en absoluto, y no se ha llevado nada, solo la bicicleta y el portátil y las cosas con las que iba al trabajo siempre, y ahora es domingo y sigo sin poder localizarle y estoy… estoy tan preocupada…

Se le quebró la voz y los ojos se le llenaron de lágrimas.

Helena, compadeciéndose de la mujer, pero sin dejar de preguntarse por qué Devon le había pedido que dejara su investigación del asesinato doble por eso, miró a su alrededor en busca de pañuelos de papel, vio una caja en una mesilla auxiliar y se levantó para agarrarla.

Se la ofreció a Gemma y con amabilidad dijo:

–Vale, intente no alterarse. Tendremos que tomar algunos datos más si le parece bien y entonces podremos empezar a investigar por usted. Pero hay muchas posibilidades de que aparezca en un día o así, la mayoría de las personas desaparecidas lo hacen, ¿de acuerdo? Así que tómese un respiro y luego haremos un poco de papeleo. Por cierto, ¿quién es Albert? ¿Su hijo?

Gemma, que había ignorado los pañuelos que le ofrecía y había empezado a rebuscar en el bolso, levantó la vista, sorprendida, y negó con la cabeza.

–¡Ah, lo siento, no! Aún no tenemos hijos, llevamos casados menos de un año. Albert es nuestro perro. Es un *Schnauzer* negro en miniatura. Supongo que es como un niño. Son muy listos.

Helena sonrió.

–Ah, ya veo. Sí, son perros adorables. Un amigo mío tiene uno.

Gemma, que estaba rebuscando en su bolso otra vez, no parecía estar escuchando.

–¿Dónde está? ¡Maldita sea! Este bolso… Lo siento. No estaba segura de lo que necesitarían, pero pensé que una foto…

Levantó la vista hacia Helena y por fin sacó un sobre del bolso y extrajo de él una fotografía.

–Se la enseñé a su compañero antes, cuando bajó. No sé por qué la he vuelto a guardar, nunca encuentro nada en este estúpido bolso. Esta es la primera que encontré. Yo también salgo, ya que es una foto de boda, claro, pero puedo conseguirle una mejor, una de él solo, más tarde; tengo muchas en mi móvil, tengo que verlas y encontrar una buena, pero pensé que podría necesitar una copia impresa y quería empezar a buscar, hacer algo…

Las palabras le salieron apresuradas, cayendo unas sobre otras, y dejó de hablar de sopetón, con los ojos aún llenos de lágrimas.

Devon alargó la mano y aceptó la fotografía, la colocó sobre la mesa, entre Helena y él.

—Gracias, Gemma. Jefa, echa un vistazo.

Miró a Helena significativamente y ella miró la foto, luego volvió a mirarla, como es debido. MIERDA. MIERDA. Ahora lo entendía. Se le revolvió el estómago. Allí estaba Gemma, preciosa y radiante con un sencillo vestido de satén blanco, el pelo recogido en un peinado elaborado, con una mano sujetaba un ramo de lirios blancos y con la otra agarraba la mano de un joven sonriente. Pelo oscuro, rizado. Cejas gruesas y oscuras, ojos de color marrón oscuro. Un hombre que parecía, al igual que su esposa, tener unos treinta años. Un hombre llamado Danny O'Connor. Pero un hombre que, a simple vista, podría haber sido perfectamente Mervin Elliott. O Ryan Jones. O su hermano. La misma complexión, el mismo tono, la misma mirada. «Dios, ¿qué está pasando aquí?». Respiró hondo, intentó mantener la calma. Pensó que no tenía sentido precipitarse. Según su mujer, Danny O'Connor estaba desaparecido. No estaba muerto. No había cuerpo ni evidencia de que le hubiera pasado algo. «Entonces, trata esto como una desaparición normal y corriente. Al menos por ahora». Apartó la foto, se volvió hacia Devon y asintió despacio.

—Gracias por llamarme, Devon. Bien, Gemma, veamos algunos detalles. ¿Dijo que le vio por última vez el jueves 28 por la mañana? ¿A qué hora se marchó?

Gemma respiró hondo.

—Sobre las siete. Desayunamos juntos a las seis, nos levantamos muy temprano para que fuera especial, antes de irnos los dos a trabajar... Tuve que irme de viaje de prensa a un nuevo hotel balneario en los Cotswolds. Soy periodista, redactora independiente. Solía trabajar con noticias importantes, pero ahora prefiero escribir sobre estilo de vida. Ya saben, moda, belleza y viajes, ese tipo de cosas. Tengo una columna mensual en la revista *Camille*, pero también hago otras cosas. La mayor parte del tiempo trabajo desde casa, pero un par de veces al mes tengo la oportunidad de salir un poco, de pasar una noche fuera, así que me hacía mucha ilusión...

Se le apagó la voz, y la expresión animada que había aparecido en su rostro por un instante al hablar de su trabajo se desvaneció y la mirada de angustia volvió a sus ojos.

—Vale, genial. ¿Así que se despidió y se fue y después qué? ¿Cuándo volvió a hablar con Danny?

Helena estaba garabateando en su cuaderno.

—Bueno, no hablé con él, no exactamente. Nos mudamos a nuestra nueva casa hace pocas semanas, acabamos de mudarnos de Londres y no tenemos teléfono fijo, y hubo un retraso con la nueva compañía de Danny para conseguirle un móvil, así que de momento no tiene móvil. Así que nos hemos estado comunicando por correo electrónico durante las últimas semanas. Es un poco engorroso, pero la mayoría de las veces funciona. Me envió un correo electrónico el jueves por la noche, sobre las once, para darme las buenas noches. Me recordó que prepararía la cena cuando llegara a casa el viernes. Un correo normal. Le contesté, le dije que le quería, y eso fue todo. No he… no he sabido nada de él desde entonces.

Las lágrimas habían vuelto. Alargó la mano para agarrar un pañuelo, temblorosa.

Helena asintió.

—Bien. ¿Así que volvió a casa el viernes por la noche, es decir, el 1 de marzo, y no había ni rastro de él? ¿Y dice que no se llevó nada con él? ¿Pasaporte, ropa? ¿Nada que no llevaría consigo un día de trabajo normal? Supongo que no dejó ninguna nota ni nada.

Gemma negó con la cabeza.

—Ninguna nota. Y, sí, todo sigue en su sitio, el pasaporte, la ropa, todo. Así que, al menos, no se ha ido del país.

Sonrió sin fuerzas.

—¿Y dice que ha llamado a su oficina, a sus amigos, a su familia? ¿Y también a los hospitales?

Gemma asintió.

—Sí, a todo el mundo que se me ocurrió. No pude localizar a nadie en la oficina, está cerrada y no tengo los números de todos sus amigos, pero llamé a algunos. Nadie le ha visto ni sabe nada de él. Pero no he llamado a su familia. La mayoría vive en Irlanda y su madre es mayor y…, bueno, no quería preocuparlos, no aún.

—Sí, quizá sea una buena idea no alarmar a su familia, al menos por ahora.

Helena sonrió a la mujer fugazmente.

—Voy a pedirle una lista de los hospitales a los que ha llamado y la dirección del trabajo de Danny ahora, Gemma, y también su fecha de nacimiento, qué llevaba puesto la última vez que lo vio, su dirección actual y de dónde se han mudado hace poco, cosas así, ¿de acuerdo? Pero primero unas preguntas más generales, si puede soportarlo. Últimamente, ¿el comportamiento de Danny había cambiado? Me refiero a si parecía preocupado por algo, distraído, algo así. ¿Tenía algún problema? ¿Médico, de dinero? Ese tipo de cosas. ¿Estaba consumiendo drogas o alcohol?

Gemma negaba con la cabeza y fruncía el ceño.

—No, nada que ver. Hemos sido muy felices. Al principio fue idea suya mudarnos aquí desde Londres, yo puedo trabajar desde cualquier sitio, así que también me pareció bien, de hecho, estoy encantada, y él está entusiasmado con su nuevo trabajo y con llevar una vida mejor. Hemos estado ocupados desde que nos mudamos, sin parar, claro, arreglando la casa, pero es muy bonita. Por ahora, estamos de alquiler hasta que decidamos exactamente dónde queremos vivir, pero es un sitio fantástico, tiene habitaciones grandes y un patio precioso, a los dos nos encanta, y…, bueno, no. Nada de eso. Estaba en forma, sano y feliz, y honestamente no se me ocurre ni una sola razón por la que… por la que…

Dejó de hablar y tragó saliva. Helena seguía tomando notas.

—¿Usa redes sociales? ¿Facebook, Twitter, Instagram? ¿Alguna?

Gemma volvió a negar con la cabeza.

—No. De hecho, ninguno de los dos las usamos. Al menos, él no, y yo tengo una cuenta de Instagram por trabajo, pero no publico nada a menudo. Danny es bastante antirredes sociales en realidad. Dice que son peligrosas, que la gente acaba comparándose con todas esas otras personas que parecen tener unas vidas glamurosas y perfectas, y que en realidad es todo mentira. Yo no soy tan extremista, creo que pueden ser muy útiles si sigues cosas que te interesan de verdad. Y, cuando trabajas en los medios de comunicación, forman parte del trabajo, es lo que se espera. Pero para responder a la pregunta, no, nunca he sabido que Danny tuviera una cuenta en una red social.

Devon, que había estado sentado en silencio, se aclaró la garganta.

—¿Cuánto tiempo llevan juntos, Gemma? Ha dicho que solo llevan casados un año.

Ella se volvió para mirarle.

—No llevamos mucho tiempo juntos. Todo sucedió muy rápido. Odio el término «amor a primera vista», pero lo fue, más o menos. —Soltó una pequeña carcajada, con las mejillas sonrojadas—. Nos conocimos por internet hace unos dieciocho meses. Llevábamos saliendo cuatro meses cuando me propuso matrimonio y nos casamos tres meses después, en marzo del año pasado. Dentro de un par de semanas cumpliremos un año casados. Así que, como he dicho, todo fue bastante rápido, en realidad. Pero supongo que, cuando lo sabes, lo sabes.

—Supongo que sí. —Devon sonrió y después volvió a ponerse serio—. Entonces..., bueno, odio tener que preguntar esto, pero... ¿hay alguna posibilidad de que estuviera viendo a alguien más? ¿Que tuviese una aventura? Es que a veces cuando la gente desaparece...

Gemma volvió a negar con la cabeza, esta vez con vehemencia.

—No, claro que no. Una de mis amigas también me lo preguntó y de verdad que le he dado vueltas; aunque es horrible pensar en algo así, he intentado considerarlo de verdad como una opción. Pero no, ni hablar. Estaba todo el día en el trabajo, a veces hasta bastante tarde, pero casi siempre venía directo a casa después y no nos hemos separado ni una sola noche desde que nos mudamos, ni un solo fin de semana; yo no tenía un viaje de prensa programado hasta el jueves, así que esa fue la primera noche desde que llegamos a Brístol. Y en Londres también pasábamos juntos la mayor parte del tiempo. O sea, los dos salíamos por la noche con amigos, por separado, hacíamos alguna que otra cosa por nuestra cuenta, ya saben; él salía con su bicicleta y cosas así, es un apasionado del ciclismo. Pero pasamos la mayor parte del tiempo juntos. También lo sabría. Lo sabría. No ha cambiado nada entre nosotros, somos los mismos de siempre, estamos mejor en muchos aspectos desde que nos mudamos...

Las lágrimas habían vuelto y se deslizaban por sus mejillas, dejando marcas en el maquillaje.

–De acuerdo, siento mucho tener que hacerle estas preguntas, sé que es muy difícil para usted.

Devon volvió a acercarle la caja de pañuelos a Gemma, que se sorbió los mocos y asintió con la cabeza.

–No pasa nada. Lo comprendo. Lo único que quiero es que vuelva a casa –susurró.

–Haremos todo lo que podamos –dijo Helena.

Se volvió un momento para mirar a Devon, que asintió con la cabeza.

–De acuerdo, déjeme que le tome el resto de los datos, la dirección, la fecha de nacimiento y todo eso, y luego la dejaremos marchar.

Durante unos minutos, escuchó a Gemma repasar la dirección de su casa y la del trabajo, los datos de contacto de Danny y otra información básica, hasta que estuvo convencida de que tenía todo lo que necesitaba por el momento. Hizo una última anotación en el bloc, dejó el bolígrafo y se recostó en la silla.

–Mire, vamos a empezar a hacer algunas preguntas. Lo mejor que puede hacer es irse a casa y avisarnos en cuanto sepa algo de él, o si se entera de algo sobre su paradero por un amigo o un pariente, cualquier cosa de ese estilo, ¿de acuerdo?

–Gracias. –Gemma se levantó despacio y tendió la mano, primero a Helena y luego a Devon; en la muñeca llevaba un delicado brazalete de plata que brillaba–. Gracias –volvió a decir–. De verdad que muchas gracias.

–De nada. Sé que es fácil decirlo, pero intente no darle muchas vueltas. Como ya he dicho, la mayoría de las personas que desaparecen vuelven a aparecer y normalmente lo hacen con bastante rapidez. Le haremos saber si encontramos algo. Devon la acompañará a la recepción. Cuídese, ¿de acuerdo?

Gemma le dedicó una sonrisa llorosa y Devon la condujo a la salida.

Cuando regresó, Helena seguía sentada a la mesa, mirando la fotografía de la boda.

—Y... ¿qué piensas? —le dijo.

Ella se volvió para mirarle.

—No lo sé. Sí, encaja en el patrón, si es que hay uno. Edad, aspecto físico. Y viven en Clifton, de hecho, muy cerca de The Downs, así que la ubicación también encaja.

Dio un golpecito a la página donde había escrito la dirección de Gemma y Danny. Devon se sentó a su lado y se hizo el silencio durante unos segundos mientras ambos contemplaban al hombre sonriente de la foto, luego Helena suspiró.

—Mierda, de verdad que no lo sé, Devon. O sea, este tipo se acaba de mudar aquí desde Londres, no hay forma de que tenga alguna conexión con los otros dos. Ni siquiera hemos encontrado ninguna conexión entre ellos todavía, ¿verdad? Aparte de su aspecto físico. Trabajaban en campos muy diferentes, no se conocían, no tenían amigos o socios en común, nada. Este tal Danny trabaja en informática, distinto, otra vez, y como se acaba de mudar...

Volvió a suspirar. Devon asintió despacio con la mirada clavada en la fotografía.

—Lo sé, lo sé. Es tan condenadamente raro que nuestras víctimas se parezcan tanto y ahora también este tipo..., pero tienes razón, jefa. No tenemos nada en lo que basarnos por ahora. Entonces, ¿qué hacemos con esto?

Se quedó callada un segundo, pensativa, y luego tomó una decisión.

—Vale. Mira, ahora mismo no tenemos un tercer cuerpo, solo un hombre desaparecido. Al menos, por ahora, y que Dios quiera que siga siendo así. Pero al mismo tiempo la similitud en apariencia, el hecho de que no está localizable... Vamos a llevar esto como una nota al margen de la investigación principal. Mervin Elliott y Ryan Jones deben ser nuestra prioridad, ¿de acuerdo? Pero ¿puedes encargarte de esto solo durante veinticuatro horas o así, en principio hasta que veamos qué es lo que pasa? Y crucemos todos los dedos para que aparezca y que todo esto sea una gran coincidencia.

—Claro. Me pondré con ello enseguida. Ah… y, por cierto, ¿Muriel? ¿En serio? —Sonrió de oreja a oreja.

—Cállate. Si eso sale a la luz, sabré muy bien de dónde ha salido. Ahora largo de aquí.

—Me voy, me voy. Y tu secreto está a salvo conmigo.

Sin dejar de sonreír, se levantó y salió de la habitación. Helena volvió a mirar la fotografía que tenía sobre la mesa. Sí, podía ser una coincidencia que un hombre como Danny O'Connor hubiera desaparecido. Pero de repente había demasiadas puñeteras coincidencias pululando por ahí y a ella no le gustaban las coincidencias. No le gustaban ni un pelo.

Capítulo 5

Puse un punto y entonces leí la frase que acababa de escribir. «Pff, menuda porquería», pensé. Ni siquiera tenía sentido. Pulsé con furia la tecla de retroceso para borrar las palabras y empujé la silla de ruedas hacia atrás, frustrada.

La habitación estaba mal ventilada, hacía demasiado calor y tenía náuseas, me notaba el estómago revuelto, otra noche en la que había dormido muy poco y que me había dejado con la mente aturdida y los ojos irritados. Hacía una hora que me había arrastrado hasta el espacioso dormitorio que utilizaba como despacho en casa, ya que necesitaba terminar el artículo para la hora de comer, pero ¿cómo iba a concentrarme en escribir sobre los masajes exquisitos y la comida deliciosa y fresca que había probado en el balneario el viernes cuando estaba tan desesperadamente preocupada por mi marido? Seguía sin tener noticias de él, el móvil no sonaba, la bandeja de entrada del correo electrónico estaba vacía y, cuando llamé a la Policía a primera hora de la mañana, desesperada por saber si habían averiguado algo, me dijeron, con delicadeza, que aún no había noticias, pero que se pondrían en contacto conmigo en cuanto tuvieran algo de lo que informarme. Así que saqué a Albert a dar un paseo rápido y luego volví a casa e intenté trabajar, distraerme, pero fue imposible. No podía. Me levanté, me pasé las manos por el pelo, pensativa. ¿Me ampliaría Rebecca, la editora de la revista *Fitness & Style*, el plazo de entrega si le contaba lo que estaba pasando? Tal vez. Volví al escritorio, agarré el móvil y, antes de que pudiera cambiar de opinión, marqué su número. Dos minutos después, terminé la llamada y sentí un gran alivio. Se había mostrado muy amable, sorprendida al enterarse de que

Danny había desaparecido, y fue muy comprensiva con el pánico que sentía por la fecha de entrega.

—Gemma, no te preocupes, de verdad —dijo—. Puedo pasar ese artículo al número de la semana que viene o incluso al de la siguiente sin ningún problema. Hazlo cuando puedas. Y si necesitas algo, lo que sea, llámame, ¿vale? Estoy segura de que volverá pronto. Mantenme informada, ¿quieres?

Apagué el ordenador portátil y bajé a la cocina, dándole las gracias a mi suerte por tener una jefa tan comprensiva. Bueno, técnicamente no era mi jefa (era autónoma, así que en realidad no tenía jefa), pero durante los últimos seis meses más o menos la mitad de mi trabajo había sido para *Fitness & Style*, lo cual había sido estupendo. Eso, combinado con la columna mensual que escribía para la revista *Camille*, era más que suficiente para pagar las facturas, y también tenía la suerte de conseguir otros encargos por aquí y por allá: algún reportaje de viajes para *Red* o algún artículo sobre salud para *Woman & Home*. Al principio no estaba muy segura de trabajar para *Fitness & Style*; era una revista digital, lo que me ponía un poco nerviosa, ya que hasta la fecha había trabajado en periódicos y revistas del «mundo real», publicaciones que podías tener entre las manos. Pero había sido una tontería preocuparme: con un número de lectores que crecía a gran velocidad y un montón de colaboradores famosos, *Fitness & Style* era uno de los mayores éxitos editoriales de los últimos años, y me encantaba la variedad del trabajo. Cada dos por tres, me llegaban cajas de muestras de productos de belleza para que las probase y diese mi opinión, y un par de veces al mes había un viaje a algún sitio, quizá un nuevo estudio de pilates, el lanzamiento de una nueva marca de moda o (las invitaciones más codiciadas) una visita de una noche a un hotel balneario o un retiro para probar lo que ofrecían y escribir sobre mis experiencias. Todo aquello distaba mucho de mis primeros días como reportera, cuando me abrí camino a través de la prensa local y, al final, conseguí el trabajo de mis sueños en *The Telegraph*. Había crecido profesionalmente durante un tiempo, adoraba el ajetreo de perseguir grandes historias y conseguir las entrevistas más importantes, pero al cabo de unos años las largas horas de trabajo y el estrés sin fin habían empezado a pasarme factura. De repente, empecé a tener cada vez más ansiedad, un insomnio tan atroz que hacía que pasase días enteros sin dormir y el pánico se apoderaba de mí mientras miraba la pantalla en blanco, incapaz de escribir una sola palabra. Todo llegó a su punto álgido el día en que, por segunda vez en dos semanas, me llevaron al despacho del editor para regañarme por no haber cumplido un plazo de entrega. Esa noche, salí del metro dos paradas antes, sudando y temblando, jadeando y convencida de que me iba a dar un infarto. Al día siguiente, cuando el médico me informó de que lo más probable era que hubiera sufrido un ataque de pánico y me dijo con franqueza que tenía muy mal aspecto y que tenía que pedir una baja por el bien de mi salud mental, llamé al periódico y presenté mi dimisión esa misma tarde. Fue como si me hubiera quitado un gran peso de encima, y esa noche dormí a pierna suelta por primera vez en meses. Y había tenido suerte. Unas cuantas historias de gran repercusión durante el año anterior habían impulsado mi carrera y cuando decidí trabajar por mi cuenta y empecé a buscar trabajo enseguida me contrataron como columnista para *Camille*, una de las revistas femeninas mensuales más vendidas del Reino Unido. Me pagaban bien, muy bien, y el prestigio que me dio el trabajo hizo que otras revistas también quisieran contratarme. De todos modos, el cambio no fue fácil, ni siquiera al principio. Al principio echaba muchísimo de menos las bromas de la redacción y a mis amigos del trabajo, pero nos habíamos mantenido en contacto y muy pronto la vida de autónoma empezó a sentarme tan bien que nunca me arrepentí de la decisión que había tomado. Y, de acuerdo, escribir sobre pintalabios y papel pintado no era lo mismo que entrevistar al ministro del Interior o cubrir un juicio por asesinato, pero ya había pasado por eso y me di cuenta de que quería una vida más tranquila, en la que pudiera dormir, respirar y vivir en lugar de estar encadenada a una redacción, de guardia las veinticuatro horas del día, siempre alerta a la próxima gran historia.

También fue cuando Albert llegó a mi vida. Antes, tenía un horario demasiado largo y con poca vida social para pensar siquiera en salir con alguien, y mucho menos en tener una mascota. Pero, de repente, todo era posible y tener un perro me pareció la forma perfecta de celebrar mi nuevo estilo de vida: un compañero en casa, tumbado a mis pies mientras escribía, y una excusa para salir a diario a pasear al aire libre. Albert me había dado muchas alegrías y, por suerte, cuando Danny entró en escena, también se enamoró al instante de mi precioso e inteligente cachorro.

—Gemma, es la hostia de perfecto —había dicho, agachándose para verlo mejor. Albert se había dado la vuelta para que le acariciara la barriga y Danny se había reído y había accedido—. Siempre tuvimos perros cuando éramos pequeños, en Irlanda, pero desde que me mudé a Londres no he podido, ya sabes, con el trabajo y todo eso. ¿Podemos sacarlo a pasear? ¡Puede venir al *pub* con nosotros!

Su entusiasmo me hizo vibrar de felicidad y la atracción que ya sentía por Danny se duplicó al instante. Dieciocho meses después, nunca había sido más feliz. Bueno, nunca había sido tan feliz hasta el viernes, claro. La cara de Danny volvió a aparecer en mi cabeza y se me formó un nudo en la garganta. Intentar escribir había evitado que me obsesionara durante una hora, más o menos, pero ahora el miedo estaba regresando. Era lunes por la mañana. Cuarto día sin noticias, los continuos correos electrónicos sin respuesta, los intentos fallidos de hablar con él por Skype, el símbolo gris de desconectado.

«¿Dónde estás, Danny? Por el amor de Dios, ¡esto ya no tiene gracia!».

Había pensado mucho en cuándo contarle a mi familia y a la de Danny lo que estaba pasando y había decidido dejarlo para dentro de unos días, una semana, tal vez. Pensé que para entonces ya estaría de vuelta y habría asustado a todo el mundo sin motivo alguno. Ya era suficiente con el miedo que yo misma estaba provocándome. Encendí la tetera para preparar la que debía ser mi quinta taza de café de la mañana y, al darme cuenta de que, aunque le había dado de comer a Albert, que dormitaba en su cama, yo no había comido nada desde el día anterior, desde antes de mi visita a la comisaría, metí una rebanada de pan en el tostador. Recordé que tenía que encontrar otra foto de Danny; me habían pedido una de él solo, a ser posible reciente. Habían sido amables esos dos policías, la mujer, la inspectora Dickens, ¿se llamaba así?, era menuda pero fuerte al mismo tiempo, estaba delgada y tonificada, con el pelo rubio con corte *pixie* y aquellos intensos ojos azul oscuro. Y su compañero, el ayudante, el subinspector Clarke, era un poco más tranquilo y apacible, alto y robusto, afable, con el vello facial bien recortado, los dientes blancos y uniformes y la piel oscura y tersa. Una pareja muy atractiva. «¿Estarán saliendo?», me pregunté distraída, pero luego dejé a un lado esa idea absurda. Eran agentes de policía en Brístol, no en una serie de televisión. Seguramente estaban tan ocupados que apenas les quedaba tiempo para ir al baño, por no hablar de tener aventuras ilícitas en el trabajo.

Llevé el café y la tostada al salón y me senté en el sofá. Era una estancia preciosa: grande y luminosa, de techos altos, con una enorme chimenea, sillones acolchados en las ventanas y suelo de madera oscura pulida. Habíamos comprado un sofá nuevo de terciopelo amarillo y, después de asegurarnos de que a los propietarios no les importaba que decoráramos un poco, encontramos un papel pintado con motivos de celosía en el gris paloma más suave para cubrir dos de las paredes. Lo había colocado yo misma en una tarde, y me encantaba. El lugar estaba en perfecto estado, pero, si íbamos a vivir allí durante un año o más, queríamos poner nuestro propio estilo.

—Es un diseño de parterre —le expliqué a Danny cuando llegó la muestra de papel pintado—. Ya sabes, lo que ves en los jardines de estilo victoriano cuando planifican los parterres para que formen un patrón bonito. Está en consonancia con la casa, pero es una especie de interpretación moderna.

Me había fruncido el ceño de una forma exagerada, evidentemente desconcertado, y yo me había reído y me había dado por vencida. Decir que Danny no estaba muy interesado en la decoración del hogar era quedarse corto, pero la parte positiva de eso era que yo podía hacer básicamente lo que me diese la gana. Si se lo pedía, me ayudaba encantado, pero yo llevaba la voz cantante y me parecía estupendo.

Me quedé allí sentada durante un rato, mirando la estancia, luego recordé lo que había ido a hacer allí y saqué el móvil. Hice clic en el archivo de fotos y empecé a buscar una fotografía decente de Danny. Nunca le gustaba mucho que le hicieran fotos –para ser tan guapo, era muy tímido con las cámaras–, pero nos habíamos hecho unas cuantas desde que nos mudamos y pensé que una de ellas sería perfecta para la Policía: un primer plano de Danny sumido en sus pensamientos, de pie en medio del salón, mirando fijamente a la pared mientras intentaba ayudarme a decidir cuál de nuestras obras de arte grandes quedaría mejor encima de la chimenea. Hice la fotografía antes de que se diera cuenta de que estaba allí y él gruñó, se lanzó sobre mí y me tiró sobre la alfombra persa de seda, diciéndome que era «peor que un maldito *paparazzo*» y besándome con tanta intensidad que apenas podía respirar.

«Ay, Danny, te echo tanto de menos. Por favor, vuelve a casa».

Hice una pausa con el dedo apoyado en la pantalla del móvil. Había repasado un mes de fotos sin encontrar lo que buscaba, fruncí el ceño y volví a recorrer el álbum. ¿Dónde estaba? De hecho, ¿dónde estaban muchas de las fotografías que habíamos hecho desde que llegamos a Brístol? Había algunas de mis fotografías del trabajo de las últimas semanas: fotos de botes de crema hidratante y vaqueros desteñidos y una orquídea rosa vibrante en un recipiente de cristal. Y había un par de imágenes de la casa, fotos de algunas de las habitaciones, fotografías que había hecho para intentar visualizar las paredes en diferentes colores, para planificar la decoración. Pero ¿dónde estaban las fotos de Danny intentando hacer bricolaje, colocando una estantería claramente torcida? ¿O los selfis que nos habíamos hecho, los dos tumbados en la cama después de un día entero intentando ordenar los dormitorios y subiendo y bajando cajas por las escaleras, sudorosos y agotados, pero con una sonrisa de oreja a oreja? ¿La foto de los dos acurrucados en un gran sillón brindando con champán? Pulsé en cada una de las instantáneas, despacio. «Habré ido demasiado rápido y no las habré visto». Pero no, una vez más, volví a las fotos de Londres, las que había hecho antes de mudarnos. ¿Dónde demonios estaban las fotos que quería, las de las últimas semanas?

¿Y por qué solo faltaban algunas de las fotografías recientes y no todas? ¿Había algún problema con la aplicación? Sin embargo, en la nube habría una copia de seguridad de todas, ¿no? Pulsé la aplicación de almacenamiento en la nube y empecé a buscar otra vez, pero eran las mismas imágenes, las que acababa de revisar varias veces en la galería.

–¿Qué? No tiene sentido –dije en voz alta.

Dejé el móvil en el cojín de al lado y me quedé quieta, pensativa. Tenían que estar en alguna parte, pero ¿dónde? ¿Se habían guardado en un álbum diferente o algo así? Estaba claro que algo había fallado y, aunque la tecnología no se me daba mal, no sabía lo suficiente como para saber dónde buscar. Y la Policía había pedido una foto nueva para ese mismo día, si era posible. ¿Qué iba a hacer? Supuse que les daría una de nuestros días en Londres. Tenía unas cuantas en el móvil y serían lo bastante recientes. Respiré hondo para intentar calmar la ansiedad y volví a coger el móvil, esta vez en busca de correos electrónicos. «Tal vez, solo tal vez». Pero, al igual que las veinte, cincuenta o cien veces anteriores, no había ningún mensaje nuevo en la bandeja de entrada. De repente, se me llenaron los ojos de lágrimas. No podía aguantar mucho más. Cuatro días. CUATRO. ¿Dónde estaba? ¿Estaba herido en alguna parte, incapaz de encontrar ayuda? ¿Se había ido sin decir nada? ¿Me había dejado por otra persona, como la gente seguía insinuando? ¿O… estaba… estaba muerto? El corazón empezó a palpitarme con fuerza y de repente mi respiración se volvió entrecortada.

«Para. Para, Gemma».

Pensar así no iba a ayudar a nadie. Con la mano temblorosa, me desplacé por los mensajes buscando el último correo que Danny me había enviado, el del jueves por la noche, y, de repente, sentí el impulso desesperado de volver a leer sus palabras, me preguntaba si me había perdido algo, algún mensaje escondido en el texto, alguna pista de adónde podría haber ido. Mierda, ¿dónde estaba su último *email*? Ahora no lo encontraba. ¿Seguro que no lo había borrado por error? Bastante segura de que no (era una sentimental, así que nunca borraba los mensajes de mi marido), hice clic en la carpeta de mensajes eliminados y puse el nombre de Danny en el buscador.

No hay resultados.

Sabía que no lo había borrado. Pero, entonces, ¿dónde estaba? Volví a la bandeja de entrada e hice la misma búsqueda. Esta vez, apareció una retahíla de correos electrónicos de Danny, pero el más reciente era del miércoles 30 de enero, hacía semanas. ¿Qué estaba pasando? Habíamos intercambiado muchos correos electrónicos desde que nos habíamos mudado a Brístol, desde que Danny no tenía teléfono. ¿Dónde estaban?

–¡Por el amor de Dios!

Tiré el teléfono con fuerza sobre la alfombra y me senté, cubriéndome la cara con las manos, las lágrimas brotaban a raudales. Necesitaba leer el último *email* de Danny, lo necesitaba. ¿Qué le pasaba a mi móvil? ¿O era la compañía de correo electrónico? ¿Tenía algún problema? Tendría que llamar, preguntar…

Me sobresalté cuando el sonido de un timbre interrumpió mis pensamientos frenéticos. El timbre de la puerta. «¿Danny?». ¿Podía ser Danny, que había perdido las llaves y había vuelto a casa? Desde la cocina, un aullido de emoción parecía dar a entender que Albert también tenía esperanzas.

–¡Danny!

Atravesé corriendo la puerta de la habitación, corrí por el pasillo, casi tropecé con Albert, que de repente pasó corriendo a mi lado, tanteé las llaves con los dedos, el corazón me latía dolorosamente contra la caja torácica.

–Da… ¡Oh!

–Señora O'Connor, sentimos molestarla… ¿Está bien?

El subinspector Devon Clarke estaba de pie en el umbral de la puerta, con sus hombros anchos y un abrigo negro, y fruncía el ceño mientras me miraba desconcertado. A su lado, un hombre más pequeño, más joven, con la nariz afilada y unas pequeñas gafas rectangulares, también me miraba fijamente. Di un paso atrás y me vi en el espejo del vestíbulo, de repente consciente de que seguía llorando, con las mejillas manchadas del rímel del día anterior y el pelo enmarañado y sin peinar.

–Oh, Dios santo, lo siento. Pensé… pensé que podría ser Danny. Todavía no he tenido noticias suyas y me estaba volviendo… Y, oh, no, por favor, por favor, no me digan que están aquí para darme malas noticias, por favor…

De pronto comprendí que dos agentes de policía en la puerta de mi casa no podían ser nada bueno y el pánico volvió.

–Por favor…

El subinspector Clarke negó con la cabeza, entró en el recibidor, alargó una mano hacia mí y me dio una palmadita en el hombro.

–No, no, no es nada de eso. No se preocupe, ¿de acuerdo? Hemos estado haciendo preguntas y hemos descubierto algo un poco raro que queremos hablar con usted, y pensamos que sería más fácil charlar cara a cara. Pero no es nada alarmante, así que tranquilícese, ¿vale? Vamos, sentémonos. Este es el agente Stevens… –Hizo un gesto detrás de él hacia el hombre más menudo, que asintió y dejó asomar una sonrisa–. Y si le indica dónde está la cocina, irá y nos preparará una buena taza de té y luego hablaremos, ¿de acuerdo? Por cierto, ¿su perro es bueno con los desconocidos?

Miré hacia abajo, a Albert, que estaba de pie frente a mí, protector; cogí un poco de aire y asentí.

–Lo siento, yo… Sí, es bueno. Albert, vete a la cama. No es Danny. Vamos, Albert. La cocina está por ahí, solo debe seguir al perro. Nosotros nos quedamos en la sala de estar.

Albert dudó un segundo, pero después obedeció y trotó por el pasillo con la cabeza gacha, estaba claramente decepcionado. El agente Stevens lo siguió, como le había indicado, y yo me tambaleé de vuelta y volví a desplomarme sobre el sofá, sentía las piernas débiles y poco estables. El subinspector Clarke se sentó en la silla de enfrente y durante un par de minutos charló un poco, preguntándome si había oído algo de Danny; luego cambió de tema por completo, admiró los grandes ventanales, hizo un comentario sobre la escultura de bronce que había sobre una mesa auxiliar y me pidió que le recordara cuánto tiempo llevábamos viviendo en Brístol. Pero cuando el agente Stevens reapareció con tres tazas humeantes balanceándose en la bandeja que teníamos en la encimera de la cocina los ánimos cambiaron de sopetón.

—Señora O'Connor, esta mañana hemos estado haciendo algunas preguntas por la desaparición de su marido, como prometimos. Empezamos por su lugar de trabajo, ¿ACR Security?

De repente, utilizó un tono serio y me recorrió un escalofrío. Asentí.

—¿Y bien?

Hizo una pausa.

—Bueno, eso es lo raro. No trabaja allí.

Le miré sin entender nada.

—¿A qué se refiere? Claro que trabaja allí. A ver, no lleva mucho, unas pocas semanas. Tuvo que empezar el… —Me lo pensé un poco, intenté recordar la fecha exacta—. Bueno, yo me mudé a Brístol una semana antes que Danny, porque tenía cosas que cerrar en Londres; no sé si se lo comenté. Pero él vino para quedarse conmigo ya la noche del 8 de febrero, que era un viernes. Empezó en ACR el lunes, por lo que habría sido día 11. Lo siento, no entiendo qué quiere decir con que no trabaja allí.

El subinspector Clarke miró a su compañero durante un segundo y entonces los dos volvieron a mirarme.

—Lo que quiero decirle, señora O'Connor, es que ACR dice que a su marido se le hizo una oferta y aceptó un trabajo con ellos, que de hecho debía empezar el 11 de febrero. Pero un par de semanas antes de esa fecha les envió un correo electrónico para decir que al final no se incorporaría porque las circunstancias habían cambiado. No hace falta decir que no estaban muy contentos con que cambiara de opinión, sobre todo con tan poca antelación, pero no podían hacer mucho al respecto. Por lo tanto, ya ve, ACR Security no era el lugar de trabajo de su marido. Así que… ¿puede ayudarnos?

Capítulo 6

−¿Y no tenía ninguna explicación? ¿De verdad que no lo sabía? Helena, sentada en el borde del escritorio de Devon, bajó la mirada y frunció el ceño. Tragó un poco de té, hizo una mueca y dejó la taza con cuidado en el posavasos que había junto al teclado del ordenador.

−No. Para ser honesto, parecía muy sorprendida. Dijo que, por lo que ella sabía, él estaba entusiasmado con el trabajo nuevo y que lo disfrutaba de verdad. Salía a trabajar temprano cada mañana, volvía a casa normalmente después de las seis de la tarde, a veces mucho más tarde. Ha estado haciéndolo todos los días de la semana desde que se mudaron. Lo que lleva a la pregunta: si no iba a trabajar a ACR Security, ¿qué estaba haciendo?

Helena asintió lentamente.

−¿Otro trabajo en algún sitio que por alguna razón no le contó a su mujer? ¿O estaba haciendo algo completamente distinto? Tenemos que echar un vistazo a su cuenta bancaria, Devon. Ver si alguien le estaba pagando. Aunque supongo que, si solo llevaba tres semanas trabajando en Brístol, puede que aún no haya cobrado. Es probable que sea a fin de mes, ¿no?

−Seguramente. Pero ya estoy en ello, bueno, Frankie está en ello. Deberíamos tener su historial bancario esta tarde.

Señaló el escritorio de al lado, donde el agente Frankie Stevens hablaba por teléfono, animado.

−Bien. Por cierto, ¿hemos conseguido una foto suya más reciente? Devon asintió.

−Ha enviado una por correo electrónico, sí. No pudo encontrar ninguna de las últimas semanas, dice que su móvil falla, que sus correos electrónicos y las fotografías más recientes no se han guardado o algo así. Pero esta solo tiene un par de meses. He impreso algunas copias. Debería servir.

–Vale. De acuerdo, bien, quédate un poco más y mantenme informada, ¿vale? Y quiero que, por ahora, esto se mantenga en secreto, nada de llamamientos de personas desaparecidas en los periódicos ni en las redes sociales ni nada. Esta posible conexión con nuestros otros dos casos todavía me preocupa y no quiero más especulaciones por ahí. Hoy ya ha sido un día bastante malo.

Echó un vistazo a la portada del *Bristol Post* de esa mañana, que estaba sobre la mesa de Devon, y suspiró. Había sucedido lo que se temía.

POSIBLE ASESINO EN SERIE
TRAS UN DOBLE ASESINATO EN THE DOWNS

–Malditos periodistas. Así que calladitos como tumbas, ¿vale? Y sé que estás trabajando muchas horas ahora mismo, Devon. Gracias, de verdad que lo agradezco.

–Claro, jefa. No tengo nada mejor que hacer últimamente, así que por mí está bien. Las ventajas de ser joven, libre y estar soltero, ¿eh?

Helena le dedicó una sonrisa comprensiva, se levantó del escritorio y se alisó la chaqueta. Al pobre Devon le había dejado la que había sido su novia durante el último año hacía apenas unas semanas y, aunque no parecía tener el corazón roto, Helena tenía la sensación de que sentía la pérdida mucho más de lo que aparentaba. En algún momento se lo llevaría a un lado, quizá para tomar una copa y charlar, pero ahora había demasiado trabajo que hacer, y con esta complicación añadida… Sacudió un poco la cabeza mientras cruzaba la sala, abriéndose paso entre las mesas repletas de montones de papeles desordenados. Empezaba a tener la sensación de que había algo raro en la desaparición de Danny O'Connor, sobre todo con la revelación sobre el trabajo que nunca existió, pero sin un cadáver seguía siendo solo una persona desaparecida y en ese momento tenía cosas más importantes en la cabeza, a saber, dos hombres muertos de verdad cuyos asesinatos podían estar relacionados o no y una clara escasez de pistas. Con un suspiro, se acercó a su escritorio y se sentó, apartó un recipiente de plástico con ensalada de *mozzarella* y tomate a medio comer y tocó el teclado para activar la pantalla del ordenador.

Los archivos de los resultados forenses estaban abiertos sobre su escritorio y los consultó por décima vez, desconsolada. Básicamente, no había nada; el asesino había sido muy cuidadoso o había tenido mucha suerte y no había dejado rastro de su identidad en ninguna de las víctimas. «O la asesina», pensó Helena. Nada de suposiciones, no a esas alturas, aunque en ese instante apostaba por un asesino masculino. Aunque no se había encontrado el arma homicida en ninguno de los dos casos, habían atacado tanto a Mervin Elliott como a Ryan Jones con una fuerza considerable y con algún tipo de objeto pesado; ambos, según se acababa de confirmar, habían muerto a causa de las lesiones en el cráneo. Ambos eran hombres jóvenes y estaban en forma y parecía poco probable que una mujer hubiera sido capaz de derribar a cualquiera de los dos con tanta facilidad. Aunque… Helena pensó en algunas de las mujeres que veía en su gimnasio local en las raras ocasiones en que elegía el ejercicio bajo techo en lugar de salir a correr. Aquellas culturistas, las que se presentaban a los concursos de Miss Bikini Fitness o como se llamase, sin duda serían capaces de derribar a un hombre si quisieran. «Así que no descartes a nadie», pensó. La investigación estaba en una etapa demasiado temprana como para empezar a hacer eso. «Mantén la mente abierta».

Volvió a ponerse en pie y cruzó la sala hacia el tablón de la investigación mientras se masajeaba la espalda con las manos. Pensó que tal vez le pediría a Charlotte que le diera un masaje en la espalda más tarde si seguía despierta cuando llegara a casa y luego sonrió con ironía para sí misma, dándose cuenta de lo improbable que era. Su mujer, directora de un centro de secundaria bastante exigente, volvía del trabajo tan agotada como ella.

—¿Estarás en casa para cenar? ¿O es una pregunta estúpida? —había preguntado medio dormida mientras Helena intentaba salir de la cama sin hacer ruido a las seis de la mañana con ganas de correr antes de lo que sin duda sería otro día largo y frustrante.

Se inclinó hacia Charlotte y le dio un suave beso en la frente. Olía a aceite de rosas y a sueño.

—Lo siento, ¿te he despertado? Y sinceramente... no creo. Este es uno de los difíciles y no tengo nada con qué seguir, Char, nada. Quizá sea mejor dar por hecho que no estaré en casa para cenar en un tiempo. Te lo compensaré cuando todo haya terminado, lo prometo.

—Sí, sí. Ya he oído eso antes.

Charlotte le había dado un apretón en el brazo y se había dado la vuelta, con los ojos cerrados otra vez, y Helena se había vestido deprisa y había salido a la mañana oscura y helada, con la culpa carcomiéndole las entrañas. Charlotte era la paciencia en persona, pero a veces se preguntaba cuánto duraría. El trabajo, como el pobre Devon había descubierto hacía poco, era un matarrelaciones. Y Charlotte quería tener hijos, bueno, en realidad las dos querían, pero como estaban tan ocupadas...

Helena suspiró. Charlotte nunca la presionaría, lo sabía. Pero últimamente había comentarios, algunas ocasiones en las que de repente había salido el tema de los bebés en una conversación que no tenía nada que ver. Había cambiado de tema para esquivar la discusión, pero sabía que no podría hacer eso siempre. Tal vez, cuando todo aquello terminase...

Suspiró de nuevo y se quedó mirando el tablón de los hechos. Esa mañana habían conseguido un gran avance: después de luchar durante días para encontrar cualquier conexión entre las dos víctimas, un joven agente de policía se había presentado ante ella hacía un par de horas, emocionado, para anunciarle que había descubierto que tanto Mervin Elliott como Ryan Jones habían utilizado la misma aplicación de citas.

—Es una de las nuevas aplicaciones de moda, ni de lejos tan popular como Tinder y demás, pero cada vez más popular entre la gente que quiere algo un poco más discreto —dijo. Sus palabras se confundían unas con otras en su afán por compartir la noticia—. Se llama EHU, siglas de Elite Hook Ups. No es barata, hay que pagar bastante, incluso por la versión básica. La mayoría te permiten usar gratis un nivel básico y luego tienes que suscribirte al servicio prémium. En este caso, hay que pagar una elevada cuota mensual por adelantado para poder utilizarla. De ahí lo de *elite*, supongo.

El agente, que se llamaba Mike Slater, según recordó Helena, había hecho una pausa mientras pasaba las páginas de su cuaderno y luego volvió a mirarla con los ojos brillantes.

—Pero ambos se la habían descargado y lo que es realmente interesante, señora, es que por alguna razón la aplicación había sido borrada de los teléfonos de ambas víctimas. Empecé a buscar porque los amigos de Mervin y Ryan dijeron que ambos usaban una aplicación de citas, no sabían cuál, para conocer mujeres, pero no había rastro de ninguna en sus móviles cuando sus cuerpos fueron encontrados. La verdad es que no sabía por dónde empezar, estoy casado, así que no soy un experto, pero pregunté, hice un sondeo entre todos los solteros de la oficina —señaló la sala vagamente—, les pregunté qué aplicaciones de citas son más populares ahora mismo y casi todos ellos mencionaron esta de EHU como muy popular. Hace apenas un año y medio que se lanzó y, al parecer, mucha gente ha abandonado las antiguas y se ha unido a ella. Bueno, no todo el mundo, Frankie sigue en Grindr; es adicto, dice que es la que tiene los hombres más atractivos y no se va a cambiar por nadie… —Sonrió y miró hacia donde estaba sentado el agente Stevens, luego miró de nuevo a Helena—. Lo siento. De todos modos, hice una lista de las cinco mejores aplicaciones que todo el mundo parece estar usando, incluyendo esta de EHU. Sabía que era una posibilidad muy remota, pero, bueno, tuve suerte. Empecé a ponerme en contacto con las distintas compañías y les pregunté si había alguna forma de averiguar si Mervin y Ryan se habían registrado con ellas. Las primeras se negaron, incluso cuando les expliqué que los dos habían sido asesinados, pero entonces llamé a EHU, se lo pensaron y volvieron a ponerse en contacto conmigo para facilitarme algunos datos básicos. Y resulta que los dos estaban apuntados. —Volvió a hacer una pausa—. Ambos llevaban registrados en la aplicación unos meses… —Echó un vistazo a sus notas—. Mervin desde septiembre y Ryan desde noviembre. Así que es un poco raro que la aplicación no estuviera en ninguno de sus móviles cuando encontraron los cuerpos. No puedo explicarlo. O sea, es obvio que todo esto podría ser una coincidencia y no llevarnos a ninguna parte, pero le pregunté a EHU si había alguna forma de que nos dieran detalles de cualquiera de nuestras víctimas que se conectara con la aplicación. Así tendríamos una lista de gente nueva con la que hablar, ya que ninguno de sus compañeros fue de mucha ayuda. Ni Mervin ni Ryan habían presentado una mujer a sus amigos en meses, ninguna de sus citas se había vuelto lo bastante seria como para eso. Así que pensé que tal vez si pudiéramos encontrar a alguna de las mujeres que estaban hablando con ellos a través de la aplicación podría darnos una nueva perspectiva, y nunca se sabe, una de ellas podría tener algo de información que nos sea de ayuda. O puede que no, claro, pero...

Helena, que había estado sentada en su silla escuchando con creciente interés, se levantó de repente y aplaudió.

—Un trabajo increíble, Mike. Entonces, ¿lo harán? ¿La gente de la aplicación? ¿Podremos obtener esa información?

El agente arrastró los pies, bajó la vista un segundo y volvió a mirarla, la sonrisa desapareció de su rostro.

—Ah, bueno, ahí empezó el problema. Como es una aplicación de pago y cara, funciona de una manera un poco diferente. No hay nada de «desliza a la derecha si te gusto» ni nada parecido. Cada persona que se registra tiene que proporcionar una dirección de correo electrónico, que aparece en su perfil. Se aconseja a los usuarios que creen una dirección de correo electrónico nueva y específica para la aplicación y que no utilicen su dirección personal, pero eso es cosa suya. A continuación, basta con buscar a personas con rasgos que te interesen: profesión, tipo de cuerpo, edad, aficiones... y, si encuentras a alguien que te gusta, le envías un correo electrónico. Es una de las particularidades de la aplicación: garantiza mucha más privacidad que la mayoría, porque solo las dos personas que se envían correos saben que han decidido ir más allá. En otras palabras, las personas que gestionan la aplicación no saben quién contacta con quién. Se limitan a ofrecer una plataforma privada y discreta para que la gente encuentre a gente de su interés.

Helena sintió que se le desinflaba el corazón. Maldita sea. A la mierda.

—Vale, eso es una faena enorme. Pero, aun así, buen trabajo, Mike. —Se detuvo un segundo mientras pensaba con rapidez; frunció el ceño—. Oye, ¿qué pasa con sus números de teléfono y las cuentas de correo electrónico? Me refiero a las de Mervin y Ryan. Si estas citas se concertaron por correo electrónico, en un principio al menos, ¿no podemos encontrar a las mujeres con las que salieron por esa vía?

Mike se puso a asentir con rapidez.

—Los de informática están echándole otro vistazo. Miraron los correos electrónicos y los registros telefónicos de ambas víctimas, pero no encontraron nada que pareciera significativo, supongo que estaban buscando amenazas y cosas así, no cosas sobre citas. Están buscando otra vez, enfocándose en este tema de la aplicación. Y, sí, voy a volver a contactar con los de EHU a ver si pueden ayudar más. Podrían tener algún tipo de base de datos de búsqueda que al menos podría ayudarnos a reducir el campo, como, no sé, decir que Mervin tenía una fijación por las pelirrojas altas y buscaba mujeres que encajaran con esa descripción, eso podría ayudarnos a rastrear algunas de sus citas. O no. Quiero decir, podría estar completamente equivocado con esto, es posible que no signifique nada de nada.

—Pero podría ser que sí. Gracias, Mike. Has hecho un gran trabajo. Por fin hay algo en común entre nuestras dos víctimas y es la única pista que tenemos, así que vale la pena seguirla. Envíame cualquier otra cosa que tengas sobre esto tan pronto como sea humanamente posible, ¿vale?

Eso había sido unas horas antes y no había habido actualizaciones desde entonces. Helena se quedó mirando la pizarra un rato más y luego volvió a su escritorio, pensativa. Aplicaciones de citas. Parecía que ahora todo el mundo conocía a su pareja por ahí. Ella había conocido a Charlotte en un bar de ambiente de Brístol hacía una década. Pero los tiempos habían cambiado y, en lo que respecta a las investigaciones de asesinatos, el hecho de que ahora todo fuera por internet solía ser positivo, ya que permitía rastrear mucho mejor los movimientos de las víctimas y los sospechosos. El hecho de que las dos víctimas estuvieran registradas en el mismo portal de citas no tenía por qué significar nada, lo sabía. Si era tan popular como Mike había dicho, miles de personas estarían usándola, lo que seguramente hacía que la coincidencia careciera de sentido. ¿Y qué probabilidad había, después de todo, de que ambos hubieran tenido la enorme desgracia de quedar con la misma psicópata, que luego los había golpeado hasta matarlos? No, las muertes podrían no estar relacionadas, pero al menos era algo, una pista que podían seguir, y eso suponía un buen cambio después de días sin nada que seguir.

«Me pregunto…».

Helena, que estaba camino de su escritorio, se detuvo en seco cuando se le ocurrió una idea. Devon, que venía en dirección contraria con un té recién hecho, se detuvo también justo a tiempo para evitar chocar con ella y se quejó cuando el líquido caliente se derramó por el borde de la taza, salpicándole la impoluta camisa blanca.

—Ahhh, ¡mierda! ¿Qué pasa, jefa?

Con la servilleta de papel que sostenía en la otra mano limpió la mancha marrón, sin éxito, y miró con curiosidad a Helena.

—Oh, Devon, lo siento mucho. Es que… se me acaba de ocurrir algo. Algo espontáneo y puede que sea una estupidez, pero…

Se giró sobre sí misma y recorrió la concurrida sala con la mirada.

—¿Mike?

En su escritorio, cerca de la ventana, el agente Slater levantó la cabeza.

Le hizo un gesto.

—¿Puedes venir un momento?

Se volvió hacia el subinspector.

—Devon, ¿puedes darle a Mike una copia de esa foto nueva de Danny O'Connor? La que Gemma envió hace un rato. Es solo una idea, pero… —Miró la cara de impaciencia de Mike Slater, que se había unido a ellos—. Mike, el subinspector Clarke va a darte una fotografía. Es de un hombre que se llama Danny O'Connor, que parece haber desaparecido en circunstancias un poco extrañas. Tiene un aspecto físico muy similar al de nuestras dos víctimas de asesinato, lo que nos está poniendo un poco nerviosos, y no está soltero, está casado, pero es solo una idea, algo que me gustaría descartar... ¿Podrías ayudarme y echar un vistazo para ver si también está en esa aplicación de EHU? A ver, estoy segura de que no estará, pero ¿puedes acceder a ella para buscar sin tener que pagar para registrarte?

Mike asintió.

—Sí, el público en general no puede acceder, pero me dieron un código para poder ver los perfiles de Mervin y Ryan y me da acceso al buscador. Voy a intentarlo.

No tuvieron que esperar mucho. Diez minutos más tarde se oyó un grito de júbilo desde el otro lado de la habitación. Helena y Devon se levantaron al mismo tiempo y en cuestión de segundos estaban echando un vistazo por encima del hombro de Mike; Helena era consciente de que su corazón había comenzado a latir con incómoda rapidez.

—Bueno... ¿Qué has encontrado? —le preguntó.

En la pantalla de Mike había una página de búsqueda, donde claramente había estado rellenando detalles del aspecto físico de Danny, color de pelo y demás.

—Bien, busqué su nombre y no apareció nada que coincidiera con él, aunque eso no es raro, mucha gente utiliza apodos y demás en sitios como este. Así que puse toda la información básica de su informe de persona desaparecida. Y cuando le di a buscar...

Pulsó el botón rojo situado en la parte inferior de la pantalla. Al instante, la pantalla cambió y aparecieron varias fotografías de jóvenes morenos. Helena las escaneó, buscando una cara conocida, y luego soltó un grito ahogado.

—Ahí está. En medio de la segunda fila. ¿Ese es...?

Devon se inclinó más hacia la pantalla, con la mano en el hombro de Mike. Mike sonreía ampliamente.

—Es él. Es él, joder. Madre mía —dijo Devon despacio.

—Yo también lo creo. Aparece con otro nombre, se hace llamar Sean, mira. No hay mucha información personal en el perfil, pero dice que trabaja en informática. Al comparar las dos fotos, yo también estoy bastante seguro de que es él. ¿Tú qué piensas, jefa?

Mike miró a Helena. Tenía los ojos clavados en la imagen de la pantalla, su cerebro intentaba procesar lo que estaba viendo y lo que podía significar. Solo había sido una corazonada. No esperaba tener razón. Se aclaró la garganta.

–Lo que creo, Mike, es que has dado en el clavo. No tengo ni idea de lo que está pasando aquí ni por qué un hombre que parece felizmente casado tiene un perfil en un portal de citas de última moda, pero ese es, sin lugar a dudas, Danny O'Connor.

Capítulo 7

Estaba desplomada en el sofá, con escalofríos violentos a pesar del calor que hacía en la habitación. ¿Qué me pasaba? Me palpitaba la cabeza y estaba desorientada, mareada, como si hubiera bebido demasiado aunque no había bebido ni una gota desde que la Policía se había marchado aquella mañana. Pensar en comer me daba náuseas. ¿Cómo iba a preparar una comida, sentarme y comer como una persona normal cuando todo lo que consideraba normal parecía desmoronarse a mi alrededor? Danny no había ido a trabajar, ni siquiera había empezado en su trabajo nuevo. ¿Cómo era posible? Durante tres semanas, había salido de casa por la mañana, se había vestido para ir a la oficina, se había ido en bicicleta y había vuelto mucho después de que anocheciera. Parecía estar disfrutando mucho de su nuevo puesto, parecía tan feliz, tan… tan Danny. No había nada diferente en él. Y me acababan de informar de que todo eso, todo, había sido una mentira. ¿Y por qué? ¿Por qué iba a inventarse algo así, por qué iba a hacer que iba al trabajo cuando no era así? Y si no estaba trabajando en ACR Security, donde yo creía que estaba, donde él decía que estaba, entonces, ¿dónde demonios había estado pasando los días? La Policía también me lo había preguntado y yo me había quedado muda, negando con la cabeza, incapaz de pensar en nada, en ningún sitio al que pudiera haber ido. Por supuesto, ahora que volvía a estar sola, me las había arreglado para imaginarme todo tipo de hipótesis disparatadas en las últimas horas: había aceptado otro trabajo, algún trabajo de alto secreto del que no tenía permitido hablar a nadie. Estaba enfermo, padecía alguna enfermedad horrible y había estado recibiendo tratamiento diario de forma clandestina para no preocuparme. Tenía otra familia,

61

una segunda esposa, hijos, tal vez, que vivían en Brístol y por eso estaba tan emocionado por mudarse aquí, por fin podría pasar tiempo con ellos. Pero, a medida que cada teoría entraba en mi cerebro y luego se descartaba al instante porque era ridícula, mi temor crecía. No tenía ni idea, ninguna pista.

«Danny, ¿qué has hecho? ¿Por qué me has hecho esto? Te quiero, Danny, y tú me quieres. ¿Acaso no me quieres?».

Pero, de repente, me asaltaron las dudas.

«Si me ha mentido en esto, ¿en qué más podría haber mentido?».

En todas las relaciones había mentiras piadosas, claro que sí. Pero no le mentías a alguien que amabas sobre las cosas importantes, ¿verdad? No sobre las cosas grandes y sumamente importantes como tu trabajo, tu vida. El trabajo, la rutina, el enfado que había mostrado por el retraso de la llegada de su nuevo teléfono del trabajo cuando, en realidad, ahora parecía que no había trabajo ni teléfono por llegar. Mentiras, mentiras, mentiras. «Y luego ha desaparecido sin más, dejándome tan confusa, tan asustada... ¿Quién trataría así a alguien a quien ama?».

Se me escapó un pequeño sollozo y, a mis pies sobre la alfombra, Albert, que estaba acurrucado, dormido, abrió los ojos un segundo, me miró, echó un vistazo a la habitación como para comprobar si Danny había vuelto ya y luego volvió a cerrar los ojos con un suspiro sonoro. Había una manta de piel sintética en el respaldo del sofá y la cogí, me la enrollé alrededor de las piernas y tiré de ella hasta la barbilla, intentando detener el escalofrío. Danny y yo nos habíamos acurrucado muchas veces bajo aquella suavidad aterciopelada para ver películas, hablar y darnos besos. Aquel recuerdo me hizo llorar de golpe. Aquello no tenía sentido. Nada de eso tenía sentido. Y, sin embargo, en las últimas horas había estado pensando cada vez más que, si nos ateníamos a los hechos, ¿hasta qué punto conocía de verdad a mi marido? Nos habíamos conocido en Tinder hacía solo dieciocho meses, como les había contado a los agentes de policía cuando fui a comisaría. Nos gustamos, intercambiamos unos cuantos mensajes de coqueteo y luego empezaron las llamadas telefónicas, largas y hasta altas horas de la madrugada. Me cautivó su suave acento irlandés y me encontré abriéndome a él antes incluso de conocernos en persona, hablándole de mi trabajo, de la ansiedad que me había llevado a abandonar mi carrera periodística y el trauma emocional que me había dejado. Había sido tan amable, tan comprensivo y me había apoyado tanto desde el principio… Y luego, cuando por fin tuvimos nuestra primera cita, cuando le miré a esos ojos marrón chocolate, hubo una conexión tan inmediata, tan profunda, que casi me había asustado. Había tenido novios antes, incluso algunas relaciones serias a lo largo de los años, pero no durante un tiempo y no así. No como con Danny. Eso fue en septiembre; en Nochebuena, se arrodilló en nuestro restaurante italiano favorito y me pidió matrimonio entre los gritos y vítores de los camareros y otros comensales. Nos casamos tres meses después, el 17 de marzo, el Día de San Patricio.

–Siempre es un día para celebrar. Y no se me ocurre mejor motivo para celebrarlo que casarme contigo –había dicho al salir del Registro Civil de Marylebone, agarrados de la mano y con una sonrisa de oreja a oreja.

Lo habíamos hecho en plan pequeño, sencillo, solo nosotros y unos pocos amigos, además de mis padres y, en representación de los O'Connor, Quinn, el primo de Danny, su único pariente en Londres. Su madre no había volado desde el condado de Sligo para asistir a la boda; Donal, el padre de Danny, había fallecido apenas seis semanas antes, a principios de febrero, después de haber estado enfermo de forma intermitente durante años, y su madre se ocupaba a tiempo completo de su otro hijo, discapacitado, Liam, el hermano pequeño de Danny.

–Mamá odia viajar y a Liam no le gustan los cambios en la rutina, le asustan. Incluso antes de que papá muriera, hacía años que apenas salían del condado, por no decir del país –me había dicho Danny–. Es una pena, pero le enviaré fotos y vídeos. De todos modos, tampoco es que le importe mucho, ya sabes cómo es. Y le he dicho que es solo algo modesto y que no se pierde gran cosa.

Solo había visto a Bridget una vez, pero sabía a qué se refería. Danny me había dicho que nunca se había llevado bien con ninguno de sus padres, y yo había visto por qué cuando los conocí.

Bridget era muy rara y su padre no me había caído nada bien. Y tenía razón, nuestro banquete de bodas no fue gran cosa, pero fue perfecto para nosotros y me encantó. Fue una fiesta en el *pub* local, champán y pescado con patatas fritas, fotografías tomadas con los teléfonos de los amigos, para recopilarlas y ponerlas en un álbum más tarde. Danny lo había querido así (odiaba el jaleo, como él lo llamaba), pero a mí me había parecido bien, siempre y cuando estuvieran presentes algunas personas clave: mamá, papá, mis amigos más cercanos. Pero aun así me vestí de blanco, con un precioso vestido de Chanel, e insistí en que se pusiera un traje y se cortara el pelo. Se quejó, pero accedió, nunca le había visto tan guapo como aquel día. Nunca me había sentido tan enamorada ni tan feliz. Nunca imaginé que un año después…

Tenía un nudo en la garganta y tragué con fuerza, sintiendo que las náuseas me volvían a invadir. Habíamos sido felices. Encajábamos. Y no había mentido cuando le dije a la Policía que habíamos sido casi inseparables la mayor parte del tiempo. Vale, Danny, muy de vez en cuando, se volvía un poco introvertido, quería estar solo, se iba en bicicleta un par de horas, pero era algo normal; le encantaba montar en bicicleta y tenía un trabajo estresante, encerrado en una oficina mal ventilada, delante de una pantalla. A mí también me pasaba un poco lo mismo con mis artículos, y siempre entendí la necesidad que tenía de un poco de soledad. Siempre volvía unas horas más tarde, feliz, relajado y rejuvenecido. Así que esto, esta desaparición total, no era lo que hacía Danny. O no el Danny que yo creía conocer, claro.

«Me mintió –volví a pensar–. Me mintió. Y no fue una pequeña mentira piadosa, sino una enorme».

Y si Danny me había mentido en algo tan importante como su trabajo, si no me había contado lo que de verdad pasaba en su vida, de repente me pareció que era mucho más probable que me hubiera dejado, que se hubiera marchado a pesar de mi insistencia anterior en que no lo haría. ¿Podría haber tenido una aventura? ¿Acaso esos paseos solitarios en bicicleta no eran lo que yo creía que eran? ¿Se había ido para estar con ella, quienquiera que fuese? Y, sin embargo, frotándome las sienes doloridas pensé que ni siquiera eso tenía mucho sentido, porque ¿por qué no se había llevado nada? El pasaporte, las cosas de aseo, la ropa…, todo seguía aquí. Si vas a dejar a tu pareja y quieres hacerlo rápido mientras pasa la noche fuera, ¿no te habrías llevado lo básico? ¿Una bolsa con algo de ropa y algunas cosas para sobrevivir hasta que pudieras volver y recoger el resto? Yo sí. ¿Por qué irse sin nada…?

RING.

Me sobresalté cuando sonó el timbre. Albert se despertó al instante y se puso en pie, corrió por la habitación y ladró emocionado. Gruñí. ¿Y ahora qué? La Policía, otra vez, ¿esta vez con noticias? ¿Le habían encontrado? Me quité la manta de encima y seguí a mi perro hasta la puerta principal. Estaba en lo cierto. Eran ellos otra vez, el subinspector Clarke y el agente Stevens y, temblorosa, les hice pasar al salón y volví a enviar a Albert a la cocina. Nos sentamos en los mismos sitios en los que habíamos estado aquella mañana: yo en el sofá, el subinspector Clarke en el sillón de enfrente y su compañero de pie, merodeando. De pronto, sentí un impulso casi irresistible de taparme los oídos con las manos y canturrear «la la la» como un niño. Las caras de los policías eran serias y, dijeran lo que dijeran, yo ya sabía que no quería oírlo. No creía que pudiera soportar mucho más.

—Señora O'Connor, Gemma… ¿Le importa si la llamo Gemma?

La voz del subinspector Clarke era amable, su mirada bondadosa, y yo asentí.

—Sí, de acuerdo. Por favor…, ¿hay alguna novedad?

Mi voz sonó aguda, carrasposa, nada propia de mí.

Hizo una pausa, miró al agente Stevens y luego volvió a mirarme.

—Bueno, siento molestarla dos veces en un día, pero hay noticias, sí. No hemos encontrado a su marido, todavía no. Lo siento mucho.

Volví a asentir con la cabeza y noté que las lágrimas se me agolpaban en los ojos una vez más.

—Vale. Entonces, ¿qué novedades hay?

El subinspector Clarke miró el cuaderno que había sacado del bolsillo y que había colocado sobre su regazo al sentarse.

–Bueno, hemos investigado un poco más desde que descubrimos que Danny no había empezado a trabajar en su nuevo puesto en Brístol. Revisamos un poco sus cuentas. El último sueldo de su anterior empresa, Hanfield Solutions, se ingresó en su cuenta bancaria a finales de enero, como todos los meses de los últimos años, ¿correcto?

–Sí. Había trabajado allí durante, no sé, ¿cuatro años, tal vez? Pensé en que al menos eso no había sido una mentira.

–De acuerdo. –El subinspector Clarke se aclaró la garganta y continuó–: Así que ese dinero entraba como siempre. Y hemos notado algunos ingresos importantes en la cuenta, varias veces al año en los últimos años, también de Hanfield Solutions. Habrán sido gratificaciones, ¿no?

Asentí con la cabeza.

–Sí, recibía gratificaciones cada pocos meses. Unos cuantos miles cada vez, eran bastante generosos. La empresa iba bien y compartían los beneficios con su personal.

–De acuerdo, entonces todo está bien. –El subinspector se quedó un momento callado–. La cosa es que, desde el último pago de la nómina a finales de enero, no ha habido más ingresos de ningún tipo en su cuenta. Y, y esto es lo realmente interesante, tampoco se ha sacado dinero. Aparte de una transferencia a una agencia de alquiler, que hemos asumido que es el pago del alquiler de esta casa…, ¿Puede confirmarlo? ¿Está alquilada a través de Pritchards?

La cabeza empezaba a darme vueltas otra vez, pero parpadeé y respondí.

–Agencia Pritchards, sí. Danny pagaba el alquiler y yo me encargaba de las facturas, la electricidad y demás. ¿Pero qué quiere decir con que no se ha sacado dinero? ¿Quiere decir desde el viernes, cuando desapareció?

El subinspector Clarke negó con la cabeza.

–No, Gemma. Quiero decir que no se ha sacado dinero de su cuenta en semanas. Desde… –volvió a mirar sus anotaciones y pasó un dedo por la página– desde el jueves 31 de enero. Entonces, ¿cuánto hace? Cuatro, cuatro semanas y media. ¿Le cuadra?

Me quedé mirándole.

«¿Qué? Claro que no me cuadra. No puede ser».

–No. No, eso es imposible. Sacó dinero, claro que sí… Pagó muchas cosas desde que nos mudamos. –Miré alrededor de la habitación, empezando a sentirme frenética–. Eso, mire. –Señalé la mesa baja que había frente al sofá, con la superficie de roble oscuro repleta de revistas de interior–. La pagó él, por ejemplo. La vi en una tienda de antigüedades en Clifton Village hace un par de semanas. Le hice una foto y se la enseñé cuando volvió del trabajo aquella noche… –Hice una pausa, dándome cuenta de lo que había dicho–. Bueno, cuando llegó a casa de dondequiera que hubiera estado. Y me dijo que, si tanto me gustaba, me lacompraría, me dijo que la encargase y que me la trajesen. Podría haberla comprado yo, pero él insistió. Me dio el dinero en efectivo allí mismo. Eran ciento cincuenta libras, pero dijo que acababa de ir al cajero.

El subinspector Clarke escuchaba con atención.

–No ha habido ninguna retirada de efectivo, Gemma, no durante semanas, como he dicho. Tampoco hay compras con la tarjeta de débito. Ni una sola, no de su cuenta corriente. También tiene una cuenta de ahorros. La hemos comprobado, pero está vacía…

–Bueno, sí. Los dos vaciamos nuestras cuentas de ahorros para pagar los gastos de la mudanza y comprar muebles nuevos, cosas así. La verdad es que no habíamos ahorrado mucho hasta ahora, nos gastábamos las pagas extra de Danny en viajes y cenas y cosas así, nos dábamos caprichos, pero íbamos a empezar a ahorrar en serio a partir de ahora, a ahorrar para comprar una casa. Mire, Danny ha tenido que usar su cuenta bancaria. No lo entiendo. Pagó un montón de cosas… –Me pasé los dedos por el pelo, con la mente a mil por hora, consciente de dos pares de ojos fijos en mi cara–. Comida para llevar. Siempre la pagaba en efectivo cuando pedíamos. Y llegó a casa con un casco de bicicleta nuevo que compró la semana pasada. Estaba sacando dinero, pagaba cosas, claro que sí. El banco debe haber cometido un error. Lo siento, pero se equivoca, subinspector Clarke.

Sus ojos oscuros seguían pegados a mi cara y durante un segundo nos miramos fijamente, yo tenía el ceño fruncido por el miedo y la confusión, él tenía una expresión tranquila, ilegible. Luego se volvió hacia el agente Stevens.

–¿Puedes enseñarle a Gemma la aplicación, Frankie?

Volvió a mirarme.

–Nos olvidaremos de la cuenta bancaria por ahora. No estoy seguro de qué significa todo esto, pero volveremos a ello más tarde. El agente Stevens va a enseñarle algo en su tableta y quiero que me diga si le resulta familiar.

El agente, que había tenido la tableta bajo el brazo desde que llegó, la destapó y dio golpecitos a la pantalla. Cruzó la habitación y se sentó a mi lado en el sofá. Olía un poco a tabaco y empecé a marearme de nuevo.

–¿Qué es?

Dirigió la pantalla hacia mí.

–Es una página llamada EHU. ¿Ha oído hablar de ella? –preguntó. Tenía un leve acento escocés y me di cuenta de que era la primera vez que le oía hablar más de un par de palabras.

–¿EHU? Es esa aplicación de citas, ¿no? La que todo el mundo dice que pronto será tan grande como Tinder.

Me incliné hacia delante, desconcertada. ¿Por qué me preguntaba por una aplicación de citas? Tocó la pantalla y una miríada de caras sonrientes empezaron a aparecer alrededor de un logotipo.

–Espere, voy a… –El agente introdujo una contraseña–. Y, sí, tiene razón, es una aplicación de citas. EHU, acrónimo de Elite Hook Ups. Quiero enseñarle algo.

–De acuerdo.

Fruncí el ceño y miré la pantalla. Estaba claro que el agente Stevens se había conectado y estaba pasando con rapidez el dedo por una lista de lo que parecían montones de perfiles. Fotografías de hombres, algunas de primer plano, otras de cuerpo entero, hombres con equipación de fútbol, de tenis, con traje…

–Dios mío. Qué… Ese es… ¡Ese es Danny!

El agente Stevens dejó de pasar perfiles y dio un golpecito en la fotografía para ampliarla y se volvió para mirarme. Le ignoré, con el corazón empezando a latirme con fuerza, con la mirada clavada en la pantalla y todo mi cuerpo debilitándose de golpe. El nombre junto a la fotografía indicaba que se trataba de alguien llamado Sean. Pero… era Danny. Mi Danny, sonriéndome desde la tableta, con su camiseta roja favorita. Un selfi, por lo que parecía, con la parte superior de su brazo visible, estirado, la barbilla inclinada hacia la cámara. Mi marido, Danny.

–Lo… lo siento, no lo entiendo. ¿Por qué está ahí? Quiero decir, nos conocimos por internet, en Tinder, pero era la única aplicación que habíamos utilizado y los dos la abandonamos en cuanto empezamos a salir…

Hasta yo podía oír la desesperación en mi voz. Tragué saliva.

«Por favor, por favor, que todo esto sea un error garrafal. Una broma. Que sea una broma. No tiene gracia, pero me reiré igual. Solo dímelo…».

El subinspector Clarke volvía a hablar, en voz baja, con un tono tranquilizador.

–Gemma, sabemos que todo esto es mucho que asimilar. Tengo que explicarle algo y va a ser inquietante, pero no quiero que entre en pánico, porque no hay nada seguro, ¿vale? Es solo una posibilidad, algo que estamos investigando. Así que mantenga la calma, ¿vale? Respire hondo.

Intenté hacer lo que me había pedido, pero la respiración se me quedó atrapada en el pecho, me salía entrecortada y me dolía. Me froté los ojos e intenté concentrarme.

–Estoy bien. Dígamelo, por favor, sea lo que sea. Me cuesta asimilar todo esto…, el trabajo, la cuenta bancaria y ahora la aplicación esta… No tiene sentido. Nada.

El subinspector hizo un mohín.

–Créame, estamos tan desconcertados como usted. Bien, esto es lo que nos preocupa. ¿Ha oído hablar de los dos asesinatos recientes en la zona de Clifton? ¿Uno hace un mes y otro la semana pasada? ¿Dos hombres jóvenes?

Fruncí el ceño, intentando pensar, con la mente en blanco. Hacía semanas que no veía las noticias en la televisión y ya casi nunca entraba en las webs de noticias. Negué con la cabeza.

–No, lo siento. Ya no sigo las noticias tan de cerca como antes;

antes era periodista, pero ahora me angustian todas las cosas horribles que pasan en el mundo. Y hemos estado tan ocupados desde que nos mudamos... –Jadeé mientras mi cerebro asimilaba por fin lo que había dicho y lo que podía significar–. Espere, ¿dos asesinatos? ¿Hombres? ¿Creen que Danny ha sido asesinado?

Volví a temblar y se me helaron las manos.

«No. Por favor, no».

El subinspector Clarke negaba con la cabeza.

–No, mire, honestamente, solo es una teoría, una posibilidad. Acabamos de descubrir que los dos hombres que murieron, que fueron asesinados, eran ambos usuarios de EHU. Podría ser solo una coincidencia, no tenemos nada concreto que vincule los dos asesinatos por ahora, aparte de unas vagas similitudes entre las dos escenas del crimen. Pero...

Hurgó en una solapa del fondo de su cuaderno y sacó dos fotografías. Las alzó. Eran fotografías de dos hombres, ambos de unos treinta años, morenos y de ojos oscuros. Me quedé mirándolas, con el frío subiéndome por el pecho, y luego volví a mirar la tableta, la cara de Danny.

–¿Son ellos?

Mi voz era apenas un susurro.

–Sí. ¿Ve por qué se las enseño? –La voz del subinspector Clarke también fue baja, compasiva–. Es porque se... Bueno, todos se parecen bastante, ¿no? –dijo–. Un cierto..., un cierto perfil, supongo. Y cuando vimos la foto que nos dio de su marido, nos dimos cuenta de inmediato del parecido. Así que, aunque era una posibilidad muy remota, pensamos en investigar por si acaso. Mirar en la aplicación, quiero decir, para ver si Danny también estaba registrado. Para ver si podría ser más que una coincidencia. Y, como puede ver... –Señaló hacia la foto de Danny en la pantalla.

Volví a tragar saliva. Sentía que se me cerraba la garganta, como si, si me dijeran algo más, si me metieran más información incomprensible en el cerebro, fuese a dejar de respirar.

–Espere, ¿creen... creen que alguien podría estar matando a hombres que usan esta aplicación? ¿A hombres que se parecen a... que se parecen a Danny? Y dos ya han sido asesinados, y ahora

Danny ha desaparecido, y creen que podría… ¿Podría haber sido asesinado también? ¿Por qué? ¿Por qué alguien haría eso?

El subinspector Clarke negó con la cabeza y extendió las manos en un gesto vago que yo interpreté como «¿quién sabe?».

—Como he dicho, no lo sabemos. No tenemos pruebas ni evidencias. Y, por supuesto, ningún tercer cuerpo. Danny sigue, esperamos, vivo y bien en alguna parte. Pero es una posibilidad, eso es todo. No es algo que de normal… Bueno, normalmente no preocuparía a la familia con algo así. Pero este es un caso muy inusual y pensamos que, tal vez, si usted lo sabía, podría aclararnos un poco las cosas… —Suspiró—. Lo siento mucho. No le dé más vueltas, por favor. Hay muchas posibilidades de que su marido aparezca. Y hasta que encontremos algo que diga lo contrario, tenemos que suponer que no le ha pasado nada, ¿de acuerdo? Pero, solo para confirmar… —señaló con un dedo la tableta del agente Stevens, ahora cerrada y apoyada en su rodilla—, no lo sabía, ¿no? Que tenía un perfil en ese sitio.

Tuvo la delicadeza de parecer un poco avergonzado al hacer la pregunta, sin llegar a mirarme a los ojos. El agente Stevens se estaba mirando los zapatos.

Respiré hondo.

—No, no sabía que mi marido tenía un perfil en una web de citas —dije con toda la dignidad que pude reunir. «Por supuesto que no lo sabía, joder. ¿Qué pasa contigo, Danny? ¿Qué demonios está pasando?»—. Y no lo entiendo, nada. Danny no estaba… no estaba tirándose a cualquiera por ahí, estoy segura de que no.

Incluso mientras decía las palabras, sentí que me asaltaban dudas nuevas. «¿Lo hacías, Danny? ¿Lo estabas haciendo?». Pero no podía pensar en eso ahora, no podía permitírmelo.

—Mire, tal vez alguien puso su perfil ahí. ¿Uno de sus compañeros? ¿Por alguna broma estúpida? Es probable que Danny ni siquiera sepa que su foto está ahí —dije.

Los dos policías volvieron a intercambiar miradas y asintieron.

—Es cierto, podría haber sido así —dijo el agente Stevens.

—Supongo que sí. Es una posibilidad, sin duda. Este caso es cada vez más curioso —respondió el subinspector Clarke de forma inesperada y se levantó de golpe–. Bien, la dejaremos que descanse. Una vez más, siento que hayamos tenido que cargarla con todo esto. Pero estamos perdiendo un poco la cabeza con esto, Gemma, no me importa decírselo. Lo que pasa es que no podemos averiguar qué le ha pasado a Danny ni lo que estaba pasando en su vida en las semanas antes de que desapareciera. El trabajo, la cuenta bancaria, la aplicación esta… Mire, si se le ocurre algo, cualquier cosa, alguna cosa que pudiese explicar algo de todo esto, por favor, llame, ¿vale? Sea la hora que sea. Y tal vez… ¿Puedo sugerirle que llame a alguien para que venga a quedarse con usted durante unos días? ¿Un amigo, un familiar? Es mucho a lo que enfrentarse sola.

Me pareció una referencia a *Alicia en el País de las Maravillas*; me quedé mirándola con cara de tonta. Ahora, el agente Stevens también estaba de pie, arrastrándose hacia la puerta; parecía que tenía muchas ganas de irse ahora que había lanzado una granada activa en mi salón y la había hecho explotar, dejándome sola con las atroces consecuencias. ¿Qué cojones se suponía que tenía que hacer ahora?

–Sí –dije–. Creo que podría hacer eso.

Capítulo 8

—Esto se está volviendo cada vez más raro.

Helena estaba de pie frente a la pizarra de la investigación, con su segunda taza de té de la mañana en la mano y el ceño fruncido. A su lado, Devon se metía en la boca el último trozo de napolitana de chocolate y se volvía para dejar el plato sobre el escritorio.

—¿Y de dónde has sacado eso? Seguro que no es de abajo. De hecho, parecía comestible. Aunque comes demasiado azúcar, Devon. No es bueno para ti, ¿sabes? Tu dieta se ha ido al traste desde que Jasmine te dejó.

Se encogió de hombros y tragó saliva.

—Me da igual. Necesitaba algo para animarme. Lo pillé por el camino. ¿Esa pequeña panadería a la vuelta de la esquina? Abre a las seis de la mañana. Deberías probarla en vez de comerte todas esas aburridas ensaladas. Podría ayudarte.

Helena hizo un mohín.

—Me las hace Charlotte. No me gusta decirle que no. Pero incluso yo podría tener que recurrir a la comida basura un día de estos, visto cómo va esto.

Se masajeó la parte baja de la espalda mientras hablaba e hizo una mueca de dolor.

—Y lo siento. No debería haber mencionado a Jasmine. Soy una idiota. ¿Estás bien?

Volvió a encogerse de hombros.

—Estoy bien. No te preocupes. Pronto volveré al ruedo. ¿Y cuándo vas a ir a ver a alguien por lo de la espalda?

—Pronto. Cuando todo esto acabe.

—Sí, sí. Y yo acabo de ver pasar a un precioso cerdito volando por esa ventana de ahí.

Se dio la vuelta y empezó a recoger el montón de papeles que había tirado antes sobre el escritorio y los colocó en una especie de orden, Helena lo observó con el corazón estrujándosele de repente. A pesar de todas sus fanfarronadas, estaba muy dolido. Se había enamorado locamente de Jasmine, una brillante y ambiciosa médica residente que había conocido mientras entrevistaba a una víctima de apuñalamiento en el hospital de Southmead y con la que había estado saliendo durante el último año más o menos; incluso cuando Helena se había unido a él y a algunos de los otros agentes para una noche poco habitual en el *pub* hacía unos meses, le había confiado después de varios vodkas que estaba considerando proponerle matrimonio una vez que Jasmine hubiera completado su formación.

–Quizá el día que se titule, algo así. ¿Qué piensas, jefa? ¿Crees que diría que sí?

Helena había sonreído.

–Estaría loca si no lo hiciera. ¿Un partidazo como tú? Por supuesto que dirá que sí.

En realidad, lo que había pasado era lo que suele ocurrir en las relaciones entre dos personas con trabajos tan exigentes: las largas jornadas laborales, el cansancio constante y las repetidas cancelaciones obligadas de los planes para quedar, habituales tanto en el trabajo de policía como en el hospital de una ciudad grande, les habían pasado factura. Devon y Jasmine, al parecer, se habían distanciado sin más, hasta que al final ella puso fin a la relación.

–¿Lista, jefa?

Devon había terminado de organizar su papeleo y la miraba expectante.

–Lista, sí. Hagamos balance. –Hizo un gesto hacia la pizarra–. Y todos tenemos que ponernos a pensar, porque esto me está volviendo loca. ¿Tenemos un posible asesino en serie o solo dos asesinatos que no tienen nada que ver? ¿Alguien busca hombres que se parecen y los encuentra usando una aplicación de citas concreta, aunque no se me ocurre por qué, o esa aplicación es irrelevante y solo es una coincidencia? ¿Por qué la aplicación no estaba en ninguno de los teléfonos de nuestras víctimas a pesar de que ambos la usaban? ¿Y es Danny O'Connor solo una persona desaparecida o una tercera víctima? Francamente, no tengo ni idea.

Devon se encogió de hombros.

—Yo tampoco, jefa. Hagámoslo. —Se volvió hacia la sala—. ¡Chicos! Acercaos. Reunión.

Cuando todos se acomodaron, Helena asintió al subinspector.

—Adelante.

—Bien, repasemos lo que tenemos hasta ahora —dijo—. Primero: nuestros dos asesinatos. No hay nuevas pistas en los últimos dos días, ni de Mervin Elliott ni de Ryan Jones, aparte del intrigante descubrimiento de que ambos usaron la misma aplicación de citas, EHU. Muy buen trabajo con eso, Mike.

Sentado en el borde de un escritorio al fondo de la sala, el agente Mike Slater se sonrojó y asintió con la cabeza.

—¿Ha habido algún progreso a la hora de conseguir que la gente de EHU nos proporcione más detalles sobre las mujeres con las que podrían haber salido nuestras víctimas?

Mike negó con la cabeza.

—He preguntado y están siendo de mucha ayuda, pero dijeron que últimamente han tenido algunas caídas del sistema, quizá debido a que la popularidad de la plataforma va en aumento. No están seguros de que se hayan guardado todos los datos de búsqueda. Pero también han dicho que tendrán que consultarlo con su equipo legal, incluso si se trata de una investigación importante de doble asesinato. Ya sabéis, las nuevas leyes de protección de datos y todo eso. Deberíamos tener noticias en los próximos días. Seguiré investigando. Y nuestros técnicos todavía están revisando los correos electrónicos y los mensajes de las víctimas otra vez para ver si pueden rastrear a alguna de las mujeres con las que salieron a través del sitio. Te avisaré si encuentran algo.

—Gracias, Mike.

Helena, que estaba de pie a un lado de la pizarra, apoyada en la pared, sonrió al agente y dijo:

—Sí, bien hecho de nuevo, Mike. Y vamos a mantener este asunto de la aplicación EHU alejado de la prensa por ahora, chicos, ¿de acuerdo? Todavía no sabemos si los dos asesinatos están relacionados y tenemos que seguir recordándonoslo. Por cierto, ¿alguien tiene alguna teoría al respecto? Si la tenéis, disparad.

Hizo una pausa, mientras un murmullo recorría la sala.

—Puede que tenga una. Bueno, es probable que sea una gilipollez, pero…

La agente Tara Lemming, una mujer alta con un impresionante pelo negro como el carbón recogido en una coleta y unos profundos ojos verdes, levantó la mano.

—Bien, Tara, vamos a escucharla.

Tara se puso de pie.

—Bueno, a ver, con las dos víctimas, y ahora este chico desaparecido también, Danny, todos con la aplicación EHU, y todos pareciéndose tanto, bueno… Todo el mundo tiene un tipo, ¿no? Un tipo que nos gusta. El mío, por ejemplo, son los chicos altos y rubios.

Se volvió para mirar al agente Matthew Shawcross, que estaba sentado a su lado y que también medía casi dos metros, con el pelo rubio casi blanco y corto, y le guiñó un ojo. Se oyó una carcajada y Matthew se sonrojó.

—Vale, vale, estemos a lo que estamos. Vamos, Tara.

Helena hizo un gesto con la mano y la sala volvió a quedar en silencio.

—Lo siento. Pero lo que quiero decir es que nuestras víctimas y Danny O'Connor tienen un tipo definido, ¿no? O sea, si alguien estuviera en una web de citas buscando hombres de pelo oscuro, ojos oscuros, en forma, delgados pero deportistas y en la treintena, aparecerían todos, ¿no? ¿Y qué si nuestro asesino es una mujer que por alguna razón tiene una violenta aversión a los hombres que encajan en esa descripción? Tal vez fue víctima de abusos o simplemente maltratada en una relación por alguien que se parecía a ese perfil o algo así, no tengo ni idea. ¿Y si también es miembro de esa aplicación de citas y los está cazando y matando uno por uno? A ver, son especulaciones mías y ya sé que la mayoría de los asesinos en serie son hombres, si es que se trata de un asesino en serie, claro, pero, bueno... solo era una idea –terminó diciendo con desgana.

Durante un momento, se hizo el silencio.

–Sin duda, es una teoría. Y una que significaría que nuestro asesino también tiene un perfil en la aplicación EHU –dijo el agente Slater desde el fondo la sala.

–¿Cuánta gente hay registrada, Mike? –preguntó Devon.

–No me lo dijeron. Protección de datos otra vez, blablablá. Pero yo diría que miles. Está creciendo día a día. Y si no podemos acceder a ninguno de sus datos para reducir la lista...

Volvió a hacerse el silencio.

–Sí. Imposible. De todas formas, como ya he dicho, seguramente sea una teoría absurda –dijo Tara.

Volvió a sentarse y Helena se quedó un rato en silencio, pensativa. Su instinto seguía diciéndole que se trataba de un asesino a pesar de que se decía a sí misma que no debía descartar nada. Pero las mujeres también mataban. Se preguntó si no debería considerar la posibilidad con más detalle.

–Es posible que sea una tontería, pero tal vez no lo sea. De momento no podemos descartar nada. Gracias, Tara –dijo Helena–. Tenemos que mantener la mente abierta en toda esta investigación hasta que haya pruebas sólidas que nos lleven en una dirección concreta. ¿Alguien más?

Miró alrededor de la sala, a un mar de caras pálidas.

–Bien. Continúa, Devon.

–Claro.

Devon se volvió hacia la pizarra y señaló la fotografía de Danny O'Connor, que estaba clavada en el extremo derecho.

–Danny O'Connor. Al principio parecía un simple error a pesar de su gran parecido físico con nuestras dos víctimas. Pero ahora que hemos descubierto que también tenía un perfil en EHU, a pesar de estar felizmente casado desde hace poco, estamos investigando su desaparición un poco más de cerca nosotros mismos en lugar de dejárselo a Personas Desaparecidas. –Levantó un folio de la mesa que tenía frente a él–. Obviamente, no tenemos pruebas de que haya sufrido daño alguno, por ahora. Sin embargo, parece haberse evaporado en el aire, y, hasta el momento, nuestros esfuerzos por localizarlo han sido en vano. Según su mujer, ahora mismo no tiene teléfono móvil, lo que nos impide localizarle por esa vía y no cabe duda de que hay un par de cosas raras. Con respecto a la aplicación EHU, Gemma estaba bastante horrorizada cuando se lo contamos ayer. Negó rotundamente cualquier posibilidad de que pudiera haber estado, como ella dijo, «tirándose a cualquiera por ahí». Insinuó que alguien, uno de sus compañeros, podría haber puesto su perfil en la plataforma como una especie de broma. Y tiene razón, podría haber sido así. En realidad, no tenemos forma de saber cómo llegó allí. ¿Se registró Danny o lo hizo otra persona para gastarle una broma de mal gusto? Tenemos que hablar con sus amigos, preguntarles si saben algo al respecto y tratar de averiguar si Danny ha estado haciendo algo que su esposa podría no saber. Mike, ¿puedes encargarte de eso también? Sé discreto, no menciones la aplicación. No queremos que nada de este descubrimiento salga a la luz por el momento. Tú solo pregúntales si creen que hay alguna posibilidad de que haya estado tonteando por ahí. Y también comprueba la dirección de correo electrónico que usó en su perfil en el sitio a ver qué podemos sacar de ahí…

En el fondo de la sala, el agente Slater le hizo una señal con el pulgar hacia arriba.

–Sin problema.

–Genial, gracias. Seguiremos dejando a su familia irlandesa al margen por ahora, no queremos que entren en pánico sin necesidad. Aunque, si no aparece, está claro que tendremos que hablar con ellos en algún momento. Vale, un par de cosas un poco raras. El trabajo falso, ¿adónde fue Danny cada día de la semana entre el lunes 11 de febrero, cuando dijo que empezaba su nuevo trabajo, y el jueves 28 de febrero, que fue el último día que le vio su mujer? No conducía, así que, adondequiera que fuera, iba en bicicleta. Gemma O'Connor dice que no tiene ni idea. Pero el tipo no podía hacerse invisible. Alguien, en algún lugar, debe saber dónde pasaba todas esas horas cada día.

Señaló dos imágenes nuevas en la pizarra, bajo la fotografía de Danny.

–Las tomamos ayer por la tarde cuando visitamos a Gemma. Viven en una casa muy bonita en Clifton, este es el patio trasero, donde O'Connor guardaba su bicicleta. Y este es el callejón que pasa por detrás de la hilera de casas, así que habría salido por esa puerta trasera y habría pedaleado por allí todos los días para acceder a la carretera principal. El problema es que no hay cámaras de seguridad en los alrededores, así que estamos intentando localizarle a través de cámaras privadas, las que utilizan las casas y empresas de la zona. No saber en qué dirección iba es un problema, por supuesto, porque vamos a tener que ampliar la red, lo que llevará tiempo.

Helena volvió a hablar.

–Y, una vez más, adónde iba cada día podría ser irrelevante para nuestra investigación. Podría ser cualquier cosa y, si solo estaba teniendo una aventura o algo así, tomándose un descanso del trabajo, teniendo algún tipo de crisis nerviosa, bueno, todo muy triste, pero no nos interesa. Es duro decirlo, pero solo nos concierne si también está muerto, de lo contrario podemos dejarlo en manos de Personas Desaparecidas. Pero con la conexión de la aplicación de citas tenemos que seguir con ello por ahora, ver si puede arrojar alguna pista. ¿Se estaba viendo con alguien? Ahora está desaparecido, ¿esa persona le hizo daño de alguna manera? ¿Le mató? ¿Y tal vez mató a los otros también? Tenemos que averiguar… Sí, ¿qué pasa?

Otra mano se había levantado, la de un agente bajito y pelirrojo cuyo nombre Helena no recordaba.

–Estaba pensando… A ver, no queremos que cunda el pánico, claro. Pero, por ahora, si suponemos que los dos asesinatos están relacionados y que Danny O'Connor es una tercera víctima, bueno…, había otros nueve o diez hombres en ese sitio de EHU que aparecieron en la misma búsqueda, ¿no? ¿No es posible que todos ellos estén también en peligro si alguien los está eliminando de verdad uno por uno por alguna extraña razón? ¿Deberíamos advertirlos?

Helena se pasó una mano por la frente. Sentía que empezaba a dolerle la cabeza.

—Es demasiado pronto para hacer algo así. Todavía no sabemos qué está pasando aquí y si la aplicación de citas tiene alguna relación con los asesinatos de verdad. Así que no. Si hiciéramos un anuncio así, habría histeria colectiva…, todos los hombres de Brístol con pelo oscuro y ojos oscuros pedirían protección policial.

Se hizo el silencio en la habitación y Helena suspiró.

—Mirad, espero no estar tomando una decisión equivocada en esto. Pero puede que haya algo más que conecte a nuestras víctimas que aún no hayamos descubierto y, por supuesto, seguimos sin saber si Danny está vivo o muerto. Podríamos estar dando palos de ciego y hasta que la cosa se esclarezca no creo que beneficie a nadie empezar a advertir a la gente sobre un posible asesino en serie que utiliza una aplicación de citas para elegir a sus víctimas. Por el momento, ¿todos de acuerdo con eso?

Hubo un murmullo de asentimiento, cabezas que asentían. Helena se volvió de nuevo hacia Devon.

—Vamos, termina lo que tenemos hasta ahora sobre Danny.

—De acuerdo. Bueno, ahí está el trabajo que no existe y el misterio sobre dónde pasaba los días y su aparición en la aplicación EHU. Otra cosa que es rara es la situación financiera. No ha ingresado dinero en su cuenta bancaria desde la última nómina de su trabajo en Londres, lo cual era de esperar, ya que ahora parece que no trabajaba en Brístol, por lo que no cabría esperar ningún ingreso. Pero tampoco ha sacado dinero de su cuenta desde el 31 de enero. Ni retiradas de efectivo ni compras, nada. Y, sin embargo, su esposa dice que pagó muchas cosas desde que se mudó con ella a Brístol: comida para llevar, muebles, cosas así. Si no sacaba dinero de su cuenta bancaria, ¿de dónde lo sacaba?

Hubo un breve silencio, con los agentes reunidos y claramente pensativos.

—Otra cuenta bancaria, ¿una cuenta secreta que su mujer no conocía?

—¿Tal vez estuvo trabajando en negro durante esas tres semanas? ¿Algo turbio, extraoficial?

Devon asintió, aceptando las sugerencias.

—Sí, ambas cosas son posibles. Sin duda, podemos estudiar la teoría de la cuenta bancaria alternativa ahora mismo… Tara, ¿quieres encargarte de eso? ¿Llamar a todos los que puedas? Las cuentas corrientes y de ahorro que conocemos son de NatWest, así que prueba con los otros bancos. Sin embargo, no sé si van a revelar información confidencial en este momento. Danny O'Connor no es un criminal, bueno, no que nosotros sepamos, y no tenemos pruebas de que esté en peligro. Aun así, inténtalo.

Tara asintió, con la coleta balanceándose.

Devon se volvió hacia Helena.

—Y, por ahora, aquí es donde estamos. Vamos a registrar la casa de los O'Connor, seguramente esta tarde, por si aparece algo y luego…

—¡Jefa!

La puerta acababa de abrirse y un joven agente cruzaba la habitación hacia ellos, con una expresión de euforia en el rostro.

—¿Sí, David? ¿Qué pasa?

Devon y Helena dieron un paso adelante al mismo tiempo.

—Tengo algo. Algo muy raro.

Estaba un poco sin aliento, hizo una pausa y cogió aire.

—Bien, adelante.

Helena se acercó.

—Vale. Bueno, hemos estado revisando las grabaciones privadas de las cámaras de seguridad en busca de cualquier señal de Danny O'Connor, como ya sabéis. No hay muchas cámaras en la zona y no ha aparecido nada hasta ahora, pero seguimos trabajando en ello. Pero, mientras estábamos con eso, pensamos en preguntar a los vecinos para ver si alguno de ellos le había visto pasar en bicicleta cada día, ya sabéis… Si se dieron cuenta de en qué dirección iba, ¿ayudaría a acotar la búsqueda?

—Buena idea —dijo Devon—. ¿Y?

David respiró hondo otra vez.

—Bueno, ahí está la cosa. Conseguimos hablar con la gente que vive a cada lado de los O'Connor. Y dijeron, ambos dijeron lo mismo, bueno, dijeron algo que no esperábamos.

Hizo otra pausa, se volvió hacia la sala y miró de un rostro expectante a otro.

–Dijeron que nunca han visto a un hombre en la propiedad, ni una sola vez. Dijeron que, por lo que sabían, Gemma O'Connor se había mudado sola a esa casa.

Capítulo 9

–No tardarán mucho. Lo siento, sé que esto no es muy agradable.
Pero es importante, ¿sabe? Puede que encuentren algo que pueda
ayudar a encontrar a su marido.

La agente de policía vestida de civil que estaba sentada frente a
mí sonrió, mirándome con amabilidad con sus ojos oscuros, y yo
asentí con la cabeza mientras volvía a deslizar las manos alrededor
de la taza de café, buscando consuelo en su calor. Estábamos en la
mesa de la cocina y, a través de la puerta abierta, podía oír cómo
abrían los cajones del salón, los pasos pesados que cruzaban el
dormitorio principal del piso de arriba y el rumor de las voces de
los tres agentes que estaban registrando mi casa.

–¿Cómo qué? –pregunté, más por cortesía que por un verdadero
deseo de tener información. Ya había tenido suficiente, más que
suficiente información de la Policía que no esperaba y no deseaba
sobre mi marido en los últimos días; si oía mucho más la cabeza
podría explotarme.

Esa misma mañana, desesperada por salir de una casa que de
repente me resultaba asfixiante y claustrofóbica, decidí llamar a
Clare y Tai para decirles que estaba ocurriendo algo horrible y
preguntarles si estaban libres para tomar un café.

Clare era contable y trabajaba por cuenta propia; me había
dicho que prefería tener las mañanas libres y ponerse a trabajar
después de comer, mientras que Tai era profesora de piano y solía
estar ocupada solo a partir de las tres de la tarde los días laborables, cuando sus alumnos salían del colegio. Clare nos invitó
de inmediato a su casa, una preciosa villa de estilo georgiano de
tres plantas situada no lejos del límite sur de The Downs, con
unas vistas impresionantes al puente colgante de Clifton. Yo ya

había estado allí una vez, cuando pasé a recoger a Clare para la segunda clase de yoga a la que había ido con las dos, y solo había visto el largo vestíbulo de baldosas y la enorme cocina blanca y reluciente, que estaba claro que había sido modernizada hacía poco, pero enseguida me había parecido increíblemente elegante y, casi seguro, que valía una fortuna.

–¡Este sitio es increíble –le susurré a Tai, que también se había reunido con nosotras allí antes de ir a yoga, cuando Clare subió corriendo a por su esterilla y el bolso.

–Lo sé –me susurró–. La familia de su marido, Alex, tiene dinero. Algo relacionado con la banca. También trabaja a tiempo parcial, es consultor de estrategia, lo que quiera que sea eso. Pero compraron esto sin hipoteca. Qué suerte, ¿eh?

–Mucha. Vaya.

Aquella mañana me había puesto una sudadera ancha y unos vaqueros y me había dirigido a casa de Clare con Albert, estremeciéndome al acercarme a Clifton Down al recordar lo que el subinspector Clarke me había contado sobre las dos víctimas de asesinato. Las había buscado en Google y, por supuesto, miré con horror sus fotografías en los artículos de las noticias y vi su inconfundible parecido con Danny. La noche anterior incluso había soñado con ellos, había soñado que estaba de pie, temblorosa y aterrorizada, sobre los cuerpos de dos hombres muertos, sus cadáveres rígidos sobre la hierba húmeda, la niebla arremolinándose a nuestro alrededor, sus ojos sin vida clavados en mi cara, las manos extendidas de forma rígida. Me había despertado con un sudor frío, jadeando, gritando el nombre de Danny, y había tenido que correr al baño para vomitar. Sus rostros habían vuelto a aparecer en mi campo de visión mientras caminaba por The Downs hacia la casa de Clare, con el estómago revuelto y acelerando el paso hasta casi trotar. Albert corría a mi lado, mirándome de vez en cuando con lo que parecía desconcierto; no estaba acostumbrado a un ritmo tan rápido. Sin embargo, cuando llegamos a casa de Clare, su alegría al ver a Winnie fue irrefrenable, meneó todo el cuerpo, se le escaparon pequeños ladridos de felicidad y el caniche también saltó de alegría.

Entre risas, Clare abrió las puertas plegables de la parte trasera de la cocina y los dos perros salieron corriendo y empezaron a perseguirse por el jardín amurallado, primero en una dirección y luego en otra, serpenteando entre la hierba alta ornamental y los arces japoneses de hojas rojas. Me quedé un rato mirándolos, reprimiendo un escalofrío mientras las imágenes de mi sueño seguían flotando por mi mente, y luego respiré hondo varias veces, obligándome a calmarme, intentando concentrarme en los perros y sus travesuras. Eran tan divertidos juntos. Albert había estado muy apagado desde que Danny había desaparecido y verlo tan feliz, tan tranquilo, aunque solo fuese durante un rato, me levantó un poco el ánimo e incluso se me dibujó una sonrisa en los labios mientras los perros jugueteaban y aullaban.

—¿Qué está pasando, Gemma?

Era Tai, que ya estaba sentada en uno de los taburetes altos cromados que rodeaban la isla de mármol de la cocina. Llevaba un vestido vaquero corto, con las piernas bien torneadas y cruzadas a la altura de los tobillos a la perfección.

—Estamos preocupadas. ¿Qué es eso horrible que está pasando?

—Sí, siéntate, Gemma. Estás pálida. Toma, café. Y también tengo tarta si quieres. Bizcocho Victoria.

Clare empujó hacia mí una taza de café humeante sobre el mármol liso y luego añadió a toda prisa:

—No la he hecho yo. Me refiero a la tarta. Mi asistenta, Eleanor, la trajo anoche. Ella hace esas cosas. De vez en cuando hace un montón y luego lo regala. La verdad es que está riquísima.

Se apartó un rizo rubio de la frente y sonrió. Le devolví la sonrisa.

—Estoy bien, pero gracias. Y en cuanto a la cosa horrible que está pasando, bueno…

Respiré hondo. ¿Debía hacer eso cuando ni siquiera les había dicho a mis padres y a la madre de Danny que había desaparecido? Seguía posponiéndolo, pensando, contra toda esperanza, que en cualquier momento oiría sus llaves abrir la puerta, pero ahora… de repente esto parecía muy real.

—Mi marido ha desaparecido —dije en voz baja.

No entré en detalles, no mencioné ninguna de las cosas raras que había descubierto desde que Danny había desaparecido; entre jadeos horrorizados, mis dos amigas nuevas me miraban con los ojos muy abiertos. Me limité a decirles que cuando volví de mi viaje de prensa el viernes por la tarde mi marido había desaparecido y que la Policía estaba investigando. Me bombardearon a preguntas, claro, y respondí lo mejor que pude. No, no estaba deprimido ni tenía ningún problema, que yo supiera. No, no tenía ni idea de dónde podía haber ido, y no, nunca antes había desaparecido. No, no se llevó ni ropa ni pasaporte. Simplemente se había ido y yo estaba jugando al juego de la espera.

–Dios, Gemma, esto es horrible. Lo siento muchísimo. El otro día leí un artículo sobre cómo se denuncia la desaparición de alguien en el Reino Unido cada noventa segundos o algo así, es una locura. Mira, sé que aún no nos conocemos mucho, pero estamos aquí para ti, ¿vale? Si necesitas algo, lo que sea...

Tai se acercó a mí y me apretó el brazo, y Clare asintió con fiereza.

–Desde luego. Llámanos, sea la hora que sea, de día o de noche. Qué horror. No puedo ni imaginar cómo me sentiría si fuera Alex.

Me fui poco después, sintiéndome un poco menos sola, un poco menos abatida. Su amabilidad me había hecho llorar y los abrazos que me habían dado al despedirnos habían sido cariñosos y genuinos.

Pero al volver a casa, cuando llegaron los agentes de policía para empezar a registrar la casa, yo seguía tambaleándome por los bombazos del día anterior, agitada por otra noche de dormir poco. Todo se estaba volviendo demasiado, demasiado imposible. Danny fingiendo ir al trabajo. Sin sacar dinero de su cuenta bancaria durante semanas. Danny en una aplicación de citas. Y dos asesinatos. Dos hombres muertos. Dos víctimas que se parecían mucho a mi marido y que habían estado usando la misma aplicación antes de morir. Ya no podía pensar de ninguna manera lógica, ni siquiera podía empezar a procesarlo todo. ¿Qué significaba? ¿Dónde estaba Danny? ¿También estaba muerto? ¿Por qué me había mentido sobre tantas cosas? ¿Se acostaba con otras mujeres o su aparición en la aplicación de citas no era más que una broma estúpida e infantil de uno de sus amigos? Pero ¿por qué? ¿Qué sentido tendría? No lo entendía... Y luego estaba lo último, lo que me habían dicho antes, cuando llegaron para empezar a rebuscar en mis armarios. ¿Qué había sido eso? ¿Que mis vecinos más cercanos, ambos, al ser interrogados, habían dicho que pensaban que me había mudado aquí sola? ¿Que nunca habían visto ni oído nada de Danny, de un marido, viviendo aquí? Había intentado recordar las pocas interacciones que había tenido con nuestros nuevos vecinos, breves «buenos días», sonrisas y saludos, poco más... Pero ¿de verdad que Danny nunca había estado conmigo en ninguna de esas ocasiones? Seguro que sí. No lo sabía, no podía recordar y estaba tan cansada...

Me di cuenta con un sobresalto de que la agente de policía sentada a la mesa de mi cocina me estaba hablando, respondiendo a mi pregunta sobre qué tipo de cosas podría arrojar el registro de mi casa que pudieran ser de ayuda, e intenté volver a prestarle atención.

–... hasta que le encuentran, no estoy muy segura, la verdad –decía–. A veces, cuando alguien desaparece, se marcha y ya está, pero otros dejan pruebas de sus planes. Y, por supuesto, ni siquiera sabemos todavía qué pasó en el caso de su marido: si se marchó por decisión propia o si..., bueno, si le ha ocurrido algo desafortunado... –Su voz se apagó y se detuvo un momento, tiró de un hilo suelto de su chaqueta de color gris oscuro–. Espero, de verdad, que no sea el caso –añadió–. Lo siento.

Abrí la boca para responder, para decirle que no pasaba nada, cuando dos de los otros agentes aparecieron en la puerta. Uno era el agente Frankie Stevens, el que había estado aquí con el subinspector Clarke, el otro era uno nuevo, uno que no conocía. El agente Stevens llevaba dos bolsas de plástico transparente y yo entrecerré los ojos para ver qué contenían, con los latidos de mi corazón acelerándose de repente.

–Creo que hemos terminado, señora O'Connor. Creo que hemos dejado todo más o menos como lo encontramos, pero disculpe si hay algún desorden. Por desgracia, de momento no hemos encontrado nada que arroje luz sobre la desaparición de su marido.

Agitó las bolsas.

—Hemos cogido esto, si le parece bien. Por si acaso… Bueno, en caso de que necesitemos el ADN del señor O'Connor en algún momento, para fines de descarte. Asumimos que el cepillo de dientes verde era suyo, el de la izquierda del lavabo, ¿y este peine? Estaba junto a la espuma de afeitar y demás.

Me acerqué para ver y asentí.

—Sí, es de Danny. Lléveselo, está bien. Entonces…, ¿ahora qué?

El agente Stevens entregó las dos bolsas de plástico a su colega y asintió con la cabeza.

—Vamos a echar un vistazo rápido en su dirección anterior, en Londres, para ver si todavía hay algo que pueda ayudar. Dijo que su marido se quedó allí una semana o así después de que usted se mudara aquí. Supongo que no sabe si la casa se alquiló de nuevo enseguida, ¿verdad?

—No lo sé, pero creo que no. Creo recordar que nuestro casero dijo que primero iba a darle una capa de pintura a la casa, y sé que se iba a marchar unas semanas después de que nos mudáramos, así que dudo de que lo haya hecho todavía. Y, sí, Danny se quedó una semana después de que yo me fuese. Tuvo que terminar de cumplir el preaviso en su antiguo trabajo y tenía sentido que yo me viniera antes para organizar lo básico aquí. Debía empezar en su nuevo trabajo en cuanto llegara y yo quería que todo estuviera listo para que no tuviera que… —Dejé de hablar, acordándome—. Bueno, eso es lo que pensé en ese momento. Lo que él me dijo.

Incluso yo podía oír la amargura en mi voz. Sentí un repentino e inesperado arrebato de ira y miré de un policía a otro, con el pecho oprimido.

—Fui una idiota, ¿verdad? Me mintió en todo. ¿Qué demonios me pasa? ¿Por qué no me di cuenta, por qué no me di cuenta de que algo iba mal?

Ahora tenía lágrimas en los ojos, pero el agente Stevens negaba con la cabeza. Se acercó un paso a la mesa y me puso una mano en el hombro durante un instante.

—Por favor, no se culpe, señora O'Connor. Estamos en una etapa muy temprana de la investigación y ninguno de nosotros sabe qué hay detrás de todo esto. Sí, hay algunas…, bueno, algunas cosas inusuales. Pero, por favor, trate de mantener la calma. Esté tranquila. Vamos a intentar llegar al fondo de todo esto lo antes posible, ¿de acuerdo? ¿Sigue aquí sola o va a venir alguien a acompañarla?

Respiré hondo y me aparté un mechón de pelo de la frente. Me notaba pegajosa, con las axilas húmedas. Necesitaba sacar a esa gente de mi casa, necesitaba estar sola, necesitaba dormir, necesitaba pensar. Me obligué a volver a mirarle.

–He visto a unas amigas esta mañana y pueden estar aquí en minutos si las necesito. Y mi amiga Eva viene a quedarse. Viene de Londres a pasar unos días. Estará aquí dentro de una hora.

Asintió con la cabeza a modo de aprobación.

–Bien. La ayudará tener algo de apoyo moral. Y probablemente tendremos que contárselo pronto a la familia de su marido, ¿vale?, si no aparece. Y tal vez debería pensar en decírselo a la suya también. Pero, por ahora, lo dejaremos estar. Mire, nos vamos. Gracias por ser tan cooperativa. Como he dicho, vamos a ir a echar un vistazo en su antiguo apartamento, mañana, espero. La mantendremos informada, ¿vale?

–Gracias. Muchas gracias.

Cuando se marcharon, fui despacio de una habitación a otra, alisando la ropa de cama de algodón indio (parecía que habían mirado incluso debajo del colchón), recolocando cojines, comprobando que el contenido de armarios y cajones no estuviera demasiado desordenado. De algún modo, el acto de restablecer el orden en mi casa me tranquilizó, los latidos de mi corazón se ralentizaron y la mente se me despejó un poco. Vale, los hechos en torno a la desaparición de Danny eran cada vez más extraños, pero por alguna razón seguía sin creer que estuviera muerto, que hubiera sido asesinado, como los otros dos hombres. En el fondo, si lo estuviera, lo sabría, estaba segura, y, por lo tanto, tenía que haber una explicación lógica para lo que había pasado, para lo que seguía pasando. Y Eva iba a venir. Aquel pensamiento me animó y, por fin satisfecha de que el registro policial no hubiera causado daños permanentes, me dirigí a la cocina para comprobar el contenido del congelador. Hacía días que no hacía la compra y casi no nos quedaba comida fresca, pero había un par de *pizzas* y vino en la vinoteca. Esa noche nos las arreglaríamos. Y Eva…, seguro que Eva me ayudaría a arreglarlo.

Éramos amigas desde hacía años, desde que empecé a trabajar como reportera de prensa, incluso cuando dejé de trabajar en el mundo de la información mantuvimos la amistad. Eva seguía trabajando, ahora como reportera de sucesos para *The Independent*, y había cubierto algunas historias enormemente complejas en su época. Se le ocurriría algo, ¿no? Porque estaba claro que había algo, algo enorme que me estaba perdiendo. Algo en lo que no había pensado todavía, algo que explicaría por qué Danny me había mentido sobre su nuevo trabajo, que explicaría por qué se había ido. Que lo explicaría todo.

Agarré el móvil, comprobé una vez más si Danny me había enviado un mensaje de texto o un correo electrónico (por supuesto, no había nada) y miré la hora. Eran casi las cinco. El tren de Eva llegaba a la estación de Temple Meads a las siete y me había dicho que seguramente podría quedarse hasta el jueves o el viernes, ya que acababa de terminar un artículo importante y tenía unos días libres. Dos horas, ¿qué iba a hacer durante dos horas? ¿Irme a la cama, intentar dormir un poco? Pero, de repente, me sentí más despierta, más alerta. Dejé el teléfono móvil en la mesa de la cocina y caminé inquieta por el pasillo, luego me detuve, horrorizada, al verme en el gran espejo de la pared. ¿Cuándo había sido la última vez que me había mirado bien? Mi pelo, que solía caerme por los hombros en ondas suaves y naturales, estaba grasiento y lacio; mi piel, desmaquillada, estaba mortalmente pálida, salvo por unas ojeras que parecían moratones debajo de los ojos. Estaba horrible y, de repente, supe exactamente cómo pasar el tiempo hasta que llegara Eva.

Estuve un buen rato bajo el agua caliente, dejando que me masajeara los hombros, que tenía dolorosamente tensos, con los ojos cerrados y la mente en blanco. Por alguna razón, el viaje que Danny y yo habíamos hecho a Irlanda para visitar a sus padres un par de semanas después de comprometernos se me metió en la cabeza, y por un momento volví a estar allí, en la vieja granja de Sligo, con vistas a las orillas de Lough Gill. Siempre fui una admiradora de W. B. Yeats y me encantó descubrir que no solo el lago, sino también su pequeña isla de Innisfree, que no era más que un saliente rocoso, se veían desde nuestra pequeña habitación bajo el alero, el dormitorio de la infancia de Danny.

—«Me levantaré ahora e iré, iré a Innisfree» —canturreé, mientras Danny, que deshacía la maleta, fruncía el ceño, perplejo.

—«Y haré allí una humilde cabaña de arcilla y zarzas» —continué y luego suspiré de forma dramática—. De verdad, Danny, ¡tú eres el que se ha criado aquí! ¿Cómo puedes no conocer uno de los poemas más famosos de Yeats? *¿La isla del lago de Innisfree?* ¡Vamos!

Sonrió ante mi exasperación.

—Lo conozco, claro que lo conozco. Lo aprendimos en el colegio. Solo que no recuerdo el texto, no para recitarlo como tú. No tengo ese tipo de cerebro.

—Por tener, no tienes cerebro ninguno —murmuré y luego chillé cuando me arrastró a la cama y me hizo cosquillas hasta que me desternillé de risa.

Sin embargo, las risas habían escaseado durante la mayor parte del viaje y me había alegrado de que decidiéramos quedarnos solo dos noches, ya que teníamos que volver al trabajo. Danny no hablaba mucho de su infancia, pero yo tenía la impresión de que no había sido la época más feliz de su vida.

«No me llevo muy bien con mis padres» era lo único que decía, y yo no le había presionado. Si quería contármelo algún día, estaría ahí para él, pero estaba claro que no quería hablar sobre ello entonces y me pareció bien. Y cuando, por fin, conocí a sus padres, la aversión entre ellos y su hijo fue inmediatamente obvia. Bridget, una mujer delgada y con aspecto decaído, con el rostro muy marcado y el pelo blanco recogido en un moño bajo a la altura de la nuca, me dio un beso rápido en la mejilla y me dedicó una media sonrisa cuando llegamos, pero se limitó a saludar a Danny con la cabeza y su rostro volvió a ponerse tenso al mirarlo de arriba abajo. Donal, una versión visualmente más vieja de Danny, con poco pelo y canoso, se limitó a saludarnos a los dos desde su sillón, sin apartar apenas los ojos del partido de *hurling* que estaba viendo en el pequeño televisor que había en el aparador, a su lado. Estaba delicado a causa de una serie de enfermedades recientes, pero era un hombre duro y severo, con una mirada fría mientras daba órdenes desde su rincón de la cocina de la granja, con su mujer prestándose a cumplir sus órdenes con una expresión firme, como si estuviera siempre enfadada con todo y con todos. Sentí lástima por ella y él enseguida me cayó mal, pero al mismo tiempo me sentí culpable por sentir eso por el anciano y claramente enfermo padre de mi prometido.

Durante la cena de nuestra primera noche, sus padres entablaron con nosotros una conversación intrascendente, pero después de eso apenas nos prestaron atención; Danny, por su parte, aunque ignoraba casi por completo a su padre y era igual de ignorado a cambio, parecía casi patéticamente ansioso por complacer a su madre, se ofrecía una y otra vez a ayudarla a preparar la comida o a fregar los platos, y parecía cabizbajo cuando ella le decía que no necesitaba su ayuda. La expresión de su rostro ante cada rechazo me dolía en el alma y me hacía desear aún más abandonar la granja lo antes posible.

Eran una familia católica muy arraigada, aunque Danny me había dicho, poco después de conocernos, que hacía años que había abandonado el catolicismo, y me había hecho reír cuando me explicó la razón de su inusual segundo nombre.

–Es por san Ignatius –me dijo–. Le hirieron en una batalla y, mientras se recuperaba en la cama, quería leer historias de aventuras, pero en el hospital solo había libros religiosos y de santos. Así que los leyó y decidió que quería hacer lo que ellos habían hecho. Maldito imbécil. A mí y a miles de pobres desgraciados nos endilgó su estúpido nombre.

La casa de la familia O'Connor, limpia como una patena y bastante acogedora, con sus muebles anticuados, sus sofás hundidos y la gran y vieja cocina tipo AGA, no tenía ninguna imagen de san Ignatius que yo hubiera podido ver, pero estaba llena de imágenes religiosas. En el vestíbulo, una estatua de yeso de Jesús con los brazos extendidos recibía a los visitantes, mientras que el resto de la casa estaba dominado por cuadros y figuras que representaban a la Virgen con el Niño, santa Bernadette («patrona de las enfermedades», había siseado Danny, con una ceja enarcada, mientras me hacía la visita guiada), san Judas («es para las causas desesperadas») y santa Clara («enfermedades de la vista. Y, por raro que parezca, patrona de la colada y la televisión», me dijo). Muy escéptica, busqué a santa Clara en Google a la primera oportunidad que se me presentó y descubrí que tenía toda la razón. ¿La colada? ¿Por qué la colada necesita una patrona?

Sin embargo, pronto quedó claro el motivo de la elección de los santos: Liam. El hermano pequeño de Danny tenía veintiocho años, veía a medias y tenía dificultades de aprendizaje.

–Tuvieron hijos tarde; mamá tenía más de cuarenta años cuando nació Liam, aunque tal vez eso no tuvo nada que ver con sus problemas, quién sabe –me había dicho Danny en una de esas primeras citas para conocernos–. Siempre ha vivido en casa, no puede trabajar, ni siquiera puede cuidar de sí mismo. Es un buen chico y lo intenta; puede preparar una taza de té, pero no se le puede confiar la cocina ni nada. Me preocupa, ¿sabes lo que pasará con él cuando mamá y papá mueran? Supongo que se solucionará solo. Tal vez yo esté en condiciones de cuidar de él para entonces o hay algunas buenas residencias hoy en día. No es como en los viejos tiempos en Irlanda, cuando esos sitios eran como el tipo de prisiones que verías en tus peores pesadillas.

Después de haber oído hablar tanto de él, tenía muchas ganas de conocer a Liam, pero parecía que Danny era el único O'Connor dotado de amabilidad y sentido del humor. Sin duda, Liam tenía una personalidad más parecida a la de sus padres y, aunque abrazó a su hermano, muy contento de verle, apenas me saludó; gruñó un hosco «hola» cuando Danny insistió en que saludara a su futura cuñada. Sin embargo, me di cuenta de que Liam era el único miembro de la familia al que parecía gustarle de verdad su padre, le acariciaba el pelo a Donal cuando se cruzaba con él y Donal le gritaba «¡para ya!», pero con un amago de sonrisa.

–Sí, siempre se han llevado bien –dijo Danny cuando se lo comenté mientras nos acurrucamos en la cama más tarde esa noche, tratando de ponernos cómodos entre las sábanas de algodón grueso y las mantas ásperas–. Papá es un desgraciado, pero siempre ha tenido debilidad por Liam. Es su único rasgo positivo.

No hice más preguntas. Me parecía que Donal era solo un hombre desagradable que gobernaba la casa con puño de hierro y Bridget, aunque era evidente que no era feliz, parecía tener un corazón de piedra. Pero si Danny no quería remover el pasado, cosa que estaba claro que no quería hacer, estaba de acuerdo. Pensé que algunas cosas era mejor dejarlas como estaban y, si Danny lo había pasado mal en casa mientras crecía, bueno, de eso hacía ya mucho tiempo y ahora parecía bastante feliz. No íbamos a ver a su familia con regularidad y ahora todo se trataba del futuro, de él y de mí. Eso era lo único que importaba.

Aun así, unas semanas más tarde, cuando llegó la noticia, en las primeras horas de una mañana fría de febrero, de que Donal había muerto de un derrame cerebral, Danny se puso muy triste. Durante las semanas siguientes, en el periodo previo a nuestra boda, parecía desconsolado. Nunca le vi llorar (no era típico de Danny), pero estaba más callado, más apático, necesitaba estar más tiempo a solas o, cuando estábamos juntos, se perdía en sus pensamientos, con la cara rígida y los puños cerrados; solo se relajaba cuando le rodeaba con mis brazos murmurándole palabras tranquilizadoras. Por eso me había sorprendido tanto cuando me dijo que no volveríamos a Irlanda para el funeral.

–No tiene sentido –dijo–. Me despedí de él cuando estuvimos allí el mes pasado. No hace falta que vuelva para ver cómo entierran su cuerpo. Y mamá estará bien, tiene a Liam, un montón de familia. Y ya sabes cómo son las cosas entre nosotros, seguro que prefiere que no esté allí. Sería un hipócrita si fuese y llorase en su funeral, Gem. No es una gran pérdida.

Así que no fuimos, pero, a pesar de las frías palabras de Danny, pude ver que la pérdida de su padre le había afectado mucho y que seguía haciéndolo, incluso más de un año después, con la misma angustia reflejándose en su rostro en momentos puntuales. A veces las relaciones familiares son complicadas, ¿verdad? Amor y odio, odio y amor, tan estrechamente entrelazados que casi se convierten en uno.

Sin embargo, nada de eso me ayudaba a averiguar dónde estaba Danny ahora y con una repentina y nueva sensación de determinación salí de la ducha y empecé a secarme con una toalla. Me secaría el pelo, quizá me maquillaría un poco, me pondría ropa limpia y Eva llegaría. Éramos dos reporteras de investigación, aunque una de nosotras estuviera un poco desfasada. Dos cabezas centradas en un problema. Danny no se había desvanecido en la nada y podíamos resolverlo. Teníamos que resolverlo. De algún modo, de alguna manera, íbamos a llegar al fondo del asunto.

Capítulo 10

—Deberíamos estar allí en veinte minutos. Si el tráfico lo permite, claro. Puede que se complique un poco a medida que nos acerquemos a la segunda intersección.

El agente Frankie Stevens, que conducía, giró la cabeza un instante para mirar a Devon y luego volvió a clavar la vista en la autopista.

—Es muy posible —contestó Devon.

La M4 había estado muy tranquila y, aunque no habían salido de Brístol hasta poco antes de las nueve, esperaban llegar a la antigua casa de los O'Connor en Chiswick antes de las once y cuarto si el tráfico lo permitía, como había dicho Frankie. La facilidad del trayecto había sido el único punto positivo de una mañana frustrante hasta el momento. Antes incluso de que salieran de la comisaría, el equipo que comprobaba todas las grabaciones de las cámaras de seguridad privadas de los alrededores de la casa de Gemma y Danny en Brístol había comunicado por fin sus hallazgos.

—Nada. Hemos comprobado las cuarenta y ocho horas que rodearon su desaparición y no vemos a nadie que se le parezca, ni en bicicleta ni a pie. Aunque, por supuesto, eso no significa gran cosa. Hay montones de rutas que podría haber tomado que no tienen cámaras de vigilancia.

Aun así, había sido un palo enorme. El hecho de que los vecinos más cercanos de Danny nunca lo hubieran visto había sido lo bastante frustrante, pero tal vez no tan sorprendente en la era moderna; el propio Devon no creía que reconociera a sus vecinos de al lado ni aunque se le acercaran y le dieran un puñetazo. Sin embargo, era otra pequeña curiosidad que añadir a la creciente lista de irregularidades en el caso de Danny O'Connor y otra posible pista que había quedado en blanco. Devon había estado esperando con desesperación que algo, cualquier cosa, saliera de la investigación de las cámaras de seguridad, y ahora eso también los había llevado a un callejón sin salida.

«¿Es mucho pedir un pequeño golpe de suerte en este maldito caso?», había pensado, mientras Frankie y él salían de la comisaría y se dirigían al aparcamiento donde se guardaban los coches del servicio. Al parecer, era demasiado pedir, ya que apenas habían llegado al cruce de Bath con la M4 cuando sonó el móvil de Devon. Era el agente Mike Slater, al que habían encargado acceder a los datos de búsqueda de la aplicación de citas EHU.

–¿Recuerdas que dijeron que su sistema había estado fallando últimamente? Bueno, ya vuelve a funcionar. Pero han perdido todos los datos de búsqueda. No pueden recuperarlos. Se han disculpado, pero parece que no hay forma de recuperarlos. Así que eso es todo. No hay manera de encontrar quién podría haber buscado hombres que se parezcan a Mervin, Ryan o Danny. Lo siento mucho.

–¡Mierda! –había respondido Devon. Después había añadido–: Lo siento, Mike. No es culpa tuya. Gracias por intentarlo de todos modos. Tendremos que abordar esto desde otro ángulo, aunque no me preguntes cuál ahora mismo.

–De acuerdo. Ah, y los técnicos tampoco han encontrado ningún correo electrónico relacionado con EHU en ninguno de los teléfonos de las víctimas. Deben haber sido borrados, lo que es una putada, pero supongo que la gente borra correos antiguos. Yo lo hago. También he comprobado la dirección de correo electrónico en el perfil de Danny. No existe, parece ser falsa o tal vez una que ya está cerrada. Así que tal vez añade peso a la teoría de que su perfil fue puesto en el sitio como una especie de broma pesada.

–Tal vez. ¿Algo más?

–Ah, sí… Tara comprobó lo de la cuenta bancaria. No pudo encontrar ninguna otra cuenta a su nombre en ningún banco del Reino Unido. Un montón de Daniel O'Connor, pero ningún Daniel Ignatius O'Connor, un nombre bastante poco común. También echó un vistazo a su cuenta de NatWest para ver si había habido alguna transacción inusual en los últimos meses, pero nada destacable. No hay grandes retiros o depósitos. Por ahora, eso también es un callejón sin salida. Lo siento.

Devon había colgado sintiéndose abatido. Las investigaciones sobre los asesinatos de Mervin Elliott y Ryan Jones se habían estancado por completo sin que aparecieran nuevos testigos ni pruebas. Y ahora que Danny O'Connor seguía desaparecido, todo el equipo empezaba a sentirse impotente. Suspiró. Quizá necesitaba una noche de juerga, unas copas para distraerse, quizá incluso una cita. Lo pensó durante unos segundos y luego cambió de opinión. Seguía enamorado de Jasmine, ese era el problema. No podía imaginarse con otra persona e incluso si ocurría algún milagro y conocía a alguien que le interesara, ¿no pasaría lo mismo otra vez?

«El trabajo no es menos exigente, las jornadas no son más cortas –pensó–. ¿Cómo se las arregla alguien en esta profesión para mantener una relación, cuando el trabajo lo consume todo? Pero se las apañan, ¿no? Helena y su mujer Charlotte están bien; Frankie no sale con nadie ahora, pero ha tenido más de una relación larga en todos estos años. Incluso Mike Slater ha conseguido casarse y parece feliz…».

–Allá vamos –dijo Frankie de repente y Devon volvió a prestar atención a la situación. Más adelante, las luces traseras rojas se encendieron y el tráfico se ralentizó.

–Maldición –dijo Frankie y frenó.

–Maldición –coincidió Devon.

Se recostó en el asiento e intentó volver a enfocarse en el caso. De todos modos, no tenía tiempo para pensar en relaciones ahora, no si de verdad tenían entre manos a un asesino en serie. No cabía duda de que la teoría había ganado terreno entre el equipo desde el descubrimiento de los perfiles de los tres hombres en la aplicación EHU; se había hablado mucho de casos históricos en los últimos días, y no solo de los del Reino Unido. El asesino en serie clásico era un hombre y tenía como objetivo a las personas vulnerables: ancianos, prostitutas, personas que hacían autostop, mujeres jóvenes. Pero también había otro grupo importante de asesinos en serie masculinos: los que tenían como objetivo a otros hombres, con los que solía haber motivaciones sexuales. Dennis Nilsen, que mató al menos a doce hombres en el Reino Unido a finales de los setenta y principios de los ochenta, y el asesino en serie estadounidense Jeffrey Dahmer, que asesinó a diecisiete hombres y niños, eran dos de los ejemplos más conocidos. Aunque por el momento solo tenían dos cadáveres, la idea de que pudiera haber un asesino en serie suelto en Brístol había provocado una oleada de terror en la comisaría y la inspectora jefe se había apresurado a desmentir la teoría.

—Vamos, controlaos, chicos —había dicho—. Por ahora, tenemos cero evidencias de que las muertes de Mervin y Ryan estén relacionadas y ni siquiera tenemos un tercer cuerpo todavía. Sí, la aplicación de citas conecta a los tres, pero es lo único que lo hace y podría ser una coincidencia. De hecho, seguro que lo es, viendo que miles de personas parecen estar usando esa maldita cosa. Así que dejad estar la teoría del asesino en serie, ¿vale? Tratamos con hechos y solo hechos.

Sin embargo, su tono no había sido del todo convincente y Devon conocía a Helena lo suficiente como para saber que, en el fondo, pensaba lo mismo que el resto. El equipo había dejado de discutir, pero la sensación de inquietud persistía. Todos sabían, por las últimas investigaciones disponibles sobre asesinos en serie, que la mayoría tenía una visión de su víctima ideal y que a menudo se basaba en características como el sexo y el aspecto físico. En Estados Unidos, el llamado «asesino de Green River» elegía prostitutas como víctimas porque pensaba que la Policía «no las buscaría tanto como a otras mujeres». Anders Breivik, el hombre que mató a setenta y siete personas en un campamento de verano noruego en 2011, seleccionó a víctimas que tenían aspecto «de ser de izquierdas», según dijo él mismo. Entonces, ¿era tan descabellado pensar que alguien en Brístol, por alguna extraña y desconocida razón, persiguiera y se cargara a hombres de pelo y ojos oscuros, de unos treinta años, cuando ya tenían dos víctimas que encajaban en el perfil y otra que había desaparecido?

Pero, por otra parte, algunos de ellos se habían preguntado si

Danny O'Connor sería de verdad la tercera víctima. Mientras miraba por la ventanilla el camión parado frente a ellos en la autopista, con la inscripción LÁVAME marcada en la suciedad gris que cubría el chasis, Devon pensó que su desaparición tenía varias cosas muy raras. Sí, la desaparición de Danny tenía cosas que los dos casos anteriores no tenían y nadie acababa de encajar las piezas. Estaba claro que había estado tramando algo en las semanas anteriores a su desaparición, pero ¿el qué? ¿Por qué mentir a su mujer y fingir que tenía un trabajo nuevo cuando no era así? ¿Dónde había estado pasando los días? Y era obvio que había pasado desapercibido incluso cuando estaba en casa si los vecinos de las viviendas contiguas no le habían visto nunca y daban por hecho que Gemma se había mudado sola. ¿Se escondía de alguien? ¿Tenía algún tipo de problema que no podía compartir con su mujer, con nadie? ¿Por qué no había utilizado su cuenta bancaria en las últimas semanas? Y, la mayor pregunta de todas, en cierto modo, ¿por qué un hombre que estaba casado desde hacía tan poco y que parecía tan feliz aparecía en un sitio de citas? Con los números de teléfono que Gemma O'Connor le había proporcionado en la hoja de información sobre la persona desaparecida, Mike había conseguido hablar con algunos de los amigos de Danny la noche anterior y todos habían expresado primero diversión y luego absoluta perplejidad ante la sola idea de que estuviera «haciendo de las suyas», como Mike había dicho con delicadeza.

—Como me pediste, no mencioné la aplicación EHU –le había dicho a Devon–. Pero les pregunté si alguna vez le había sido infiel a Gemma, si era un poco mujeriego, ¿sabes? Todos respondieron un «no» rotundo. Todos dijeron que, como la mayoría de los tíos, había tenido novias y rollos de una noche en el pasado, pero que en cuanto conoció a Gemma se acabó, estaba listo para sentar la cabeza. Sin embargo, resulta interesante que ninguno de ellos haya hablado con él en semanas. Suponían que estaba ocupado con su nuevo trabajo, la mudanza y demás. Al parecer, este perfil bajo que parece haber estado manteniendo se extendió también a sus amigos.

No, nada de aquello tenía ningún sentido, pero Devon sabía por sus años de experiencia que, con el tiempo, era posible desentrañar la mayoría de los misterios. Solo era cuestión de perseverancia y de ese escurridizo golpe de suerte. Mientras pensaba eso, el tráfico volvió a ponerse en marcha y, diez minutos después, Frankie estaba metiendo el coche en una plaza de aparcamiento frente al número 10 de Homefield Avenue, justo al lado de Chiswick High Road.

–Es aquí –dijo–. El casero se reunirá con nosotros aquí con las llaves de un momento a otro.

El número 10 estaba a mitad de camino de una terraza victoriana de aspecto cuidado. Las casas de época se alineaban a un lado de la calle, pero el otro lado era una mezcla de antiguo y ultramoderno, y el antiguo hogar de Danny y Gemma O'Connor era un bloque de apartamentos de dos plantas, pintado de blanco, con ventanas cromadas y un gran número diez de brillante acero inoxidable pegado a la pared. La barandilla que separaba la vivienda de la calle estaba pintada de rojo y unas macetas de aluminio llenas de azafranes amarillos bordeaban el pequeño camino que conducía a la puerta principal.

–Bonito sitio –murmuró Devon.

–¿Señores? ¡Buenos días!

Un golpecito en la ventanilla del acompañante le hizo dar un respingo. Se giró y vio a un hombre bajo y corpulento con una chaqueta de cuero negro y la cremallera apretada sobre una barriga redondeada. Llevaba en la mano un gran manojo de llaves que agitó hacia Devon.

–Soy Edgar Evans, el casero –dijo en voz alta.

Devon y Frankie salieron del coche y durante los siguientes treinta segundos más o menos fueron sometidos a un monólogo pronunciado con un gran acento galés por un Edgar Evans un poco sin aire y con las mejillas sonrosadas.

–No he venido desde que se fueron, he estado unas semanas de vacaciones. Pero no me preocupaba, los O'Connor eran unos inquilinos modelo. La casa siempre estaba inmaculada cuando me pasaba por aquí, no es que lo hiciera muy a menudo, no soy esa clase de casero, pero ya saben, si alguna vez tenían un problema, la caldera se estropeaba o algo así. Sí, los O'Connor, unos buenos inquilinos. Lo habrán dejado impecable, de eso no me cabe duda. Ahora que he vuelto, una mano de pintura y quizá una limpieza de alfombras y estará lista para unos nuevos inquilinos. Tengo dos apartamentos grandes aquí, uno arriba y otro abajo. Los de abajo se mudaron justo antes que los O'Connor, así que pensé que era un buen momento para adecentarlo todo, ¿saben? Lamento que el señor O'Connor haya desaparecido. Eso es preocupante. Cualquier cosa que pueda hacer para ayudar… Entremos, ¿no?

–Por favor –dijo Devon con cierto alivio mientras Frankie sonreía burlón a su lado. Poco después, el señor Evans estaba introduciendo una llave en la cerradura de la puerta principal, la abrió de un empujón y apartó de un puntapié una gran pila de sobres que había sobre el felpudo.

–Maldito correo basura –dijo. Se volvió hacia los dos agentes, separó una llave del resto y se la tendió–. Adelante, hagan lo que tengan que hacer. Es el piso de arriba. Yo despejaré todo esto y luego me reuniré con ustedes.

Devon le dio las gracias, aceptó la llave y subió la amplia escalera enmoquetada. Frankie encendió las luces mientras avanzaban por el pasillo y echaban un vistazo a cada habitación.

–Primero hagamos un barrido rápido y luego revisemos bien cada habitación –sugirió Devon y Frankie asintió.

Estaba claro que el piso se había alquilado parcialmente amueblado; en el gran salón-comedor de planta abierta, las paredes, una extensión de ladrillo rojo al descubierto, estaban vacías de cuadros y no había cortinas colgadas en las ventanas, que iban del suelo al techo, pero en el centro de la extensión de suelo de madera de roble pulido había un enorme sofá de ante azul vaquero y una mesa de centro baja de color blanco; en la elegante cocina, de color gris, había tres taburetes altos con asientos de cuero rojo alineados junto a la barra.

El cuarto de baño tenía una ducha doble y brillantes griferías cromadas, y en una habitación que, sin duda, se había utilizado como despacho había un escritorio apoyado en una pared frente a una gran librería vacía.

—Así que esta última habitación debe de ser el dormitorio principal —murmuró Frankie mientras empujaba la última puerta.

—¡DIOS SANTO!

—¿Qué dem…?

Los dos hombres jadearon a la vez y Frankie se agarró por reflejo al antebrazo de Devon mientras les llegaba un leve olor metálico a la nariz y miraban sin comprender la escena que tenían delante.

—¿Eso es… eso es lo que creo que es? Lo siento —tartamudeó Frankie y, poco a poco, soltó el brazo de Devon.

Devon seguía con la mirada clavada en la habitación y, de repente, le invadió una sensación de frío, como una mano helada que le recorriera la piel. La habitación era grande y luminosa y la luz entraba a raudales por las ventanas de estilo francés, a través de las cuales podía ver un balcón acristalado. Se quedó mirando el sol durante un momento y luego, despacio y a regañadientes, arrastró la mirada hacia… ¿hacia qué? ¿Acaso… acaso era lo que él también pensaba que era? ¿Podría ser? El dormitorio parecía sacado de una película de terror. Paredes blancas salpicadas de manchas de color marrón rojizo; un río irregular de color marrón que se extendía por la alfombra; un charco oscuro y seco sobre el colchón. Se le revolvió el estómago y recorrió la habitación con la mirada intentando comprender lo que veía. Tenía que ser eso. No podía ser otra cosa. Se volvió hacia Frankie, que permanecía inmóvil, con la cara blanca, paralizado.

—Es sangre —susurró—. Sangre. Un montón de sangre. Por todas partes. ¿Qué diablos ha pasado en esta habitación?

Capítulo 11

–¿Cereales? Oh…, espera, no hay leche. Lo siento, Eva…

Eva, que acababa de sentarse a la mesa de la cocina, agitó una mano en señal de desdén.

–La verdad es que por ahora lo único que quiero es un café solo. Saldremos en un rato y haremos la compra. Llevaremos a Albert a dar un paseo. Estaba demasiado alterado esta mañana cuando entró en mi habitación y trató de lamerme hasta matarme, necesita desfogarse un poco. Y de todos modos yo no desayuno, ya deberías saberlo.

Me sonrió, se echó hacia atrás la larga melena pelirroja por encima de los hombros y me guiñó uno de sus ojos castaño verdoso.

–Sí, me acuerdo, lo siento –dije sonriéndole y me volví para poner la tetera a calentar y buscar una taza limpia. Por un minuto, había olvidado los acontecimientos de los días anteriores, que me estaban volviendo loca. Desde que la conocía, Eva había sido una chica de café solo y cigarrillos antes del mediodía. Los cigarrillos habían desaparecido en los últimos años, pero el hábito del café se había mantenido.

Al final, no había llegado hasta casi la medianoche anterior, dos trenes cancelados y luego largos retrasos hicieron que su viaje desde Londres fuera interminable. Inquieta e incapaz de ponerme a trabajar, ni siquiera de ver la televisión, había pasado el tiempo de espera haciendo algo de lo que, en retrospectiva, me arrepentía un poco: había visitado a mis vecinos. Incapaz de dejar de pensar en lo que había dicho la Policía de que mis vecinos más cercanos pensaban que me había mudado sola a nuestra casa, miré la hora (poco antes de las nueve, era tarde, pero no demasiado tarde como para llamar a la puerta de un extraño, esperaba), me

105

puse una chaqueta y salí; primero llamé a la puerta de la casa de la derecha, donde de vez en cuando había visto y saludado a una mujer mayor. Abrió la puerta despacio, miró a su alrededor con el ceño fruncido y su rostro se relajó al reconocerme.

–Hola, soy Gemma. Vivo en la casa de al lado…

Asintió con la cabeza mientras se apartaba un mechón suelto de la frente. Parecía tener unos sesenta años y llevaba el pelo largo y canoso recogido en una coleta baja.

–Sí, hola. Lo siento, soy Jo. ¿En qué puedo ayudarte?

Hice una pausa, sin saber muy bien cómo explicarme.

«Dilo y ya está», pensé.

–Es solo que…, bueno, sé que la Policía vino a verte… Mi marido, Danny, ha desaparecido. No le he visto desde el jueves pasado. Y la Policía dijo que cuando vinieron a preguntarte si le habías visto recientemente, dijiste…, bueno, dijiste que nunca le habías visto. Que pensabas que me había mudado sola a la casa de al lado. ¿Es eso cierto?

Jo entrecerró un poco los ojos y luego asintió.

–Bueno…, sí –dijo–. O sea, te he visto entrar y salir unas cuantas veces. Pero nunca había nadie contigo. Así que asumí, ya sabes… Lo siento, lo asumí y ya está.

Su acento era de Brístol. Me quedé pensando un momento. Era cierto que Danny solía entrar y salir por la puerta de atrás, por la bicicleta. Quizá nunca había estado con él cuando había visto a Jo.

–Casi siempre entra y sale por la puerta de atrás –dije–. Va en bicicleta y la guarda en el patio; hay un pequeño cobertizo para bicicletas. ¿Nunca le has visto por ahí o por el camino de atrás? Es alto, moreno y con el pelo rizado.

Ella negó con la cabeza.

–Yo no uso ese camino. Me asusta un poco, sobre todo en esta época del año, no hay luz, ¿sabes? Es una tontería, lo sé. Es una zona bonita y nunca le ha pasado nada a nadie por allí, pero es que soy así. Siempre uso la puerta principal. Lo siento mucho, es que nunca le he visto. Siento que haya desaparecido. Si hay algo que pueda hacer… –Se encogió de hombros.

–Muy amable, gracias. Y siento llamar tan tarde. Te dejaré

tranquila. ¿Sabes cómo se llaman los que viven al otro lado? Es una pareja, ¿no?

Hice un gesto hacia la casa a la izquierda de la nuestra y Jo se asomó a la oscuridad y asintió.

—Sí, ahí viven Jenny y Clive. Están fuera a menudo, pero puede que tengas suerte.

Le di las gracias y recorrí la pequeña distancia que separaba el camino de la acera y la chirriante verja metálica que conducía a la puerta de Jenny y Clive. Los había visto menos que a Jo desde que nos habíamos mudado, quizá solo tres o cuatro veces, y, una vez más, solo había sido un saludo amistoso o un «buenos días». De repente, sentí que todo aquello era un poco inútil; llamé al timbre y esperé. Unos treinta segundos más tarde se encendió una luz en el pasillo y abrió la puerta un hombre bajito, calvo y con camisa de cuadros.

—¿Sí? —dijo seco.

—Eh, hola, soy Gemma O'Connor, me mudé a la casa de al lado hace unas semanas. Solo me preguntaba si…

—Ah, sí. Lo siento, no te había reconocido —me interrumpió—. Hemos tenido a la Policía por aquí preguntando por ti. Bueno, sobre alguien llamado, ¿cómo era?, ¿Daniel?

—Danny. Mi marido. Ha desaparecido —dije.

Me miró fijamente durante un rato, lo que me dio tiempo a darme cuenta de que tenía las pestañas muy largas para ser un hombre que, por lo demás, parecía tener alopecia.

—Sí, eso he oído. —Ahora hablaba menos borde, más amable—. Tiene que ser horrible. No pudimos ayudar, me temo. Recordamos haberte visto un par de veces en las últimas semanas, pero no a tu marido, lo siento. Yo viajo mucho por trabajo y a Jenny, mi mujer, no le gusta estar sola en casa, así que suele quedarse con su hermana en Winchester cuando yo no estoy. Así que no recordamos haberle visto en ningún momento, a tu marido. No somos de mucha ayuda, lo siento.

—No pasa nada. Si estás fuera a menudo… Y solo llevamos aquí unas semanas. De todos modos, es genial conocerte como es debido. Siento molestar.

Sonrió, mostrando unos dientes torcidos.

—No hay problema. Espero que aparezca pronto. ¿Tal vez podríamos quedar? ¿Tomar algo?

Le devolví la sonrisa aunque se me retorcía el estómago.

«Danny, ¿dónde estás?».

—Eso estaría bien. Gracias.

Cuando volví a la casa, me fui directamente a la cocina y abrí la puerta de atrás, salí al patio oscuro con la mente a mil por hora. ¿Con qué frecuencia utilizaba Danny la puerta principal? Los días laborables nunca, cuando utilizaba la bicicleta para ir a trabajar... Me corregí. Para ir adonde fuese que iba. Y en febrero todavía estaba oscuro cuando salía por la mañana, a menudo antes de las siete, y volvía a estar oscuro cuando llegaba a casa, rara vez antes de las seis, a veces varias horas después. A no ser que alguien se asomara a una de las ventanas de la parte de atrás de su casa y mirara a nuestro patio en el preciso instante en que él se marchaba o llegaba...Y aun así, ¿habría sido capaz de verle en la oscuridad? Había luz en el jardín, lo que sería estupendo en verano cuando estuviéramos sentados fuera por las tardes, pero no la habíamos utilizado desde que nos mudamos, aparte de encenderla una vez para comprobar que funcionaba. Y, como Jo había señalado, no había farolas en el camino que pasaba por detrás de las casas y las luces de la cocina apenas proyectaban un tenue resplandor en el patio trasero. Así que no era de extrañar que ninguno de nuestros vecinos le hubiera visto ir y venir. Mientras estaba allí de pie pensando, me llamó la atención un movimiento que venía de arriba, una silueta en una de las ventanas del piso de al lado, la casa de Jenny y Clive. ¿Clive? Levanté una mano para saludarle, pero la silueta volvió a alejarse de la ventana con brusquedad y, segundos después, la luz de la habitación se apagó. Me quedé mirando el rectángulo oscuro durante un segundo. ¿Habría estado observándome? Luego volví a pensar en Danny.

¿Y los fines de semana? ¿No lo habría visto alguien entonces? Volví a entrar y cerré la puerta tras de mí. «Aunque, pensándolo bien, Danny solo ha estado aquí tres fines de semana hasta ahora, me dije. Y la mayor parte de ese tiempo lo habíamos pasado dentro, vaciando cajas, arreglando muebles, pintando paredes. Había sido yo quien había salido a hacer la ruta semanal de los sábados por la mañana al supermercado y ni siquiera habíamos salido a cenar desde que nos habíamos mudado, en cambio habíamos pedido comida a domicilio: mexicano, indio, tailandés.

–Cuando esté todo arreglado, tendremos más tiempo. Te invitaré a pasar un buen rato en el sitio más lujoso de Brístol –había dicho Danny.

Me lo planteé mientras miraba el móvil para ver si Eva había vuelto a mandar un mensaje y me preguntaba a qué hora llegaría al final… Así que quizá no fuera tan raro que los vecinos no hubieran visto nunca a Danny. Y, en realidad, ¿qué más daba? Había desaparecido. Se había ido.

Cuando por fin apareció Eva, que prácticamente se cayó del taxi en la puerta de casa en su esfuerzo por sacar la maleta con una mano y abrazarme con la otra, estaba agotada, agotada por el estrés de terminar su última gran historia antes de la fecha de entrega y por el largo y frustrante viaje desde Londres. La llevé a la habitación de invitados, le dije que durmiera bien y que por la mañana le contaría todo lo que había pasado, aceptó a regañadientes.

–Llegaremos al fondo del asunto, Gem. Te prometo que lo haremos, ¿vale? –dijo, dándome un apretón en las manos y plantándome un beso en la frente.

Después de ocho horas de sueño, parecía descansada, con el pelo aún húmedo por la ducha, las mejillas brillantes y las curvas envueltas en una bata de terciopelo negro. Le entregué la taza de café humeante y me senté frente a ella, cogí un posavasos y coloqué sobre él mi propia taza de té de menta. Había tomado tanta cafeína en los últimos días que empezaba a notarme alterada.

–Me alegro de verte, Eva Hawton –dije–. Te he echado de menos.

–Yo también te he echado de menos, amiga. No puedo creer que te hayas mudado a las tierras salvajes del West Country. Aun así, es un buen lugar para escaparse los fines de semana. Eso cuando los malditos trenes funcionan, claro –dijo y se acercó a la mesa para tocarme la mano.

–¿Cómo has estado? Joder, que todo esto pase cuando te acabas de mudar aquí y ni siquiera conoces a nadie todavía, menuda mierda. ¿Estás bien?

–Estoy bien. Bueno, ahora que estás aquí estoy mucho mejor. Y, de hecho, ya me las he arreglado para hacer un par de amigas. Clare y Tai. Son majas, te caerán bien.

–¡Genial! ¿Cómo las conociste?

Le conté la historia: que conocí a Clare y al caniche mientras paseaba con Albert y que Clare me invitó a ir a yoga con ella. En mi primera clase, Tai, amiga de Clare desde hacía años, estaba avisada de mi llegada y nos había guardado sitio al fondo de la sala. Había sido un primer encuentro interesante; la clase apenas llevaba diez minutos y todos estábamos adoptando la postura del perro mirando hacia abajo cuando se oyó un fuerte sonido delante de nosotras.

–Dios mío, alguien se ha tirado un pedo –siseó Clare, que estaba a mi izquierda.

A mi derecha, Tai resopló entre risas.

–¡Shhh! –volvió a sisear Clare, pero la miré y estaba sonriendo de oreja a oreja.

Giré la cabeza para mirar a Tai, cuyos hombros temblaban con los labios apretados. Sentí que una burbuja de risa amenazaba con escapar de mis propios labios y respiré hondo. Nadie más en la sala parecía haber oído la causa de nuestra risa o, si la habían oído, la estaban ignorando. Tai volvió a reírse entre dientes y, a mi lado, Clare intentó reprimir una risilla. Sin poder evitarlo, yo también solté una risilla y, de repente, las tres estábamos riéndonos a carcajadas como un grupo de colegialas traviesas.

–Por favor, ¿podéis callaros ahí atrás?

La voz atronadora de la profesora de yoga, una mujer alta, de constitución fuerte y pelo castaño, nos hizo entrar en razón, pero volvimos a echarnos a reír en cuanto terminó la clase.

–En ese momento supe que me llevaría bien con ellas –le dije a Eva, que puso los ojos en blanco.

–Siempre has tenido un sentido del humor muy juvenil. Pero te quiero por eso. Y me alegro de que hayas conocido a gente agradable. Parece que las necesitas ahora. Bueno…, Danny. Vamos allá. Cuéntamelo todo.

Y eso hice. Le hablé del último correo electrónico que había recibido de él el jueves por la noche, cuando yo estaba fuera, y de cómo había llegado a casa el viernes por la noche y había encontrado la casa vacía. Cómo había llamado a amigos y antiguos compañeros, a los que les había preguntado si tenían noticias suyas, cómo había salido a buscarle, cómo había llamado a los hospitales, cómo había enviado correos electrónicos a Danny varias veces y, al final, cómo había acudido a la Policía. Y luego le conté los bombazos que me habían soltado: que Danny no había estado trabajando en ACR Security, que había aceptado el trabajo y luego había cambiado de opinión, pero que seguía saliendo todas las mañanas, volvía a casa todas las noches y me había mentido descaradamente. Le hablé de que no había utilizado su cuenta bancaria, no desde hacía semanas, y sin embargo seguía teniendo dinero en el bolsillo siempre que lo necesitaba. Mis vecinos le habían dicho a la Policía que pensaban que vivía sola. Tenía un perfil en una aplicación de citas y no tenía ni idea de si se había registrado él mismo o si alguien lo había puesto allí de broma. Y, al final, con los ojos llenos de lágrimas, le hablé de los dos hombres cuyos perfiles estaban en la misma aplicación de citas, los hombres que se parecían tanto a Danny y que ahora estaban muertos.

Eva, que había estado escuchando atentamente, jadeó al oír eso.

—Mierda, Gemma. Había oído hablar de esos asesinatos, desde luego, pero no relacioné…

Hundió la cabeza entre las manos durante un momento y se frotó los ojos. Luego se incorporó, volvió a acercarse a mí y me dio palmaditas en el brazo.

—Lo siento mucho y entiendo perfectamente por qué estás tan disgustada. Es una locura. —Respiró hondo—. Vale, hay mucho que asimilar aquí. Así que voy a tratar de ver esto con objetividad, ¿de acuerdo? Fingiré que no conozco a Danny, ni a ti. Solo voy a tener en cuenta los hechos, como si fuera una noticia. Y, por ahora, vamos a asumir que esos asesinatos son solo una coincidencia y que Danny sigue vivo. ¿Te parece bien?

Asentí, me sequé los ojos con el dorso de las manos, levanté la taza y le di un trago. El té se había enfriado e hice una mueca al tragar.

–Por supuesto. La Policía ya ha hecho un registro rápido de la casa para ver si encontraban algo que pudiera ayudar, pero no han encontrado nada. Y hoy van a ir a Chiswick a echar un vistazo a nuestra antigua casa, aunque me imagino que allí tampoco encontrarán nada útil. Así que, si se te ocurre algo, Eva, lo que sea… Porque la verdad es que estoy perdida. No se me ocurre nada que pueda explicar esto.

–Bueno, lo intentaré.

Al sentarse, había dejado un cuaderno y un bolígrafo sobre la mesa.

–Vale, vamos a hacer una lluvia de ideas. Primero, lo del trabajo. ¿Por qué alguien haría eso, mentir a su mujer sobre algo así? ¿Se te ha ocurrido algo hasta ahora?

–Alguna cosa, pero todas son un poco descabelladas.

–Dispara.

–Vale. Bueno…

Le conté las teorías disparatadas que se me habían ocurrido: Danny tenía algún tipo de trabajo ultrasecreto del que no podía hablarme; padecía una enfermedad y recibía tratamiento diario en algún lugar de Brístol; tenía otra mujer y familia cerca, pasaba el día con ellos y volvía conmigo por la noche. Las anotó todas, con una expresión cada vez más escéptica en el rostro.

–Mmm –dijo–. Trabajo ultrasecreto es poco probable. Aunque supongo que muy vagamente posible, dado su trabajo. ¿Enfermo? ¿Parecía enfermo?

Negué con la cabeza.

–No. Últimamente se le veía muy bien. Muy en forma. No creo que esté enfermo. Estaba desesperada por encontrar teorías, ¿sabes?

–Bien. ¿Y otra esposa? ¿Y niños? ¿En serio?

La expresión de incredulidad de sus ojos casi me hizo reír.

–No, la verdad es que yo tampoco lo creo. ¿Pero qué otra cosa puede ser, Eva? No se me ocurre ninguna otra razón por la que mintiera sobre adónde iba cada día.

Eva asintió despacio, observando las notas. Se quedó mirando la página durante unos segundos y luego volvió a mirarme.

—Bueno, se me ocurre una posibilidad más. Mira lo que tenemos aquí. Un hombre que no empieza el trabajo nuevo que se suponía que iba a empezar, pero aun así desaparece cada mañana y vuelve a casa cada noche. Un hombre que no utiliza su cuenta bancaria. Un hombre cuyos nuevos vecinos nunca le han visto. Y ahora, un hombre que ha desaparecido sin dejar rastro, de la noche a la mañana. A mí me parece un hombre que está pasando desapercibido. Un hombre que está metido en un lío. Un hombre que está tratando de mantener un perfil muy bajo. Un hombre que tiene miedo de alguien o algo. Un hombre con un secreto. ¿Un hombre que no quiere ser localizado, por lo que miente sobre su lugar de trabajo, se esconde todos los días en algún sitio, incluso esconde dónde guarda su dinero? ¿Se muda de casa y se asegura de que ni siquiera sus nuevos vecinos sepan que vive aquí?

La miré fijamente. Por extraño que pareciera, lo que decía tenía algún sentido.

—Vale, pero… pero ¿de quién se escondía Eva? ¿De qué? ¿De quién tendría miedo? A ver, nunca he tenido el más mínimo indicio de que esté metido en algún tipo de problema. Parecía muy normal en casa, no estaría tan relajado si estuviera pasando algo así. Por otro lado, bueno, es una buena teoría, mejor que cualquiera de las mías, eso seguro.

Dejé de hablar y pensé. Volví a pensar en las veces que, durante el último año, Danny parecía estresado y distraído; decía que necesitaba estar solo un rato, se iba unas horas y volvía a casa con mejor aspecto y se comportaba de nuevo como siempre. Había sucedido más a menudo después de la muerte de su padre, pero yo lo atribuía al dolor, a que estaba intentando lidiar con la pérdida aunque no quisiera admitir que la muerte de su padre le había afectado más de lo que esperaba. Pero tal vez me había equivocado. Me había preguntado en los últimos días si, después de todo, podría estar teniendo una aventura. Pero a lo mejor no era eso. Tal vez le preocupaba algo, cualquier otra cosa. Tal vez estaba metido en algún lío. ¿Tendría razón Eva?

–Eva. Lo de la aplicación EHU. ¿Dónde encajaría?

Eva volvió a sentarse en su asiento, con el ceño fruncido.

–Mmm, bien visto. Supongo que eso no encaja con el resto. No es muy probable que un hombre que intenta pasar desapercibido se meta en una aplicación de citas. –Suspiró–. Maldita sea. Por un minuto, pensaba que lo había resuelto. Vale, analicémoslo por separado. Como has dicho antes, alguien podría haberle metido ahí para gastarle una broma pesada, aunque no estoy segura de a quién le haría gracia. Aun así, ya sabes lo críos que pueden ser los hombres, sobre todo después de unas copas. Y, sí, es un poco raro, muy raro, de hecho, que otros dos hombres que usaron la misma aplicación hayan sido asesinados. Pero eso podría ser solo una horrible coincidencia. Millones de personas usan esas aplicaciones. Así que, dejando eso a un lado por ahora, bueno… –hizo una pausa, con la mirada clavada en mí–, bueno, odio volver a preguntarte esto, de verdad, y sé que me dijiste cuando desapareció por primera vez que era imposible que estuviera saliendo con alguien más, pero las cosas han cambiado un poco ahora, así que te lo voy a preguntar otra vez. ¿Podría haber estado viendo a otras mujeres, Gem? Me refiero a cómo estaban las cosas entre vosotros. ¿Cómo ha ido vuestra vida sexual?

Le devolví la mirada, retorciéndome un poco por dentro. ¿Cómo había ido nuestra vida sexual? Había empezado bien, incluso genial. Y últimamente…, bueno, es probable que tuviéramos sexo con menos frecuencia que al principio, de eso no había duda. Pero era normal, ¿no?

–Nuestra vida sexual… va bien. A ver, llevamos ya un tiempo juntos, no nos arrancamos la ropa cada diez minutos. Pero va bien, seguimos haciéndolo. De vez en cuando. Bueno, últimamente menos, con la mudanza y demás. Pero…, oh, ya no lo sé, Eva. La Policía también me preguntó lo mismo. Me he devanado los sesos, de verdad, intentando pensar en algo que me hiciera sospechar. Y aparte de que se iba con la bicicleta de vez en cuando porque quería algo de tiempo a solas… Bueno, podría haber estado viendo a alguien. Pero nunca he visto ninguna evidencia real…

Me quedé callada. No estaba siendo del todo sincera, ¿verdad?

Porque había habido una ocasión, solo una. Había sido el verano anterior, apenas unos meses después de casarnos, cuando yo (y, como acompañante, Danny) había sido invitada a una fiesta que organizó la editora de moda de la revista *Camille* para celebrar su cuarenta cumpleaños. Había sido durante la ola de calor, ese año hubo varias semanas de julio y agosto en las que la temperatura en Londres se había disparado hasta los treinta y tantos grados y se había mantenido ahí y, aunque la fiesta no había empezado hasta las siete de la tarde, el sol seguía pegando fuerte, los cubitos de hielo que tintineaban en nuestras copas se derretían en cuestión de minutos y el sudor se nos acumulaba en las cejas. Desde la cocina con techo de cristal, los invitados salieron poco a poco al sombreado jardín de la parte de atrás de la elegante casa adosada de Notting Hill mientras charlaban y reían, lánguidos por el calor. Por supuesto, había estado haciendo contactos, como de costumbre, ¡había tantos editores de todas las grandes revistas con los que charlar!, pero nunca me preocupaba por Danny en las fiestas, ya que sabía que no le importaba ir de un grupo a otro sin mí, dando sorbos a su bebida, participando con facilidad en las diversas conversaciones, dejándome con lo mío y esperando a que me reuniera con él. Sin embargo, aquella noche, mientras miraba a mi alrededor buscándole para ver si estaba bien, me di cuenta de que parecía estar inmerso en una conversación con una mujer guapa con los ojos azules y pelo rubio hasta la cintura. La reconocí de algún otro evento (una estilista de moda llamada Sylvie, me pareció recordar) y cuando busqué a Danny por segunda vez veinte minutos más tarde y él no se había movido, con la cabeza inclinada hacia ella, la mano de ella en su brazo, el sonido de su risa flotando en el aire, me recorrió un escalofrío de desconfianza. ¿De qué hablaban y por qué pasaba tanto tiempo a solas con ella? Cuando volví a mirar unos minutos después, el lugar donde habían estado, junto a un esbelto abedul plateado, estaba vacío. Me había excusado de la conversación que mantenía con un grupo de directores artísticos y me había abierto paso por el jardín, entre las mujeres con sus vaporosos vestidos de cóctel de vivos colores y los hombres con las mangas de las camisas remangadas hasta el codo y las corbatas desatadas. La música había subido de volumen a medida que la luz se había ido apagando, el aire era húmedo y estaba cargado de olor a perfume, los cuerpos con los que me rozaba estaban calientes y pegajosos. Al no ver a Danny por ninguna parte, me dirigí de nuevo a la cocina, donde el personal del cáterin estaba sirviendo canapés en bandejas grandes, pero tampoco estaba allí, ni tampoco en el pasillo donde se había formado una pequeña cola para el aseo de la planta baja; dos mujeres se balanceaban con cuidado y llevaban monos ceñidos a juego y se apoyaban la una en la otra mientras esperaban. No quería seguir indagando por la casa, así que volví al jardín y acepté una copa de champán de un camarero con una bandeja mientras salía, con la ansiedad en aumento. Y entonces, de repente, allí estaba, rodeándome la cintura con las manos por detrás y acariciándome el cuello con los labios.

—¡Danny! ¿Dónde te habías metido? ¡Estaba preocupada!

—Una llamada del trabajo. Salí por la parte de delante para atender la llamada, no podía oírme pensar aquí atrás con tanta música y cháchara. Pero lo solucioné por teléfono, así que no hay de qué preocuparse. Bien, ¿dónde está la cerveza? —dijo con una sonrisa.

Sintiéndome repentinamente aliviada, lo dejé pasar. Después de todo, él podía hablar con otras mujeres; yo había hablado con muchos hombres esa noche, ¿no? Y confiaba en él, confiaba en él al cien por cien. No había vuelto a ver a Sylvie aquella noche y lo había olvidado todo. Pero mientras le contaba la historia a Eva me quedé con la duda. ¿Había sido demasiado confiada? ¿Era Danny tal y como yo creía o me había estado engañando todo el tiempo? ¿Cuánto tiempo llevaba en ese portal de citas, si su perfil allí no era una broma de uno de sus estúpidos colegas…?

—Bueno, no estuve en esa fiesta, así que no lo sé —dijo Eva—. Pero, a ver… —vaciló, luego negó con la cabeza—. Nada. Mira, seguro que solo es…

—No, continúa. ¿Qué ibas a decir?

Volvió a negar con la cabeza.

—Nada. Ahora mismo no sabemos nada, Gemma, eso es todo. Quizá se ha ido con otra mujer, pero quizá sea algo totalmente distinto. No tiene sentido que te pongas nerviosa y saques conclusiones precipitadas hasta que lo sepamos, ¿vale?

Suspiré.

—Lo sé. Lo intento, de verdad que lo intento. Pero es que no lo entiendo. Aunque suene cursi, pensaba que éramos la pareja perfecta, ¿sabes? Bueno, está claro que no lo somos; me ha estado mintiendo durante semanas y ahora ha desaparecido. Podría estar muerto, Eva. Muerto como esos otros dos hombres. O podría haberme dejado. O podría haber sido abducido por unos putos extraterrestres. No sé qué le ha pasado, no tengo ni idea.

Eva cerró el cuaderno, lo hizo a un lado y dejó el bolígrafo.

—Creo que lo de los extraterrestres es poco probable. Pero yo tampoco tengo ni idea —dijo—. Esto va a llevar más tiempo de reflexión, mucho más tiempo de reflexión. Así que vamos a salir ahora a tomar el aire, a pasear a Albert y al supermercado. A comprar algunas cosas. Y después vamos a unir nuestras mentes y vamos a resolver esto, ¿de acuerdo? Las dos juntas. Porque esté vivo o muerto, está claro que tu Danny ha estado escondiendo algo. Eso está más claro que el agua. Lo único que tenemos que hacer es averiguar qué.

Capítulo 12

El subinspector Devon Clarke se quedó mirando el dónut glaseado que tenía en el plato. En condiciones normales, lo habría devorado en cuestión de segundos, pero ese día, por raro que parezca, no le apetecía nada. Era aquella habitación lo que le había quitado el apetito; desde el momento en que había entrado en aquel dormitorio de pesadilla, bañado en sangre, en Chiswick, unas veinticuatro horas antes, apenas había comido ni dormido, echaba de menos a Jasmine más que nunca, añoraba que le rodeara con sus brazos, la comodidad de su cuerpo junto al suyo. Había visto escenas del crimen como esa antes, por supuesto que sí, muchas veces, algunas de ellas con los cuerpos destrozados todavía *in situ*. Entonces, ¿por qué se le había quedado grabada en la mente, rondaba sus sueños y le había quitado las ganas de comer dónuts? Por el amor de Dios. ¿Quizá fue por lo inesperado? Después de todo, no esperaban encontrar mucho en la antigua casa de Danny O'Connor, así que abrir una puerta y ver… y ver eso…

Se estremeció y miró el reloj en la esquina de la pantalla de su ordenador. Eran poco más de las dos. El informe forense llegaría en cualquier momento.

—¿Aún nada?

Helena se le acercó de repente y le miró por encima del hombro.

—¿Estás leyéndome la mente? Estaba pensando en eso. No, todavía nada. Pero lo han mandado como urgente, así que debería estar aquí pronto. ¿Quieres el dónut?

Señaló el plato y Helena arrugó la nariz.

—Gracias, pero paso. Charlotte me mataría. Me quiere sana, si vamos a tener un bebé…

Dejó de hablar bruscamente y Devon levantó una ceja, interrogante.

–Entonces, ¿es seguro? Sé que ya lo habías mencionado, pero fue hace mucho tiempo y no has vuelto a decir nada.

Helena se encogió de hombros. Había una silla vacía en la mesa de al lado, la cogió, la acercó y se sentó a su lado.

–No, no es seguro –dijo, paseando la mirada por la sala y hablando en voz baja. Varios agentes iban de un lado para otro, algunos charlaban, otros hablaban por teléfono y había un grupito que estaba de pie alrededor del tablón de la investigación, donde señalaban las nuevas fotografías que habían colgado y discutían sobre ellas, animados–. Pero ella tiene muchas ganas y no puedo posponerlo mucho más. Le he dicho que cuando termine este caso nos sentaremos y tomaremos una decisión. A ver, a mí también me apetece, no me malinterpretes. Es solo que… ¿Sería una buena madre, Devon? En serio, ¿con este trabajo? El crío no me vería nunca. Tengo miedo de ser una mierda…

De repente, parecía tan vulnerable, tan insegura que a él se le encogió un poco el corazón, se acercó y le dio una palmadita en la mano.

–Serás una madre increíble –le dijo–. La madre más guay del barrio, ¡mírate! Atrapas a los malos… A los niños les encanta todo eso. Y otros policías consiguen que funcione. Tú también lo harás.

Hizo una pausa, observándola, y fue recompensado con un amago de sonrisa.

–Quiere hacerlo ella, cosa que me parece bien –dijo–. No estoy segura de que un embarazo y yo nos llevásemos bien.

–Qué alivio. Ya estás bastante de mala leche a primera hora. No puedo imaginarte con náuseas matutinas –dijo y ella se rio y le dio un puñetazo suave en el brazo.

–De acuerdo, de vuelta al trabajo. ¿Qué piensas, Devon?

Volvió a mirar la pantalla del ordenador, seguía sin llegar el informe del laboratorio, y se volvió hacia ella.

–Lo que pienso, jefa, es que las cosas han dado un giro bastante dramático en las últimas horas, eso es lo que pienso. Pienso que cuando Danny O'Connor desapareció la semana pasada, por alguna razón volvió a Londres a su antiguo apartamento. Y estoy pensando que ahora, bueno, es probable que esté muerto. De hecho, casi seguro que está muerto. No creo que quien perdió toda esa sangre en esa habitación saliera vivo de allí. Todavía no sabemos si la sangre es suya, claro, pero como era su antigua casa y está desaparecido y todo eso... Mierda, jefa, si es su sangre, temo decírselo a su mujer.

Se pasó una mano por la cara. Antes, cuando se había mirado en el espejo del baño, tenía los ojos inyectados en sangre y la piel oscura teñida de gris. De repente, las imágenes de aquel maldito dormitorio de Chiswick volvieron a aparecer en su cabeza y le revolvieron el estómago. Se preguntó si iba a vomitar. Respiró hondo, luego otra vez e intentó centrarse.

Helena guardó silencio durante un momento, consciente de que estaba pasándolo mal. Apoyó una mano en su rodilla unos segundos y luego dijo:

—Lo sé, va a ser duro. Y siento mucho que hayas tenido que verlo. Siempre es una mierda encontrarse con cosas como..., bueno, como esa, sobre todo cuando no te lo esperas. ¿Estás bien?

Asintió con la cabeza, las náuseas remitieron un poco.

—He visto cosas peores, ya lo sabes. No sé por qué esto me ha afectado tanto. He estado pensando en ello toda la noche, imaginándome cosas. Supongo que le devolvieron las llaves del apartamento al casero cuando los O'Connor se mudaron, ¿así que Danny tenía un juego de repuesto? Y, de todas formas, ¿por qué volver allí? ¿Cómo sabía que el lugar seguía vacío?

Helena se encogió de hombros.

—No lo sé. Ahora mismo hay muchas incógnitas. Tienes razón, aún no sabemos si el lugar está cubierto de la sangre de Danny o de alguien más. Pero, por ahora, si asumimos que es de él, ¿qué se nos ocurre? ¿Qué le llevaría de vuelta? Si seguimos con la teoría de Tara por un minuto, ¿quizá una cita con alguien que conoció por internet, aprovechándose de que su mujer se había ido de viaje de prensa? Y luego qué... ¿La cita sale horriblemente mal y ella le mata a cuchilladas?

Parecía dudosa.

—Es una teoría. Sin embargo, mucho recorrido para un polvo.

—Sí, lo es. Y, por supuesto, muy lejos de nuestras dos primeras escenas de asesinato. Aunque, claro, hemos estado asumiendo que nuestro asesino es local al ver que tenemos dos cuerpos en Brístol, pero no tiene por qué ser así, ¿verdad? Podría ser de Londres. Podría ser de cualquier parte y podría estar dispuesto a viajar. Eso si hay alguna conexión entre los tres casos, que es algo que aún tenemos que averiguar, como bien sabemos.

Devon había cogido un bolígrafo y estaba pinchando el dónut, resquebrajando el glaseado brillante. Helena le observó durante un momento, luego cerró los ojos y empezó a moverse en la silla despacio de un lado a otro.

—Esto me está volviendo loca, joder. Es como si hubiera una conexión, ¿no? Aunque no tengamos las pruebas para demostrarlo todavía. Si no se parecieran tanto y si no estuvieran todos en la misma página de EHU, sería distinto.

—Lo sé, lo sé. Si Danny O'Connor ha sido asesinado, lo que es muy probable, es un *modus operandi* muy diferente. Las otras dos escenas del crimen estaban muy limpias, esta era un baño de sangre. ¿Y dónde está el cuerpo?

Helena dejó de balancearse y abrió los ojos.

—No tengo ni idea —dijo sin rodeos. Guardó silencio unos segundos y luego dijo—: Los periódicos aún no saben lo de Danny, pero seguro que se enteran pronto. Si siguen con las noticias, alguno de los amigos de Danny se dará cuenta de la similitud entre nuestras dos víctimas de asesinato y él y podría ir a la prensa aunque les hayamos pedido a todos que no lo hagan. Y llevamos unos días hablando con los amigos y familiares de Ryan Jones y Mervin Elliott, incluso les hemos enseñado la fotografía de Danny para ver si nuestras víctimas le conocían. No ha habido suerte, pero uno de ellos podría hablar con un reportero y dejar caer que hay otra posible víctima. Si de verdad tenemos tres muertos, el tema del asesino en serie va a subir como la espuma.

Devon volvió a pinchar el dónut y observo cómo el glaseado se resquebrajaba aún más y cómo los trocitos iban cayendo poco a poco sobre el plato de una forma que le pareció de lo más satisfactoria.

–Espero que no. Es lo que nos faltaba –dijo.

RING.

–Joder. Ya está aquí.

Cuando escuchó la notificación del correo electrónico, Devon dejó caer el bolígrafo y se incorporó como un rayo, agarró el ratón y pulsó el mensaje que acababa de llegar a su bandeja de entrada.

–¡Informe forense! –Helena alzó la voz y la sala se quedó en silencio, todas las cabezas se volvieron hacia el escritorio de Devon.

Pulsó el cursor para desplazarse por el informe, consciente de que Helena se había acercado; su respiración se había acelerado, él también respiraba con más fuerza y las manos le temblaban un poco.

–Vamos, vamos…, ¿dónde está?

Recorrió la pantalla buscando la línea crucial de información. Entonces:

–MIERDA. ¿Qué? ¿En serio?

Helena lo había visto a la vez que él. Con el ceño fruncido, se inclinó más hacia él, volvió a leer la línea y luego miró a Devon.

–¿Cómo puede ser? –dijo en voz baja.

Él negó con la cabeza.

–Ni idea. Pero…, bueno, está ahí, claro como el agua. Y rara vez se equivocan, jefa.

Volvió a mirar la pantalla del ordenador, luego se levantó despacio y se volvió hacia la sala.

–Bien, hay novedades. Primero, como sospechábamos, coincide. La sangre de la habitación de Chiswick es de Danny O'Connor. Usaron el ADN que encontraron en el cepillo de dientes y el peine de su dirección actual para confirmarlo. Así que ahora sabemos que en esa habitación ocurrió algo terrible que debió dejar a Danny gravemente herido o, muy probablemente, muerto.

Un murmullo bajo recorrió la sala, los agentes intercambiaban miradas. Helena levantó una mano.

–Pero hay algo más. Y esta es la parte que no tiene sentido. Porque Danny O'Connor solo lleva desaparecido siete días. Pero los forenses han fechado las manchas de sangre y dicen, atentos, dicen que la sangre lleva ahí unas cinco semanas. Cinco semanas.

Lo que le pasó a Danny O'Connor en esa habitación ocurrió justo a finales de enero.

Durante unos segundos se hizo el silencio. Entonces, desde su escritorio en el otro extremo de la sala, el agente Frankie Stevens dijo:

–Pero…, jefa, eso no es posible. Desapareció el viernes pasado. Vivía aquí en Brístol desde el 8 de febrero, estaba vivito y coleando. Al menos eso es lo que su mujer… –Su voz se apagó.

–Exacto, Frankie. Eso es lo que nos dijo su mujer.

El tono de Helena se había endurecido y había una mirada de acero en sus ojos azul oscuro.

–Creo que tenemos que tener una conversación urgente con la señora Gemma O'Connor, ¿verdad?

Capítulo 13

La sala de interrogatorios era pequeña y hacía demasiado calor dentro. Una mesa que parecía vieja y destartalada y cuatro sillas. Otra mesa más pequeña pegada a una pared, sobre la que había una jarra de cristal llena de agua y una torre de vasos de papel marrón. Me habían hecho esperar sola media hora hasta que por fin entraron y se sentaron frente a mí; en ese tiempo había empezado a tener dolor de cabeza y las sienes me palpitaban. ¿Por qué hacía tanto calor? No veía ningún radiador, ¿quizá calefacción por suelo radiante? Tenía un vaso de agua en la mesa, delante de mí, pero cuando bebí un sorbo con cautela me supo a agua rancia y tibia. Volví a dejarlo, consciente de que me empezaban a sudar las palmas de las manos. Yo también estaba muy cansada y mareada. No se lo había dicho a Eva, pero la noche anterior había tenido otro sueño horrible, otra pesadilla. Los detalles se habían desvanecido, el sueño se esfumaba con la luz del día, pero aún recordaba que corría, corría deprisa en la oscuridad, tropezaba, me levantaba y volvía a correr, presa de un miedo terrible, con el corazón latiéndome con fuerza y la respiración entrecortada. Podía oír, en algún lugar a mis espaldas, el terrible sonido de un lamento, un quejido grave, el sonido de alguien sufriendo muchísimo, y aun así seguí corriendo, aterrorizada, desesperada por escapar. Cuando me desperté volvía a estar empapada en sudor, con la ropa de cama retorcida entre las piernas, y durante el resto de la noche había dormido mal y alterada. Lo último que necesitaba en ese momento era estar sentada en una comisaría, sobre todo cuando no tenía ni idea de qué iba todo aquello. ¿Por qué necesitaban volver a hablar conmigo con tanta urgencia? Eso era lo que me ponía tan nerviosa… ¿Por qué su actitud hacia mí había cambiado de repente, pasando de la simpatía y la preocupación de los encuentros anteriores a la brusquedad y la seriedad?

Cuando el subinspector Clarke y otro agente, uno al que no había visto nunca, habían llegado antes a casa, Eva y yo, que habíamos salido corriendo del supermercado, nos habíamos acurrucado en el sofá, habíamos picoteado un poco de queso y galletas y estábamos intentando, con poco éxito, encontrar nuevas explicaciones para la desaparición de Danny, para sus mentiras. La Policía se había limitado a decirme que había información nueva sobre la desaparición de mi marido y que debía acompañarlos a comisaría para ser interrogada de inmediato. Pero me habían hablado en tono brusco, el subinspector Clarke me informó de que Eva no podía acompañarme, y el otro agente me sugirió en tono escueto que cogiera un abrigo, me pusiera los zapatos y me preguntó si quería llamar a un abogado.

—¿Un abogado? ¿Por qué iba a necesitar un abogado? ¿Qué ha pasado? No, no tengo abogado, ¿eso importa? —había preguntado con el estómago revuelto.

El agente murmuró que no, que no importaba, que pondrían a mi disposición un abogado de oficio si lo deseaba, pero yo negué con la cabeza, diciéndole que no sería necesario. Mi marido había desaparecido; a lo mejor, como pensábamos Eva y yo, se había metido en algún lío, tal vez se había escondido por algo que había hecho, por alguien a quien había molestado o, tal vez, solo tal vez, se había fugado con otra mujer, algo en lo que apenas me permitía pensar. Entonces, ¿por qué yo, su mujer, a la que había abandonado por la razón que fuese, necesitaba un abogado? ¿Se habían enterado de lo que había estado haciendo y pensaban que estábamos juntos en eso? Si era así, ¿de qué se trataba? ¿Qué demonios estaba a punto de descubrir sobre mi marido?

Parecía que no iba a tener que esperar mucho más para recibir una respuesta, porque allí estaban, por fin sentados frente a mí, el subinspector Clarke y su jefa, la inspectora Helena Dickens, una vez concluidas las formalidades, a punto de empezar el interrogatorio. Me estaban grabando también en vídeo y la idea me puso aún más nerviosa. Me veía muy desaliñada, con unos vaqueros, unas deportivas y una sudadera hecha un asco, el pelo recogido en una coleta desordenada; no era como me había vestido de haber sabido que me iba a interrogar la Policía. ¿Se sentarían juntos más tarde, quizá en una sala llena de policías, y me analizarían? Y, sin embargo, pensé, ¿importaba que lo hicieran? Pensaran lo que pensaran, no tenía nada que ocultar, ya que estaba claro que pensaban algo, algo que no habían pensado antes. El subinspector Clarke me miraba con un interés renovado, la dulzura que había visto antes en sus ojos había sido sustituida por algo más mordaz, como si yo fuera una pieza fascinante en un museo. La inspectora Dickens no me miraba, sino que miraba atentamente una página de notas que tenía delante. De repente, se aclaró la garganta y el sonido áspero en la silenciosa sala me hizo sobresaltarme. Me miró con sus ojos azul oscuro.

—Gemma, como ya sabe, ayer por la mañana, el subinspector Clarke aquí presente y otro compañero, el agente Stevens, que sé que también conoce, visitaron su dirección anterior, el número 10 de Homefield Avenue en Chiswick.

Hizo una pausa, me miró y yo asentí.

—Sí, lo sé. Pero no he oído nada, así que supongo que…, bueno, ¿ha servido de algo?

La inspectora Dickens volvió a echar un vistazo a sus notas y luego volvió su fría mirada a mi cara.

—Desde luego, ha sido interesante, Gemma. Ahora voy a enseñarle algunas fotografías, ¿de acuerdo?

—Sí, vale.

La inspectora alcanzó un sobre grande que estaba sobre la mesa, a la izquierda de su cuaderno, y sacó dos fotografías. Despacio, empujó primero una y luego la otra sobre la madera lisa.

—Se tomaron ayer en el dormitorio principal del apartamento. ¿Puede echarles un vistazo, por favor, y contarme lo que ve?

Miré las dos fotografías, confusa; por un segundo, no supe qué se suponía que estaba mirando. Entonces se me revolvió el estómago. «¿Pero qué…?».

Sí, se parecía a nuestra antigua habitación, en la que habíamos pasado aquellos emocionantes primeros días de nuestra relación, abrazados el uno al otro, planeando nuestra vida juntos. Pero al mismo tiempo no era la misma habitación. Las fotografías mostraban una versión retorcida y espeluznante de nuestro alegre dormitorio: las paredes, las alfombras e incluso la cama estaban manchadas y sucias de algo oscuro y siniestro, algo que parecía viscoso y maligno. Se me nubló la vista y me agarré al borde de la mesa para sostenerme, con el estómago contrayéndose con violencia. Iba a vomitar, estaba segura, pero primero tenía que preguntar, tenía que saber...

–¿Eso es... eso es sangre?

Hablé en un susurro ahogado. Hubo un momento de silencio y luego me acercaron un vaso de agua tibia.

–Beba, Gemma. –Era la voz del subinspector Clarke.

Despacio, con los ojos todavía clavados en las horribles imágenes que tenía delante, solté el borde de la mesa con la mano derecha, acepté el vaso y traté de mantenerlo firme mientras me lo llevaba a los labios; tragué un poco de agua, el líquido se derramó por los lados y volví a bajarlo temblorosa.

–¿Está bien para continuar? –volvió a hablar el subinspector Clarke.

Asentí con la cabeza y las náuseas remitieron un poco mientras el agua se deslizaba por mi garganta seca.

–Sí, pero... esas imágenes. ¿Qué...? Por favor, ¿qué ha pasado ahí? ¿Le ha pasado algo a Danny?

Hubo unos segundos de silencio. Entonces la inspectora Dickens habló con voz baja y tranquila.

–Eso es lo que nos gustaría saber, Gemma. Porque, sí, eso es sangre. Mucha sangre. Y ahora sabemos que es la sangre de Danny. Así que la pregunta es: ¿sabe lo que pasó en esa habitación?

«¿La sangre de Danny?». Aparté la mirada de las fotografías. «¿Qué quiere decir con la sangre de Danny?».

–¿Qué? ¿Cómo voy a saberlo? Me mudé hace semanas, no he vuelto... Oh, Dios, ¿qué ha pasado? Por favor...

El pecho se me contrajo, un hilillo de sudor me recorrió la espalda, el estómago volvió a revolvérseme. ¿Qué intentaban decirme? Tenía el cerebro embotado. ¿La sangre de Danny? ¿Eso significaba…?

La inspectora volvió a hablar.

—Sí, sabemos que se mudó hace semanas, Gemma. El viernes 1 de febrero, dijo. Y también nos dijo que su marido se quedó en Londres y se mudó aquí para reunirse con usted una semana después. La cosa es que tenemos un laboratorio forense muy muy bueno por aquí, Gemma. Y nos han dicho que lo más probable es que esa sangre, la sangre de Danny, se esparciera por su antiguo dormitorio hace aproximadamente cinco semanas.

Hizo una pausa y me quedé mirándola.

«¿Cinco… qué?».

—Hace cinco semanas, Gemma. Lo que, según mis cálculos, significa que Danny sangró mucho en esa habitación cerca del 1 de febrero. De hecho, más o menos cuando usted hizo las maletas y se mudó a Brístol.

Negué con la cabeza, consciente de que un murmullo había empezado a retumbarme en el cráneo. ¿Me iba a desmayar en vez de vomitar? Hacía mucho calor, un calor insoportable, y mi cerebro no parecía funcionar correctamente, las palabras de la inspectora Dickens no tenían ningún sentido.

—No. No, eso no ha pasado —dije. Me di cuenta de que me costaba mover la boca, como si una fuerza externa me frenara los movimientos de los labios y la lengua—. Tiene que ser un error. Danny estaba bien cuando vino aquí. No estaba herido… No lo entiendo, ¿qué está pasando?

El sudor se me acumulaba en la frente y se me metía en los ojos, me lo limpié con la manga, preguntándome por qué era la única que parecía estar acalorada en aquella habitación tan pequeña y sofocante. Los dos agentes no sudaban.

«¿Por qué no sudan? ¿Qué me pasa?».

—Nosotros también estamos confusos, Gemma. —Esta vez el que habló fue el subinspector Clarke.

Le miré, intentando centrarme.

—Después de descubrir la sangre en la habitación, hablamos con su antiguo casero. ¿El señor Evans? Tuvo la amabilidad de ir y dejarnos entrar. Nos dijo que los dos se fueron el mismo día, que el señor O'Connor no se quedó una semana más como usted dice. Dice que creía que ese era el plan original, pero que de hecho le dejaron las llaves en su oficina, en el buzón, así que no estaba seguro de quién de los dos las había dejado en algún momento del viernes 1 de febrero, con una nota que decía que al final se habían ido los dos. Por desgracia, no guardó la nota y no hay cámaras de seguridad en las instalaciones, así que no hemos podido verificar quién de los dos dejó las llaves o a qué hora. Pero creemos que fue usted, Gemma. Porque está bastante claro que algo terrible pasó en ese apartamento, en esa fecha. Y es la sangre de Danny. Así que, sea lo que sea esa cosa terrible, le pasó a él.

Dejó de hablar y se reclinó un poco en la silla, pero sus ojos seguían clavados en los míos. El murmullo de mi cabeza se había vuelto más intenso. Le devolví la mirada un segundo y luego miré a la inspectora Dickens. Ella también me miraba y me di cuenta de que ambos estaban esperando a que hablara.

–Yo… yo.

Volví a secarme la frente húmeda. El corazón me latía con fuerza, como si acabara de subir corriendo una larga y empinada escalera. ¿Qué se suponía que debía decir, cuando todo lo que acababan de decir era erróneo, ridículo? Pues claro que Danny se había quedado en Londres. Claro que no le habían hecho daño. ¿Cómo podía hacerles entender eso? Respiré hondo.

«Díselo y ya está. Díselo tranquila, con claridad».

–Miren, lo siento, pero para mí nada de esto tiene sentido –dije al fin, esforzándome por hacer que mi boca cooperara, por pronunciar cada palabra con claridad–. Danny se quedó en Londres, en nuestro apartamento, una semana más. Y cuando llegó a Brístol, estaba bien. No estaba herido, ni se había hecho ningún corte, ni nada. Me habría dado cuenta, compartíamos cama, por el amor de Dios. No sé qué más decir. Todo esto es un error. Nada de esto es verdad. Alguien ha cometido un gran error o les está mintiendo. Esa es la única explicación.

La inspectora Dickens me miró en silencio unos segundos y luego suspiró.

—Bien. Bueno, vamos a ver qué más tenemos aquí, ¿de acuerdo? Golpeó con un dedo en su bloc de notas.

—Ninguno de sus vecinos de Clifton ha visto nunca a Danny. Dicen que creen que se mudó a la casa usted sola. Aceptó un nuevo trabajo en Brístol y luego, misteriosamente, lo rechazó. Hemos comprobado su cuenta de correo electrónico principal, de la que nos dio los detalles cuando lo reportó como desaparecido, y envió el correo electrónico a ACR para informar de su cambio de planes el 31 de enero. No ha habido más actividad en esa cuenta desde esa fecha. Tampoco se ha tocado su cuenta bancaria desde finales de enero. —Pasó una página—. También hemos comprobado su cuenta de correo electrónico, Gemma. Dice que la última vez que supo de Danny por correo electrónico fue la noche del jueves 28 de febrero, cuando estaba fuera, en su viaje de prensa. No hay rastro de ese correo electrónico o, de hecho, como acabo de decir, de cualquier otro correo electrónico entre Danny y usted después de, una vez más, finales de enero. Sé que mencionó a mis compañeros que estaba teniendo algunos problemas con el móvil, que habían desaparecido algunas fotografías y correos electrónicos, pero…, bueno, además de no haber correos electrónicos recientes, tampoco parece que tenga ninguna fotografía de su marido desde la mudanza, solo fotografías de su tiempo en Londres. Y nadie con quien hayamos hablado hasta ahora, sus amigos o sus antiguos compañeros, ha sabido nada de él también desde finales de enero. Tenemos previsto hablar hoy con su familia, pero sospecho que ahí se repetirá la misma historia. —Hizo una pausa y me miró con frialdad—. ¿Ve que se está desarrollando un patrón, Gemma?

Tragué saliva.

—Sí, pero todo eso tiene una explicación. Lo del trabajo todavía no lo he entendido. O la cuenta bancaria. Pero ahora no tiene teléfono, por eso no ha estado mucho en contacto con la gente. Y mi teléfono está funcionando mal, no guarda las cosas, estoy segura de que encontraré esas fotografías y correos electrónicos…

La inspectora Dickens levantó una mano delgada. Fue la primera vez que me di cuenta de que llevaba un anillo de casada, una estrecha alianza de oro.

—Además, Danny parece haber desaparecido sin llevarse absolutamente nada. El pasaporte, la ropa, todo sigue ahí, ¿verdad?

Asentí con la cabeza.

—Sí. Por eso estoy tan preocupada, tan asustada…

—Bueno, nosotros también estamos preocupados, Gemma. Muy muy preocupados.

La inspectora Dickens se inclinó hacia mí al otro lado de la mesa y percibí un aroma tenue, un perfume floral ligero.

—Estamos muy preocupados —dijo—. Porque, viendo todas las pruebas, ahora parece que Danny lleva fuera de juego bastantes semanas. Desde finales de enero, en realidad. Desde justo antes de que usted hiciera las maletas y se mudara a Brístol, Gemma. ¿Descubrió su perfil en esa aplicación de citas, eso es lo que pasó? Porque no puede haber sido muy agradable descubrir que su marido está a la caza de otras mujeres para tener sexo. No es nada agradable, ¿verdad, Devon?

Volvió a recostarse en la silla y se giró para mirar a su compañero. Asintió despacio.

—No, jefa. No es nada agradable. Nadie la culparía por perder los nervios, Gemma, después de descubrir algo así. ¿Es eso lo que pasó? ¿Danny y usted se pelearon y la cosa acabó yendo demasiado lejos?

El sonido que sentía en la cabeza se redujo a un zumbido bajo y luego se detuvo. De repente, con creciente horror, lo comprendí. Lo comprendí todo. Pensaban… pensaban que la desaparición de Danny era culpa mía. Mi culpa. Pensaban que yo… ¿qué? ¿Que le había herido gravemente, que le había matado, en nuestro apartamento de Londres y luego me había mudado como si nada a Brístol? ¿Y luego qué? ¿Que había esperado unas semanas y denuncié su desaparición, cuando todo el tiempo yo sabía exactamente lo que le había pasado porque había sido yo quien lo había hecho? Eso era lo que pensaban, ¿verdad? Era… era una locura.

—No —dije—. No.

Ambos se sentaron en silencio, observándome, esperando. ¿Esperando qué? ¿Una confesión? Sentí una repentina oleada de ira. ¿Cómo podían creerme capaz de algo así?

–NO. –Esta vez prácticamente grité la palabra y golpeé la mesa con los puños–. No es verdad. Nada de eso es cierto. Danny ha estado aquí, en Brístol, viviendo conmigo las últimas semanas. Estaba bien, todo iba bien. O yo pensaba que iba bien hasta la semana pasada, cuando llegué a casa y se había ido. Sé que tiene mala pinta, nada de lo que me han contado tiene sentido y yo tampoco entiendo nada. Pero les estoy diciendo la verdad… –Hice una pausa, con la voz entrecortada por las lágrimas, el pecho encogido y la respiración acelerada. Luego dije–: Tienen que creerme. No puede haberle pasado nada a Danny en esa habitación, ni hace cinco semanas, ni cuando quiera que digan que ocurrió. Porque ha estado aquí, conmigo. Ha estado aquí conmigo…

Me detuve, incapaz de seguir hablando, con las lágrimas cayéndome por las mejillas y todo el cuerpo temblándome. Eso no podía ser real, ¿verdad? ¿De verdad podía pensar la Policía que le había hecho daño, que le había matado, a Danny? Era como una especie de pesadilla infernal. Y, en ese momento, la inspectora Dickens volvió a inclinarse hacia mí al otro lado de la mesa y habló con voz grave y firme.

–¿Ha estado aquí con usted? ¿Aquí con usted desde principios de febrero? Vale. Demuéstrelo, Gemma.

Capítulo 14

El viernes por la mañana, los periódicos llevaban los titulares que Helena había estado temiendo.

**ASESINO EN SERIE EN BRÍSTOL:
¿ESTAMOS ANTE UNA TERCERA VÍCTIMA?**

**MIEDO EN BRÍSTOL POR LA DESAPARICIÓN
DE UN TERCER HOMBRE**

—Mierda —dijo—. ¿Y de dónde han sacado esa foto de Danny O'Connor? No es una que hayamos visto antes, ¿verdad?

Devon, que había estado añadiendo algunas notas a la pizarra de la investigación, dejó el rotulador y se volvió hacia ella.

—No. Parece como si hubiera sido tomada en una fiesta, así que supongo que uno de sus compañeros se puso en contacto con la prensa para avisar de su desaparición, como nos temíamos, y los periodistas han sumado dos más dos y han..., bueno, han reforzado aún más la teoría del asesino en serie.

—Es probable. Esto es muy frustrante. Alimentan el fuego cuando aún no sabemos si alguno de estos casos está conectado. O si Danny está muerto, aunque ahora parece bastante probable. Ojalá pudiéramos encontrar el cuerpo. ¿Dónde demonios está?

Gimió y se pasó las manos por el pelo. Lo tenía muy largo, pensó distraída, y los rizos empezaban a enroscarse sobre sus orejas. Tenía que pedir cita en la peluquería, pero quién sabía cuándo tendría tiempo para eso. A ese paso, parecería la maldita Rapunzel antes de que se resolviera el caso. Y la espalda seguía matándola. Otra cita que tenía que pedir. Miró a su alrededor. Apenas eran las ocho de la mañana y aún no estaban todos en sus mesas, pero decidió que no podía esperar más. Había que acelerar la investigación con urgencia.

–¿Podéis reuniros, por favor?

Cuando todos los agentes se habían arrastrado hacia adelante, algunos todavía con el abrigo puesto, otros con una taza de café, todos con expresión tensa y cansada, empezó:

–Bien, como todos sabréis, anoche dejamos ir a Gemma O'Connor. Sí, hay muchas pruebas circunstanciales y la cantidad de sangre en la habitación de Chiswick es muy preocupante. Pero en este momento no tenemos ningún cuerpo y ninguna prueba de que Gemma haya hecho algo para hacer daño a su marido. Sin embargo, hay muchas cosas que no cuadran en su historia, así que la vigilaremos muy de cerca. Estoy dispuesta a volver a detenerla si encontramos el más mínimo… –Tomó aire–. Pero lo que quiero hacer ahora es dejar de pensar en Danny O'Connor como una persona desaparecida. Ahora es mucho más probable que esto se convierta en otra investigación de asesinato que quiero llevar a cabo junto con nuestros dos casos actuales. Es probable que en algún momento la Policía metropolitana quiera implicarse en el caso de Londres, pero de momento espero que podamos quedárnoslo nosotros, ya que parece tener cierta relación con lo que tenemos aquí. –Se volvió para señalar la pizarra que tenía detrás, donde las horripilantes fotografías del dormitorio de Chiswick estaban junto a la imagen de Danny–. Todas las pruebas que tenemos apuntan a que a Danny le hirieron de gravedad o le mataron en esa habitación hace unas cinco semanas, lo cual es mucho tiempo, pero no descarta que esté relacionado con los otros dos casos. Parece ser un tipo de asesinato muy diferente, con tanta sangre, pero tenemos que abrir la mente con esto. Y, por supuesto, tenemos la complicación añadida de que su mujer afirma que estaba vivo y viviendo con ella hasta hace una semana. También afirma que va a demostrárnoslo a pesar de que nadie más parece haberle visto en semanas, etcétera, etcétera. –Hizo un gesto con la mano hacia la pizarra y hacia la lista de las cosas que habían descubierto sobre el pasado reciente de Danny–.

Esperamos esas pruebas con interés –continuó–. Pero, mientras tanto, Danny O'Connor sigue desaparecido. Si esa desaparición tiene algo que ver con su mujer, está relacionada con nuestros dos asesinatos o se debe a algo totalmente distinto, es algo que aún no sabemos. Pero hay cosas que no encajan en la historia de su mujer, eso está claro.

Devon, que había estado apoyado contra la pared a su derecha, dio un paso adelante, con una mirada interrogante en el rostro. Helena asintió.

–Adelante, Devon.

–Solo quería señalar algunas cosas que salieron del interrogatorio que le hicimos a Gemma O'Connor –dijo–. En beneficio de los que no estaban allí.

–Claro.

Se apartó y se colocó contra la pared lateral. Devon se volvió para estudiar la pizarra durante un segundo, donde había una fotografía de Gemma junto a la de su marido. Luego se aclaró la garganta.

–De acuerdo, sí, ahora Gemma O'Connor es una persona que nos interesa. Pero hay algunas cosas que no cuadran del todo. Para empezar, cuando le enseñamos las fotografías de la habitación llena de sangre, parecía conmocionada de verdad. De hecho, por un momento pareció que iba a desmayarse, ¿verdad, jefa? –Miró a Helena y ella se encogió de hombros y asintió–. Entonces, si atacó a Danny en esa habitación, que tiene que ser una de nuestras principales líneas de investigación ahora, es una muy buena actriz. Además, sabía que íbamos a registrar ese apartamento hace unos días y no reaccionó lo más mínimo cuando se lo dijimos. Si supiera lo que íbamos a encontrar cuando llegásemos allí, esperaría al menos alguna reacción por su parte, tal vez algún intento de impedirnos ir hasta que pudiera cubrir las huellas.

–Aunque podría ser otra vez lo de la buena actriz. O, si le ha hecho algo a su marido, quizá esté en una especie de negación, *shock* postraumático, algo así. Anoche estaba un poco alterada, sudaba, lloraba y todo eso, ¿no? –dijo Helena.

–Sí. Y podría ser trastorno de estrés postraumático, sí, podría ser. Por cierto, he empezado a hacer gestiones para acceder a su historial médico. A ver si hay algún antecedente de enfermedad mental, violencia, algo así. No tiene antecedentes penales, pero sería interesante ver qué más podemos averiguar sobre su historial.

—Bien. —Helena le hizo una señal con el pulgar hacia arriba—. Vale, continúa.

—Como ya sabemos, y le dijimos a Gemma anoche, no hay pruebas de ningún intercambio de correos electrónicos entre Danny y ella desde finales de enero a pesar de que ella diga lo contrario. Sin embargo, hay una serie de correos electrónicos desde la cuenta de Gemma a la de Danny en la última semana, en los días después de que ella afirmara que desapareció. También hubo varios intentos de llamar por Skype, todos ellos sin respuesta. Nos ha dicho que intentó ponerse en contacto con él en numerosas ocasiones después de su desaparición en un intento desesperado por localizarle. Si supiera que murió hace cinco semanas, ¿intentaría enviarle correos electrónicos y llamarle por Skype?

—Podría ser un intento de despistarnos. Al igual que todas las llamadas a sus compañeros y a los hospitales, y así con todo. Podría ser que todo fuese parte de su numerito.

Esto lo dijo la agente Tara Lemming, que estaba sentada en el borde de un escritorio en el centro de la sala. Devon asintió con la cabeza.

—Cierto. Así que echemos un vistazo a la línea temporal un segundo y asumamos por un instante que Gemma agredió de gravedad, o mató, a su marido. Tendría que haber ocurrido así.

Se volvió hacia la pizarra y puso el dedo en el extremo izquierdo de una larga línea roja, encima de la cual había escritas varias fechas y comentarios.

—El jueves 31 de enero se envió un mensaje desde la dirección de correo electrónico de Danny O'Connor a ACR Security en el que informaba de que rechazaba su puesto con ellos en Brístol. ¿Fue Gemma quien envió este mensaje y no el propio Danny porque planeaba matarle o incluso porque ya lo había matado y no quería que saltaran las alarmas cuando no se presentara en su nuevo puesto de trabajo? —Pasó el dedo un poco más por la línea—. En algún momento del viernes, el día 1 de febrero, alguien dejó las llaves del apartamento de Chiswick en la oficina del propietario con una nota que decía que había habido un cambio de planes y que el apartamento había sido totalmente desalojado. El casero ya le había dicho a los O'Connor que se iba de vacaciones por unas semanas y no podría ir a ver la casa hasta que volviera. Resultó que en realidad no se puso a ello hasta esta semana, cuando fuimos a visitarle. Así que, si Gemma mató a Danny en el apartamento, lo más seguro es que lo hiciera el 30 o el 31 de enero. Como sabía que el casero no estaba, no le preocuparía que la molestaran. Pero entonces, y esta es la parte con la que estoy batallando, tendría que haber movido el cuerpo de ese apartamento y esconderlo en algún lugar. Y luego tendría que haberse mudado a Brístol con toda la calma del mundo, sin molestarse siquiera en limpiar. No tiene sentido, ¿verdad? A menos que esté loca y lo oculte muy muy bien. Lo cual podría ser, supongo.

–¿O puede que tuviera un cómplice, alguien que la ayudara a mover el cuerpo? Pero, sí, para ser justos, dejar ese desastre atrás es un poco raro.

Helena se había movido hacia atrás para unirse a él mientras hablaba.

–Aun así, siguiendo con esa teoría, se muda de casa y se lleva todas sus cosas para que parezca que pronto se va a vivir con ella. Luego dice que se reunió con ella una semana después y que ha estado viviendo con ella desde entonces hasta que desapareció hace una semana –dijo–. Eso también me preocupa. ¿Por qué esperar tanto? Por ejemplo, ¿por qué no esperar hasta el día en que debía mudarse a Brístol para reunirse con ella y luego denunciar su desaparición cuando al parecer no apareció si ese es el camino que quería seguir? Me encantaría poder culparla de la desaparición de Danny, nos haría la vida mucho más fácil. Pero estoy de acuerdo, hay cosas que no cuadran.

La sala se sumió en el silencio. Entonces, Devon volvió a hablar.

–Le tomamos una muestra ayer, claro, y durante la noche el laboratorio comparó su ADN con el encontrado en el apartamento de Chiswick. Dicen que el único ADN que se encontró en el dormitorio era de Danny y de ella, como era de esperar. Pero eso no descarta que alguien más estuviera allí, por supuesto, si fueron cuidadosos.

–Es verdad. Sin embargo, es difícil imaginar que quienquiera que llevara a cabo ese ataque se marchara sin quedar cubierto de sangre, aunque se las arreglase para no dejar nada. Por cierto, hoy llevaremos al equipo forense a su casa en Brístol. Ya la hemos registrado, pero ahora que hemos encontrado lo que encontramos en Chiswick tenemos que registrar su nueva casa. Si Gemma fue la responsable, puede que aún queden restos de sangre en su ropa aunque haya intentado lavarla.

–Si hubiera sido yo, me habría deshecho de la ropa –dijo el agente Mike Slater desde el fondo de la sala.

–Yo también lo habría hecho, Mike –dijo Helena–. Pero también queremos que los forenses comprueben la afirmación de Gemma de que Danny ha estado viviendo allí las últimas semanas. Ellos sabrán si no ha sido así.

–Bien pensado –dijo Devon–. Por cierto, anoche Frankie habló con el agente de alquileres, Pritchards, mientras interrogábamos a Gemma; gracias, Frankie.

Desde su lugar junto a Tara, el agente Stevens asintió.

–Sin embargo, no pudieron decirnos gran cosa. Dijeron que Danny vino a Brístol con Gemma cuando vieron la casa por primera vez y que los dos volvieron a mediados de enero para pagar la fianza, firmar el contrato de alquiler y recoger las llaves. Esa vez trajeron una furgoneta con algunos muebles y pasaron la noche en la casa antes de regresar a Londres al día siguiente. Pero los agentes no han estado en la casa desde que Gemma se mudó el 1 de febrero, así que no saben si Danny ha vuelto a estar allí o no.

–Vale.

Devon suspiró.

–Bueno, la investigación continúa –dijo Helena–. Pero no olvidemos que tenemos otros dos asesinatos que siguen sin estar resueltos. Y lo que es más interesante… –Se acercó a la pizarra, estudió la línea temporal de color rojo de Devon y luego levantó la vista hacia las fotografías de Mervin Elliott y Ryan Jones–. Es curioso que los dos asesinatos ocurrieron después de que Gemma O'Connor se mudase a Brístol. Entonces, ¿qué pensamos de eso? —Un murmullo recorrió la sala. Se apartó de la pizarra y se encogió de hombros—. Es muy poco probable, lo sé. Mirad, sé que no tenemos un tercer cuerpo, todavía no. Y los dos primeros asesinatos fueron muy similares: asesinatos limpios, con algún tipo de arma pesada. Como ya he dicho, la escena del crimen en Chiswick es muy distinta. Parece un ataque mucho más frenético y apasionado. Pero... ¿podría ser esa la diferencia entre matar a un desconocido o a tu propio marido? Es solo una idea. No podemos descartar nada.

Devon la miraba fijamente.

—¿De verdad crees que Gemma O'Connor podría haber matado a tres hombres, jefa?

Volvió a encogerse de hombros.

—No lo sé. Si te soy sincera, se me acaba de ocurrir. Pero me estoy agarrando a un clavo ardiendo, ya que no hay nada más sólido. ¿Y qué posible motivo tendría para matar a nuestras dos víctimas de aquí?

Hizo una pausa y soltó un poco de aire mientras miraba la fotografía de Gemma O'Connor y se quedaba pensativa. Después, se volvió hacia Devon.

—Es ridículo, ¿eh? Sí, lo sé. Demasiados peros. Pero hazme un favor, Devon. Habla con ella otra vez y averigua dónde estaba las noches que Mervin y Ryan fueron asesinados. Y, mientras estás con eso, comprueba si ha habido asesinatos similares sin resolver en Londres en el último año. Sígueme la corriente, ¿vale?

Devon asintió, despacio.

—Claro. Tú mandas.

Capítulo 15

El viernes se presentó soleado y tranquilo, con los pájaros cantando felices junto a la ventana de mi habitación y las nubes formando pequeños polvorones blancos en un cielo azul celeste. Era como si la primavera hubiese decidido llegar de repente de la noche a la mañana, cosa que normalmente me haría la más feliz después de un largo y frío invierno. En cambio, me sentía atontada, decaída, con la cabeza y las extremidades doloridas. Albert, que solía dormir en el piso de abajo, se había colado en mi cama durante la noche, con su cuerpo caliente estirado sobre mis pies, mientras que de aquella nariz negra y brillante le salían ronquiditos. Me quedé quieta todo el tiempo que pude, para no despertarlo, e intenté poner en orden mis pensamientos, agradecida porque al menos había conseguido dormir unas horas sin que me molestara ninguna otra pesadilla. Al final, cuando el pie derecho empezó a agarrotarse, sacudí con delicadeza a mi perro, que bostezó, se estiró, me lamió la cara y, de repente, saltó de la cama, atravesó la puerta entreabierta y bajó las escaleras como si hubiera recordado que no debía estar allí.

Cuando por fin volví a casa de la comisaría a última hora de la noche anterior, Eva me esperaba en el salón, preocupada, pero yo había evitado sus preguntas diciéndole que estaba demasiado cansada para hablar y que ya le contaría todo por la mañana. Cuando por fin salí de la cama y llegué a la cocina, todavía en pijama y con el pelo revuelto, ella se limitó a darme una taza de té y un periódico.

—Salió mientras dormías. Es obvio que alguien ha hablado. No hay muchos detalles, nada sobre las cosas raras de su trabajo o la cuenta bancaria y cosas así, solo dice que está desaparecido y comenta su parecido con las dos víctimas de asesinato. Pero, aun así, ya está por ahí. Lo siento mucho.

MIEDO EN BRÍSTOL POR LA DESAPARICIÓN DE UN TERCER HOMBRE

Leí el titular y el nudo que se me había vuelto a formar en el estómago nada más despertarme se tensó con fuerza. Luego miré la fotografía en grande de Danny, que reconocí enseguida como una que le habían hecho en la boda de un amigo hacía unos ocho meses. ¿De dónde la habían sacado? ¿Y «miedo en Brístol»? ¿«Miedo»? «Terror» se acercaba más a lo que estaba empezando a sentir. «Miedo» no era una palabra lo suficiente grande para describir eso, no era lo suficientemente grande para esa angustia que lo consumía todo, esa confusión, la creciente sensación de que todo a mi alrededor estaba girando más y más rápido sin control alguno. Como sabía que no podía ocultar lo que estaba ocurriendo durante mucho más tiempo y que la prensa se iba a enterar, por la noche había llamado a mis padres de camino a casa e intenté restarle importancia a la situación, les dije que Danny había desaparecido, intenté tranquilizarlos diciéndoles que estaba segura de que volvería pronto a casa y que no creyeran nada de lo que pudieran oír o leer en los periódicos. Mi padre se ofreció a coger un tren a primera hora de la mañana, pero al final le convencí de que no se moviese.

–Estoy bien –mentí–. Mi amiga Eva está aquí y todo pasará en unos días, no os preocupéis. Estoy segura de que aparecerá. Os mantendré informados, ¿vale? Os quiero. Todo saldrá bien.

Mis padres vivían en Cornwall, donde había nacido yo, y ninguno de los dos se encontraba en su mejor momento de salud. A mi padre le habían diagnosticado un cáncer de próstata hacía un año y, aunque el tratamiento había ido bien y mantenía a raya la enfermedad, había envejecido mucho en los últimos meses. Mi madre siempre había sido una mujer delicada (siempre decía: «Sufro mucho por los nervios») y no era la primera vez en mi vida que deseaba tener un hermano o una hermana que pudiera compartir esa carga conmigo. Danny tenía a Liam, aunque no fuera alguien con quien compartir sus problemas, al menos podía distraer a su madre de lo que estaba ocurriendo. Sin embargo, no me atrevía a llamar a Bridget y no tenía noticias suyas, aunque suponía que la Policía la llamaría en cualquier momento, si no lo había hecho ya. ¿Le importaría que Danny hubiera desaparecido? Ni siquiera parecía querer mucho a su hijo. La idea de hablar con ella sobre la desaparición de Danny… No creía que pudiera, no podía afrontarlo y tampoco podía leer el artículo del periódico que Eva me había puesto delante, así que no lo hice. En lugar de eso, dejé el periódico a un lado y empecé a hablar, le conté a Eva todo lo que me había dicho la Policía. Le hablé de las fotos, de la sangre. De la sangre de Danny en nuestro antiguo dormitorio.

–¿Sangre de hace cinco semanas? ¿Cinco? Pero eso no tiene sentido.

Eva me miraba boquiabierta mientras le contaba la historia.

–Te habrías dado cuenta si tuviera heridas tan graves, ¿no?

–Pues claro. Estaba estupendamente cuando llegó a Brístol. Mierda, Eva, ¿qué está pasando? Me siento como si estuviera atrapada en una de esas horribles pesadillas en las que todo está del revés y nada tiene sentido. Y eso no es todo. Al parecer, nuestro casero dijo que nos mudamos el 1 de febrero, porque ese día le dejaron las llaves en su oficina con una nota. Ese fue el día en que yo me mudé aquí, pero Danny se quedó en Londres una semana para terminar el último proyecto para Hanfield Solutions. O, al menos, eso es lo que dijo que estaba haciendo. Sin embargo, parece que no se quedó en el apartamento. Entonces, ¿adónde diablos fue?

Eva negó con la cabeza despacio, con los ojos aún más abiertos.

–¿Qué?

–Lo sé. Y la cosa va a peor. Me acusaron, Eva. Creen que le hice daño a Danny, que le ataqué, incluso que tal vez le maté. En nuestro dormitorio, a finales de enero. Y creen que estoy inventándome lo de que se mudó aquí. No creen que haya estado aquí, porque los vecinos nunca lo vieron, y no ha usado la cuenta bancaria, y no empezó su nuevo trabajo, y todo lo demás. Pero estuvo aquí, Eva. Estuvo aquí hasta la semana pasada…

Me levanté y sentí que el pánico aumentaba y que mi ritmo cardíaco se aceleraba. Eva se levantó también y me tendió una mano.

–Gemma…, Gemma, tranquilízate, vamos. Podemos solucionarlo, esto es ridículo. ¿Cómo pueden pensar eso? Habrá montones de maneras de probarlo, debe haberlas. A ver, fueron tres semanas, ¿no?, las que estuvo aquí. Debe haber un montón de gente que le vio y puede dar fe de que estaba bien. Siéntate, vamos.

El tono de su voz me tranquilizó y respiré hondo, intentando recuperar el control. Poco a poco, volví a sentarme en la silla y asentí con la cabeza.

–Vale, pero necesito que me ayudes a entender esto. Tengo el cerebro hecho papilla. El estrés… No puedo pensar con claridad. No tienen pruebas de verdad, no contra mí, todavía no, de lo contrario me habrían arrestado, me habrían acusado. Me han puesto en libertad bajo fianza y no me han impuesto ninguna restricción ni nada, por ahora. Pero van a venir aquí otra vez más tarde para hacer cosas forenses o algo así, y estoy muy asustada, Eva. ¿A qué demonios está jugando Danny? ¿Dónde está? ¿Y toda esa sangre? ¿Qué es todo eso? No puedo…

Unas lágrimas calientes se abrieron paso por mis frías mejillas y Eva me agarró las manos y me las frotó a conciencia.

–No lo sé. No entiendo más que tú nada de esto. Y lo de la sangre es raro, muy raro, sin matices. Pero sabes que estaba bien cuando se mudó a Brístol, así que no pienses en eso ahora mismo. Ve a buscar tu diario. Tenemos que repasar cada día, cada uno de los días desde que Danny se mudó aquí hasta que desapareció. Porque no tenía una capa de invisibilidad, Gem. Esto no es una historia de fantasía a lo Harry Potter, es el mundo real. Y él estaba todo el día fuera de esta casa, todos los días, haciendo como que iba a trabajar, y debisteis hacer que os trajeran cosas a casa, y hacer un montón de cosas juntos durante las últimas semanas, ¿verdad? Alguien recordará haberlo visto, habrá alguien que pueda probar a la Policía que Danny estuvo aquí contigo y vivo y bien hasta la semana pasada, ¿vale? Venga, vamos. Ponte una máscara.

Logré esbozar una pequeña sonrisa. «Ponte una máscara» era lo que solíamos decirnos la una a la otra en nuestros primeros días en el periódico, cuando estábamos medio muertas por la falta de sueño y el estrés de los plazos de entrega y acabábamos de recibir un nuevo encargo.

«Ponte una máscara. Podemos hacerlo».

Así que me puse mi mejor máscara. Incluso me vestí, me cepillé el pelo, me puse crema hidrante en la piel, me comí un tazón de cereales y di de comer a Albert, al que le prometí que más tarde lo llevaría a dar un paseo. Luego llevé mi diario a la mesa de la cocina y nos pusimos manos a la obra mientras el sol de la mañana entraba a raudales y las motas de polvo bailaban en el aire a nuestro alrededor.

Una hora más tarde, aparté el diario con una sensación cercana a la desesperación.

—No hay nada. Nada.

Eva entrelazó los dedos con los ojos fijos en el diario.

—De acuerdo, por lo que veo por ahora, y olvidándome del misterio de la sangre en el dormitorio de momento, ya que no tiene ningún sentido, la verdad es que solo hay dos escenarios posibles. El primero, y sé que es uno en el que no quieres pensar, querida, pero lo siento, tenemos que considerarlo como una posibilidad: ha desaparecido porque se ha ido con otra, alguien que conoció en esa aplicación. Puede que se quedara con ella esa semana después de que te mudaras aquí. No explica todo su comportamiento extraño, lo sé. El segundo, bueno, ahora creo que es aún más probable que fuéramos bien encaminadas con esa teoría tan vaga que se nos ocurrió antes, porque lo que más me cuadra ahora es que estaba siendo muy cuidadoso para asegurarse de que nadie le viese aquí, en Brístol. Pero él era inteligente al respecto, muy inteligente, por lo que no te darías cuenta. Aún no sé por qué, pero empiezo a pensar que se estaba escondiendo, Gemma. Estaba escondido aquí mismo y tú ni siquiera te diste cuenta —dijo despacio. Le dio unos golpecitos a su cuaderno con el bolígrafo—. Volvamos a verlo todo teniendo eso en cuenta. Para empezar, cuando vivíais en Londres él siempre se encargaba de ir al supermercado los fines de semana. O lo hacíais juntos, ¿no?

Asentí con la cabeza.

—Pero desde que os mudasteis aquí decidió quedarse a limpiar la casa los sábados por la mañana y que tú salieras a hacer la compra.

—Bueno, sí, pero eso fue porque yo siempre me quejaba de tener que limpiar y él solo estaba siendo amable… –Me quedé callada–. Vale, puede ser. Pero en serio…

—Desde que os mudasteis aquí, has sacado a pasear al perro siempre tú. Cada uno de esos paseos, tú sola.

—Bueno, sí, pero eso es por el horario del trabajo… Bueno, yo creía que estaba trabajando. En Londres también era yo la que hacía la mayoría de los paseos, no todos, pero sí la mayoría; él solía salir con nosotros los fines de semana. Pronto habría vuelto a hacerlo aquí también.

—Cada vez que te traían comida a domicilio, ibas tú a la puerta a recogerla, no él –interrumpió Eva.

—Decía que él sacaba los platos, servía el vino…

—Exacto. Se aseguraba de que el repartidor no le viera. ¿Alguna vez fue a la puerta para recibir una entrega? ¿De algo?

Lo pensé. No me acordaba, pero seguro que sí.

—No lo sé –dije en voz baja.

—Cuando saliste con tus nuevas amigas, él nunca preguntó si podía ir. Está bien, ya que solo las conocías desde hacía unas semanas. Pero incluso cuando fuiste a lo de… Tai, ¿se llamaba así?, a casa de Tai a tomar algo después de yoga, y el marido de Clare también se unió a vosotras, y llamaste a Danny y le preguntaste si quería pasarse a tomar algo también, y conocerlos a todos, dijo que no. Así que ellos tampoco le conocieron.

Ya le había hablado a Eva de aquella noche. Al salir de la tercera clase de yoga a la que había asistido, Tai había sugerido que estaría bien que Peter, su marido, y Alex, el marido de Clare, conocieran a Danny.

—Tengo un buen *sauvignon blanc* enfriándose en la nevera; ¿nos tomamos una copa improvisada? ¿Están todos libres?

Llamé a Danny, pero me dijo que se había tenido que traer trabajo a casa que tenía que estar hecho a primera hora de la mañana.

Cualquier otra noche… Mira, discúlpate con ellos por mí y

diles que pronto los invitaremos a todos a venir aquí, ¿vale? —me había dicho.

Y así lo hice y me fui a tomar unas copas al impresionante ático de Tai, admirando las vistas de trescientos sesenta grados de la ciudad desde las ventanas del suelo al techo y deseando que Danny estuviera allí para disfrutarlas y disfrutar del vino y la compañía conmigo.

Eva seguía hablando.

—Y os quedabais aquí cada fin de semana. Quiero decir, sé que solo vivió aquí tres fines de semana, pero aun así. ¿No te pareció raro que nunca quisiera salir? ¿Ni una sola vez? ¿Para explorar su nueva ciudad?

Ahora yo también miraba el diario y empezaba a sentirme muy estúpida. Lo que Eva decía empezaba a tener cada vez más sentido. ¿Cómo no me había dado cuenta de nada en aquel momento?

—No… no se me había pasado por la cabeza. Trabajaba muchas horas… Bueno, yo creía que trabajaba muchas horas entre semana, yo también tenía mucho trabajo. Así que cuando llegaban los fines de semana solo queríamos arreglar la casa, pintar las paredes y poner estanterías y esas cosas. Planeábamos salir pronto; incluso habíamos hecho una lista de todos los restaurantes y bares a los que queríamos ir. Pero aún no nos habíamos puesto a ello…

Dejé de hablar. Mierda. Eva agitó las manos en un gesto que quería decir: «¿Te das cuenta?».

—Y también cortó toda relación, ¿no? No tenía teléfono a propósito. No llamó ni envió correos electrónicos a ningún amigo o familiar desde que se mudó aquí, si lo que la Policía ha dicho es cierto. Quizá pensó que quienquiera que le asustara podría rastrearle a través del móvil. O a través del trabajo, que es por lo que no empezó. Mira todas las pruebas, Gemma. Se estaba escondiendo. Es obvio. Se estaba escondiendo. De todos, a excepción de ti —dijo.

—Sí, vale, vale.

Me froté los ojos, con el cerebro a mil por hora. Por fin tenía sentido. Algo en todo ese lío tenía sentido.

—Pero la sangre… ¿Qué pasa con la sangre, Eva?

Se encogió de hombros.

–No lo sé. Eso no puedo explicarlo. Y, honestamente, ahora mismo no sé si está vivo o muerto, nadie lo sabe. Pero lo que sí sabemos es que tú no le mataste y también sabemos que, a pesar de lo que piense la Policía, tampoco puede haberle pasado nada terrible hace cinco semanas en Londres porque estuvo aquí contigo, vivito y coleando, durante las últimas semanas. Tenemos que demostrarlo de alguna manera. Así que, si nos olvidamos de la sangre por ahora, supongamos que es algún tipo de cagada forense o algo así, el resto de esta teoría tiene sentido, ¿verdad? Que quizá se había metido en algún lío y estaba pasando desapercibido.

Asentí, lentamente.

–Tal vez. A ver, nunca había pensado en ello antes, pero ahora… Pero sí que salía, Eva, todos los días, durante horas, de lunes a viernes. Sí, salía de noche y volvía a casa de noche, pero había horas de luz entre medias. Tenía que estar en algún sitio. Y dondequiera que fuese, la gente tenía que verle. Así que tal vez se escondía de alguien. Pero no podía esconderse de todos, no en una ciudad tan concurrida como esta. ¿Cómo puedo averiguar adónde iba todos los días y lo que hacía? Porque esa debe ser la clave de todo esto. ¿Cómo narices lo averiguo?

Eva hizo una mueca.

–Esa, querida mía, es la pregunta del millón. –Hizo una pausa y se movió en el asiento; de repente, parecía incómoda–. Mira, igualmente no podemos descartar del todo la otra teoría. Después de todo, tenía un perfil en una aplicación de citas. Quizá ambas teorías valgan, quizá estaba metido en algún lío y se ha fugado con otra para huir de él. Es solo que, bueno…

Respiró hondo, parecía aún más nerviosa, y yo la miré fijamente, con una opresión en el pecho.

–¿Qué? ¿Qué pasa? Eva, si sabes algo, ¡tienes que decírmelo!

–Vale, vale. Mira, no quería contarte esto, de verdad que no quería. Parecías tan feliz y yo no le veía ningún sentido; en realidad, no fue nada…

–Mierda, Eva, ¡dímelo!

–Vale. Te lo voy a contar. Es que…, bueno… –Hizo una pausa

y soltó un poco de aire, luego se cubrió la cara con las manos–. Danny se me insinuó una vez –murmuró entre dientes.

–Danny... ¿qué?

De repente, me mareé. ¿Cómo? En serio. ¿QUÉ? ¿De verdad acababa de decir que Danny, Danny, mi marido, se le había insinuado a ella, mi mejor amiga? Eva se apartó las manos de la cara otra vez, parecía angustiada.

–Lo siento mucho. Lo siento muchísimo. Debería habértelo contado hace mucho tiempo, pero no le vi sentido. No pasó nada, nada de nada, ¿vale? Nunca te habría hecho eso aunque me gustara Danny, que no me gustaba. Quiero decir, no hay nada malo en él, es muy atractivo, pero no es mi tipo...

Se quedó callada y se sonrojó. La miré.

–Bueno, continúa. ¿Cuándo, cómo? ¿Qué pasó?

Se pasó una mano por los ojos y se inclinó hacia delante.

–Vale. Fue en ese restaurante rollo espacial y absurdo que abrieron en el Soho, ¿te acuerdas? En septiembre. En el que los robots servían los aperitivos antes de la cena.

Me acordaba. Me habían dado cuatro entradas para la noche de apertura del Space Soho con muy poca antelación y Eva y Danny habían sido los únicos que estaban libres para venir conmigo; había sido un martes por la noche, por lo que yo recordaba. El restaurante, con menús que brillaban en la oscuridad, un comedor que giraba a cámara lenta y pequeños robots blancos que se movían entre las mesas con bandejas de comida en la mano, era propiedad del hermano de uno de mis colegas de la revista *Camille* y, aunque todo era de lo más hortera, había sido una noche muy divertida. Pero, echando la vista atrás, los tres habíamos estado juntos toda la noche, ¿no? ¿Cuándo habría Danny...?

–Fue hacia el final de la noche, cuando te invitaron a entrar en la cocina para hablar con el jefe de cocina, ¿recuerdas? –dijo Eva, anticipándose a mi pregunta.

Asentí con la cabeza. Sí, yo también lo recordaba. Pero solo había estado ausente diez minutos, quince como mucho...

–¿Y qué pasó? –pregunté.

Suspiró.

—Estábamos muy borrachos, ¿a que sí? Todos esos cócteles del principio, y luego el champán, y los martinis *espresso*, y… En fin, tú te fuiste y nos quedamos charlando unos minutos, y luego creo que dije algo sobre que se hacía tarde y que me tenía que ir a casa porque tenía que trabajar temprano a la mañana siguiente, y él… me dijo algo así como: «Ojalá pudiera llevarte a casa».

Dejó de hablar durante un momento, mirándome con una expresión cautelosa, pero asentí con la cabeza. Empezaba a encontrarme mal.

—Continúa. No pasa nada.

—Vale. Bueno, al principio me reí, ¿sabes? Dije: «Bueno, eso es muy amable, pero no te preocupes, puedo coger un taxi fuera». Y entonces él… Bueno, deslizó una mano bajo la mesa y empezó a acariciarme la rodilla, Gemma. Y me dijo que eso no era lo que quería decir. Me dijo que era preciosa y que lo que en realidad quería hacer era llevarme a casa y… llevarme a la cama.

Volvió a detenerse y se sonrojó aún más. Tragué saliva.

—Y… ¿qué dijiste? ¿Qué pasó después?

—Bueno, obviamente, le mandé a la mierda. No quería montar una escena, sobre todo porque sabía que volverías en cualquier momento, pero le pedí que me quitara la mano de la pierna y le dije que iba a ignorar lo que había dicho solo por esa vez, porque eras mi mejor amiga y sabía que te quería y que solo decía lo que decía porque estaba borracho. Cuando volviste unos minutos después, todo había pasado y él volvía a actuar con normalidad, reía y bromeaba como si no hubiera pasado nada. Me sentí fatal al día siguiente, y no solo por la resaca, que fue horrible. No sabía qué hacer, no sabía si contártelo o no. Pero la siguiente vez que le vi, unas semanas después, cuando fuimos todos al *pub*, me llevó a un lado en cuanto tuvo ocasión y se disculpó, me dijo que ni siquiera recordaba qué había pasado, pero que sabía que había sido inapropiado; parecía muy sincero, Gemma, muy muy arrepentido y muy avergonzado por ello. Así que le di unas vueltas más y decidí dejarlo estar. O sea, todos hemos hecho y dicho estupideces cuando hemos bebido de más, ¿no? Y, al fin y al cabo, no pasó nada. Solo te hubiera molestado y provocado una gran pelea, ¿y para qué? Tampoco volvió a pasar. Así que... Bueno, eso es todo en realidad. Es solo que he pensado que ahora, con todo esto...

Asentí. Eso era horrible, pero no era culpa suya. ¿Yo se lo habría dicho si la situación hubiera sido al revés? Si pensaba que era un caso aislado, quizá no. ¿Por qué arruinar la relación de alguien por una insinuación de borrachera? No, lo más probable es que, en su lugar, yo hubiera hecho exactamente lo mismo. Sin embargo, no impidió que doliera. Era una mierda, una putada.

«¿Cómo pudiste hacer eso, Danny? Eva es mi amiga».

–No pasa nada, de verdad –dije–, me alegra que me lo hayas contado. Pero no sé qué pensar, Eva. No sé qué hacer con nada de esto y ya ni siquiera puedo pensar con claridad, estoy mal todo el tiempo y creo que mi cerebro está colapsando...

RING.

El timbre sonó y nos sobresaltó a las dos. Era la Policía para hacer lo que tuvieran que hacer en la casa. Mientras Eva observaba en silencio desde la puerta de la cocina, pasaron por mi lado. Eran cuatro, tres con cajas de material entre las manos y el agente Frankie Stevens, que los dirigía.

–Pueden quedarse mientras trabajamos, pero tardaremos un par de horas. Tal vez prefieran salir a tomar un café o algo así. Hace un buen día –dijo el agente Stevens, y la inesperada amabilidad de su voz casi me hizo llorar.

El día anterior había sido tan horrible la forma en que me habían mirado la inspectora Dickens y Clarke... ¿Quizá no todos pensaban que era una bruja mentirosa y asesina de maridos? Seguimos su consejo y salimos Eva y yo, Albert al trote a nuestro lado, de camino a Clifton Village bajo un cielo tan brillante que deseamos haber cogido las gafas de sol. En una calle lateral adoquinada encontramos una pequeña cafetería que vendía cruasanes de almendra y napolitanas y comimos en una pequeña mesa de fuera, con Albert estirado a nuestros pies, el sol calentándonos la cara, disipando con tranquilidad cualquier incomodidad que pudiera haber entre nosotras tras la revelación de Eva.

–Hablemos de otras cosas. De lo que sea. Pero no de Danny, solo un ratito –le rogué, y eso hicimos; Eva me contó historias de la vida en el periódico, historias que me hicieron sonreír, incluso reír a carcajadas en una ocasión, antes de que volviera a acordarme y la sensación de vacío que llevaba días acumulándose en mi pecho amenazase con engullirme, con asfixiarme.

«¿Dónde estás, Danny? ¿Qué me estás haciendo? Ven a casa, Danny. Por favor, por favor, ven a casa».

Después del café, paseamos un rato por las tiendas de menaje del hogar y ojeamos los estantes de las *boutiques* independientes de moda. Pero no nos sentíamos con ánimos y, a media tarde, regresamos a casa. Al girar en Monville Road, me detuve bruscamente.

–¿Qué está pasando? Mierda, Eva, ¿me están buscando?

A mitad de la calle pudimos ver a un pequeño grupo de gente, una gran furgoneta blanca aparcada a unos metros con una antena parabólica en el techo.

–Prensa –dijo–. Joder. Vale, camina rápido y mantén la cabeza agachada. Y saca ya las llaves de la entrada.

Hice lo que me dijo, pero cuando nos acercamos se oyó un grito.

–¡Gemma! ¿Gemma O'Connor? ¿Alguna noticia de Danny?

–¿Qué le parece que sea el tercer hombre desaparecido, Gemma?

Casi habíamos llegado a la casa y bajé la cabeza mientras me abría paso entre el grupo, con Eva detrás de mí. Se apartaron para dejarme pasar, pero las preguntas seguían y de repente hubo un *flash* y luego otro. Estaban haciendo fotos. Al llegar a la puerta, vi a alguien en la ventana de al lado, con las cortinas corridas y una cara mirando a través del cristal. ¿Clive? Oh, Dios, ¿qué pensarían los vecinos de todo eso?

–Gemma, ¿usted también cree que su marido está muerto?

Al oírlo, me volví para mirar al periodista que había hecho la pregunta y vislumbré a un hombre delgado y pálido, con la barba cuidada y con perilla y un teléfono móvil en la mano.

–No está… –dije, pero Eva me empujaba hacia delante, hacia la puerta principal, quitándome las llaves de las manos. Segundos después, estábamos dentro, la puerta se cerró de golpe tras nosotras.

–Mierda –dijo Eva–. No es agradable estar a este lado, ¿verdad? En el futuro, seré más amable cuando toque a la puerta de alguien.

Asentí con la cabeza, con la respiración agitada. A lo largo de los años, las dos habíamos pasado muchas horas en jaurías como aquella, a la puerta de tantas casas. Era horrible estar en el lado opuesto. ¿Era un castigo por mis días como periodista de prensa sensacionalista? ¿Una especie de castigo divino? ¿Era...?

–Señora O'Connor.

El agente Stevens venía hacia nosotras por el pasillo.

–Estamos a punto de terminar aquí. Siento lo de fuera. Creemos que uno de los amigos de su marido debe de haber hablado con la prensa sobre su desaparición, porque desde luego no ha salido de nosotros.

Respiré hondo y luego otra vez, tranquilizándome.

–No pasa nada. Solo están haciendo su trabajo. Aunque no es una experiencia agradable.

–Me lo imagino. Y me temo... –hizo una pausa, miró a Eva y luego a mí– me temo que vamos a tener que pedirle que vuelva a ser valiente dentro de un minuto. El subinspector Clarke quiere que vuelva a la comisaría. Tiene unas cuantas preguntas más para usted.

Capítulo 16

–Mierda.

La inspectora Helena Dickens agarró la edición del sábado del *Bristol Post*, lo miró con el ceño fruncido y lo tiró a la papelera que había junto a su escritorio.

ESPOSA INTERROGADA EN EL CASO
DEL ASESINO EN SERIE DE BRÍSTOL

El titular iba acompañado de una fotografía de Gemma O'Connor con aspecto afligido, siendo conducida a través de una multitud de periodistas por el agente Frankie Stevens. Había sido tomada fuera de su casa la tarde anterior cuando la habían traído para interrogarla y, aunque Helena sabía que Frankie no podía hacer nada para evitar que la prensa hiciese fotos, la primera página del periódico la había puesto de mal humor al instante.

–Este maldito «asesino en serie» está empezando a cabrearme de verdad. Y los periódicos nacionales también se han unido a la fiesta. ¿Has visto la portada del *Mail*? –dijo, volviéndose hacia Devon, que acababa de llegar y estaba sentado en el borde de una mesa vecina metiéndose en la boca lo que quedaba de lo que parecía un bocadillo de salchichas.

Asintió y tragó saliva.

–Sí y es condenadamente molesto –dijo–. Parece que da igual cuántas veces les digamos que no hay pruebas de que la misma persona sea responsable de nuestros dos asesinatos. No nos escuchan. Supongo que un asesino en serie vende periódicos.

Mientras hablaba, había hecho una pelota con la bolsa de papel marrón que contenía su desayuno, levantó la mano, apuntó hacia la papelera y lanzó. La bola de papel aterrizó encima del periódico con un pequeño ruido sordo.

—¡Sí! —exclamó con aire victorioso y entonces volvió a mirar a Helena.

—Y ahora parecen estar empeñados en que Danny O'Connor es la tercera víctima aunque el gabinete de prensa ha sido muy claro al decir que aún no hay cadáver. Gracias a Dios, por ahora hemos conseguido que la sangrienta escena de Chiswick no sea de dominio público. Y todas las cosas sobre su extraño comportamiento en el periodo previo a su desaparición.

—Bueno, supongo que algo es algo —dijo Helena malhumorada. Suspiró con fuerza. Había dormido mal, se había despertado de madrugada preocupada por Charlotte y la maternidad y qué hacer con todo aquello. A las cinco de la mañana, una vez más, había renunciado a dormir y había salido a correr, pero ni siquiera eso la había ayudado a despejarse y el maldito dolor de espalda había vuelto a empeorar. Cuando acabara el caso, podría pensar en bebés y en el futuro, pero por ahora… Volvió a prestarle atención a Devon—. ¿Alguna noticia del laboratorio sobre la casa de los O'Connor?

Negó con la cabeza.

—Prometieron tenerlo para las diez. Aún es un poco pronto. Después de volver a verla ayer, ¿qué piensas ahora de Gemma?

Helena se quedó pensativa unos segundos, balanceando la silla de un lado a otro, despacio.

—No estoy segura. Sé que no tenemos nada sólido de ella, aún no. Todo es circunstancial y no todo tiene sentido. Pero creo que nos está mintiendo. Sabe mucho más de lo que dice. ¿Y toda esa patraña sobre él viviendo con ella aquí en Brístol las últimas semanas? Creo que, si seguimos presionándola, cederá.

Habían vuelto a interrogarla juntos cuando Frankie la llevó; Helena había observado con interés el deterioro del aspecto de la mujer. Hacía menos de una semana, cuando había ido a denunciar la desaparición de su marido, iba muy arreglada, vestida con elegancia, con la cara bien maquillada aunque era evidente que estaba angustiada. El jueves, cuando la interrogaron con las fotografías de Chiswick, había sido como ver a una persona distinta, con el pelo grasiento y la cara despejada, el lápiz de ojos corrido y la ropa arrugada. En este último encuentro, tenía incluso peor aspecto, una sombra pálida y exhausta de la Gemma O'Connor que habían conocido hacía tan solo unos días. ¿Dolor por la desaparición de su marido o culpabilidad por saber exactamente lo que le había ocurrido? Helena no podía decidirse, pero había algo.

–Estoy de acuerdo, creo que hay algo muy raro en su historia –decía Devon–. Pero pensé que su reacción parecía genuina. Me refiero a cuando le preguntamos sobre los otros asesinatos. Parecía… desconcertada.

–Mmm.

–Pareces un poco escéptica, jefa. –Devon parecía divertido–. ¿Té?

–Sí, venga. Gracias.

Le hizo una señal con el pulgar hacia arriba y se dirigió a la puerta. Helena dejó de balancearse e inclinó la cabeza hacia atrás y miró fijamente los azulejos grises del techo, pensativa. Cuando, después de la última reunión de equipo, le pidió a Devon que comprobara si había habido algún asesinato similar sin resolver en Londres en los últimos años, no esperaba que le dijera nada. Cuando se abalanzó sobre su mesa media hora más tarde, sintió un cosquilleo en la espalda antes de que le mostrara lo que había en el papel que agitaba con entusiasmo.

–¡Joder! ¡Mira esto! –había dicho–. ¡Mira estas fotos!

Había mirado y vuelto a mirar. Dos fotografías, dos hombres. Dos hombres de pelo espeso y oscuro, ojos oscuros. Uno bien afeitado, otro con una pequeña perilla. Dos hombres que parecían tener unos treinta años. Dos hombres con un parecido asombroso a Mervin Elliott, Ryan Jones y Danny O'Connor.

–¿No será verdad? ¿En Londres?

–En Londres. Este… –señaló la imagen de la izquierda– fue encontrado en Richmond Park hace casi un año, a principios de marzo. Murió de una contusión en la cabeza infligida con un objeto punzante y nunca se ha encontrado a su asesino. Era usuario de aplicaciones de citas, aunque no sabemos si utilizaba EHU. En cualquier caso, no estaba en su teléfono cuando lo asesinaron, y como la empresa parece haber perdido todos sus datos ahora no podremos averiguar si la utilizaba o no, lamentablemente. Este… –señaló la segunda fotografía– fue asesinado en el aparcamiento de la estación de metro de Hounslow West unas semanas después. En abril del año pasado. Lesiones similares. No era usuario de aplicaciones de citas, tenía una novia desde hacía mucho tiempo. De nuevo, nunca se arrestó a nadie. Hay cámaras en ese aparcamiento, pero, por desgracia, encontraron el cuerpo en un punto ciego. La Policía metropolitana dice que no relacionaron los dos casos en su día, no tenían ninguna razón para hacerlo, pero, a la luz de los dos que tenemos aquí y las similitudes en apariencia y causa de la muerte, van a echar otro vistazo a los archivos. Nos dirán si encuentran algo.

Helena soltó un silbido largo y grave.

–Vaya. Devon, empiezo a pensar que eso de la aplicación EHU nos está conduciendo por el camino incorrecto. Si la usan miles de personas, entonces no significa gran cosa. Nuestro asesino debe encontrar víctimas que se parezcan de otra forma. Me refiero, ¡mira estas dos nuevas! Tiene que haber una conexión con nuestras tres de aquí, tiene que haberla. ¿Y Richmond y Hounslow? Ambos al oeste de Londres. De hecho, no están muy lejos de Chiswick. No están lejos de la antigua casa de Gemma O'Connor. Bueno, bueno, bueno.

–Una locura, ¿eh? ¿De verdad crees que podría ser ella? No la veo capaz de…, bueno, de matar a cuatro o cinco o los que sean, hombres jóvenes y en forma. No es una mujer grande. ¿Y por qué? ¿Cuál sería el motivo?

Helena se encogió de hombros.

–No lo sé. Pero esto podría ser enorme, Devon. Por Dios, si tenemos un asesino en serie entre manos y si al final resulta que es una mujer…

Se habían mirado el uno al otro, Devon negó despacio con la cabeza. No es que no hubiera mujeres asesinas en serie conocidas, pero eran mucho menos comunes que los hombres. Si metieran a cien asesinos en serie en una habitación, solo diecisiete serían mujeres, le había dicho Helena a Devon, un dato que recordaba de una investigación que había leído hacía mucho tiempo. Y solían ser asesinas «silenciosas» que por lo general evitaban mutilar los cuerpos de sus víctimas, menos propensas a secuestrarlas o torturarlas. ¿Ese patrón encajaba con estos asesinatos? «A lo mejor», pensó. Y había casos de asesinas en serie que elegían a víctimas masculinas: Aileen Wuornos, en Estados Unidos, por ejemplo, aunque había disparado a sus siete víctimas, no las había golpeado en la cabeza ni acuchillado. Pero aun así...

Cuando Gemma O'Connor llegó a la comisaría, tanto Helena como Devon estaban nerviosos. Una vez acomodados en la sala de interrogatorios, Gemma seguía negándose a recibir asistencia letrada de un abogado de oficio. Helena había empezado con algo que había salido a la luz apenas una hora antes.

—Señora O'Connor, nos ha dicho que su marido se quedó en su apartamento de Chiswick una semana después de que usted se fuese para terminar un trabajo para su anterior jefe, Hanfield Solutions.

Gemma asintió.

—Sí, así es. Eso es lo que me dijo que estaba haciendo.

—Bueno, como todos sabemos ahora, no se quedó en el apartamento después de ese viernes 1 de febrero, ya que las llaves se devolvieron al propietario. Así que hoy hemos hecho una llamada a Hanfield Solutions para ver si podían arrojar algo de luz sobre este asunto. Y nos han dicho que no había ningún trabajo que terminar. El último día de trabajo de su marido fue el jueves 31 de enero. Cosa que tiene sentido, al ser el último día del mes, ¿no? Todos se despidieron de él y le desearon lo mejor en su nueva vida en Brístol. No le volvieron a ver, ni tampoco supieron nada de él. ¿Algo que decir al respecto?

Gemma escuchaba con el ceño fruncido.

—Pero... me dijo que necesitaba una semana para acabar un proyecto. Por eso vine yo primero. Se reunió conmigo la semana siguiente y me dijo que ya estaba todo terminado... —Sacudió la cabeza y sus ojos pasaron de Devon a Helena y viceversa—. Así que ahí hay otra cosa. Lo siento, no, no puedo explicar eso. A menos que, al fin y al cabo, estuviera viendo a alguien más, alguien que conoció en esa aplicación, y se quedó con... con ella. Es lo único que se me ha ocurrido.

Helena esperó unos instantes, pero Gemma había dejado de hablar, los ojos seguían revoloteando de uno a otro. Helena le dio unos segundos más y volvió a hablar.

–Vale. Ahora quiero preguntarle por algunas fechas concretas. Para empezar, ¿recuerda dónde estaba la noche del 3 de marzo del año pasado?

Echó un vistazo a sus papeles para comprobar que la fecha del asesinato de Richmond Park era correcta. Lo era. Volvió a mirar a Gemma, que volvía a fruncir el ceño.

–¿El... el 3 de marzo?

–Sí. Fue un sábado por la noche.

–Bueno... –Gemma hizo una pausa, todavía con el ceño fruncido–. Bueno, no, claro que no. Eso fue hace más de un año y la fecha no me suena de nada. ¿Por qué me lo pregunta?

Sonaba algo exasperada.

–Necesito que responda a la pregunta, Gemma. Por favor, intente pensar.

Gemma soltó un pequeño suspiro.

–Bueno, vale, nos casamos el 17, el Día de San Patricio. Así que dos fines de semana antes, ¿no?

Helena echó un vistazo al calendario que había impreso antes, comprobó las fechas y asintió.

–Así es, sí.

–Vale, bueno, en ese caso, esa fue la noche de la despedida de soltero de Danny. Su padre había muerto unas semanas antes y aún estaba bastante afectado, así que no fue una noche de juerga ni nada parecido, solo unas copas con algunos compañeros del trabajo y uno de sus primos. Llegó a casa a medianoche y yo me quedé sola esa noche porque tenía trabajo que terminar para el lunes. Lo recuerdo porque todavía estaba despierta cuando llegó, lo que no es habitual en mí. A las diez ya suelo estar dormida.

Helena tomaba notas.

–¿Está segura de eso? ¿De la fecha?

–Sí. Danny tuvo la despedida de soltero dos semanas antes de la boda, y yo tuve la mía una semana antes, así que fue el fin de semana siguiente.

–Bien. ¿Y alguien puede verificar que estaba sola en casa la noche del día 3? ¿Alguien llamó a la puerta, tal vez alguien con comida para llevar o algo así?

Gemma volvió a fruncir el ceño.

–No, no que yo recuerde. Fue hace más de un año, así que evidentemente no recuerdo qué comí. Es probable que cocinase algo, no suelo pedir comida si estoy sola. Mire, ¿por qué me pregunta por esa fecha? ¿Qué tiene que ver con la desaparición de Danny?

El tono exasperado había vuelto. Helena ignoró la pregunta y pasó a la siguiente página de sus notas para comprobar la fecha del asesinato en el aparcamiento de la estación de metro de Hounslow West.

–Solo unas preguntas más, si no le importa. Otra fecha: ¿recuerda qué hizo la noche del miércoles 4 de abril del año pasado? Eso fue unas semanas después de que su marido y usted se casaran.

Gemma se quedó mirándola unos instantes y luego hundió la cara entre las manos, dejando escapar un pequeño gemido. Permaneció así unos instantes, con los dedos arañándose el cuero cabelludo, y Helena y Devon intercambiaron una mirada fugaz. Luego Gemma volvió a enderezarse.

–Miren, ¿qué está pasando? ¿De qué va todo esto? No entiendo nada –dijo–. Se supone que están buscando a mi marido. Sí, sé que piensan que tengo algo que ver con su desaparición, pero no es así, ¿vale? Tienen que encontrarle, tienen que salir a buscarle. ¿En qué ayuda esto, preguntarme sobre lo que hacía hace un año? Esto es ridículo.

A medida que hablaba, su voz iba subiendo de tono y un rubor se iba extendiendo por sus mejillas.

–¿Cómo voy a saber lo que estaba haciendo un miércoles cualquiera del pasado abril? ¿Ustedes recuerdan lo que estaban haciendo? Todo esto es inútil y, mientras tanto, Danny está ahí fuera en alguna parte y podría estar muerto o herido, y pierden el tiempo con esto…, con estas estupideces.

Golpeó la mesa con el puño y se le llenaron los ojos de lágrimas.

Al final de la mesa estaba la habitual caja de pañuelos y Devon la empujó hacia ella.

–No hay por qué enfadarse, Gemma. Todo esto es parte de la investigación, se lo prometo. Por favor, intente responder a la pregunta. Cuanto antes lo haga, antes podrá salir de aquí, ¿vale?

Hubo un momento de silencio y Gemma suspiró.

–Lo siento –dijo. Sacó un pañuelo de la caja y se limpió los ojos, luego paseó la mirada de Devon a Helena y viceversa–. Lo siento. Estoy tan… tan frustrada, ¿saben? No entiendo nada de esto, es como una pesadilla horrible y tengo tanto miedo de… de lo que le haya pasado. No debería desquitarme con ustedes, sé que solo hacen su trabajo, pero es que… es muy duro, ¿saben?

–Por supuesto. –Devon se volvió hacia Helena–. Era el 4 de abril lo que queríamos saber, ¿verdad?

Helena asintió.

–Sí, Gemma. Sé que no es fácil, pero si pudiera echar la vista atrás… Fue alrededor de, ¿qué?, dos semanas y media después de casarse. ¿Recuerda algo de aquella época?

Gemma respiró hondo, contuvo la respiración un momento y luego la soltó. El rubor de sus mejillas había disminuido, pero seguía teniendo los ojos húmedos, así que volvió a secárselos.

–Vale. Déjenme que piense. ¿Puedo ver ese calendario?

Helena lo deslizó por la mesa y Gemma lo estudió y pasó un dedo por las fechas.

–Bien, como ya he dicho, nos casamos el 17 de marzo. Nos quedamos en Londres hasta el lunes, el 19, y luego volamos a París durante una semana para nuestra luna de miel, por lo que volveríamos el lunes siguiente, el 26. Danny se tomó el resto de la semana libre y yo no tenía mucho que hacer, así que pasamos unos días juntos, una especie de luna de miel prolongada, pero en casa. Luego volvimos a trabajar el lunes siguiente, el 2 de abril. Así que la semana por la que pregunta tuvo que ser normal y corriente. Recuerdo que Danny se quedó hasta tarde en el trabajo un par de días para ponerse al día con las cosas que se le habían acumulado mientras estábamos fuera y yo volví a estar ocupada, así que me quedé prácticamente pegada al escritorio. Pero no salimos esa semana, que yo recuerde, porque nos habíamos gastado mucho dinero en la boda y en París y todo eso, así que pensamos que sería mejor estar tranquilitos durante un tiempo. Así que, para responder a su pregunta, estuve en el apartamento la noche del miércoles 4. Toda la noche.

Helena, que había vuelto a garabatear, dejó el bolígrafo.

–¿Sola? –preguntó.

–Bueno, hasta que Danny volviera a casa del trabajo. Entonces estaríamos los dos.

–De acuerdo. –Helena hizo una pausa–. Otras dos fechas. Esta vez más recientes. Necesitamos saber dónde estuvo las noches del martes 12 de febrero y del miércoles 27 de febrero de este año. Las noches en que asesinaron a Mervin Elliott y Ryan Jones. Los dos hombres que Devon le mencionó en una reunión anterior.

–¿Qué? –Gemma se quedó inmóvil, con cara de asombro durante un rato, y luego se levantó de golpe, empujó la silla hacia atrás con tanta violencia que se volcó y cayó al suelo–. ¡¿Qué?! –repitió con la voz entrecortada y furiosa–. ¿Van en serio? ¿De verdad creen que puedo estar implicada en esas muertes, igual que creen que estoy implicada en lo que le ha pasado a Danny? Mírenme. Vamos, mírenme. –Puso ambas manos sobre la mesa, inclinando el cuerpo hacia ellos–. Soy periodista. Trabajo desde casa, escribo artículos sobre gorros de lana, pilates y brillos de labios, por el amor de Dios. En mi vida he tenido problemas con la Policía, ni una sola vez. ¿Así que de verdad creen que ahora, a los treinta y cuatro años, de repente he decidido dedicarme a matar como *hobby*? ¿Que me he pasado el mes en Brístol saliendo cada dos noches para matar a algún hombre al azar? ¿Por qué lo haría? ¿Por qué haría eso? –Volvió a enderezarse, se apartó de la mesa y respiró hondo, temblorosa–. Estuve en casa las dos noches, ¿de acuerdo? –continuó–. Danny y yo no salimos juntos desde que nos mudamos aquí porque estábamos demasiado ocupados arreglando la casa. Fui a yoga un par de veces y a tomar algo por la noche una vez con unos amigos nuevos, pero no fue en ninguna de esas noches. Por lo demás, nos quedamos en casa. Y, sí, estoy diciendo «nos», porque, a pesar de lo que piensan, Danny estuvo aquí en Brístol, vivito y coleando, viviendo conmigo durante las últimas semanas hasta que desapareció hace hoy exactamente una semana, ¿vale?

Ahora respiraba con dificultad y volvía a tener la cara roja. Helena se quedó en silencio observándola, pero Devon le tendió una mano tranquilizadora y se levantó.

—De acuerdo. Tomémonos un momento. Gemma, sé que es difícil, pero enfadarse no va a servir de nada, ¿estamos? Siéntese.

Rodeó la mesa para levantar la silla que se había caído y le hizo un gesto para que se sentara. Ella lo hizo, aún un poco jadeante, con los puños apretados.

—¿Está bien para seguir? —preguntó Helena.

Gemma asintió, con los ojos fijos en la mesa que tenía delante.

—Lo siento otra vez —murmuró.

—No pasa nada. Entendemos que está pasando por muchas cosas ahora mismo —dijo Helena—. Pero también tiene que entender que ahora estamos muy muy preocupados por el bienestar de su marido y en todas estas fechas por las que le estamos preguntando asesinaron a hombres que tienen un parecido sorprendente a Danny, en lo que, de momento, siguen siendo casos sin resolver. Así que como ve…

Gemma levantó la cabeza y clavó la mirada en Helena.

—¿Todas? ¿Qué? ¿Esas dos fechas de Londres también? ¿También asesinaron a hombres en Londres? Así que… ¿son cuatro?

Helena hizo una pausa, luego asintió.

—Cuatro, sí. No sabemos si alguno de ellos está relacionado, todavía no. Pero hay ciertas similitudes y, como Danny ha desaparecido…

Gemma negaba con la cabeza, con cara de incredulidad.

—Dios mío —dijo—. Creen que tengo algo que ver con todo esto, ¿verdad? Vale, si de verdad no me creen cuando digo que Danny solo lleva desaparecido una semana, ¿qué es exactamente lo que he hecho? Muéstrenme alguna prueba de que le hice daño, de que le hice daño a alguno de ellos. ¿Cómo pude doblegar a mi corpulento marido, acuchillarle hasta la muerte y luego…, bueno, luego qué? ¿Saqué su cuerpo de nuestro apartamento yo sola y lo escondí en algún sitio? ¿Le enterré? ¿Y todo sin que nadie se diera cuenta? ¿Dónde está entonces? Y otra vez, mírenme, por el amor de Dios. Mido 1,62 y Danny mide más de 1,80. No sé por qué toda la habitación está manchada de sangre suya, no puedo explicarlo. Pero no le hice nada. Estaba perfectamente la última vez que le vi. No les hice nada, a ninguno. Todo esto es una locura. Están como una cabra.

Seguía sentada, pero parecía a punto de levantarse de un salto en cualquier momento, tenía las manos temblorosas y, de repente, la cara blanca, cenicienta. Se hizo el silencio en la sala durante unos instantes y Helena se aclaró la garganta.

—Bien, dejemos esto a un lado por ahora —dijo—. Solo una cosa más. Hemos accedido a su historial médico y nos hemos dado cuenta de que usted sufrió un periodo de ansiedad y depresión hace unos años. ¿Nos puede hablar un poco de ello?

Gemma suspiró cansada. Helena pensó que parecía agotada, ahora que estaba tan pálida tenía las ojeras aún más pronunciadas.

—Fue por el trabajo. Por aquel entonces trabajaba como reportera en un periódico y estaba sometida a una gran presión. Todo me superaba, así que dejé el trabajo y busqué ayuda. Ahora estoy bien. Ser autónoma es mucho mejor porque tengo el control. Puedo rechazar trabajos si tengo demasiado encima. Y, una vez más, ¿qué tiene eso que ver con la desaparición de Danny? Fue incluso antes de conocerle.

Sus palabras eran desafiantes, pero ahora solo sonaba triste, con la voz baja y monótona. Helena miró a Devon, que le hizo un pequeño gesto con la cabeza. Era hora de terminar. Y, así, dejaron que Gemma O'Connor se fuera a casa, sin avanzar mucho más de lo que habían avanzado cuando llegó.

—Toma.

Devon regresó con dos tazas calientes. Aceptó la suya, agradecida y desesperada por el pequeño chute de teína que le ofrecía el té. Después de un par de sorbitos, volvió a bajar la taza.

—Bien, ahora a esperar los resultados forenses de la casa de los O'Connor. Tal vez eso nos diga qué hacer a continuación, Devon, porque no me importa decírtelo, estoy pasándolo mal en este caso.

Suspiró.

–Lo sé, jefa. Y sé lo que piensas de Gemma O'Connor. Hay muchas cosas que apuntan a ella, pero no cuadran del todo. Por cierto, ¿te has dado cuenta de que sigue hablando de él en presente? Estaba pensando en eso cuando iba a por las bebidas. «Mido 1,62 y Danny mide más de 1,80», ¿lo recuerdas? Es algo superfluo, pero los psiquiatras dirían que eso significa que todavía cree que está vivo. De lo contrario lo habría dicho en pasado.

Helena volvió a levantar la taza.

–Lo sé. Yo también me fijé en eso. Y si le mató en ese apartamento, tiene razón, no es muy grande ni parece muy fuerte. A menos que tuviera ayuda, ¿cómo habría sido capaz de derribarlo? ¿Tal vez cuando estaba dormido? ¿Y cómo se desharía del cuerpo? No lo sé. Pero es una mujer inteligente, Devon. Recuerda que es periodista, y ellas son astutas. No podemos dejar que nos engañe. –Bebió un sorbo y dejó la taza–. Y también, ¿ese cuadro de ansiedad que tuvo hace unos años? Dice que ahora está bien, pero ¿cómo sabemos que no ha vuelto y que esta vez ha empeorado y la ha llevado a hacer cosas de las que quizá ni siquiera sea consciente? No podemos dar nada por sentado, aquí hay demasiado en juego. Ahora hablamos de cuatro posibles asesinatos. Cuatro, tal vez cinco. Tenemos que encontrar el cuerpo de Danny O'Connor. Porque está muerto, Devon. Sé que lo está. Y sigo pensando que su astuta mujercita sabe mucho más de lo que dice.

Capítulo 17

–Bueno, muchas gracias. Gracias por nada.

Terminé la llamada, tiré el móvil al sofá y luego me dejé caer yo también. Me invadió una repentina oleada de vergüenza que sustituyó la rabia que acababa de sentir. Joder. ¿Qué me pasaba? Había vuelto a perder los nervios con la Policía, igual que la noche anterior en la sala de interrogatorios cuando me hicieron todas aquellas preguntas ridículas. Tenía que controlarme.

–¿Quién era? Aún andan por ahí. De hecho, creo que ahora hay más que anoche.

Eva apareció en la puerta del salón, con el pelo largo recogido en una trenza a la espalda y una manzana a medio comer en una mano. Albert entró correteando tras ella y corrió por la estancia hasta sentarse a mis pies, con la cabeza apoyada en mis rodillas.

–Hola –le dije, le acaricié el suave hocico y me volví hacia Eva–. Era la Policía. Los he llamado para decirles que estamos bajo el asedio de la prensa, que ni siquiera podemos abrir la puerta principal sin un millón de *flashes* disparándose, y el agente de turno, o quien fuera, me ha dicho que no pueden hacer nada, a menos que se trate de allanamiento de morada o daños a la propiedad o algo así. Me he enfadado y le he colgado. Ahora me siento como una mierda.

Eva cruzó la habitación, dejó caer los restos de su manzana en un plato que había sobre la mesa baja y se sentó a mi lado.

–Ay, cielo, lo entenderán. Estás bajo mucha presión, sobre todo después de lo de anoche. Y, en el pasado, estuviste en el otro lado lo suficiente como para saber que tiene razón: la prensa tiene todo el derecho a quedarse fuera de la casa de alguien en la vía pública, siempre y cuando obedezcan algunas reglas básicas. Por desgracia, no podemos hacer nada.

Me dio un apretón en el brazo y suspiré.

–Lo sé. Es solo que no puedo soportarlo, Eva. Todo esto... es cada vez más extraño. Ni siquiera creo que sigan buscando a Danny con vida. Creo que están totalmente convencidos de que está muerto y de que yo tengo algo que ver con eso. Y con los otros asesinatos también. ¿De verdad? ¿Dos asesinatos en Londres y otros dos en Brístol? Parece que piensan que porque una vez sufrí un poco de ansiedad soy una especie de psicópata. Yo, Eva. Si no fuera una maldita pesadilla sería hasta gracioso.

–Lo sé. Es una locura. Estoy tan contenta de que tengas amigas nuevas aquí... Me quedaré mucho más tranquila al dejarte aquí y volver a Londres. Me caen muy bien.

–Qué bien. A mí también me caen bien.

Tai y Clare habían venido a tomar un café. Se habían enterado de la noticia, habían visto mi foto en la portada del periódico y Tai había llamado a primera hora para preguntarme si estaba bien y si podían venir Clare y ella.

–Llevaremos tarta. Parece que la necesitas –dijo.

Una hora después, llegaron a la puerta, preocupadas y nerviosas después de abrirse paso entre la multitud de periodistas que había en la calle.

–Dios, ¡ha sido horrible! Esto es horrible, no me puedo creer lo que está pasando –había jadeado Clare mientras cerraba la puerta tras ellas.

–Bienvenidas a mi mundo –dije con ironía–. Y, sí, no es muy divertido. Entrad y os presento a Eva, se muere por saludaros.

Fiel a su palabra, Tai había llevado pastel; no solo uno, sino una selección de magdalenas decoradas de una de las pastelerías de Clifton Village.

–Hay de limón, *banoffee*, zanahoria, *rocky road* y, mmm, caramelo salado, creo –dijo mientras sacaba con cuidado las miniesponjas decoradas y preciosas de la caja blanca y las colocaba en orden en un plato; Albert merodeaba cerca, con los ojos siguiéndole las manos, con la esperanza de que se le cayeran algunas migas.

Clare había llegado sin Winnie y la decepción de Albert había sido evidente, su cola, que se movía con frenesí, descendió cuando la puerta se cerró y se dio cuenta de que solo había dos personas de pie en su pasillo, ningún caniche a la vista.

Le sonreí a Eva.

—Te dije que eran majas —le dije y me devolvió la sonrisa mientras Tai y Clare se reían. Los pasteles habían levantado un poco el ánimo y durante unos minutos nos sentamos a comer y a charlar de cosas sin importancia.

Entonces, Claire dijo:

—Gemma, sé que seguramente no quieres hablar de ello, debe ser horrible que Danny siga desaparecido, pero ¿estás bien? Cuando vimos en el periódico que te habían interrogado y que la Policía parece relacionar la desaparición de Danny con los dos asesinatos de The Downs, bueno, nos quedamos heladas.

Por un momento, dudé sobre cuánto contarles, pero decidí no complicarme. Por ahora, bastaba con lo que había salido en los periódicos.

—Estoy bien. Bueno, todo lo bien que se puede estar dadas las circunstancias —dije—. La Policía me llevó para conseguir más información sobre Danny, nada más. La prensa de fuera solo espera darle un nuevo enfoque a la historia. Si Danny está muerto…

Tragué saliva con dificultad, esforzándome por no llorar, y Tai, que estaba sentada a mi izquierda en el sofá, me pasó enseguida un brazo por los hombros. Olía, como siempre, a naranjas y bergamota, una fragancia que traía dos veces al año de una pequeña perfumería de París. Nos había contado que la descubrió en un viaje de fin de semana a la capital francesa hace años y desde entonces no había vuelto a usar otro perfume.

—Oh, Gemma, no puedo ni imaginar por lo que estás pasando —dijo—. Lo sentimos mucho, de verdad.

—Ojalá le hubierais conocido antes de que desapareciera —dije en voz baja—. Os habría caído bien. Espero que algún día…

—Algún día, sin duda —dijo Clare, que estaba a mi derecha—. Pensemos en positivo, ¿no?

Todas nos quedamos en silencio unos segundos, luego Eva dijo:

—Es una pena que no lo conocierais. Hemos estado esforzándonos por encontrar gente que le conociera desde que se mudó aquí con Gemma. Habría sido útil averiguar si alguien se dio cuenta de algo que Gemma no hubiera notado, de cómo se comportaba antes de desaparecer.

Clare asintió.

—Bueno, ¡lo intentamos! —dijo riéndose un poco—. Le invitamos a tomar unas copas con nosotros, pero no pudo venir, ¿no es así, Gemma? Así que el misterioso Danny seguía siendo un misterio.

—Eso parece —dijo Eva.

Me miró mientras hablaba y me pareció ver una expresión extraña en su rostro. Me recorrió un escalofrío. ¿No estaría Eva empezando a dudar de mí? ¿No estaría empezando a pensar que me estaba inventando que Danny estaba aquí conmigo en Brístol, igual que pensaba la Policía?

Tai y Clare se marcharon poco después, me abrazaron con fuerza en el pasillo e hicieron muecas mientras se preparaban para enfrentarse de nuevo a los *flashes* de las cámaras. Cuando volvimos a estar solo Eva y yo, me volví hacia ella y se lo pregunté sin rodeos.

—Eva, ¿tú me crees cuando digo que Danny estuvo aquí? Es que cuando Clare habló de que no le conocía, parecías… No sé, estabas un poco rara.

¿Me lo estaba imaginando o hubo un momento de duda antes de que llegara su respuesta?

—¡Pues claro que te creo, Gemma! No seas tonta. Todo esto te está volviendo paranoica. Te cubro las espaldas, ¿vale? Siempre lo he hecho, siempre lo haré.

Entonces me rodeó con sus brazos y yo respiré hondo y enterré la cara en su hombro. Por supuesto que Eva nunca dudaría de mí, claro que me creía. Tenía razón, me estaba volviendo una paranoica. Pero si mis nuevas amigas hubieran conocido a mi marido… habrían sido cuatro personas, cuatro personas que podrían decirle a la Policía que lo habían visto aquí, en Brístol, hacía un par de semanas. Cuatro personas que podrían haber confirmado que no era posible que estuviera malherido en Chiswick a finales de enero, porque estaba bien. ¿Cómo podía pensar la Policía que le había hecho daño, cómo? No tenía sentido, nada de eso tenía sentido.

Antes, habíamos buscado información en Google sobre los asesinatos de Londres basándonos en las fechas que me había mencionado la Policía y habíamos encontrado varios artículos de prensa, aunque en aquel momento parecía que las dos muertes no estaban relacionadas. Sin embargo, en retrospectiva entendí por qué intentaban relacionarlas y por qué también las estaban investigando en relación con los asesinatos de Brístol; las fotografías adjuntas a las noticias me habían dado escalofríos. Hombres de pelo oscuro, ojos oscuros. Hombres que se parecían entre ellos. Hombres que se parecían a Danny.

Eva me dedicó una pequeña sonrisa.

—Mi amiga, la asesina en serie —dijo—. Eso sí que sería una historia para contar.

No pude evitar devolverle la sonrisa.

—Oh, cállate. En serio, ¿qué voy a hacer, Eva? Me siento como en una pesadilla. ¿Y de verdad tienes que irte hoy? Va a ser horrible estar aquí sola.

—Lo sé. Lo siento, de verdad, odio dejarte así, pero no estás sola del todo, ¿verdad? Y ya me he quedado demasiado tiempo. Me necesitan en la redacción, solo unos días. Intentaré volver el viernes por la noche, ¿vale? Me quedaré el fin de semana. Y tengo que ir a vestirme ya. El tren sale a la una.

—Vete. Estoy bien.

Se inclinó sobre mí y me dio un beso en la mejilla, luego saltó del sofá y salió corriendo de la habitación. Me recosté en los cojines e intenté ignorar el murmullo de las conversaciones que se oían a pocos metros de la puerta principal. Habíamos cerrado las cortinas del salón para que no pudieran hacer fotos a través de la ventana y me había asegurado de que la puerta trasera estuviera cerrada para que no pudieran colarse en el patio, pero, aun así, su presencia constante era muy molesta. «El karma», pensé una vez más. La cantidad de veces que había formado parte de un grupo de prensa vigilando la casa de un político o un pedófilo, desesperada por conseguir esa foto, esa entrevista. Apenas había pensado en lo horrible que debía ser para los que estaban atrapados en sus casas. Ahora lo sabía.

Habíamos encendido la radio mientras desayunábamos en la cocina a primera hora y habíamos sintonizado el programa de noticias del sábado por la mañana de la BBC Radio Bristol. Por supuesto, habían hablado de mí. Estaba en todas las portadas de los periódicos, y no solo en los locales. Los nacionales hablaban de la misma historia.

INTERROGAN A UNA ESPOSA EN EL CASO DEL ASESINO EN SERIE DE BRÍSTOL

UN TERCER HOMBRE DESAPARECIDO: LA ESPOSA «AYUDA» A LA INVESTIGACIÓN POLICIAL

Todavía no se había hablado de los asesinatos de Londres, pero pensé que era cuestión de tiempo. Mi teléfono, que había estado vibrando a base de mensajes durante los dos últimos días y que había ignorado casi por completo, había vuelto a sonar a las ocho de la mañana. Amigos, antiguos compañeros, tanto de Danny como míos. Y, al final, la madre de Danny, así como mis padres. Esta vez había contestado cada llamada, cada mensaje, esquiván-dolos a todos, diciéndoles, como luego les dije a Tai y Clare, que la prensa había sumado dos y dos y había salido un diecisiete, que yo estaba dándoles más información sobre Danny para ayudarlos a encontrarle y ya está. Mis amigos, muchos de ellos periodistas, se sentían agraviados por el hecho de que hubiera aparecido en los periódicos, se solidarizaban conmigo y me ofrecían ayuda si la necesitaba. Sin embargo, nuestras familias no estaban tan de acuerdo. Bridget había sido muy educada, cosa que era rara, como si llamara para preguntar por algo trivial, como la hora de una función de teatro y no por su hijo mayor, que al parecer se había desvanecido en el éter.

—¿Y tiene la Policía alguna teoría sobre dónde podría estar? —dijo.

Estaba claro que quien la había llamado de la comisaría no le había dado muchos detalles.

—Todavía no, Bridget —le dije—. Solo espero que vuelva y que todo esto termine. Es horrible.

Hubo una pausa en la línea y luego dijo con frialdad:

—Claro. Bien. Adiós, Gemma.

La línea se había cortado y me quedé mirando el teléfono, un poco aturdida. ¿Qué clase de reacción había sido esa? De una mujer cuyo hijo estaba desaparecido, posiblemente muerto, no. Vale, claro que Danny y ella no se llevaban bien, no estaban muy unidos, pero aun así. Era su madre. ¿Qué demonios le pasaba? ¿Por qué no se había puesto a llorar, le había entrado el pánico y se había ofrecido a venir para ayudarme a encontrarle? Negué con la cabeza, consternada, pero entonces se me ocurrió algo. ¿Había alguna posibilidad de que… de que no estuviera preocupada porque no le preocupaba en absoluto? ¿Sería porque sabía dónde estaba Danny? ¿Había alguna posibilidad de que se hubiera ido a casa? ¿A Irlanda? No, no era posible, ¿verdad? El pasaporte seguía arriba, en el dormitorio. ¿Había alguna manera de llegar a Irlanda sin pasaporte? No estaba del todo segura, pero creía que no. Y, de todos modos, por muy mal que estuvieran las cosas, por muchos problemas que tuviera Danny, su madre sería la última persona a la que acudiría. Y así descarté la teoría, empezando a estar demasiado agobiada por el aluvión de llamadas y mensajes como para pensar en Bridget durante mucho rato. Me preocupaban más mis padres. Poco antes de que hablara con Bridget, ellos también me habían llamado por teléfono, los dos juntos, mi madre sollozando en voz baja y mi padre con la voz temblorosa por la emoción.

—Cariño, tu madre y yo no lo entendemos. Si Danny te ha abandonado, ¿por qué eres tú la que está metida en un lío ahora? ¿Por qué es a ti a la que arrastran a la comisaría? ¿Por qué no lo mencionaste cuando llamaste la última vez? No has hecho nada malo, ¿verdad, Gemma? Por favor, dinos que no. ¿Y qué hay de esos asesinatos, esos hombres que se parecen a Danny? Tu madre está fatal por esto, han llamado a la puerta los vecinos y las mujeres del Women's Institute y no sabe qué decirles, ninguno de los dos sabemos qué decirles…

–Papá…, papá, no pasa nada, te lo prometo.

Intenté explicarle que no me habían detenido, que la Policía solo me había llamado para un interrogatorio rutinario, pero cuando por fin colgué me di cuenta de que seguía angustiado, sin entender nada. Sentí una nueva oleada de ira. Ahora no solo me tenían sitiada a mí, también tenían así a mis padres.

–Está mal, está fatal, joder –había gritado, haciendo que Eva diera un respingo y el café que acababa de servirse cayera sobre la mesa.

Mientras esperaba sentada en el sofá a que hiciera las maletas, con los ojos cerrados y el cansancio apoderándose de mí, las imágenes que la Policía me había mostrado del dormitorio manchado de sangre en Chiswick volvieron a aparecer en mi mente, haciendo que se me revolviera el estómago. Si de verdad aquella era la sangre de Danny, sangre de hacía muchas semanas, como decían, tenía que haber una explicación. ¿Pero cuál? ¿Cómo podía haber ocurrido? ¿Cómo? «Vamos, Gemma, piensa. Piensa».

Me levanté y empecé a pasear por la habitación, con la mente a mil por hora.

«Vale, olvida los otros asesinatos por ahora, los otros muertos. Concéntrate en Danny y asume que está en un lío, en un problema bien gordo. ¿Y si la persona con la que tiene problemas fue a verle el día que me marché del apartamento? ¿Y luego se puso violento con él, muy violento, y de ahí toda la sangre? Danny no se reunió conmigo hasta una semana más tarde, así que ¿tal vez sus lesiones tuvieron tiempo para sanar? Pero había mucha sangre y ninguna herida seria puede curarse en solo una semana…».

Dejé de caminar y de sopetón me sentí un poco mareada. Extendí una mano para apoyarme en la repisa de la chimenea y estabilizarme.

«Piensa, Gemma, piensa».

¿Había visto a Danny desnudo, totalmente desnudo, desde que se mudó a Brístol para vivir conmigo? No habíamos tenido sexo en las tres semanas que llevaba allí, eso lo sabía. No me había molestado en ese momento, no mucho. Los dos estábamos cansados, ocupados, y ya habíamos tenido periodos de sequía en la cama cuando las cosas estaban un poco complicadas. Pero ¿le había visto sin ropa? ¿Tendría alguna herida que yo no hubiera visto porque se las había tapado?

Volví a pasearme, arriba y abajo, arriba y abajo, con las sienes empezando a palpitarme. La calefacción central no había funcionado bien en la casa durante los primeros diez días, así que nos habíamos abrigado con jerséis y dormido con pantalones de chándal y camisetas. Incluso cuando el agente de alquiler consiguió que alguien reparara la caldera, el dormitorio seguía siendo tan frío que no podíamos dormir sin ropa. Claro que había visto a Danny sin camiseta, podía recordarlo, pero... Me detuve en seco y me miré en el espejo que había sobre la chimenea. Podría haber estado ocultando una herida o incluso más de una si era por debajo de la cintura. Las piernas, la parte baja del vientre... Podría haberlo hecho. Se me revolvió el estómago. ¿Estaba equivocándome? Había mucha sangre en esas fotografías y Danny no parecía dolorido, nunca se había inmutado cuando le había tocado y había caminado y montado en bicicleta con normalidad. Pero ¿acaso las heridas en algunas partes del cuerpo no sangran mucho aunque no sean muy graves? Según recordaba que alguien dijo una vez, las lesiones en la cabeza suelen hacerlo, pero ¿ocurría lo mismo con los cortes en otras partes del cuerpo?

Me notaba inestable y volví al sofá tambaleándome. Así que, siguiendo con esa línea de pensamiento, ¿cómo habría sido la cronología? Me fui de Chiswick a primera hora de la mañana del viernes, 1 de febrero, y ese mismo día dejé las llaves en la oficina del casero. Así que el agresor, quienquiera que fuese, debió venir a ver a Danny poco después de que me fuera, de hecho, esa misma mañana. Algo había ido mal y le había atacado. De alguna forma, Danny sobrevivió, luchó contra él, pero estaba asustado. ¿Quizá el tipo amenazó con volver y acabar con él? Así que, en lugar de quedarse en el apartamento una semana como estaba planeado, se mudó ese día, se fue a vivir con otra persona, incluso pudo haber ido al hospital o haberse quedado en un hotel o en una pensión. Y luego, una semana más tarde, se mudó aquí para reunirse conmigo y no me dijo nada al respecto. No quería que me enterara de los problemas que tenía, así que se limitó a callárselo todo.

Respiré hondo. ¿Eso funcionaba como teoría? Más o menos. No lo explicaba todo: por qué Danny había dejado su nuevo trabajo el 31 de enero, por ejemplo. Eso habría sido un día antes de que ocurriera todo aquello. Pero, aun así... Sabía que estaba especulando como una loca, pero a muchos niveles tenía algo de sentido. Danny había pasado por algo horrible y tenía miedo de que le pasara algo aún peor y tenía que esconderse, y así lo hizo. Se escondió a plena vista, se escondió sin que me diera cuenta de lo que estaba haciendo porque estaba aterrorizado. Aterrorizado de que ese hombre, esa persona que le había atacado con tanta violencia en Londres, fuera a seguirle la pista hasta Brístol. Y, entonces, puede que todo fuese demasiado, así que huyó. O... Las náuseas volvieron a aumentar, empecé a sudar y pequeñas gotas de sudor frío me recorrieron la cara. ¿Huyó? ¿O le habían cogido? ¿Le había encontrado quien tanto temía?

Tragué saliva con fuerza. No sabía si algo de eso era cierto, pero cuadraba. Tenía algo de sentido, extraño y retorcido. ¿Pero a quién podía contárselo? ¿Podría contárselo a la Policía? ¿Cómo iba a conseguir que me creyeran, que empezaran a investigar mi versión de los hechos cuando pensaban que Danny había muerto hacía semanas en nuestra habitación de Chiswick? ¿Cuando no creían que se hubiera mudado a Brístol? ¿Cómo podía demostrar que estuvo aquí? ¿Cómo podía conseguir que dejaran de señalarme y empezaran a buscar al verdadero culpable?

Oí a Eva bajar la maleta por las escaleras, golpeándola con cada escalón. Tenía que hablar con ella de eso, contárselo todo otra vez con todos los detalles que acababa de añadir. Y luego tenía que encontrar algún tipo de prueba que pudiera enseñarle a la Policía. De alguna manera, tenía que demostrarles que Danny había estado aquí, que había vivido en esta casa conmigo hasta hacía poco más de una semana. Tenía que averiguar dónde había estado todo el día, qué había estado haciendo. Dónde se había escondido. Y tenía que hacerlo yo misma, porque, al parecer, la Policía iba muy mal encaminada y, a menos que pudiera demostrarles de algún modo todo aquello, a menos que pudiera convencerlos... Y podía hacerlo, ¿no? Había sido periodista de investigación durante años, y una buena periodista. Y, después de todo, Danny era mi marido. Le conocía mejor que nadie, ¿no? Me levanté, caminé despacio hacia la puerta y salí al pasillo. Entonces, volví a detenerme y me agarré al marco de la puerta para apoyarme cuando una nueva oleada de vértigo me invadió. ¿A quién quería engañar? ¿Conocía a mi marido mejor que nadie? No le conocía lo más mínimo. Durante meses, no había tenido ni la más remota idea de lo que sucedía con él. Tal vez durante más tiempo. Tal vez, Danny me había estado mintiendo desde que le conocí. Estaba metiéndose en problemas, usaba una aplicación de citas para, supuestamente, quedar con otras mujeres mientras estaba casado conmigo, se insinuaba a mis amigas. Y ahora se había ido y era yo la que estaba en un lío. Un problema potencialmente enorme que me cambiaría la vida. Mientras estaba allí, de pie, con todo el cuerpo temblándome, apareció Eva, que caminaba por el pasillo hacia mí con una sonrisa que se iba desvaneciendo a medida que se acercaba.

—¡Joder, Gem, estás horrible! ¿Ha pasado algo más?

Negué con la cabeza. Sentía los labios secos, agrietados, y me los humedecí con la lengua.

—¿Gemma? ¿Qué pasa? Estás asustándome.

Se acercó a mí, puso sus manos, que estaban cálidas, sobre las mías.

—Creo que toda mi vida con Danny ha sido una mentira —susurré.

Capítulo 18

El domingo, los titulares seguían hablando del supuesto asesino en serie, pero al final la prensa había descubierto la conexión con Londres y las imágenes de los cuatro hombres que se parecían entre sí aparecían en todas las portadas.

**¿EL ASESINO DEL SUDOESTE
DEL PAÍS TIENE DOS VÍCTIMAS MÁS?**

**ASESINATOS DE LONDRES: ¿ES EL ASESINO
EN SERIE DE BRÍSTOL EL RESPONSABLE?**

Helena apartó el *Mail on Sunday* y el *Sunday Mirror* de su mesa con un gruñido. Cayeron sobre la desgastada moqueta con un golpe suave y Devon, que había estado garabateando algunas notas nuevas en la pizarra, cruzó la sala y los recogió.

—Mierda. Han relacionado los cuatro asesinatos. ¿Cómo? —dijo.

—A mí no me preguntes. Supongo que ya hay un soplón por ahí, porque desde luego esto no ha salido de ningún sitio oficial.

Helena se pasó las manos por el pelo rubio y entrecerró los ojos.

—Y más vale que ese soplón sea de Londres, porque si me entero de que alguien de nuestro equipo está hablando con la prensa…

—No será de aquí. Imposible. No lo harían.

Suspiró.

—Eso espero, maldita sea. ¿Qué estabas poniendo? ¿Algo nuevo?

Negó con la cabeza y empezó a pasarse de una mano a la otra el rotulador que todavía sostenía.

—No. Solo he añadido lo que nos ha dicho la metro esta mañana. Lo cual es una puta mierda.

Helena volvió a suspirar. Un inspector veterano de la Policía metropolitana había llamado hacía una hora para informar al equipo de que habían estudiado de nuevo los dos asesinatos de Londres y que, aparte del hecho, hasta entonces desconocido, de que las dos víctimas se parecían mucho físicamente, no habían encontrado ninguna otra conexión entre los dos casos.

—No se conocían, vivían en partes distintas de Londres, no tenían amigos ni aficiones ni nada en común —había dicho Mike, que había atendido la llamada.

—La víctima de Richmond Park, David Reynolds, no tenía antecedentes penales. Pero el tipo del aparcamiento de la estación de metro de Hounslow, Anthony Daniels, tenía algunos antecedentes, robos y trapicheos de poca monta. Esa fue una de las razones por las que ni siquiera pensaron en relacionar los dos casos el año pasado: pensaron que la muerte de Daniels estaba probablemente relacionada con las drogas. Ambos murieron por lesiones craneoencefálicas, agredidos con algún objeto contundente que, de todas formas, nunca se encontró en ninguno de los dos casos. Un *modus operandi* similar al de nuestros dos casos. Y, obviamente, está su parecido físico. El tipo con el que hablé no parecía del todo convencido y no pueden ayudarnos con ninguna prueba forense ni nada, no tenían nada. Pero dicen que mantendrán la mente abierta a una posible relación. Hemos acordado mantenernos en contacto.

Sin embargo, ahora que la prensa había decidido vincular los casos a pesar de todo y había divulgado sus ideas infundadas en todas las portadas, Helena sabía que la presión sobre ella para que cerrase el caso iba a ser intensa. Esa misma mañana ya había recibido una llamada de su jefa, la comisaria Anna Miller.

—Miller ha estado aquí —le dijo malhumorada a Devon, que seguía haciendo malabares con el boli—. Hoy es una *geordie*[2] muy cabreada. Quiere un arresto, pronto. Se pregunta por qué no hemos detenido a Gemma O'Connor. Le dije que no teníamos nada contra ella… Bueno, nada que fuera sólido. Nada que pueda sostenerse.

---

[2] Nativo o habitante de Tyneside, en el noroeste de Inglaterra (N. de la T).

–Estoy de acuerdo. No es suficiente para la Fiscalía, eso seguro –dijo Devon–. Lástima que el informe forense de su casa no fuera más concluyente. Habría ayudado mucho si hubiera respaldado la teoría de que miente sobre que Danny llegó a Brístol.

Helena asintió. La Fiscalía querría mucho más de lo que tenían en ese momento para poder acusar a Gemma O'Connor y el informe forense había sido otro mazazo. Se habían encontrado restos de ADN de Danny O'Connor, además de sus huellas dactilares, en numerosas partes de la casa de Clifton, aunque en cantidades mucho más pequeñas que las de Gemma. Ya sabían, por haber hablado con la agencia de alquileres, que Danny había pasado allí una noche con Gemma a mediados de enero, así que no era de extrañar. Pero el laboratorio no había podido dar ninguna respuesta firme sobre cuánto tiempo había pasado allí exactamente.

–Es imposible afirmarlo. Depende de la frecuencia con que se limpie la casa, de los productos de limpieza que se utilicen. Ha estado allí, eso es lo único que podemos decir con seguridad. Por desgracia, no podemos saber hace cuánto ni durante cuánto tiempo.

Era algo de lo que querían hablar con Gemma, pero, cuando estaban a punto de ponerse en contacto con ella, ella había llamado de improviso a la comisaría diciendo que tenía que hablar con ellos. Iba a llegar en cualquier momento y, justo cuando ese pensamiento cruzó la mente de Helena, sonó el teléfono de su escritorio.

–Está aquí –le dijo a Devon cuando colgó–. ¿Vienes?

–Desde luego.

Cuando se instalaron en una de las salas de interrogatorios, Helena decidió dejar hablar primero a Gemma. Pensó que la mujer parecía estar mejor que en su último encuentro. Estaba un poco más descansada, con el pelo recién lavado y tenía una expresión decidida en el rostro.

–Miren, he estado pensando, mucho, sobre el comportamiento de Danny en las últimas semanas –comenzó–. Y también lo he estado hablando con mi amiga Eva. ¿Eva Hawton? Es reportera de investigación en *The Independent* y es muy buena llegando al fondo de cosas como esta. Ha sido de gran ayuda.

—Ah, ¿sí? —dijo Helena—. Entonces, ¿qué piensa la señorita Hawton de todo esto?

Intentó que su voz no reflejara el escepticismo que la recorría. «Malditos periodistas», pensó, recordando los últimos titulares de prensa.

—Bueno, ella cree, y ahora yo también, es solo que antes no se me había ocurrido, pero cuanto más lo pienso más sentido tiene… Bueno, tanto ella como yo pensamos que Danny debía de estar metido en algún tipo de problema, quizá llevaba así un tiempo, antes de que… antes de que desapareciera.

—¿Qué clase de problema? —preguntó Helena; miró de reojo a Devon y enarcó una ceja.

—Bueno…, no lo sé, ahora mismo no. Pero nuestra teoría es que la persona con la que Danny se había buscado problemas se reunió con él en nuestra casa de Chiswick aquella mañana después de que yo me marchara. Y este tipo atacó a Danny, no logró matarle, pero le hirió de alguna manera. Todavía no sé por qué había tanta sangre, pero he pensado en ello y en retrospectiva no creo que viera a Danny completamente desnudo después de que se mudara a Brístol. No tuvimos sexo…

—Vaaale.

Helena no pudo evitarlo, su escepticismo crecía por momentos. Gemma la ignoró y continuó:

—No mantuvimos relaciones sexuales después de que se mudase y ahora me pregunto si no estaría ocultando una herida en la parte inferior de su cuerpo. No parecía herido ni dolorido, pero es lo único que se me ocurre para explicar la sangre.

—Poco probable, pero siga —dijo Helena, resistiendo la tentación de poner los ojos en blanco. No se creía esa «teoría» ni por asomo.

Gemma se sonrojó.

—Sé que esto suena poco creíble, pero, por favor, tengan paciencia conmigo. No sé cómo se relaciona con los otros asesinatos o por qué las víctimas se parecen tanto entre ellas y a Danny, no puedo explicarlo. Pero, dejando eso de lado, sí tiene algo de sentido, la verdad. Así que Danny se hizo daño y se fue a algún lugar para recuperarse durante una semana antes de venir aquí conmigo como estaba previsto. No sé adónde…, quizá a un hotel o algo así. O, si estaba viendo a alguien más, a alguna otra mujer, cosa en la que no quiero pensar, pero ya saben… –Hizo una pausa, tragó saliva y tomó aire–. Y, entonces, cuando se mudó aquí, tenía mucho miedo de que ese hombre le siguiera la pista y acabara con él. Así que básicamente se escondió: nunca abría la puerta cuando llegaba algo, se aseguró de que los vecinos no le vieran, ni siquiera compró un teléfono móvil nuevo. Todavía no sé por qué renunció al trabajo nuevo antes de que pasara nada de esto, ni dónde pasaba los días cuando yo creía que estaba trabajando. Pero… ¿no ven que es algo lógico? Estaba asustado. Muy asustado. Y, entonces, tal vez se asustó tanto que huyó. Y sigue huyendo. Eso o… –Hizo otra pausa–. Eso o le atraparon y ahora también está muerto –añadió en voz baja.

Durante unos segundos, se hizo el silencio. Entonces, Devon dijo:

–Suponiendo por un minuto que eso es lo que pasó, y hay un montón de agujeros en esta teoría, como usted misma acaba de señalar, pero, suponiéndolo…, ¿de verdad cree que su marido podría haber estado pasando por todo eso, es decir, temiendo literalmente por su vida, sin que usted se diera cuenta de nada? ¿Sin que notara ningún cambio en su comportamiento? ¿Nada?

Ella le miró fijamente durante un rato, bajó la vista a la mesa y volvió a levantar la cabeza.

–No lo sé. Pero no. No noté nada de nada. Actuaba con absoluta normalidad y yo también estoy batallando con eso. Y sé, sé lo improbable que suena todo esto. Pero lo único seguro es que no le hice nada a mi marido, que se mudó a Brístol y vivió conmigo aquí durante tres semanas a pesar de lo que piensan y que ahora se ha ido. Y tiene que haber una razón y, teniendo en cuenta todo lo que sabemos hasta ahora, esto es lo único que tiene algo de sentido para mí. ¿No pueden… no pueden apoyarme en esto? ¿Aunque sea un poquito?

Tenía lágrimas en los ojos y la determinación que Helena había visto antes en su rostro había sido reemplazada por una expresión de angustia profunda.

—Mire, Gemma… —Se detuvo, no muy segura de qué decir—. Parece muy poco probable, sí. Me temo que es una teoría muy elaborada sin nada que la respalde. Y la única forma de probar o refutar su teoría, bueno, cualquiera de las teorías que tenemos sobre este caso, en realidad, es encontrar a Danny. Vivo o muerto.

Gemma asintió y una lágrima notable rodó por su mejilla.

—He intentado decirme a mí misma que sigue vivo. He intentado no perder la esperanza. Pensé que, en el fondo, sabría si ya no estaba vivo. Pero la verdad es que ahora creo que podría estar muerto —dijo con apenas un susurro—. No creo que pasara tanto tiempo sin ponerse en contacto conmigo si aún estuviera vivo. Porque, y esto va a sonar a estupidez, una auténtica estupidez, después de lo que acabo de decir, después de que obviamente me haya mentido y que lo más seguro es que me haya engañado…, creo que me quería. Y él sabría lo desesperadamente preocupada que estaría. Si hubiera podido, habría encontrado la forma de ponerse en contacto conmigo.

De nuevo, reinó el silencio durante unos segundos, hasta que Helena se aclaró la garganta.

—Bueno, tendremos en cuenta lo que nos ha dicho. Sin embargo, ahora me gustaría compartir con usted el resultado del examen forense del viernes en su casa.

Gemma se secó los ojos con el dorso de las manos.

—De acuerdo —respondió.

—Encontramos ADN de su marido y huellas por toda la casa. Sigue afirmando que vivió allí con usted durante tres semanas, lo cual, como sabe, no estamos seguros de que sea cierto. Sin embargo, sabemos que él y usted pasaron una noche juntos en enero en la casa, antes de mudarse aquí. Así que eso por sí solo podría explicar la presencia de ADN de él y las huellas dactilares. Pero el informe dice que la cantidad de ADN suyo supera en cantidad al de él, lo que añade peso a nuestra teoría de que no pasó mucho tiempo en Brístol desde enero. ¿Algo que decir al respecto?

Gemma negó con la cabeza y soltó un pequeño gemido.

—Vivió aquí tres semanas —dijo cansada—. Pero estaba fuera todo el día y yo trabajo desde casa, así que supongo que es normal que haya mucho más ADN mío, ¿no? La verdad es que no sé cómo funciona, pero tendría sentido, ¿verdad? Y, bueno, ¿cuánto hace que se fue, nueve días? Evidentemente, he limpiado la casa desde entonces, varias veces. ¿Tal vez limpié su rastro? No sé cómo funciona eso del ADN, ¿se puede limpiar?

Miró a Helena, que no respondió.

—No lo sé. No puedo ayudarlos —dijo Gemma.

La dejaron ir poco después y, mientras Helena y Devon caminaban despacio de vuelta a las oficinas, Helena suspiró.

—Su teoría es una mierda, ¿verdad? Vamos a ver, ha intentado inventar algo que vagamente encaja con lo que ya sabemos. Quiere que encaje con sus mentiras. ¿No es así?

—Puede ser. —Devon no parecía muy seguro—. Para ser justos, sí que sirve. Pero solo en alguna que otra cosa. Hay muchas lagunas. Como, ¿por qué dejaría su trabajo nuevo en Brístol antes de que le atacaran? Eso no encaja.

—Porque le atacó ella. Y fue planeado, así que fue ella quien envió ese correo electrónico renunciando al trabajo nuevo, no fue él —dijo Helena con firmeza—. Y, sí, sé que todavía no tengo ninguna prueba. Maldita prueba de ADN en la casa. No es lo suficiente sólida para ayudarnos. Pero lo conseguiré, Devon. Un día de estos dará un paso en falso, ya verás. Y, cuando lo haga, estaré ahí, esperando para atraparla.

Capítulo 19

Pasé el paño una vez más por la encimera y me alejé satisfecha. Limpiar la casa otra vez había hecho que, al menos durante unos minutos, me centrase en otra cosa que no fuese Danny, incluso ese pequeño respiro del constante y confuso ajetreo que tenía en la cabeza me había hecho estar más tranquila, más dueña de mí misma. La prensa volvía a estar en la puerta y, aunque había cerrado las cortinas, seguía oyéndola, el murmullo de sus conversaciones, los gritos ocasionales y las carcajadas. Intentaba ignorar su presencia y mantenerme ocupada ayudaba. Había dejado de trabajar de forma temporal y había llamado a varios redactores que esperaban artículos míos para decirles que la situación aún no se había resuelto y que necesitaba unas semanas más sin encargos; todos ellos se habían puesto en contacto conmigo en los últimos días cuando las noticias sobre Danny aparecieron en los periódicos. Esos días me las había arreglado para terminar el artículo sobre el balneario para *Fitness & Style* (no era mi mejor trabajo, pero estaba hecho), pero escribir algo nuevo me parecía imposible. Todos los editores habían sido comprensivos y les estaba muy agradecida, pero les aseguré que no estaría ausente durante mucho tiempo. No me quedaba otra. El mundo del periodismo autónomo era voluble y sabía que me sustituirían como habitual si me ausentaba durante demasiadas semanas e incluso que perdería la columna de *Camille*, aunque por suerte siempre se escribía con varios números de antelación. Pero seguro que todo eso acabaría pronto. Por el amor de Dios, ¿cuánto tiempo más podía durar? ¿Y cuánto tiempo pasaría antes de que mis vecinos vinieran a quejarse de la invasión de la prensa en su calle?

Antes había barrido el patio, moviendo la escoba de un lado

a otro, con la frente empapada de sudor por el esfuerzo físico. Me había detenido un segundo para pasarme la manga por la frente y había vuelto a ver a Clive, inmóvil junto a la ventana del piso de al lado, mirándome. No sabía qué hacer: dadas las circunstancias, ¿un saludo resultaría demasiado jovial, demasiado despreocupado? Le saludé con la cabeza, aparté la mirada y volví a barrer. Treinta segundos después, cuando volví a mirar hacia la ventana, ya no estaba. No había hablado con él ni con su mujer, ni con Jo, mi otra vecina, desde la noche en que me pasé a preguntarles si habían visto a Danny. Me resultaba demasiado embarazoso, demasiado difícil con la prensa acampada en mi puerta. «¿Qué pensarán de mí? Estarán maldiciendo el día en que me mudé, ¿y quién podría culparlos?», pensé mientras recogía la cesta de rejilla que utilizaba para transportar los productos de limpieza por la casa y me dirigía al cuarto de baño, con la mente puesta en el día anterior y en mi último encuentro con la Policía. Me habían seguido la corriente, pero tenía la sensación de que no se habían creído nada mi teoría sobre la desaparición de Danny, y la verdad es que no los culpaba. Tenía una serie de hechos y comportamientos insólitos, los hilvané lo mejor que pude para llegar a algo que, más o menos, tuviera sentido. Y, sin embargo, cuando lo dije en voz alta, bajo la fría luz de una sala de interrogatorios de la Policía, sonaba a algo que diría una persona medio loca para encubrir un crimen. No tenía mucha lógica y había lagunas. Sin embargo, mientras rociaba espuma limpiadora por el lavamanos y volvía a limpiarlo con vigor, pensé que era lo único que tenía por ahora. Me encantaba ese cuarto de baño, con la enorme ducha doble y la bañera de hierro fundido con patas de garra frente a la ventana, las plantas en cascada que caían por una pared desde una repisa alta y las velas perfumadas repartidas por todas partes. Desde que Danny se había marchado, los placeres de nuestro cuarto de baño habían pasado a un segundo plano y en los últimos días lo único que había podido hacer era cepillarme los dientes y darme una ducha rápida y triste. Sí, la teoría a medias que había compartido con la Policía era lo único que tenía, pero era algo a lo que aferrarme, algo con lo que trabajar por mi cuenta si era necesario. Al menos no me habían detenido.

—Menos mal que existen los forenses —le dije en voz alta a mi reflejo en el espejo mientras limpiaba una mancha de pasta de dientes del cristal—. Al menos saben que estuviste aquí en algún momento, Danny. Al menos saben que no me lo estoy inventando todo.

Sin embargo, sus resultados me sorprendieron: el hecho de que hubieran encontrado tan poco de Danny en la casa. Sí, hacía tiempo que se había ido y, sí, había limpiado la casa desde que había desaparecido, como les había dicho. ¿Pero era tan fácil destruir el ADN? No sabía mucho sobre el tema, pero siempre había pensado que era más difícil, que el ADN era un material resistente que podía permanecer durante años. Y, entonces, cuando le quité el tapón a la botella de lejía y vertí un poco en la taza del váter, me detuve en seco y miré la botella suspendida en el aire. Lejía. Ese viernes por la noche, cuando llegué a casa y me la encontré vacía, Danny había limpiado la casa, ¿verdad? Recordé las superficies brillantes, la ropa de cama limpia, la ropa de cama usada húmeda en la lavadora, las toallas del baño también ahí, el leve olor a lejía en el aire. ¿Y si...? Pero ¿por qué iba a hacerlo?

Arrojé la botella de lejía sobre la cisterna y salí corriendo de la habitación. En la cocina encontré mi iPad, abrí Google y tecleé: «¿Se puede limpiar el ADN?». Y ahí estaba.

Los detergentes que producen oxígeno destruyen todas las pruebas de ADN...

Si se aplica la lejía oxigenada sobre ropa manchada de sangre durante dos horas destruye completamente el ADN...

¿Detergentes con oxígeno? Hice otra búsqueda rápida. Había muchos en el mercado. Recorrí los nombres de las marcas y reconocí la mayoría de los productos del pasillo de la limpieza del supermercado. Nuestra lejía estaba en la lista. Nuestra lejía para uso doméstico, que parecía inocente, podía destruir el ADN. Y, al parecer, Danny había limpiado la casa de arriba abajo antes de irse. ¿Lo sabía, lo del ADN? Sí, quería desaparecer, ahora eso estaba más que claro. ¿Pero quería desaparecer hasta ese punto? ¿Tratar de borrar toda evidencia de su presencia en su propia casa? ¿O solo estaba llevando a cabo un último acto de bondad dejándome la casa limpia? ¿Le estaba dando demasiadas vueltas? Gruñí y me desplomé sobre la tapa cerrada del retrete. Durante unos segundos, me sentí triste, agotada, exhausta. Y, entonces, sin que lo esperase, me recorrió un escalofrío de ira. Sí, lo más probable era que Danny estuviese muerto, porque seguro que no me habría dejado pasar por esa agonía sola, sin algún tipo de contacto, una disculpa, una explicación. Pero si... si seguía vivo...

—¡Hijo de puta!

Grité las palabras. ¿Sabía que me estaban culpando de su desaparición? ¿Que era el principal sospechoso de la Policía y que era probable que me detuvieran en cualquier momento? ¿Que me habían interrogado no solo por él, sino por cuatro asesinatos más? ¿Que había sido humillada, acosada por la prensa y fotografiada? Si estaba vivo, lo sabía, lo sabía todo. ¿Cómo no iba a saberlo cuando había llenado titulares durante días? Y, aun así, ¿no había hecho nada?

—Cabrón. MALDITO CABRÓN.

Me puse de pie y di una patada tan fuerte a la papelera que había junto al lavabo que salió volando por los aires, aterrizó con estrépito en el suelo de baldosas y derramó su contenido. Me quedé un rato mirando los envoltorios de plástico, los tubos de papel higiénico y los algodones manchados de rímel esparcidos por el suelo, luego me di la vuelta y salí de la habitación. Creía que Danny me había querido. Lo habría jurado por mi vida, por la vida de mi madre. Habíamos pasado días, semanas, meses planificando nuestro futuro, entregados el uno al otro. ¿Tan buen actor era? ¿De verdad era tan estúpida como para haberme dejado engañar durante tanto tiempo? Y, entonces, con la misma rapidez, la ira se desvaneció. Porque sin importar lo que él sintiera por mí, sin importar cuánto me hubiera mentido, la pura verdad era que yo quería a Danny. Y, a pesar de lo que me había hecho, temía por él, mucho, muchísimo.

«Me da igual que estés metido en problemas o lo que hayas hecho. Incluso me da igual lo que me has hecho. Solo quiero saber dónde estás, Danny. Lo único que quiero es que estés vivo y bien, aquí».

Así que me senté en la mesa de la cocina, inspiré hondo para despejarme y empecé a pensar. Danny había estado allí, conmigo, tres semanas, pero todos los días se había ido a algún sitio durante horas. Suponía que a algún sitio donde se sintiera seguro. ¿Dónde? ¿A dónde iría? ¿Dónde puedes pasar horas, todos los días, sin que nadie te cuestione? ¿Hay algún lugar donde puedas hacer tus cosas y que te dejen en paz? ¿Un parque? Pero había sido febrero y hacía mucho frío. No, a algún lugar cerrado. ¿Una biblioteca? Quizá. La gente se sienta todo el día a trabajar en bibliotecas sin que nadie piense que es raro, ¿verdad? Pero ¿Danny en una biblioteca? No lo veía. No le gustaba leer y nunca se le había ocurrido entrar en una biblioteca. Entonces, ¿dónde? ¿Un gimnasio? Puedes pasar todo el día en un gimnasio, ¿no? Los gimnasios grandes de hoy en día tienen piscinas, saunas, cafeterías… ¿Podía ser? ¿Aunque estuviera curándose una herida oculta? A Danny siempre le había gustado cuidarse. En Londres era socio de un gimnasio local de Chiswick y hacía ejercicio varias mañanas a la semana, a veces de camino al trabajo. A menudo le decía que me avergonzaba: siempre agradecí ser delgada por mi constitución, siempre dije que hacía suficiente ejercicio al pasear con Albert y, aunque me gustaban las sesiones de yoga o pilates, solo iba una o dos veces a la semana como máximo. Hacer ejercicio no era una prioridad en mi vida, pero a Danny le encantaba.

Volví a coger el iPad, abrí un mapa de Brístol y me acerqué a nuestra calle. Luego volví a alejar el *zoom* poco a poco hasta que tuve en la pantalla un área de aproximadamente un kilómetro y medio cuadrado alrededor de la casa. Algo me decía que, si Danny intentaba pasar desapercibido, si se había escondido a la vista de todos, no habría querido ir demasiado lejos. ¿Había algún gimnasio tan cerca de la casa? Escribí «gimnasios cercanos» en el cuadro de búsqueda y añadí nuestro código postal. ¡Sí! Aparecieron dos chinchetas en el mapa, una a un par de calles de distancia y otra a unos ochocientos metros al sur. Hice clic en el primero y volví a hacer clic para abrir la página web.

Fit4U Gym: un gimnasio independiente, pequeño y familiar en Clifton, Brístol.

Eché un vistazo a las imágenes: un gimnasio pequeño, pero bien equipado, una sauna, una clase de *spinning* y una pequeña cafetería. ¿Danny habría estado a gusto allí? ¿O era demasiado pequeño? No estaba segura, así que hice clic en la segunda chincheta.

GymCity: Un gimnasio de ciudad a precio de pueblo.

Este parecía enorme: un *spa* con piscina de hidromasaje, entrenadores personales y una sala de pesas. Mierda. Si Danny tuviera que elegir uno de esos, ¿con cuál se quedaría? No estaba segura. Tendría que ir a probar en los dos.

Supuse que los perros no podían entrar en los gimnasios, así que dejé a Albert en casa, le pedí disculpas mientras salía por la puerta principal y me dirigí primero al grande, preparándome para el aluvión de preguntas de los periodistas al salir de casa, pero me encontré con que habían desaparecido de repente. Pensé que tal vez los habían convocado a una rueda de prensa, pero enseguida caí en que me daba igual. Mientras no me molestaran, podían irse donde quisieran. En la recepción de GymCity, un hombre de aspecto atormentado, con la cabeza rapada y una barba oscura y poblada, echó un vistazo a las fotografías de Danny que llevaba en la mano y se encogió de hombros.

—No me suena. Eso no significa que no haya estado aquí. Vienen cientos de personas cada día y yo solo trabajo a media jornada. Somos ocho en esta recepción, trabajamos por turnos... Espere.

El teléfono de la mesa estaba sonando y lo descolgó.

—GymCity. ¿Puede esperar, por favor?

Volvió a mirarme.

—Mire, estoy muy ocupado, lo siento. Si quiere dejar una foto y su número, los pegaré aquí en el escritorio con una nota a ver si alguien se acuerda de él. La llamaremos.

Le di las gracias y me marché con una sensación de impotencia que ya me resultaba familiar. Era una pérdida de tiempo. Me pesaban las piernas mientras caminaba despacio hacia Fit4U.

Cuando entré, ya había alguien hablando con el recepcionista, así que deambulé por el pequeño vestíbulo, leí los carteles que anunciaban clases de *cardioblast* y *bodypump*, ciclismo de estudio y clases de *body balance*.

—Hola, ¿en qué puedo ayudarla?

Me giré y vi al recepcionista sonriéndome.

—Sí, perdone. Me preguntaba... Bueno, el caso es que mi marido ha desaparecido. Y me preguntaba si lo ha visto por aquí en algún momento de las últimas semanas. Está siendo complicado rastrear sus últimos movimientos y, bueno, he traído una foto, por si acaso. Es probable que no le haya visto, sé lo concurridos que están siempre estos sitios, pero esperaba que tal vez pudiera echarle un vistazo a esta foto...

Mientras parloteaba ya me sentía avergonzada por haberle hecho perder el tiempo. El chico, que llevaba el pelo oscuro recortado y vestía una camiseta blanca muy ajustada, me miró con curiosidad.

—¿Ha desaparecido? Lamento oírlo. Claro, déjeme ver.

Le acerqué la fotografía al escritorio.

—Se llama Danny. Danny O'Connor. Tiene treinta y tres años, mide 1,80. ¿Le suena?

El hombre, que llevaba una chapa con el nombre de Gerry, se quedó mirando la foto con los ojos entrecerrados.

—Bueno..., la verdad es que no estoy seguro. A simple vista habría dicho que no —levantó la foto y la orientó hacia la luz—, pero..., bueno, se parece un poco a alguien que ha estado viniendo. Pero no se llama Danny. Espere un momento. ¿Paul? ¡Paul!

Una cabeza asomó detrás de una puerta entreabierta en la parte trasera de la recepción.

–¿Qué?

–Ven un momento, ¿quieres? ¿Te parece que es Patrick?

–¿El Patrick que te gustaba?

Paul salió de detrás de la puerta con una sonrisa. Era bajito y musculoso, con unos bíceps abultados.

–¡Cállate! –Gerry se había ruborizado–. Mira. ¿Podría ser él?

Paul me miró a mí y luego a la fotografía. Frunció el ceño.

–Podría ser –dijo, pero parecía inseguro–. Lo que quiero decir es que sin duda tiene su aspecto. Pero Patrick lleva barba y gafas y siempre va con el gorro ese, así que nunca le he visto el pelo. Pero podría ser. ¿Por qué?

–Es el marido de esta señora. –Me señaló–. Ha desaparecido y quiere saber si ha estado aquí últimamente.

–Marido. –Paul se rio y luego me miró disculpándose–. Lo siento. No me estoy riendo de su desaparición, eso es una mierda. Me río de Gerry. Está loco por él.

–¡Cállate! –siseó Gerry.

Paul carraspeó y se dirigió de nuevo a la parte de atrás del gimnasio.

–Espero que le encuentre –dijo por encima del hombro.

Gerry puso los ojos en blanco.

–Lo siento –dijo y le dio un golpecito a la foto de Danny con un dedo–. Me atrae bastante, si le soy sincero. Está bueno. Lo siento.

Sonreí y agité una mano con desdén. Necesitaba que aquello volviera a su cauce.

–Entonces, ¿cree que podría haberle visto? ¿Aquí? Estoy confundida.

Gerry volvió a mirar la fotografía, asintió despacio y volvió a levantar la vista.

–Creo que sí. Hay un tipo que empezó a venir hace un mes. No se hizo socio anual, solo pagó un abono semanal y lo fue renovando. Su nombre… Bueno, dijo que se llamaba Patrick, no Danny. Patrick Donnelly. ¿Es irlandés?

Asentí con la cabeza.

–Sí, Danny es irlandés.

—Dijo que era un escritor que trabajaba por cuenta propia, que acababa de mudarse a Brístol y que estaba esperando a que le dieran una nueva oficina, dijo que estaba en obras o algo así. Preguntó si podía venir al gimnasio por la mañana y trabajar en la cafetería por la tarde. A nosotros nos pareció bien, siempre que la gente pague el abono puede utilizar las instalaciones todo el tiempo que quiera, estamos abiertos dieciocho horas al día. Y fue amable, no dio problemas, se limitó a hacer lo que debía. Empezó a venir de lunes a viernes, durante el día. Se quedaba todo el día. Trabajaba un par de horas, comía, sacaba el portátil y se sentaba en un rincón de la cafetería el resto del día. Hizo eso durante unas semanas. Luego dejó de venir. Supuse que su oficina nueva ya estaba lista. Me quedé hecho polvo.

Sonrió avergonzado. Los latidos de mi corazón se habían acelerado a medida que escuchaba. ¿Este tal Patrick podría ser Danny? La escala de tiempo encajaba. El horario de lunes a viernes encajaba. Todo encajaba.

—¿Parecía estar bien? Quiero decir, ¿parecía lesionado cuando estaba en el gimnasio?

Gerry frunció el ceño.

—No me di cuenta. A mí me pareció que estaba bien.

—Pero… ¿ha dicho que tenía barba? Danny no tiene barba. ¿Y gafas?

Gerry asintió.

—Sí. Y siempre llevaba un gorrito negro, incluso cuando hacía ejercicio. —Hizo una pausa—. No es que le estuviera espiando mientras levantaba pesas ni nada por el estilo. Pero, ya sabe, siempre estamos de un lado para otro, entramos y salimos del gimnasio y uno se fija —añadió a toda prisa, sonrojándose otra vez.

Asentí con aire distraído, con la mente acelerada. Si Danny había intentado pasar desapercibido, habría tenido sentido que intentara disimular un poco su aspecto cuando estaba fuera de casa. ¿Sería posible que se hubiera puesto un gorro o unas gafas? Una barba postiza me parecía un poco ridículo, pero, si estaba tan desesperado por evitar que le reconocieran, tal vez…

—Cuanto más le miro más creo que es él —decía Gerry—. La complexión de su cuerpo y esos ojos… No puedes ocultar los ojos, ni siquiera con gafas. Estoy bastante seguro de que es Patrick. ¿Está diciendo que llevaba una barba de pega? ¿Por qué?

–La verdad es que no lo sé –dije con sinceridad–. ¿Sabe cómo llegaba aquí todos los días? ¿Venía andando o en coche?

–En bicicleta –dijo Gerry de inmediato–. Siempre venía con un casco de bici.

El corazón se me aceleró otra vez. Era Danny, tenía que serlo. ¿Pero cómo podía probarlo?

–Dice que pagó un pase semanal. ¿Usó una tarjeta de crédito, una tarjeta de débito, algo así? No puedo explicárselo, pero necesito algún tipo de prueba de que estuvo aquí, de que estuvo viniendo las últimas semanas. ¿Tiene algo así?

Gerry frunció el ceño y negó con la cabeza.

–Que yo recuerde, siempre pagaba en efectivo. Siempre trabajo los lunes, que es cuando renovamos los pases semanales, y recuerdo que siempre sacaba un fajo de billetes. Recuerdo que pensé que debía de estar forrado para llevar tanto dinero encima. Lo hacía aún más *sexy*. Mierda, lo siento.

Se dio una palmada en la frente y sonreí.

–Está bien, de verdad. Vale, así que sin recibo de tarjeta de crédito…

Miré a mi alrededor buscando cámaras con la mirada. Sí. Dos, una orientada hacia la puerta principal del gimnasio y la otra hacia el mostrador en el que estábamos.

–Pero tienen cámaras de seguridad, ¿no?

Señalé la cámara que estaba más cerca y Gerry asintió.

–Pero solo aquí, en la recepción. Somos un lugar pequeño y familiar. Nadie quiere que le vigilen mientras hace ejercicio o se cambia, así que no hay cámaras en el gimnasio ni en las zonas de ejercicio.

–¿En la cafetería? –pregunté.

Gerry negó con la cabeza.

–Nunca ha sido necesario. Tenemos mucho personal, así que, si alguna vez hay algún problema o alguien se lesiona en una de las máquinas o se desploma o algo, siempre hay alguien cerca para solucionarlo. Solo tenemos cámaras aquí, donde cobramos el dinero, por si acaso, ¿sabe?

–De acuerdo. Pero si Danny…, o sea, Patrick vino aquí todos los días, las cámaras tuvieron que grabarlo, ¿no?

–Claro. Aunque no guardamos las imágenes mucho tiempo. Se borran a las dos semanas si no las necesitamos. ¿Quiere que eche un vistazo?

–¡Sí! Sí, por favor. –Pensé con rapidez. Era lunes, 11 de marzo. Dos semanas atrás era lunes, 25 de febrero.

–¿Puede mirar la semana del 25 del mes pasado?

–Claro –volvió a decir–. Puedo ponerla en esta pantalla. Tendrá que venir aquí un minuto.

Me coloqué detrás del mostrador de recepción y observé cómo tocaba varias teclas, sintiéndome, de repente, nerviosa.

–De acuerdo, solía venir bastante pronto, sobre las siete.–murmuró Gerry. Movió el ratón un par de veces y se apartó–. Ahí. Ahí está Patrick. He ampliado y congelado la imagen.

Me incliné hacia delante. En la pantalla se veía a un hombre de pie delante del mostrador de recepción tras el que me encontraba. Llevaba, como Gerry había descrito antes, un gorro oscuro y unas pequeñas gafas redondas, el contorno de la mandíbula oculto por una barba poblada. Llevaba una chaqueta oscura normal y corriente. Danny tenía una chaqueta negra sencilla como esa. Tenía los hombros anchos, como ese hombre. Ojalá pudiera verle la cara con más claridad. Me acerqué aún más y entrecerré los ojos, pero la imagen no era lo bastante nítida. ¿Era él? No lo sabía. No podía asegurarlo.

–No sé si es él –dije–. ¿Puede reproducir el vídeo un minuto? Quizá si veo un poco más…

Gerry ya le había dado a reproducir. El hombre de la pantalla se movía y se sacaba algo del bolsillo. ¿Dinero? Y cuando volvió a levantar el brazo vi un destello en su muñeca.

Un reloj.

Lo miré fijamente y luego solté un grito ahogado.

–¿Puede ampliar la imagen? ¿En la muñeca?

Señalé la pantalla y Gerry me hizo caso. La imagen se congeló y me quedé contemplándola. Miré fijamente la imagen, ahora tan clara, de un reloj cuadrado con caja de acero y un segundero rojo brillante. Un reloj fino, elegante, muy distintivo. El reloj que le había regalado a Danny el día de nuestra boda. El reloj que me había costado el equivalente al sueldo de un mes, pero que supe que había valido cada céntimo cuando vi la alegría en su cara al abrir la caja y ponérselo en la muñeca. Era el reloj de Danny.

Era Danny.

Capítulo 20

–Odio los lunes con toda mi alma. Siempre he odiado los putos lunes, pero hoy ha sido horrible El. Más. Mierda. En. Mucho. Tiempo.

Helena puntuó cada palabra lanzando con fuerza una pequeña pelota de goma contra la pared. La atrapó por sexta vez y la arrojó a su escritorio, donde aterrizó con un golpe seco en la taza sin asa que hacía a la vez de lapicero.

–Buen lanzamiento. –Devon parecía impresionado.

Helena gruñó y se tiró en la silla, malhumorada.

–Se supone que es una pelota antiestrés. Me la regaló Charlotte. Voy a decirle que le devuelvan el dinero porque no funciona.

Devon se rio.

–Lo siento por tu pobre mujer. Estoy de acuerdo, no ha sido el mejor de los lunes.

Se acercó unos pasos y se apoyó en el borde del escritorio.

–Ha sido horrible, ¿verdad? –dijo.

Ella asintió y cerró los ojos un minuto. Lo había sido. Después de que la jefa de prensa de guardia se viera obligada a atender durante el fin de semana numerosas y cada vez más exigentes llamadas de periodistas sobre el supuesto «asesino en serie de Brístol», la comisaria Anna Miller había llamado a Helena a las siete de la mañana para ordenarle que convocara una rueda de prensa.

–Si no podéis hacer ninguna detención, si de verdad no tenéis pruebas suficientes, que se dejen de tonterías de asesino en serie –exigió con su marcado acento de Tyneside–. Diles que no hay ninguna relación probada ni siquiera entre los casos de Brístol, por no hablar de los de Londres. Pero dales algo. Lo que sea. Nos acusan de no hacer nada y no llegar a ninguna parte, Dickens, y no voy a permitirlo. Arréglalo.

Y así, de muy mala gana, Helena había convocado una rueda de prensa para el mediodía. Odiaba con toda su alma las ruedas de prensa; aunque no era tímida, siempre que se veía obligada a soportar el fulgor de los focos de las cadenas de televisión, los *flashes* de las cámaras y la retahíla de preguntas que le lanzaban los periodistas quería esconderse debajo de una piedra. No es que quisiera ser un lastre, comprendía perfectamente la necesidad de mantener informado al público, sobre todo cuando circulan rumores de asesinos en serie.

–Son tan… tan implacables –dijo, abrió los ojos de nuevo y miró a Devon–. Y si no consiguen lo que quieren, se inventan cosas casi todo el tiempo. O al menos especulan y exageran y lo disfrazan de hechos. Eso me saca de quicio.

–Lo sé. –Suspiró–. Ahora están obsesionados con lo del asesino en serie. No hay manera de convencerlos, da igual lo que digamos. Y su fascinación con Gemma O'Connor parece haber crecido también. Preguntan sobre ella y si creemos que está involucrada.

Los ojos de Helena se abrieron de par en par.

–Bueno, no puedo culparlos por eso. Saben que es la única a la que hemos llamado para interrogar hasta ahora. Y sigo pensando que ella podría ser la culpable, Devon. Que mató a Danny, por lo menos. Aunque esta mañana he insistido bastante en que solo la hemos interrogado por los antecedentes de su marido desaparecido. No quiero que se centren tanto en ella, ahora mismo no. Sé que han estado merodeando por su casa y no podemos evitar que lo hagan, pero no quiero darles nada más de lo necesario sobre ella de momento. Todavía sigue hablando con nosotros. Dice tonterías, pero habla. Y sigo pensando que un día de estos hablará de más, que se le escapará algo.

Devon se encogió de hombros.

–Quizá. Todavía no lo tengo claro.

RING.

Se oyó un ronroneo en el bolsillo de la camisa. Sacó el móvil, miró la pantalla y soltó una carcajada.

–Hablando de la reina de Roma –dijo y respondió–. ¿Señora O'Connor? ¿En qué puedo ayudarla? –preguntó.

De repente, Helena se irguió, un poco menos abatida. ¿Gemma O'Connor llamando a Devon directamente? ¿Qué quería? ¿Tal vez confesar, por fin? Se inclinó un poco más hacia Devon, pero él no le dio muchas pistas.

–¿En serio? Sí. Vale. Bueno, supongo que no hará daño a nadie echar un vistazo. Claro. Sí. Intentaré que alguien vaya mañana por la mañana. ¿Sobre las diez? De acuerdo. Alguien se reunirá con usted allí a menos que oiga otra cosa. Bien, adiós. Hasta luego.

Terminó la llamada, cogió un bolígrafo y un bloc del escritorio de Helena y garabateó una dirección.

–¿Y bien? –dijo impaciente–. ¿De qué iba todo eso?

Dejó el bolígrafo y arrancó la página del bloc.

–No estoy seguro. Dice que ha visto unas imágenes de una cámara de seguridad de un gimnasio en Clifton y cree que es Danny. Al parecer, ha decidido intentar averiguar dónde ha estado pasando el día mientras aparentemente estaba aquí, en Brístol…

–¡Bah! –Helena no pudo evitarlo.

–Sí, sí, sé que no crees que él llegase tan lejos. Pero sigue insistiendo, así que… En fin, dice que se le ocurrió que podría haber estado yendo a un gimnasio porque siempre estaba en forma, así que fue a un par de gimnasios de los alrededores y en uno de ellos el personal le dijo que había un tipo que había ido todos los días de la semana durante unas semanas. Ha dicho que se llamaba Patrick, no Danny, pero ha pedido ver las cámaras de seguridad y dice que ese tipo lleva algún tipo de disfraz, por lo que no puede estar del todo segura, pero de lo que sí está segura es de que lleva el reloj de su marido, lo que la ha convencido de que es…

–¿Un disfraz? –Helena resopló–. ¿Y vas a enviar a alguien allí? ¿Estás seguro? Suena como un cuento chino…

–¡Jefa! ¡Jefa!

La agente Tara Lemming corría por la sala hacia ellos, con la coleta negra rebotando. Se detuvo en seco, un poco sin aliento, con los ojos brillándole.

–No os lo vais a creer –dijo.

—¿Y ahora qué? —dijo Helena—. ¿Estás bien?

—Estoy bien. Y vosotros también lo estaréis cuando oigáis lo que acaba de pasar.

Miró de Helena a Devon y luego al revés. Helena sintió un pequeño escalofrío por la expectación.

—Continúa.

—Jefa, un hombre acaba de entrar en la recepción de la planta baja. Dice que quiere hablar con quien esté a cargo del caso del supuesto asesino en serie. Y, espérate, dice que está aquí para entregarse. Dice que los mató él. A todos. A los dos de Londres, a Mervin Elliott, a Ryan Jones y a Danny O'Connor. Dice que él es el asesino en serie.

Capítulo 21

El martes por la mañana volví del gimnasio casi al borde de la desesperación. Como había prometido el subinspector Clarke, el agente Frankie Stevens se había reunido conmigo allí a las diez de la mañana, pero parecía distraído, miraba el reloj mientras esperaba a que Gerry cargase las grabaciones de las cámaras de seguridad. Gerry se había tomado su tiempo, claramente encantado con el agente de policía y lanzándole miradas de soslayo coquetas mientras pulsaba teclas y hacía clic en los archivos. Cuando por fin pudimos enseñarle al detective las fotos del hombre del que ahora, tras verlas por segunda vez, estaba aún más convencida de que era Danny, las estudió durante unos segundos y luego dijo dubitativo:

–No son imágenes muy claras, ¿no? Me refiero a que en realidad podría ser cualquiera. Sé que es su marido, Gemma, y sería la persona con más probabilidades de reconocerle, pero con gorro, gafas y barba…

–Pero es su reloj, sé que lo es. Mire ahí. –Señalé con un dedo hacia la pantalla–. Es un Nomos Tetra, se lo compré como regalo de boda. Y sé cómo se mueve, cómo camina… Mire cuando se aleja del escritorio. Es él, agente Stevens. Aquí es donde venía todos los días cuando pensaba que iba a trabajar. Esto lo demuestra, ¿no lo ve? Esto demuestra que estaba vivo y bien hasta hace doce días, cuando dejó de venir y desapareció. Prueba que estoy diciendo la verdad, ahora tienen que creerme. No le maté en Londres, maldita sea, porque estaba aquí, ¡sano y salvo!

Cada vez hablaba más alto y la frustración iba en aumento. Al oír las palabras «lo maté», Gerry retrocedió un paso y una expresión de sorpresa sustituyó la simpatía que había mostrado hasta entonces.

—¿Usted... usted mató a Patrick? —dijo con la voz temblorosa.

—¿Qué? No, no, ¡claro que no! —Alargué una mano para tocarle el brazo, pero se echó hacia atrás, asustado—. Está desaparecido, como le dije. Y es Danny, no Patrick, ¿recuerda? —le dije.

Gerry se me quedó mirando, alejándose cada vez más, así que me volví hacia el agente Stevens. Empezaba a estar un poco nerviosa. ¿Cómo iba a conseguir que me creyera?

—Por favor, agente Stevens —empecé a decir, pero él volvió a mirar el reloj.

—Mire, lo siento, pero tengo que irme. Tenemos algo... Bueno, tengo que volver. Pero... Gerry, ¿verdad? Gerry, ¿puedes copiar esa grabación en un disco o lo que sea y enviármela a la comisaría? Solo para que lo tengamos archivado. Toma, mis datos y la dirección...

Se metió la mano en el bolsillo de la chaqueta y sacó una tarjeta de visita que le entregó a un Gerry que sonreía.

—No hay problema, Frankie —dijo—. Lo llevaré yo mismo.

—Bueno..., gracias. Eso sería genial, si no es mucha molestia.

Los hombres se sonrieron el uno al otro, ¿estaban ligando? Eso me parecía. ¡Por el amor de Dios! Y, entonces, el agente de policía se volvió hacia mí.

—Lo siento —volvió a decir—. De verdad que tengo que irme. No creo que este material sea muy útil, para ser honesto; no es lo bastante claro. Pero se lo enseñaré a los de arriba, ¿vale? Alguien se pondrá en contacto con usted.

Y entonces se fue. Cuando salí del gimnasio, empezó a llover; el cielo parecía encapotado, pálido, con furiosas manchas oscuras. En los últimos días, había vuelto a refrescar y temblé mientras caminaba hacia casa, con Albert a mi lado tirando de la correa: no había tenido valor para dejarlo otra vez en casa. De repente, me sentí muy sola. Sí, tenía a mi querido perro y podía llamar a Tai o a Clare, eso lo sabía, pero, por otra parte..., estaba sola. Cuando Danny estaba conmigo, nunca me había sentido sola, ni siquiera en una ciudad nueva donde aún no había tenido tiempo de hacer muchos amigos. Pero ahora...

Hasta la prensa se había ido, no habían vuelto desde que desaparecieron el día anterior, la calle estaba tranquila y vacía cuando abrí las cortinas del salón con cuidado. En ese momento, me había sentido aliviada, pero ahora me sentía extrañamente abandonada. ¿Cómo habían acabado las cosas así? ¿Cómo podía una vida, una vida normal y feliz, desmoronarse tan rápido? Hacía menos de dos semanas era tan feliz: una casa nueva, un marido encantador, unos ingresos estables como autónoma, y ahora…

¿Cómo iba a ser capaz de confiar en un hombre, de confiar en alguien alguna vez? ¿Podría…? ¡Oh, Dios! ¿Tendría hijos, sería madre? Aquel pensamiento me asaltó con tal fuerza que estuve a punto de tropezar y me apoyé en el poste de la luz más cercano con la respiración agitada. Albert lloriqueó y me miró ansioso; al otro lado de la calle, un hombre que caminaba a paso ligero con su perro se detuvo un momento, me miró fijamente y luego volvió a acelerar, tirando de la correa de su labrador. Me quedé allí un minuto, mirando una mancha en el pavimento, intentando concentrarme, intentando calmarme. Niños. Era la primera vez que había pensado de verdad en aquello desde que Danny había desaparecido. Habíamos hablado de tener hijos más de una vez, pero solo tenía treinta y cuatro años y no teníamos ninguna prisa.

–Tenemos tiempo –había dicho Danny–. Estás en la flor de la vida. Démonos un par de años, disfrutemos de estar casados un poco, compremos una casa, establezcámonos. Entonces…, ¡bebés!

Acepté encantada. Conocía a muchas mujeres que se habían quedado embarazadas al final de la treintena, incluso al principio de los cuarenta. Estaría perfectamente. Pero ahora… A pesar de lo que dijera, a pesar de las pruebas que intentara mostrarles, la Policía seguía pensando que había matado a Danny. Estaba claro que no tenían pruebas suficientes para arrestarme, todavía no. Pero ¿y si al final lo hacían? ¿Y si iba a la cárcel? Podría ser una sentencia de años. Y si eso no ocurría, ¿encontraría a alguien? ¿Y si había sido Danny mi única oportunidad de tener amor, felicidad y una familia? ¿Qué me pasaba? ¿Cómo había podido ser tan estúpida, tan crédula? Tuvo que haber señales de advertencia, tuvo que haberlas. ¿Cómo no me di cuenta? Una idea me asaltó de repente por primera vez y jadeé horrorizada: ¿qué hay de las enfermedades? Si Danny se había acostado con otras personas, quizá con muchas otras personas… Tenía que hacerme un análisis, ¿no? Buscar una clínica. Decirles que sospechaba que mi marido me había sido infiel y que posiblemente lo había hecho con más de una mujer.

Albert volvió a lloriquear y me arañó la pernera de los vaqueros, pero lo ignoré, con la mente a mil por hora y otro pensamiento asaltándome. ¿Cómo iba a arreglármelas económicamente si Danny estaba muerto de verdad, si no iba a volver? Ganaba bien y quizá pudiera pagar el alquiler de nuestra casa yo sola, por los pelos. Pero ahorrar para un depósito, comprar una casa, tener un futuro seguro… Se había acabado todo. Una lágrima rodó despacio por mi mejilla ya húmeda. Había empezado a llover con más fuerza y las gotas me caían por debajo del cuello de la camisa y se me pegaban a las pestañas. Parpadeé y levanté la vista. Se acercaba una mujer mayor con el pelo blanco asomando bajo un pañuelo rojo brillante y unos ojos reumáticos que me miraban con curiosidad.

—Vamos, Albert. Vamos —susurré.

Me incorporé y seguí caminando, de repente desesperada por llegar a casa, lejos de la gente y de la lluvia.

En cuanto entramos, llamé a Eva.

—Mierda, Gemma. ¿Y estás segura de que las imágenes son de Danny?

—Estoy bastante segura. Pero el agente de policía no parecía muy interesado. Pidió una copia para guardarla en sus archivos, pero era como si estuviera deseando salir de allí. Es que no sé qué hacer ahora, Eva. Estoy sin ideas y me siento como si estuviera volviéndome loca. ¿Qué voy a hacer? ¿Qué coño voy a hacer?

Estaba llorando otra vez, con la voz entrecortada.

—Ay, cielo, sé fuerte. Volveré el viernes por la tarde, ¿vale? Sigue pensando. Hay algo que has pasado por alto, algo que a las dos se nos ha escapado, tiene que haberlo. No te rindas. Encontraremos una manera de demostrar que no le hiciste nada a Danny, ¿vale? Lo haremos, Gem. Eso es lo único que tenemos que hacer. El resto, averiguar quién mató a los otros hombres y si el caso de

Danny está conectado o no, es cosa de la Policía, así que olvídate de todo eso. Tú solo céntrate en esto, ¿vale? Podemos hacerlo.

Sus palabras me tranquilizaron, pero cuando colgué el teléfono me quedé sentada, sin moverme durante un buen rato, con la lluvia repiqueteando contra la ventana, el cielo oscureciéndose y la habitación volviéndose cada vez más fría a mi alrededor. ¿Qué era? ¿Qué habíamos pasado por alto? Tenía la horrible sensación de que el tiempo se acababa y seguía sin tener ni idea. Ni la más remota idea.

Capítulo 22

La comisaría estaba en silencio, pero en el aire se respiraba tensión. El agente Frankie Stevens, que acababa de reunirse con Gemma O'Connor en un gimnasio de Clifton, informaba a Helena de lo que había ocurrido allí, pero Helena notaba que ni siquiera él estaba muy interesado en lo que decía y a ella le estaba costando mucho obligarse a escuchar. Tenían asuntos más importantes de los que ocuparse y estaban preparando la sala de interrogatorios para el hombre que podría convertirse en la mayor captura de su carrera hasta la fecha. George Dolan, el hombre que había entrado el día anterior afirmando haber matado a cinco hombres, había dicho a los agentes que era de Brístol, pero que se había mudado muchas veces y que ahora mismo no tenía domicilio fijo, dormía en los sofás de sus amigos y trabajaba de vez en cuando como portero en bares y discotecas. Había llegado bastante borracho, dando tumbos y mascullando, y le habían metido en una celda para que pasara la noche durmiendo la mona. Cuando comprobaron sus antecedentes, encontraron un historial de detenciones por conducta violenta, incluida una condena de seis meses de prisión por agresión hacía diez años tras una pelea a la salida de un club nocturno. Cuando, después del desayuno, un Dolan ya sobrio se aferró a su historia sobre la autoría de los asesinatos, la noticia corrió por todo el edificio como un galgo por una pista y las tripas de Helena no habían dejado de revolverse desde entonces.

—Así que le pedí al tío del gimnasio, bastante mono, por cierto, que de todas formas nos enviase una copia. Pero, honestamente, estoy bastante seguro de que no nos servirá de nada. En mi opinión, no está lo suficientemente clara como para ser admisible —dijo Frankie.

–Eh…, ¿mono? Céntrate en el trabajo, por favor, agente Stevens
–dijo Helena, pero sonrió–. Mira, gracias por hacer eso, es una
casilla marcada. Pero Gemma O'Connor, por extraño que parezca,
ha dejado de ser una prioridad. Dios, Frankie, estoy nerviosa.

–¿Tú? ¿De verdad?

Parecía muy sorprendido y ella enarcó las cejas.

–Sí, ¡yo! Soy humana, ¿sabes? Y si este tal Dolan es el verdadero
culpable, bueno…

–Lo sé. Tremendo –dijo–. Buena suerte, jefa. Le destrozarás. ¿El
subinspector Clarke lo hará contigo?

Ella asintió.

–Sí. Creo que está con el decimosexto té del día. He estado bebiendo té de hierbas, una especie de mezcla calmante que Charlotte me compró anoche, pensó que podría necesitarlo. Huele mal y
sabe peor y no ha funcionado. Y Devon, que debería estar como
loco después de tanta cafeína, parece estar tan tranquilo como tú.

Hizo un gesto con la mano y Frankie se volvió para mirar a Devon, que estaba sentado en su escritorio con los codos apoyados
en él, las yemas de los dedos apretadas y los ojos cerrados.

–Parece muy zen –dijo Frankie–. Bien, buena suerte, una vez más.
Nos vemos más tarde. Todos estaremos esperando. Ah, por cierto,
cuando llegué hace un rato, la prensa estaba fuera. Un montón
de prensa. Todos gritando preguntas sobre el asesino en serie
sospechoso que tenemos bajo custodia. ¿Cómo se han enterado?

Helena suspiró.

–Putos parásitos. Aunque esta vez no puedo echarle la culpa a
una filtración. Cuando Dolan llegó anoche borracho como una
cuba, había media docena de chivatos en la recepción y todos ellos
le oyeron decir que era el asesino en serie de Brístol; al parecer,
no se lo tenía muy callado. En diez minutos ya estaba en las redes
sociales. No hay mucho que podamos hacer esta vez, Frankie.

–Joder –dijo.

–Sí, joder –respondió.

Pero valdría la pena si Dolan era su hombre. Si de verdad lo
era. Un caso como ese, tan sonado, tan bien documentado en
la prensa, solía atraer a los locos, a los que buscaban llamar la

atención, a los falsos confesores; pero, por lo general, cuando llegaban borrachos, su historia cambiaba radicalmente a la fría luz del amanecer sin el zumbido del alcohol en el organismo. La de Dolan no lo había hecho.

«Por favor –pensó–. Por favor, sé tú. Sé el asesino».

Una hora más tarde estaba sentada frente a él, Devon a su derecha, otros dos agentes vigilando la puerta, uno dentro y otro en el pasillo. La abogada de oficio, una mujer joven con una chaqueta de color rojo brillante que parecía dos tallas más grande que la suya, estaba sentada junto al sospechoso, con la espalda recta y el bolígrafo repiqueteando sobre el bloc que tenía delante. George Dolan tenía cincuenta y tres años, era un hombre bajito, con la cabeza rapada y llevaba puesta una camisa azul manchada. Entró en la habitación con un olor a sudor rancio y tocino. Tenía aspecto de haber sido culturista o boxeador, con los músculos aún visibles bajo una capa de grasa y los nudillos de los carnosos puños llenos de cicatrices.

Una vez concluidas las formalidades, Helena se aclaró la garganta y, entonces, por un momento, se hizo el silencio. George Dolan parecía estar tranquilo, sus ojillos, tan oscuros que eran casi negros, no delataban nada.

–Bueno, señor Dolan. Anoche entró en esta comisaría e hizo una confesión. Como estaba claro que estaba en estado de embriaguez, le dejamos dormir y hemos vuelto a hablar con usted esta mañana, cuando ha hecho la misma confesión. En beneficio de la grabación, ¿puede repetirla ahora?

Dolan se removió en su asiento y se inclinó hacia delante con las manos apoyadas en la mesa.

–Claro –dijo; tenía una voz gutural, áspera por los cigarrillos, con un fuerte acento del oeste del país–. Lo que dije fue que los he matado.

Hizo una pausa, miró de Helena a Devon, luego, de reojo, a su abogada. Todos le devolvieron la mirada y curvó los labios hacia arriba.

«¿Una sonrisa? –pensó Helena–. Joder, lo está disfrutando».

–Los he matado a todos. –Dolan estaba volviendo a hablar–. A los dos tipos de Londres y a los dos de The Downs. Y al otro también. El último, O'Connor, el que aún no habéis encontrado. Lo hice yo. Los maté a todos. Soy a quien han estado buscando. Soy el asesino en serie.

Por un momento nadie habló, se movió o respiró. Entonces Dolan se reclinó poco a poco en su silla y la sonrisa que había estado amenazando con aparecer por fin se dibujó en su rostro.

–Así que adelante, ya tiene su confesión. Arrésteme. Pégueme. Seguiré haciéndolo si no lo hacen –dijo.

Helena tragó saliva y miró a Devon, que enarcó una ceja. Se volvió hacia Dolan, que la miraba con una expresión inquisitiva en su rostro descompuesto.

–De acuerdo, señor Dolan. Muchas gracias. Pero ahora tenemos que hacerle unas preguntas. La primera es… ¿por qué? ¿Por qué mató a cinco hombres? ¿Y por qué a esos cinco hombres en particular? ¿Cuál fue su motivo…, su razón?

–¿Mi motivo? –George Dolan rio, un sonido corto y ronco que a Helena le recordó al ladrido de un perro–. ¿Quiere saber cuál fue mi motivo? –Se inclinó de nuevo hacia delante, con la cabeza prominente sobre la mesa, y Helena pudo oler su aliento, acre y agrio–. Le diré cuál fue mi motivo.

Habló en voz baja y con tono amenazador. Entonces, de repente y de forma bastante inesperada, esbozó una sonrisa amplia con la que mostraba una boca llena de dientes amarillos y podridos.

–No me gustaba su aspecto –dijo.

Capítulo 23

El miércoles por la mañana, sentada a la mesa de la cocina con un café a medias y un tazón de avena sin tocar, escuché la última tanda de mensajes de voz que había estado ignorando. Al parecer, la Policía había celebrado una rueda de prensa televisada el lunes y mi nombre había salido a relucir en numerosas ocasiones; los periodistas congregados habían acribillado a preguntas a los agentes sobre si me habían interrogado por los asesinatos de Londres, los de Brístol y la desaparición de Danny. No me había enterado de nada; hacía días que no me conectaba a internet, no veía ni escuchaba las noticias. Eva tampoco lo había mencionado cuando hablé con ella, estaba claro que quería evitarme el mal rato, bendita sea, pensé mientras escuchaba un mensaje de voz tras otro. Algunos de los mensajes eran agradables, como de costumbre; esta vez incluso un par de amigos de Danny, que esperaban que estuviera bien, diciéndome que todo se arreglaría solo y que no me preocupara porque nadie que me conociera podría pensar que era culpable de algo como lo que sugería la prensa. Se me saltaron las lágrimas mientras escuchaba –parecía que en los últimos días me había acostumbrado a echarme a llorar casi a todas horas–, pero en esa ocasión eran lágrimas de gratitud. Nadie estaba en mi contra. Sin embargo, los mensajes de la familia eran diferentes: mi padre, una vez más, seguía angustiado, pero esa vez con algo más que una pizca de rabia en la voz.

No tienes ni idea de lo que esto nos está haciendo a tu madre y a mí, Gemma. Lo que está pasando es una desgracia. Sabemos que no has hecho nada malo, pero debe de haber algo que puedas hacer para evitar que tu nombre..., nuestro

nombre…, se vea manchado así. Me refiero a que te relacionen
con asesinato… asesinato múltiple… ¿Tienes ya un abogado?
Consíguete uno, por favor. Haz que resuelva esto. No podemos
aguantar mucho más, ahora tu madre ni siquiera quiere salir,
incluso se perdió el bridge *anoche, todo el mundo nos mira…*
Tengo que irme. Adiós.

«Está avergonzado –pensé–. Avergonzado. Mi vida se desmorona
y mis padres están preocupados por lo que piensen sus amigos
del club de *bridge.* Gracias, papá. Muchísimas gracias, joder».
El siguiente y último mensaje era de Bridget. Sonaba aburrida,
como si me llamara para hacer algo.

Supongo que no hay novedades sobre la investigación policial.
Supongo que me informarás si hay alguna novedad.

Hablaba con calma, desinteresada, y volví a darme cuenta de lo
extraña que había sido su reacción ante todo aquello. No parecía
nada preocupada por Danny, no había ningún atisbo de emoción
en su voz. Por un momento, resucité la posibilidad que había ba-
rajado de que Bridget supiera dónde estaba Danny, que, de alguna
manera, había llegado a Irlanda y que ella le estaba ayudando a
esconderse y me llamaba para ver si la Policía le seguía la pista.
Volví a apartar esa teoría de mi cabeza. No me imaginaba a Danny
acudiendo a Bridget, ni a ella accediendo a ayudarle si lo hacía.
Aun así, la reacción que tuvo ante su desaparición fue extraña.
Rara, rara, rara. Dejé el móvil, levanté la taza de café frío y, despacio, me preparé algo para beber. Estaba adormilada, desmotivada,
agotada, pero sabía que tenía que salir de esa situación de alguna
manera, seguir adelante, encontrar otra forma de demostrar que
no tenía nada que ver con lo que quiera que le hubiera pasado
a mi marido. Antes, cuando había mirado, la calle volvía a estar
libre de prensa, un hecho que, combinado con la aparente falta
de interés de la Policía por las imágenes del gimnasio, empezaba
a preocuparme un poco. ¿Había ocurrido algo más, algo que yo
no supiera? Me preguntaba si su atención, la de la prensa y la

Policía, se estaba dirigiendo a otra parte. Estaba bastante segura de que, si tuviera que ver con mi caso, con Danny, alguien me lo habría dicho, pero, mientras vertía agua hirviendo en la taza y removía, pensé en echar un vistazo rápido a las páginas web de noticias más tarde. Antes tenía que hacer algo.

Volví a sentarme, agarré el móvil y empecé a recorrer la agenda de contactos. Antes había tenido un pensamiento repentino: Quinn, el primo de Danny. Después de aceptar que en realidad no conocía a mi marido de nada, esa mañana me había quedado en la cama preguntándome si habría alguien por ahí que le conociera de verdad, alguien que pudiera arrojar algo de luz sobre el comportamiento reciente de Danny, alguien que incluso supiera la verdad sobre algunos de los secretos que estaba claro que había estado guardando. ¿Su madre? No, desde luego que no. ¿Su hermano Liam? Era probable que Danny estuviera mucho más unido a él que a su madre, pero estaba claro que Liam no sería una fuente de información fiable. Y entonces se me había ocurrido: Quinn. Como primo hermano suyo, hijo del hermano de su difunto padre, y de una edad parecida a la de Danny, se conocían de toda la vida. Quinn se había mudado a Londres desde Irlanda más o menos a la vez que Danny y, aunque sus carreras y estilos de vida habían sido muy diferentes (Quinn trabajaba en la construcción y pasaba la mayor parte de su tiempo libre de copas en los *pubs* del oeste de Londres), habían estado muy unidos. Quinn había estado en la despedida de soltero de Danny y había sido el único de su familia que había asistido a nuestra pequeña boda en el Registro Civil. Si alguien conocía a Danny, era él.

Una o dos veces, sobre todo después de que la familia de Danny se enterara por fin de su desaparición, se me pasó por la cabeza que era un poco raro que Quinn no se hubiera puesto en contacto conmigo. Al vivir en Londres, seguro que habría visto los titulares de los periódicos. Entonces me di cuenta de que, aunque sí tenía el antiguo número del móvil de Danny y el teléfono fijo de nuestro piso, no tenía mi número. Podría haberlo conseguido si lo hubiera intentado mediante la madre de Danny, pero pensé que tal vez la familia le mantenía al tanto de los avances y lo dejé estar. La verdad es que debería haberle llamado, pero nunca había estado muy segura de qué pensar de Quinn. Sabía, por Danny, que se había metido a menudo en líos con la Policía durante su juventud por cosas sin importancia, como vandalismo y hurtos en tiendas, aunque al parecer había dejado atrás aquello al final de la adolescencia, se formó como albañil y se trasladó al Reino Unido cuando le costó encontrar trabajo en Irlanda. Estaba soltero, por lo que yo sabía, después de romper con una chica con la que había estado saliendo durante un tiempo el verano anterior y, aunque Danny siempre le había descrito como «muy divertido» y «en el fondo es un tipo muy decente», en las pocas ocasiones en que nos habíamos visto me había parecido un poco reservado, sobre todo hablaba con Danny y parecía reacio a entablar cualquier tipo de conversación larga conmigo.

—Creo que está un poco cortado —había dicho Danny mientras caminábamos cogidos de la mano hacia el metro después de pasar la tarde con Quinn en un *pub* cerca de la estación Victoria unos meses antes de que decidiéramos dejar Londres—. Dejó la escuela sin ningún título, suspendió todos los exámenes del Leaving Cert. No se junta con cerebritos como tú. No sabe qué decir.

Le di un apretón en la mano, riéndome.

—Pero tú eres aún más cerebrito que yo, ¡y él habla contigo! ¿Cómo va eso, entonces?

—Ah, claro, pero nosotros nos conocemos desde que éramos niños, es diferente. Somos familia. Es como un segundo hermano para mí. Pero le caes bien, no te preocupes.

No me había preocupado, la verdad. Pensé que no era posible llevarse bien con todo el mundo en esta vida y que Quinn era muy distinto de las personas con las que me llevaba bien: un tipo rudo, machista y chapado a la antigua que le echaba cuatro azucarillos al té y se horrorizaba un poco al ver los broches de rosas que había preparado para los invitados masculinos de nuestra boda. Pero siempre había estado ahí para Danny, era un vínculo con su pasado, una presencia sólida, diligente y leal, y eso me parecía bien.

Tenía su número en el móvil (se lo había pedido a Danny antes de la boda para asegurarme de que tenía los datos de contacto de todos los invitados por si había algún cambio de última hora) y, tras un instante de duda («¿y si ha visto toda la información de la prensa y cree que soy responsable de la desaparición de Danny? ¿Y si me cuelga el teléfono?»), pulsé el botón de llamada.

–¿Hola?

–Hola… ¿Quinn? Soy Gemma. La esposa de Danny.

Durante unos segundos…, tres, cuatro…, se hizo el silencio en la línea. Pero, justo cuando abrí la boca para volver a hablar, dijo:

–Gemma. ¿Cómo estás?

–Estoy… Bueno, no sé muy bien cómo estoy, la verdad, si te soy sincera. Supongo que has oído lo de Danny.

Otro par de segundos de silencio.

–Lo sé, sí. Lamenté oír… Bridget me lo dijo, ha… estado manteniéndome al tanto. Iba a llamar, pero no sabía qué… Bueno, ya sabes, es duro, ¿eh?

–Lo es, sí. –Hice una pausa–. Aunque Bridget no parecía muy afectada cuando hablé con ella. Actúa un poco rara, como si no estuviera muy interesada. –Hubo otro silencio, esa vez más largo–. ¿Quinn? Quinn, ¿estás ahí?

–Sí. Sí, estoy aquí. Mira, ya sabes cómo es Bridget. Yo no me preocuparía mucho.

Sonaba malhumorado, de repente había un tono borde en su voz.

–No, no me preocupa. Solo me pareció extraño –dije. Me preguntaba si estaba siendo brusco conmigo porque pensaba que yo tenía algo que ver con la desaparición de Danny, como me había temido–. Mira, Quinn, digan lo que digan los periódicos, sabes que no tengo nada que ver con esto, ¿no? Tengo el corazón roto, le echo mucho de menos y no tengo ni idea de lo que le ha pasado.

–Ya. Estoy seguro de que tiene que ser una mierda. Escucha, tengo que irme en un minuto, estoy en el trabajo.

–Claro, faltaría más, lo siento –dije con rapidez–. Mira, Quinn, necesito verte. ¿Podemos quedar? No tengo ningún problema en coger un tren e ir a verte. Es que desde que Danny se fue he descubierto un montón de cosas raras que no sabía de él, estaba haciendo cosas raras en las semanas anteriores a su desaparición. Necesito hablar con alguien que le conozca desde hace mucho tiempo y tú eres la única persona que se me ha ocurrido. Por favor, no será mucho tiempo. ¿Podríamos vernos para comer o después del trabajo? ¿Mañana?

Otra vez el silencio y luego el sonido de un murmullo ahogado.

«¿Está hablando con alguien más?».

Entonces dijo:

–Bueno, no sé qué puedo contarte, pero si puedes venir aquí… Estoy ocupado por la tarde, pero si nos vemos a la una tengo una hora para comer. Hay un *pub* al final de la calle, podemos ir allí.

Me dio la dirección y colgamos. «Bien», pensé. De pronto, y sin esperarlo, sentí una punzada de hambre. ¿Había comido algo ese día? ¿Y la noche anterior? No me acordaba. Incluso había dejado de tomar vino en la última semana, el café era la única bebida que podía tolerar, y sabía que había adelgazado; aquella mañana había tenido que buscar un cinturón, los vaqueros me quedaban holgados en la cintura. Comida, pues. Tenía que empezar a cuidarme. Estaba claro que la Policía seguía sin saber nada de Danny, así que dependía de mí llegar al fondo del asunto, y rápido. Comería y luego haría una lista de todo lo que quería preguntarle a Quinn. Y pensé que tal vez, solo tal vez, volvería de Londres con algunas respuestas.

Capítulo 24

–¿Cuánto tiempo más vamos a retenerle?

La pregunta de Devon hizo que Helena se sobresaltara, aunque había sido muy consciente de que había estado de pie junto a ella durante un minuto entero.

–No lo sé. La verdad es que no lo sé. Creo que tenemos razón…, pero ¿y si estamos equivocados, Devon? ¿Te imaginas…?

Hizo una mueca y negó con la cabeza.

–No quiero ni pensarlo –dijo.

Ambos estaban apoyados en el alféizar de la ventana que recorría toda la comisaría. Fuera, el cielo estaba gris y una lluvia fina salpicaba la acera tres pisos más abajo. Era hora punta, el tráfico avanzaba a paso de tortuga, los peatones corrían, los paraguas se balanceaban y de vez en cuando el sonido airado de un claxon penetraba por el antiguo ventanal del viejo edificio de estilo victoriano con los marcos de madera desconchados. Por un momento, Helena deseó estar ahí fuera, dirigiéndose a toda prisa al trabajo en una tienda o en una oficina, en algún lugar seguro y fácil, en algún lugar donde la decisión más difícil del día fuera si almorzar un sándwich de queso o de atún, o si poner el vestido negro o el rojo en el escaparate. Debería haber elegido una carrera como la de Charlotte. Ser profesora no era fácil, lo sabía. Pero al menos Charlotte no solía tener que tomar decisiones de vida o muerte durante la jornada laboral. La decisión que tenía que tomar hoy podía significar que murieran más hombres si se equivocaba.

Se apartó de la ventana, arqueó la espalda dolorida y caminó a paso lento hacia su escritorio, dejando a Devon con la mirada perdida en la calle. El día anterior habían interrogado a George Dolan durante horas y, en teoría, al haber solicitado las noventa y seis horas permitidas para retener sin cargos a un sospechoso de un delito grave, aún tenían hasta la noche siguiente para acusarle o ponerle en libertad. Durante todo el tiempo que habían pasado en la sala de interrogatorios, Dolan había seguido mofándose y menospreciando a los hombres muertos sin dar ninguna razón válida para matarlos, aparte de que «no le gustaba su aspecto» y de que «eran putos desechos con aspecto de gilipollas». Sus palabras y su actitud hacia sus presuntas víctimas les habían dado escalofríos y asco a ambos; en un momento dado, Helena tuvo que pedir un descanso y corrió a los aseos del pasillo sintiéndose físicamente descompuesta.

–¿Cómo puede haber gente en el mundo como él? –le había dicho a Devon, que la había seguido preocupado.

–No parece importarle que esos hombres hayan muerto, que sus familias estén angustiadas. Se ríe de ello. ¿Qué le pasa? Dios…

Devon había asentido con la cabeza, con el rostro tenso y la boca fruncida.

–Lo sé. Es escoria, así de simple.

Antes, cuando Dolan había pedido su propio descanso, Frankie había asomado la cabeza en la sala de interrogatorios. Había estado observando los procedimientos desde la sala de observación junto con algunos de los demás.

–Está como una cabra, es un cabrón enfermo –dijo–. Estáis haciendo un gran trabajo. Bien hecho los dos.

Helena había asentido, porque era incapaz de hablar, tenía un nudo en la garganta. Pero tras la emoción del principio por la confesión de Dolan las dudas no habían tardado en aparecer. Había sentido la primera cuando empezaron a investigar cada asesinato por separado, habían decidido no empezar por los primeros asesinatos de Londres, con los que estaban menos familiarizados, sino por el de Mervin Elliott, el hombre hallado muerto en Clifton Down en febrero.

–Maldito bastardo engreído. Trabajaba en una tienda de ropa cutre, seguramente porque le gustaba arreglar a todos los pobres desgraciados que entraban a probarse ropa –había espetado Dolan–. Le seguí hasta The Downs y le di una buena paliza.

–¿Una buena paliza? ¿Podría explicarse, señor Dolan? ¿Cómo mató exactamente a Mervin Elliott?

Dolan le había devuelto la mirada, con una lengua rosa pálido serpenteando entre sus labios y moviéndose despacio por ellos. A Helena se le había revuelto el estómago, pero se había obligado a mantener la mirada clavada en su boca.

–Le pegué. Unas cuantas patadas, unos cuantos puñetazos fuertes. No me llevó mucho tiempo –dijo Dolan y luego se reclinó en su silla, que crujió de una forma siniestra.

Helena sintió que el codo de Devon se apoyaba con suavidad contra el suyo y le devolvió el codazo. Mervin Elliott había muerto de un golpe en la cabeza y no se habían encontrado otras heridas significativas en su cuerpo. «¿Golpeado? ¿Unas patadas, unos puñetazos fuertes?». Aquello no cuadraba; un pequeño nudo empezó a formarse en lo más profundo del pecho de Helena.

–De acuerdo, pasemos a Ryan Jones, cuyo cuerpo fue encontrado la mañana del 28 de febrero. Dice que también le mató, señor Dolan. ¿Puede decirme cómo lo hizo?

–Igual –dijo de inmediato y con satisfacción–. Una buena paliza. Le pateé el culo. Era un camino tranquilo, nadie me molestó. Me tomé mi tiempo. Disfruté cada minuto.

Volvió a reclinar el respaldo con fuerza y la silla crujió en señal de protesta. Y así había continuado. Cuando le habían preguntado por Danny O'Connor, les había dicho que él también había muerto tras una «buena paliza» y se había limitado a encogerse de hombros cuando le preguntaron dónde estaba el cadáver del hombre.

–Lo encontraréis. Con el tiempo –dijo con una sonrisa socarrona.

Después de dos horas, se habían tomado un descanso. Helena y Devon caminaron deprisa y en silencio por el pasillo, alejándose de la sala de interrogatorios. Cuando llegaron a una sala de reuniones vacía, Helena entró, Devon la siguió y cerró la puerta tras ellos.

–Está claro que piensas lo mismo que yo –dijo ella.

Él asintió.

–Es un puto fanático, ¿verdad? No nos ha dicho absolutamente nada que no sea de dominio público desde hace semanas y cuando le pedimos más detalles no acierta. La forma en que dice que los mató no es lo que mostraron las autopsias. Esos dos asesinatos en The Downs, por ejemplo, fueron rápidos y limpios. Está describiendo ataques frenéticos, palizas. Y, en cuanto a Danny O'Connor, toda esa sangre, su respuesta a eso no coincide con los hechos tampoco. Se lo está inventando, jefa, estoy seguro.

–Lo sé. Mierda. ¡Mierda! –Gruñó y golpeó con el puño la pared más cercana. Luego se volvió hacia Devon–. No lo sé. Mi instinto me dice que este no es nuestro hombre. Su motivo no tiene ningún sentido. Quiero decir, ¿quién mata a la gente porque no le gusta su aspecto? ¿Y cómo se las arregló para rastrear a gente que se parecía tanto? ¿Suerte? No tiene sentido. Pero… ¿y si estamos equivocados? ¿Y si los mató y solo está adornando su historia? ¿Quizá le hubiera gustado darles una buena paliza tal y como lo describió, pero murieron demasiado rápido para que pudiera hacerlo? ¿Y si le dejamos ir y mata a alguien más? ¿Y luego se va al infierno y le perdemos? La prensa…

–No. No lo hagas.

Siguieron interrogando a Dolan durante un par de horas más antes de devolverle a su celda; para entonces las dudas se habían convertido en incredulidad. Helena estaba convencida de que George Dolan les estaba contando una mentira de lo más elaborada. No tenía ni idea de por qué, aparte de que en ese momento estaba en paro y sin hogar, y quizá un par de días en una calurosa celda de la Policía con todas las comidas incluidas era mejor opción que intentar encontrar un lugar donde dormir y trabajo. Ya había ocurrido antes; había muchos en su situación que se conformaban con ser acusados de hacer perder el tiempo a la Policía y sufrir la pena máxima de seis meses de cárcel si eso significaba tener alojamiento garantizado durante un tiempo.

En su escritorio, Helena tomó una decisión repentina. Su instinto rara vez la había defraudado y en ese momento le estaba diciendo que George Dolan no era su asesino. Podían dejarle en libertad bajo fianza por los cargos de asesinato, a la espera de una investigación más exhaustiva. Podían vigilarle, hacerle entregar el pasaporte si lo tenía, obligarle a presentarse en comisaría todos los días. Tal vez fuese un riesgo, pero uno pequeño. No era su hombre, estaba casi segura. No encajaba, Dolan había sido una distracción, alguien que le había hecho perder de vista la investigación durante demasiadas horas. Tenía que concentrarse. Y, a pesar de la falta de pruebas contundentes, todavía sentía esa concentración tirando de ella en una única dirección. Hacia Gemma O'Connor.

Capítulo 25

Salí de la estación Victoria sintiéndome acalorada y nerviosa. El metro estaba abarrotado y me había visto obligada a quedarme de pie, con las manos húmedas mientras me agarraba a la barandilla con el cuerpo apretado entre un hombre alto y barbudo que olía mucho a tabaco y una mujer que también era alta y llevaba demasiado perfume. La combinación me había mareado y en la calle tomé grandes bocanadas de aire contaminado por el tráfico en un intento de tranquilizarme. Ya era la una menos diez, pero el *pub* donde había quedado con Quinn estaba a la vuelta de la esquina y lo encontré con facilidad. Era pequeño y estaba medio vacío, un bar oscuro con una moqueta en espiral estilo años setenta manchada de cerveza y mesas y sillas de madera desparejadas; el techo y la pintura (que llevaban intactos desde mucho antes de que se prohibiera fumar) eran de color amarillo nicotina. Un rápido vistazo a mi alrededor me hizo ver que era la primera en llegar, así que pedí una Coca-Cola *light* y busqué una mesa en una esquina, desde la que podía ver la puerta. Le di un trago a la bebida, preguntándome por qué estaba tan nerviosa. Al fin y al cabo, era Quinn y había sido yo quien había pedido aquella reunión, pero la ansiedad seguía ahí.

Tal vez fuese porque por fin me había puesto al día con las noticias en el tren de camino a Londres. Tras consultar las páginas web de Sky y BBC News, descubrí que la Policía llevaba dos días interrogando a un hombre que había entrado en comisaría por voluntad propia afirmando ser el asesino en serie. Mientras leía los artículos, me vino a la cabeza que eso explicaría la repentina desaparición de la prensa de la puerta de mi casa. Luego gemí de frustración al hacer clic en la última actualización.

A mediodía, el sospechoso ha sido puesto en libertad sin cargos. Un portavoz de la Policía de Avon declaró que la investigación de los asesinatos de Mervin Elliott y Ryan Jones sigue siendo su máxima prioridad, junto con la de averiguar el paradero de Danny O'Connor, que desapareció de su casa de Brístol hace dos semanas.

–¿Gemma? ¿Qué tal?

Me sobresalté cuando un hombre se sentó de repente en la silla de enfrente con una pinta en la mano.

–Quinn. Lo siento, estaba leyendo. ¿Cómo estás? Muchas gracias por venir.

Me incliné sobre la mesa e intercambiamos unos besos torpes en la mejilla.

–No te preocupes. Como te dije, no tengo mucho tiempo. Hoy hay mucho trabajo y el jefe es un capullo.

Sonreí y le dije que no le entretendría mucho. Me pareció que tenía aspecto cansado. Era un hombre bajo y musculoso, con el pelo oscuro bien recortado y con algo de entradas en las sienes; solía ir bien afeitado, pero esta vez llevaba barba de dos días; su camisa vaquera estaba descolorida y arrugada y el gran tatuaje de la calavera y las tibias cruzadas que tenía en el lado derecho del cuello asomaba por encima del cuello renegrido.

–Así que ¿estás preocupada por Danny?

Hizo la pregunta y luego apartó la mirada para recorrer el bar con la mirada antes de volver a mirarme.

–Estoy muy preocupada, Quinn. Lo único que sé es que nunca se iría voluntariamente sin decirme dónde está aunque se metiera en un lío tremendo. No lo haría. Y por eso estoy tan asustada. La Policía cree que está muerto y yo también empiezo a pensar que podría estarlo. Pero ellos creen que yo tuve algo que ver…, me refiero a que, bueno, sabes que me han interrogado, ¿no? ¿Has visto los periódicos? Y esto no se ha hecho público todavía, pero, Quinn, también piensan que lo que le pasó sucedió hace semanas… Encontraron sangre en nuestro antiguo apartamento de Londres, mucha sangre, y no tengo ni idea de lo que pasó allí, parecía estar bien cuando vino a Brístol, pero la Policía cree que nunca llegó a Brístol. Creen que estoy mintiendo en todo y no es así, están apuntando en la dirección equivocada y, si siguen investigándome, nunca lo encontrarán, porque no sé dónde está. Todo esto es ridículo, que piensen que soy capaz de matar a mi marido y quizá también a los otros es una locura, pero por eso tengo que intentar encontrar a Danny o averiguar qué le ha podido pasar, no solo por él, sino también por mí.

Las palabras habían brotado de mí en un torrente y dejé de hablar de golpe, consciente de que Quinn estaba sentado, en silencio, mirándome fijamente con una expresión extraña en el rostro.

—Tú no... tú no pensarás que tengo algo que ver con esto, ¿no? Por favor, dime que no —dije con desesperación—. Sabes lo mucho que le quiero, ¿verdad?

Durante un rato no dijo nada, seguía mirándome con esa expresión extraña; luego su cara se aclaró.

—Claro que no —dijo. Levantó la pinta y bebió despacio, luego volvió a dejar el vaso y se pasó el dorso de la mano por la boca—. Pero ¿qué quieres de mí? Me duele tanto como a ti que se haya ido sin avisar, pero no sé dónde está, Gemma. No sé nada.

Respiré hondo.

—No lo sé. No sé si puedes ayudarme, pero le conoces tan bien y desde hace tanto tiempo que pensé... Mira, han ido saliendo un montón de cosas raras desde que desapareció y quería comentártelas para ver si puedes aclararme un poco las cosas. ¿Puedo? De hecho, hice una lista porque hay muchas cosas.

Rebusqué en mi bolso, que estaba sobre la mesa frente a mí, saqué un cuaderno y hojeé las páginas hasta que encontré la lista. Quinn me miró con cierta diversión y luego asintió.

—Claro. Dispara.

Y entonces se lo conté. Le conté lo cuidadoso que había sido Danny para no tropezar con ninguno de nuestros vecinos después de mudarse a Brístol, que nunca contestaba cuando llamaban a la puerta, que siempre parecía asegurarse de salir de noche y volver a casa de noche y que me había dado cuenta, demasiado tarde, de que debía de estar escondido, metido en algún tipo de problema serio. Le conté que Danny me había mentido sobre su nuevo trabajo y que ahora pensaba que se había estado escondiendo en un gimnasio de la zona todos los días. Que su cuenta bancaria seguía intacta desde finales de enero, lo que alimentaba la opinión de la Policía de que le había ocurrido algo antes, y que ninguno de sus amigos o familiares había sabido nada de él desde enero.

–¿Y tú, Quinn? –le pregunté–. ¿Cuándo fue la última vez que supiste de él?

Tardó unos segundos en responder, recorrió el bar con la mirada. Luego se encogió de hombros.

–No lo sé. Pero me parece que hace tiempo. Creo que en enero, sí.

Mientras hablaba, miraba la pinta y pasaba un dedo por el borde del vaso. De repente, me sentí inquieta. «¿Me está diciendo la verdad?», me pregunté, pero ignoré la sensación y seguí hablando y, a continuación, le conté lo que me había dicho la Policía de que Danny aparecía en EHU, la misma aplicación de citas que usaban las dos víctimas de asesinato de Brístol. Sabía que, al igual que el asunto de la sangre en nuestro antiguo apartamento, esa información no se había hecho pública, así que no me sorprendió que Quinn torciera el gesto y abriera los ojos.

–¿Sabes… sabes si estaba viendo a otras mujeres, Quinn? No lo sé, pero podría explicar algunas de…

–No lo sé –dijo tajante–. Y es probable que no me lo hubiera dicho. No estoy de acuerdo con ese tipo de líos. O estás con alguien o no lo estás. Danny se crio en el catolicismo y el adulterio es pecado. Sabría que no estoy de acuerdo con eso.

No pude ocultar mi sorpresa ante su respuesta.

–Bueno, sí… Es decir, estoy de acuerdo contigo, pero hoy en día la mayoría de la gente no piensa así, ¿verdad? Pero, bueno…, mira, estaba usando esa aplicación de citas. Si llegó a tener una cita de verdad, no lo sé.

De repente me sentí un poco mejor. Seguramente, si Danny hubiera estado viendo a otras personas, lo habría compartido con Quinn, su confidente más cercano. Vale, había flirteado con esa mujer en esa fiesta y se había insinuado a Eva, pero quizá eso era lo más lejos que había llegado…

—Me salvó la vida, ¿sabes?

Pronunció las inesperadas palabras en voz alta, casi con rabia, con la cara enrojecida de repente, y en la mesa ocupada más cercana un anciano con un perro estirado en el suelo junto a sus pies se volvió y frunció el ceño.

—¿Qué?

Quinn bajó la mirada hacia la mesa y rascó una mancha de pintura seca en la madera con una uña mordida. Luego volvió a mirarme.

—Me salvó la vida. Fue cuando éramos pequeños, cuando jugábamos en el lago que teníamos en casa. Era verano, hacía calor y nos pasábamos el día entrando y saliendo del agua. Yo estaba alardeando, aguantando la respiración bajo el agua, y me sumergí demasiado, se me enganchó el pie en algo, no sé en qué, y de repente me estaba ahogando, me entró el pánico... —Hizo una pausa, con una mirada de angustia en los ojos, como si estuviera allí otra vez, reviviendo el horror—. Pensé que era hombre muerto, ¿sabes? Pensé que todo había terminado. Y entonces, justo cuando todo se estaba oscureciendo y los pulmones estaban a punto de estallarme, apareció Danny como una especie de milagro. Allí estaba él, zambulléndose y sacándome el pie y arrastrándome de vuelta a la superficie. Y yo estaba vivo y..., bueno, eso fue todo. Esa es la historia. Me salvó la vida. Si no llega a ser por él, habría muerto ese día.

El tono de su voz se había suavizado y me quedé mirándole con un nudo en la garganta, extrañamente conmovida.

—No..., no lo sabía. Nunca me lo contó —dije.

Se encogió de hombros.

—Así que, ya sabes, se lo debo. Le defendería hasta la tumba. Pero si ha estado jugando contigo, Gemma, eso está mal. Le habría dado una buena paliza por eso.

No sabía qué decir. Pensé que era un hombre extraño.

—Gracias..., gracias, Quinn. Otra cosa. Bridget..., ¿crees que podría saber dónde está? Cada vez que hablo con ella, bueno... Como te dije por teléfono, no parece muy preocupada. Por la desaparición de Danny, quiero decir. ¿Hay alguna posibilidad de que sea porque sabe que está vivo y bien en alguna parte?

Otra expresión extraña cruzó su rostro, sus ojos se abrieron de par en par, luego se levantó con brusquedad.

–No, no creo. De ninguna manera. Mira, tengo que irme. Siento no poder ayudarte. No sé dónde está. Te avisaré si tengo noticias suyas.

Se despidió de mí con un gesto de asentimiento, se dio la vuelta y se alejó a toda prisa.

–Pero, Quinn…

Ya se había ido y la puerta del bar se había cerrado tras él. Mierda. MIERDA. ¿De verdad no sabía nada? ¿Por qué se había ido en cuanto había mencionado a Bridget? ¿Y qué había dicho sobre lo que haría si Danny hubiera estado acostándose con otras por ahí? ¿Le habría pegado por eso? Un escalofrío me recorrió la espalda, como si alguien me pasara una mano fría, despacio, por la columna vertebral. También había algo más, algo de lo que me estaba dando cuenta en ese momento al recordar la confusa explicación que le había dado cuando se sentó en la mesa. Cuando mencioné que Danny usaba una aplicación de citas, Quinn parecía visiblemente sorprendido. Pero antes, cuando le había contado una de las otras cosas que la prensa no sabía, una de las otras cosas que se habían mantenido fuera del dominio público, el tema de la sangre en el apartamento de Chiswick, no había reaccionado lo más mínimo. Ninguna reacción, ninguna pregunta. Casi como si ya lo supiera todo.

Capítulo 26

–Se llama Quinn O'Connor. Dice que es primo de Danny y quiere venir y hablar con nosotros de la desaparición de Danny. Está subiéndose a un tren desde Londres, dice que estará en Brístol a mediodía.

–¿Y no podía decirnos lo que quisiera decirnos por teléfono? –Helena miró al agente Mike Slater, que acababa de aparecer en su mesa para darle la noticia.

–No. Dice que tiene unas fotos que enseñarnos y que prefiere hablar en persona. Parecía bastante nervioso.

Helena frunció el ceño.

–Hablamos con él cuando nos pusimos en contacto con los amigos y la familia de Danny tras su desaparición. ¿Dijo entonces que no sabía nada de él?

–Sí. Lo he comprobado. Pero estaba muy dispuesto a hablar con nosotros hoy. No quiso decirme nada más, jefa, lo siento.

–Vale, bien. Avísame cuando llegue. Devon tiene el día libre hoy, así que puedes venir a verle conmigo.

–Claro. –Mike se alejó y Helena rompió otro trozo del Twix que había estado comiéndose y se lo metió en la boca.

Se esforzaba por mantenerse alejada del chocolate, pero había estado tan deprimida por los acontecimientos de los últimos días que había sucumbido de camino al trabajo esa mañana y se detuvo en la tienda de la esquina para comprar provisiones. Charlotte no aceptaba chocolate en casa, una de las pocas cosas que a Helena le molestaban de su mujer.

–Eres muy extremista cuando se trata de comida. Es más que irritante. Un poco de azúcar no nos va a matar. El chocolate negro es bueno. Para el corazón o algo así, igual que el vino tinto –había soltado unos días antes, cuando había ido al supermercado a por un paquete de galletas digestivas de chocolate negro y Charlotte prácticamente se las había quitado de la mano de un manotazo.

—Bien, entonces compraremos una tableta de chocolate orgánico al setenta por ciento de cacao. Pero no te la vas a comer, ¿a qué no? —contestó Charlotte, tan alto que una anciana que acababa de detenerse junto a ellas y miraba la sección de galletas se sobresaltó. Charlotte bajó la voz—: Lo único que quieres comerte es esa mierda de chocolate barato lleno de grasa y azúcar. Vale, adelante. Pero no me eches la culpa cuando se te caigan los dientes y se te obstruyan las arterias.

La anciana se apartó despacio del estante de las galletas y se alejó a toda prisa por el pasillo, y Helena fulminó a su mujer con la mirada.

—Me compadezco de nuestros hijos —siseó—. Se divertirán mucho en Pascua, cuando el resto de los niños no paren de comer huevos de chocolate. ¿Qué les vas a dar en su lugar? ¿Coles de Bruselas bañadas en puto cuscús?

Se arrepintió al instante, pero el daño ya estaba hecho y la compra había terminado con un silencio sepulcral. Desde entonces se habían reconciliado, pero la discusión había dejado a Helena con un sentimiento de culpa y tristeza. En aquel momento, el trabajo ya era lo bastante duro como para encima tener problemas en casa. Ahora, de repente, parecía un poco más alegre.

—Justo cuando crees que se te han agotado todas las pistas, aparece otra —le dijo a nadie en voz alta.

Cuando Quinn O'Connor llegó a la recepción a las doce y media, le hicieron pasar a una sala lateral y le dieron una taza de té. Cuando Helena y Mike entraron en la habitación tres minutos más tarde, vieron a un hombre pálido y fornido con una camiseta negra ajustada y una gran calavera tatuada en el cuello. En el suelo, junto a su silla, había una chaqueta negra hecha un ovillo. Se levantó con rapidez cuando los dos policías se acercaron a él y le tendieron la mano.

—Gracias por recibirme, de verdad –dijo. Parecía irlandés, pero Helena no estaba lo bastante familiarizada con los acentos regionales del país como para saber de qué parte del país procedía–. Quería verlos lo antes posible, así que me he tomado el día libre –continuó–. Mi primo Danny... Bueno, creo que tengo alguna información que podría ayudar.

—Estupendo. –Helena se sentó en la silla de enfrente y Mike se sentó a su lado–. ¿Qué tiene para nosotros, señor O'Connor?

Se aclaró la garganta.

—Bueno, ayer Gemma vino a verme.

—¿Gemma? ¿Fue a Londres? –Helena se interesó de inmediato.

El hombre asintió con la cabeza.

—Sí. Dijo que estaba preocupada por Danny y que la pasma..., lo siento, ustedes, la Policía... –Se sonrojó, pero continuó–: Que ustedes piensan que ella podría haberle hecho algo. A Danny. Y quería mi ayuda para convencerlos de que nunca haría algo así.

Hizo una pausa y se relamió los labios.

—Siga. –Helena sonrió para armarle de valor al darse cuenta de que estaba nervioso.

—La cosa es que ella dice que nunca le haría daño, me lo volvió a decir ayer, pero tiene un historial, ¿saben? De hacerle daño. Y él nunca fue a la Policía; como hombre, es embarazoso decirle a alguien que una mujer te ha estado maltratando, pero él me lo dijo. Pero por eso probablemente no sepan nada de esto, porque él nunca la acusó, así que pensé que sería mejor decírselo... Tengo fotos, miren.

Se agachó para levantar la chaqueta del suelo, rebuscó en el bolsillo interior y sacó un sobre.

—Espere, ¿se refiere a que Gemma O'Connor era violenta con su marido? –dijo Helena. Podía oír la emoción en su propia voz.

—Sí. Mire.

Quinn abrió el sobre, sacó dos fotos y las deslizó por la mesa. Helena y Mike se inclinaron a la vez hacia delante. Las fotografías mostraban a un hombre que ambos reconocieron al instante como Danny O'Connor, de pie y sin camiseta contra una pared blanca. En una de ellas miraba a la cámara, en la otra miraba hacia otro lado. En ambas imágenes se podía ver una gran zona de moratones brillantes en el lado derecho del torso, que se extendía desde debajo del brazo hasta la parte inferior de las costillas.

–Parece doloroso --dijo Mike–. ¿Qué pasó?

–Eso fue un par de meses antes de que planearan marcharse de Londres –dijo Quinn–. Me contó que empezó a darle patadas en las costillas sin motivo alguno una noche que estaba en la cama. Habían tenido una pequeña discusión unas horas antes, pero a él no le pareció para tanto. Ella, obviamente, pensaba de otra forma. La siguiente vez que le vi me pidió que tomara las fotos, solo para tener pruebas, por si alguna vez decidía usarlas. Pero siempre dijo que podía arreglárselas y que no quería ir a la pasma… Perdón, a ustedes. Es humillante, como he dicho.

–¿Y con qué frecuencia pasaba esto? –preguntó Helena, con los ojos todavía en las fotografías–. ¿Hay más fotos?

Quinn negó con la cabeza.

–Ocurría de vez en cuando. Pero esas son las únicas fotos que lo prueban, que yo sepa.

–Vale. –Helena miró a Mike, que enarcó una ceja.

–¿Por qué no nos lo dijo antes, señor O'Connor?

Quinn vaciló.

Bueno, como he dicho, hacía que Danny pareciera un poco débil. Si se acababa de ir de juerga e iba a volver, no quería faltar a la promesa que le hice de mantener la boca cerrada al respecto. Pero ya ha pasado un tiempo y tal vez no vuelva, y después de lo de ayer, bueno, pensé…

Helena asintió.

–Lo entiendo, pero no hay de qué avergonzarse, señor O'Connor. La violencia doméstica es violencia doméstica, sea quien sea la víctima. Pero muchas gracias por informarnos de esto. –Hizo una pausa–. ¿Puedo preguntarle una cosa más? En su opinión, ¿sería Gemma O'Connor capaz de algo más que pegar o dar patadas a su marido? ¿Cree que tendría la capacidad de hacerle mucho daño? ¿De causarle heridas mortales?

Quinn se sentó muy derecho en su silla y la miró directamente a los ojos.

—¿Quiere decir matarle?

Ella asintió.

—Pues entonces sí. Creo que sería muy capaz de hacerlo.

Capítulo 27

Pasé el viernes en casa limpiando, preparando el dormitorio de invitados para el regreso de Eva, haciendo pan para el desayuno del sábado por la mañana y barriendo el porche. Cuando vacié el recogedor en el cubo de la puerta principal, Clive salió de la casa de al lado gritando «adiós, Jenny» por encima del hombro y se detuvo en seco cuando me vio.

–Eh…, hola, Clive –dije torpe.

Abrió la boca y volvió a cerrarla, con la cara colorada. Luego gruñó algo incomprensible y se dio la vuelta, dando un traspié y casi tropezando con una losa irregular en su aparente prisa por llegar hasta el coche. Aceleró el motor con fuerza y se alejó a toda velocidad calle abajo.

«Mierda. Soy la peor vecina del mundo, ¿no? No quieren conocerme, ¿y por qué iban a querer? En las últimas semanas, he convertido su calle tranquila y bonita en un circo».

Así que volví a entrar y seguí con la limpieza y el horno y el orden. Tenía que mantenerme ocupada, porque si paraba, aunque fuera un minuto, los pensamientos me invadían, pensamientos que ni siquiera yo estaba segura de que fueran lógicos o racionales. Pensaba en Quinn, el único pariente de Danny en el Reino Unido y uno de sus mejores amigos. El hombre que, tras nuestro encuentro del día anterior, había empezado a pensar que podría saber más de lo que admitía sobre la desaparición de Danny.

«Encontraron sangre en nuestro antiguo apartamento de Londres, mucha sangre».

La sangre de nuestro apartamento de Chiswick y el hecho de que hubiera sido identificada como sangre de Danny era algo de lo que la Policía nunca había hablado a la prensa, algo que nunca había aparecido en los periódicos. Tampoco creía que Bridget lo supiera; nunca me lo había mencionado durante nuestras llamadas telefónicas. Entonces, ¿por qué Quinn no reaccionó de ninguna manera cuando se lo conté? ¿Por qué no me pidió que le diera más detalles, que me explicara? En lugar de eso, se limitó a mirarme mientras hablaba, con esa expresión un poco rara que todavía no entendía. Y luego está la sorpresa y el disgusto en su cara cuando le pregunté si pensaba que Danny podría estar engañándome. ¿Qué dijo?

«Le habría dado una buena paliza por eso…».

Era un comentario bastante extremo, ¿no? Aunque Quinn no estuviera de acuerdo con el adulterio, no le daría una paliza a Danny, eso seguro. No es que Quinn me tuviera mucho cariño y pudiera sentirse ofendido por mí. Pero, aun así, el hecho de que lo hubiera dicho y el hecho de que no hubiera reaccionado cuando le conté lo de la sangre me estaba haciendo dudar. ¿Podría haber sido Quinn quien había atacado a Danny en nuestro antiguo apartamento? ¿Podría Danny haberme ocultado las lesiones porque no quería que yo supiera que su primo, su amigo, se había puesto en su contra, y la razón por la que lo había hecho? Y… otro pensamiento me asaltó de repente. Quinn había actuado de forma extraña, se había marchado enseguida cuando mencioné a Bridget. Después de todo, ¿podría estar involucrada en todo eso, pero tal vez no de la manera que yo había considerado al principio? Al principio me había preguntado si estaba protegiendo a Danny ayudándole a esconderse en Irlanda. Pero ¿y si era a Quinn a quien intentaba proteger? Si él había atacado a Danny, ¿ella lo sabría? ¿Por eso me había preguntado por la investigación policial cuando hablé con ella? ¿Para averiguar si habían pillado a Quinn? ¿Por qué iba a proteger a Quinn si le había hecho daño a su hijo? ¿Tanto odiaba a Danny? ¿O era todo imaginación mía?

Mientras amasaba la masa, golpeándola de forma mecánica y volteándola de un lado a otro sobre la mesa cubierta de harina, pensé que, aunque estuviera en lo cierto, eso seguía sin explicar dónde estaba Danny o por qué había desaparecido. Pero, si acudía a la Policía y contaba lo que pensaba de Quinn, quizá eso podría desviar la atención de mí y ayudarlos a acercarse a la verdad de todo aquello.

Pensé que primero tenía que hablar de todo con Eva. Y, esta vez, ¿me escucharía la Policía? Desde luego, no parecían haber considerado mi última teoría en serio; seguían pensando que cada palabra que les decía era mentira, un intento de engañarlos y de que dejaran de considerarme la principal sospechosa. Tal vez si Eva viniera conmigo… Era una reportera de sucesos respetada, seguro que la escucharían.

BIP-BIP.

Me sobresalté al oír el aviso de un mensaje de texto en el móvil. Me limpié las manos llenas de harina en el jersey, me acerqué a la encimera, cogí el móvil y pulsé sobre la pantalla para abrir el mensaje. Lo leí y sentí un escalofrío. ¿Qué? ¿QUÉ?

Era de un número oculto, el mensaje era corto y conciso.

Sé lo que has hecho. Es hora de confesar. Por tu bien.

Capítulo 28

El sábado por la mañana, Devon estaba marcando el número de Gemma O'Connor para pedirle que acudiera de nuevo a comisaría para un nuevo interrogatorio tras la visita de Quinn cuando, al otro lado de la comisaría, alguien le llamó por su nombre y le dijo que la mujer acababa de entrar en la recepción y había pedido hablar con él.

Cuando bajaba para reunirse con ella, pensó que era raro. «¿Está aquí para decirnos dónde está su marido o dónde ha enterrado el cuerpo?».

Resopló. La suerte podría acompañarle. Tenía que interrogarla sobre las acusaciones de malos tratos por parte del primo de su marido. Helena se reuniría con él en breve para el interrogatorio, pero decidió que primero vería qué quería Gemma. A pesar de la creciente cantidad de pruebas circunstanciales, todavía no terminaba de decidirse sobre ella. Helena iba a por ella, cada vez más convencida de que, como mínimo, era la responsable de la desaparición de Danny y muy posiblemente también de los cuatro asesinatos y, aunque sin duda podía entender por qué pensaba eso, a pesar de la falta de un motivo lógico, él seguía aferrado a la cuerda a la que había estado medio aferrado, reacio a renunciar por completo a otras posibilidades. Sin embargo, pensó en que las pruebas contra ella eran cada vez más convincentes, no cabía duda, y si de verdad era culpable de violencia doméstica además del resto…

Gemma esperaba en recepción, envuelta en un abrigo de lana negro, con el rostro pálido y aspecto cansado. Sorprendentemente, no estaba sola, sino acompañada por una mujer con una larga melena pelirroja y unos llamativos ojos marrones verdosos a la que presentó:

–Mi amiga y antigua compañera, Eva Hawton. Eva es la reportera de sucesos de *The Independent* de la que le hablé. ¿Le parece bien que entre conmigo?

Devon se había encogido de hombros y había asentido con la cabeza, sin ver ninguna razón para rechazar la petición y, si era sincero consigo mismo, sintiendo por primera vez en meses un pequeño vuelco en el estómago (esa señal innegable de que alguien le atraía físicamente) cuando miró a Eva Hawton. Ella le devolvió la mirada con frialdad y luego le dedicó la más pequeña de las sonrisas, y su interior dio un vuelco.

Vaya. Mientras conducía a las dos mujeres a la sala de interrogatorios, pensó que era guapísima. ¿Era una buena señal? ¿Significaba que por fin estaba empezando a superar lo de Jasmine? Desde luego, no había mirado a otra mujer con el más mínimo interés desde que su relación había terminado, así que esperaba que así fuera y empezó a preguntarse cómo podría averiguar con discreción si estaba soltera. Entonces se le encogió un poco el corazón. Después de un periodo de sequía tan largo, era de esperar que de pronto su interés se despertara por una mujer que era la mejor amiga de una posible asesina en serie.

Cuando estuvieron sentados a la mesa, las dos mujeres frente a él, Gemma se metió la mano en el bolsillo del abrigo y sacó el móvil. Tocó la pantalla y Devon notó que le temblaban las manos.

–Tengo que enseñarle esto –dijo–. Lo recibí ayer, de un número anónimo.

Le tendió el móvil, él lo aceptó y leyó el mensaje.

Sé lo que has hecho. Es hora de confesar. Por tu bien.

«Interesante», pensó.

–De acuerdo. Y es de un número oculto. Entonces, ¿quién cree que le envió esto? –preguntó.

–Bueno, esa es la cosa, que no tengo ni idea. Pero una amenaza, ¿no? Suena como si alguien estuviera planeando hacerme daño, ¿verdad? Y tengo miedo, subinspector Clarke. Ahora estoy muy asustada. No he hecho nada, nada de nada, pero con toda la prensa y la publicidad y todo está claro que hay gente ahí fuera que cree que lo he hecho y… y estoy asustada. Han salido fotos de mi casa en la tele, en los periódicos, no es tan difícil encontrarme y estoy allí sola la mayor parte del tiempo, cualquiera podría…

Su voz, que se había vuelto cada vez más histérica a medida que hablaba, se quebró de repente y rompió a llorar y hundió la cara entre las manos. Su amiga le pasó un brazo por los hombros y luego le miró.

—Mire, esto es inaceptable —dijo y Devon volvió a quedarse impresionado por lo bonitos que eran sus ojos—. Ya ve lo aterrorizada que está y tiene razón, si un loco se ha hecho con su número de teléfono, ¿qué pasará después? ¿Hay alguna forma de protegerla, de poner a un agente fuera de su casa durante unos días? Vamos, subinspector Clarke. Esto no es justo. Si de verdad cree que Gemma ha cometido un delito, aporte pruebas y arréstela. Pero si no…

Devon asintió, deseoso de complacerla.

—De acuerdo, lo hablaré con mis superiores. Yo me encargaré. ¿Algo más?

Gemma seguía sollozando en voz baja.

—¿Se lo cuento? —le preguntó Eva con dulzura.

—Por favor.

Eva volvió a prestar atención a Devon y él sintió de nuevo ese pequeño destello de deseo. Luego se controló. Ya habría tiempo para pensar en mujeres cuando todo aquello terminase. «Concéntrate, Devon».

—Bueno, el jueves Gemma fue a Londres para reunirse con Quinn O'Connor, el primo de Danny —comenzó a decir.

—Sí, lo sé —dijo Devon—. Y, de hecho, cuando llegaron estaba a punto de ponerme en contacto con usted para hablar del señor Quinn, Gemma. Me ha ahorrado el trabajo.

—¿Lo… lo sabe? ¿Cómo? ¿Han mandado que me siguieran o algo así?

Gemma, con la cara todavía llena de lágrimas, le miró visiblemente alarmada. Devon negó con la cabeza.

—No, no lo hicimos. Pero…

Se volvió cuando la puerta se abrió y Helena entró con un sobre marrón en la mano.

—¿Listos?

—Sí —respondió Devon—. Señora O'Connor, tenemos que hacerle más preguntas sobre la desaparición de su marido. Señorita Hawton, me temo que tendremos que pedirle que salga. ¿Todavía rechaza la representación legal, señora O'Connor?

Las dos mujeres parecían aturdidas.

—Pero… pero queríamos decirle… —empezó a decir Gemma.

—Vamos, ¿y ahora qué? —dijo Eva exasperada.

—¿Representación legal? —repitió Devon.

—No, no la necesito, no he hecho nada…

—Gemma, quizá deberías pedirlo esta vez. Si vuelven a interrogarte…

Eva parecía preocupada, pero Gemma sacudió la cabeza con vehemencia.

—Estoy bien, Eva. Ve. Te veré fuera.

Eva frunció el ceño, claramente reacia a obedecer, pero Gemma hizo un gesto con las manos para que se marchara.

—Vete, de verdad.

Lo hizo y, cuando estuvieron preparados, Helena empezó:

—Señora O'Connor, se han hecho algunas acusaciones contra usted y nos gustaría presentárselas. Se ha alegado que al menos en una ocasión, y al parecer en numerosas ocasiones, su marido Danny fue víctima de malos tratos. Y que usted era la agresora. ¿Cuál es su respuesta a esas afirmaciones?

Gemma la miró con los ojos muy abiertos.

—¿Malos… qué? ¿De qué está hablando?

—Malos tratos. Tenemos pruebas de que, al menos en una ocasión, como he dicho, usted golpeó y pateó a su marido con tanta violencia que le quedaron moratones notables…

—¿Que yo hice qué? Eso es ridículo. Quiero a Danny. Yo nunca… ¿Quién le ha dicho eso? ¿Y qué pruebas?

Tenía la cara roja por la ira, y con cada palabra el tono de su voz aumentaba. Devon levantó una mano.

–Señora O'Connor, por favor, intente mantener la calma. Queremos enseñarle un par de fotografías.

Ella respiró hondo un par de veces, intentando, evidentemente, recuperar la calma, él esperó un rato y luego sacó del sobre que Helena había llevado las dos fotografías que Quinn O'Connor les había dado. Las colocó sobre la mesa delante de Gemma.

–¿Qué puede decirnos de estas fotografías, Gemma? –preguntó Helena–. ¿Son las lesiones que infligió a su marido en una de las ocasiones en que le agredió?

–Yo nunca… –Gemma se inclinó hacia delante y miró las fotografías. Luego, una expresión de alivio cruzó su rostro y volvió a enderezarse–. Esas lesiones no son obra mía –dijo con firmeza–. Sé exactamente cómo y cuándo Danny se hizo esos moratones. Fue a principios de noviembre, durante esa época en la que había mucho hielo. Volvía a casa del trabajo en bicicleta y un coche se salió de la carretera justo delante de él. Frenó, pero la bicicleta se deslizó sobre el hielo y él cayó sobre el manillar, directo al capó del coche. Se rompió una costilla y se hizo un moratón horrible en todo el costado derecho. Le duró semanas. ¿Quién demonios ha dicho que esto son malos tratos?

Parecía más tranquila y el rubor de sus mejillas había disminuido.

Helena extendió la mano y recogió las fotografías:

–¿Y ese accidente fue denunciado a la Policía?

–Bueno… –Gemma dudó–. No, la verdad es que no. Cuando Danny consiguió levantarse, el coche ya se había ido y todo fue tan rápido que no pudo ver la matrícula, ni siquiera la marca o el modelo. Y estaba oscuro y era bastante tarde, había trabajado hasta tarde. No había nadie más alrededor, ni testigos. Pensó en denunciarlo igualmente, pero al final pasó. Dijo que no le veía sentido.

–Ya veo. –Helena enarcó una ceja.

–¿Qué está pasando aquí? ¿Quién les ha dicho…? Oh, espera. Espere.

Gemma negó con la cabeza, despacio, con una expresión de incredulidad en el rostro. Se volvió hacia Devon.

–Cuando mencioné que había ido a ver a Quinn a Londres, dijo que ya lo sabía. Y dijo que no me habían seguido, lo que significa que la única forma de que supiera de mi encuentro con Quinn es que él se lo contara. Mierda, ha sido él, ¿no? ¡Les ha dicho que he estado agredido a Danny! ¿Por qué demonios iba a hacer eso?

De repente, se puso en pie, con la cara roja de nuevo. Devon hizo un movimiento para levantarse también, pero Helena le puso una mano en el brazo.

—Denme un momento —susurró.

Gemma había empezado a pasearse por la pequeña habitación, murmurando en voz baja.

—¿Qué pasa, Gemma? ¿Hay algo que quiera compartir con nosotros? —preguntó Helena. Su tono era bajo y firme, pero Devon sabía exactamente lo que estaba pensando.

«Vamos, Gemma. Ha llegado el momento. Cuéntanoslo. Esta vez, la verdad».

Gemma dejó de caminar. Miró a Helena durante un rato, luego a Devon. Y luego se echó a reír.

—Desisto —dijo sin rodeos—. No, no tengo nada que compartir con ustedes. Además, no se creen ni una palabra de lo que digo. ¿Qué sentido tiene todo esto? ¿Hay algo más? ¿Algo más que pueda hacer por ustedes? ¿Alguna otra acusación ridícula que quieran lanzarme sin la más mínima prueba? Porque si no, si no estoy bajo arresto, me gustaría irme a casa ahora.

Cuando se fue, muy a su pesar, su amiga Eva miró mal a Devon mientras este acompañaba a Gemma, que era evidente que estaba muy alterada, de vuelta a la zona de recepción. Helena y él se fueron a la cantina a tomar un té y reorganizarse. Cuando él la puso al corriente del mensaje de texto amenazador que Gemma había recibido, Helena frunció los labios.

—Entonces hay alguien más que piensa como yo. Que fue ella, que es hora de que confiese. Eso o se lo envió a sí misma. Esa haría cualquier cosa para desviar nuestra atención. ¿Ese tío aleatorio en la grabación de las cámaras del gimnasio del que intentó convencer a Frankie de que era su marido? Y ahora que no ha funcionado está tratando de hacerse la víctima, fingiendo que alguien va a por ella. Tenía razón cuando dijo que no nos creemos ni una palabra de lo que dice. Yo desde luego no me creo esa patraña de que Danny tuvo un accidente con la bicicleta. Muy conveniente que nunca se denunciase, ¿no?

Devon se tragó el trozo de *brownie* de chocolate que acababa de llevarse a la boca.

—Pero tampoco se denunció nunca el supuesto maltrato. Así que, una vez más, no podemos probarlo. No podemos probar nada, jefa.

Helena estiró los brazos por encima de la cabeza arqueando la espalda y se quejó.

—La maldita espalda me está matando otra vez. Aún no he podido sacar tiempo para pedir cita con nadie para que me lo solucione —dijo.

Entonces alargó la mano y partió un trozo grande del *brownie* de Devon.

—¡Eh! —dijo con fingida indignación—. ¡Dijiste que no querías comer nada! Y tú ni siquiera comes chocolate. ¡Cómprate uno, Muriel!

Ella frunció el ceño.

—Esperaba que te hubieras olvidado de mi precioso segundo nombre.

Le sacó la lengua y ella sonrió.

—En cuanto a lo de no comer chocolate, hoy sí. Comparte y reparte a partes iguales, chico. Y en cuanto a no poder demostrar nada… —Se puso seria—. Bueno, tal vez no tengamos que hacerlo —dijo.

Capítulo 29

BIP-BIP.

Me sobresalté, un sonido estremecedor me despertó de un sueño intranquilo. Los dígitos luminosos del despertador de mi mesilla de noche me dijeron que eran las cuatro y veinticinco de la mañana y gemí. No me había dormido hasta pasadas las dos. Busqué a tientas el móvil, escondido detrás del reloj, preguntándome quién demonios estaría intentando contactar conmigo a esas horas. Mi despertador, un aparato blanco, gordo y antiguo con grandes números amarillos en la pantalla, siempre le había hecho mucha gracia a Danny.

–¿Quién usa despertador hoy en día, chica rara? Usa el móvil como todo el mundo –me decía, pero yo siempre le ignoraba.

Me gustaba mi reloj; me gustaba poder ver a simple vista qué hora era cuando abría los ojos, sin tener que buscar a tientas el móvil. Por fin lo encontré y entrecerré los ojos. Mi cuerpo se paralizó y me invadió una oleada de adrenalina que me hizo incorporarme en la cama de sopetón.

–¡No! ¡Otra vez no, por favor!

Me quedé mirando la pantalla. Era otro mensaje de texto, con el número oculto.

Diles lo que hiciste. Si no lo haces, serás la siguiente.

Hubo un movimiento repentino en la puerta y por un segundo dejé de respirar.

–¿Gemma? ¿Qué pasa? Acabo de levantarme para ir al baño y... te he oído gritar.

Eva. Exhalé, mi cuerpo se hundió de alivio.

—Lo siento. Es otro mensaje, mira.

Atravesó la habitación y se sentó a mi lado en la cama; me quitó el móvil.

—Mierda, Gem. Esto se está yendo de las manos. Tienes que volver a la Policía y hacer que se lo tomen en serio. Ni siquiera se han molestado en poner a alguien fuera, ¿verdad? Si te pasa algo... —Me estremecí y me agarró de la mano–. Oh, mierda, lo siento, no estoy ayudándote, ¿verdad?, asustándote así. Pero estoy preocupada, Gem. Vamos, preparemos chocolate caliente o algo. Ahora no vamos a dormir. ¿Dónde está tu bata?

—En... en la parte de atrás de... la puerta.

Me castañeteaban los dientes a pesar de que la calefacción de la habitación estaba puesta y de repente sentí el impulso de esconderme, de meterme debajo de la cama o en el armario, de quedarme allí hasta que todo aquello hubiera terminado. ¿Pero cuándo acabaría? Esa pesadilla era interminable, una mancha oscura que se extendía por mi vida borrando poco a poco todo lo que había tenido de bueno, correcto y feliz.

«Lo he perdido todo», pensé de repente. Todo había desaparecido, todo. Mi sensación de seguridad, mi sentimiento de ser amada, de sentirme parte de algo. Mi autoestima. Mi matrimonio. Mi vida. ¿Qué más daba lo que me pasara ahora? Había perdido todo por lo que valía la pena vivir. La Policía bien podía arrestarme, encerrarme. Ya no me importaba. Estaba acabada.

Como si estuviera en un trance, dejé que Eva me pusiera la bata sobre los hombros y me llevara a la cocina. Pero, a medida que observaba a mi amiga moverse vertiendo chocolate en tazas y calentando la leche, sentí un pequeño clic en algún lugar en lo más hondo de mi cerebro y una palabra comenzó a recorrer mi cabeza una y otra vez. Quinn.

Cuando Eva y yo volvimos de la comisaría hablamos durante horas intentando darle sentido a todo aquello y las dos habíamos llegado a la misma conclusión. Si había sido Quinn el que le había dado esas fotografías de Danny a la Policía (y había sido él, ¿quién si no?) y si había sido Quinn quien había dicho que había estado agrediendo a mi marido, entonces lo estaba haciendo por una sola razón. Quinn estaba intentando incriminarme. Quería que pareciera que yo le había hecho daño a Danny. Para dejar un rastro falso, porque, en realidad, él era el responsable.

«Le habría dado una buena paliza por eso…».

Cuanto más lo pensaba, más creía que tenía que haber sido Quinn el que había atacado a Danny en nuestro dormitorio en Chiswick. Seguía sin entender la razón que había detrás de aquello, que se enterara de que Danny me estaba engañando no parecía ser suficiente para tal violencia extrema. Pero el hecho de que no reaccionara de ninguna manera cuando mencioné la sangre, como si no fuese una novedad para él, como si ya lo supiera todo… ¿Quinn y Danny podrían haberse peleado por algo más, algo mucho más grande? Al parecer, Danny había salvado la vida de Quinn hacía muchos años y tal vez eso explicaba por qué siempre había parecido tenerle tanta devoción a mi marido. Pero tal vez había pasado algo que hizo que esa devoción fuese desvaneciéndose hasta ser insignificante. Tal vez Danny se había metido en problemas y de alguna manera arrastró a Quinn también y Quinn le había atacado por venganza. Tal vez, y pensamos mucho sobre esto, hasta que nos convencimos de que también era una posibilidad real, tal vez era Quinn de quien Danny se escondía en Brístol. Tal vez fue Quinn el que hizo que Danny se marchara. Tal vez incluso llegó hasta Danny y ahora Danny estaba muerto, a manos de su propio primo. La aplicación de citas, los otros asesinatos, todo había sido una gran coincidencia, no tenía nada que ver con la desaparición de Danny. Y ahora, después de haber ido a ver a Quinn, de repente decidió reforzar la sospecha de la Policía de que yo le había hecho daño a Danny. Quería que pensaran que había sido yo.

—Lo sabía, Eva, sabía lo del accidente con la bicicleta. Lo sabía todo. Recuerdo que quedamos con él poco después y Danny se subió la camiseta para enseñarle los moratones. No tengo ni idea de por qué hicieron las fotos, pero Quinn sabía lo que había sucedido en realidad. Entonces, ¿por qué contar una historia tan distinta a menos que esté tratando de hacer que la Policía piense que maté a Danny?

Ella asintió despacio y cogió un jalapeño del trozo de *pizza* que tenía en su plato y le dio vueltas con los dedos. Y luego dijo lo que yo ya había empezado a pensar, pero aún no me había atrevido a decir.

—Y si ha hecho eso… Creo que también fue él quien envió el mensaje, Gem. Quería que se lo mostraras a la Policía. Refuerza su teoría de que mataste a Danny. Implica que lo hiciste, que alguien sabe que lo hiciste y está tratando de hacer que confieses.

Tragué con fuerza.

—Estaba pensando lo mismo, pero es… es horrible, Eva. Me refiero a si Quinn ha herido o incluso matado a Danny de verdad. Eran como hermanos…, así que ¿por qué traicionarle de esa forma?

Las dos nos sentamos allí un rato, mirándonos, mi desesperación estaba reflejada en sus ojos. Entonces, Eva dijo:

—Deberías habérselo dicho a la Policía, ¿sabes? Esta teoría de que fue Quinn el que atacó a Danny. Aunque no te crean, deberías habérselo dicho. Dejar constancia de ello.

—Lo sé. Lo sé. Es que de repente me pareció inútil, todo. No pueden probar nada y yo tampoco. Son solo teorías.

Ambas nos sentamos en silencio, la *pizza* se enfriaba y se volvía grasienta en nuestros platos. Al final, Eva habló:

—Gem. Mira, no quiero asustarte ni nada, pero acabas de decir que la Policía no puede probar nada en tu contra. Te das cuenta, ¿no?, de que, con toda estas pruebas circunstanciales, bueno…, es como ir haciendo un rompecabezas. Y si consiguen suficientes piezas y todas encajan lo suficientemente bien, bueno, a veces eso puede ser suficiente.

—¿Qué? ¿Qué quieres decir?

Aparté mi plato a un lado, ver el plato intacto empezaba a marearme.

—Bueno, es que… Mira, ¿recuerdas a Barry George? ¿El hombre que condenaron por disparar a Jill Dando?

Asentí. La presentadora de la BBC había sido asesinada en la puerta de su casa al oeste de Londres en 1999. Barry George, un hombre que vivía en la ciudad, había sido condenado por matarla dos años después. Había sido una gran historia.

–Claro. Pero está fuera, ¿no? Cumplió ocho años de sentencia, algo así.

–Sí. Fue liberado en su segunda apelación. Pero lo que digo es que fue condenado básicamente por pruebas circunstanciales. Dijeron que encontraron una pequeña mota de pólvora en su bolsillo, pero todo lo demás era circunstancial. Encontraron testigos que dijeron que estaba obsesionado con las celebridades y con las armas. Encontraron mujeres que dijeron que habían sufrido acoso por su parte. Era un ermitaño y acosaba y fotografiaba a mujeres y tenía algún tipo de rencor hacia la BBC. Nada de eso probó que él había matado a Jill, pero la Fiscalía construyó el caso con todo eso, Gemma. No había pruebas contundentes. Sí, al final fue absuelto, pero fue a prisión años. Y todo esto de que la Policía siga interrogándote... Me están poniendo de los nervios, Gem. Me pregunto si algún día van a pensar que tienen suficiente. Si lo entregarán a la Fiscalía y te acusarán de asesinato.

La miré fijamente, horrorizada.

–Pero... pero ni siquiera han encontrado el cuerpo –dije desesperada–. Ni siquiera sabemos seguro si Danny está muerto.

–No les hace falta un cuerpo –dijo–. Ha habido un montón de condenas en casos donde el cuerpo nunca ha sido encontrado.

–Ah, genial. Bueno, gracias, Eva. Eso me ha hecho sentirme que te cagas de mejor.

Me desplomé hacia atrás en la silla, completamente derrotada.

–Oh, mierda, lo siento, cariño.

Eva se inclinó sobre la mesa baja, restregó su larga melena por la *pizza* y me puso una mano en la rodilla.

–Lo siento, ¿vale? Pero tenemos que ser realistas con esto y estoy muy preocupada por ti, sobre todo después de lo de hoy. Ha sido como otro clavo en el ataúd. Lo que quiero decir es que te fijes solo en algunas de las cosas que tienen sobre ti..., o que creen tener sobre ti hasta ahora...

Volvió a sentarse y frunció el ceño mientras se quitaba un trozo de queso de un mechón de pelo; luego se limpió los dedos en los vaqueros.

–Y solo estoy hablando de lo que creen tener sobre ti en lo que se refiere a Danny, dejando los otros asesinatos a un lado. Han encontrado un montón de sangre en tu antiguo apartamento. La sangre de Danny. Solo tienen tu palabra de que se mudó a Brístol, ni un solo vecino ni nadie de por aquí le vio. Desde finales de enero no ha contactado con nadie, no ha usado su cuenta bancaria, no empezó en el nuevo trabajo. Tampoco tienes correos electrónicos o fotografías de él fechadas más allá de finales de enero. Y ahora hay pruebas fotográficas y un testigo que dice que fuiste violenta con él de una forma física. Joder, Gemma, si no te conociera y me encontrase con todo eso, yo también estaría señalándote.

Se me había formado un nudo en el estómago a medida que hablaba, me clavé las uñas en las palmas de las manos.

—No lo estás haciendo, ¿verdad? —Mi voz era un simple chirrido—. Señalarme. Por favor, Eva… Odio tener que preguntarte esto otra vez, pero no estás dudando, ¿no? ¿Me crees? Por favor, por favor, di que sí, porque honestamente no creo que pueda soportarlo…

Saltó de su asiento, se arrodilló a mis pies y envolvió sus brazos alrededor de mis rodillas.

—Claro que te creo, tonta. Deja de preguntarme eso. Pero ahora esto es serio, Gemma. Tenemos que hacer algo para sacarte del punto de mira. Solo que no sé qué y me está matando.

Nos habíamos ido a la cama poco después y, de alguna forma, al final me había dormido. La cara de Danny se paseaba por mis sueños hasta que el pitido de mi maldito teléfono me había despertado. Mientras nos sentábamos en la tranquilidad de la cocina, con nuestros chocolates calientes, mi mente funcionando a mil por hora, la pelea volvió, me asaltó un impulso repentino. Rebusqué en el bolsillo de mi bata y saqué el móvil.

—Voy a llamarle —anuncié.

—¿Qué? ¿A quién? ¡No son ni las cinco de la mañana! —dijo.

—A Quinn. A esa serpiente escurridiza, posible asesino, bastardo de mierda.

Mi enfado crecía por momentos. Me puse de pie y golpeé el suelo de baldosas con los pies descalzos mientras pisoteaba la cocina, haciendo clic en mi agenda de contactos y recorriéndola.

—Voy a llamarle, voy a preguntarle a qué cojones está jugando.

Ya ha enviado dos mensajes. Es él, sé que es él. ¿De verdad cree que puede salirse con la suya amenazándome así ese cabrón de mierda? Voy a decirle que vamos tras él y que vamos a ir a la Policía a contarle todo. A ver qué opina.

—Gemma, de verdad que no creo…

La ignoré, acribillé el móvil y encontré su número. Apreté el botón de llamada y luego volví a la mesa y puse el altavoz.

Empezó a sonar y me preparé, esperando a que contestara. No lo hizo.

Hola, soy Quinn. Deja tu mensaje.

—Mierda —dije y apreté el botón de volver a marcar. El móvil volvió a sonar y una vez más fue al buzón de voz. Lo intenté dos veces más y pasó lo mismo.

—No va a contestar, Gemma —dijo Eva, cosa que me pareció muy innecesaria.

—Maldito cobarde —contesté. Miré mi móvil durante otro rato y luego corté la llamada, la pantalla volvió a ser la pantalla de inicio del móvil, la fecha y la hora parpadearon. Tragué saliva, y me acordé—. Eva, es 17 de marzo. Día de San Patricio. Es el primer aniversario de boda de Danny y mío.

Ella asintió y cruzó la mesa para cogerme de la mano.

—Lo sé. Lo siento mucho —dijo.

Cuando al final nos arrastramos de vuelta a la cama eran más de las seis de la mañana, las rayas tenues y cobrizas del amanecer empezaban a iluminar el cielo. Me dormí con el sonido de los pájaros y, de repente, estaba allí, en nuestro apartamento en Chiswick, en nuestro antiguo dormitorio. La habitación estaba poco iluminada, solo la iluminaba el brillo anaranjado de las farolas de fuera y había un extraño olor a metal en el aire. Me moví despacio por el espacio pequeño, tenía una sensación enfermiza, hueca, en el estómago, las palmas húmedas, las piernas pesadas, como si fuesen de plomo; cuando llegué al final de la cama me detuve, consciente de que sostenía algo duro y frío en la mano derecha, y miré fijamente a la cosa inmóvil que yacía allí, en el colchón, quieta y silenciosa en una piscina oscura de algo viscoso y pegajoso.

–Danny –susurré–. Danny.

Pero él no respondía, no se movía. Entonces bajé la mirada, la bajé hasta mis manos y vi que no era sudor lo que estaba haciendo que tuviese las palmas de las manos húmedas y pegajosas. Era sangre. Tenía las manos manchadas de sangre y lo que sujetaba era un cuchillo.

Capítulo 30

El huevo voló y se estrelló contra la puerta, a escasos centímetros de la oreja izquierda de Devon. Volvió a meterse dentro mientras la multitud reunida en la acera gritaba.

—Mierda —dijo—. ¿Por qué demonios tardan tanto en poner orden?

—Están de camino. No deberían tardar mucho. Y te dije que no salieras.

Helena estaba apoyada en el mostrador de la recepción con una expresión sombría desde que llegó, vestida con un pantalón de chándal y una sudadera con capucha que se había puesto a toda prisa. Sonreía con ironía.

—Debería escucharte más a menudo. Casi me sacan un ojo. ¿De verdad no tienen nada mejor que hacer un domingo por la mañana? —dijo Devon, pasando una mano por las solapas de su chaqueta azul oscuro para comprobar si había salpicaduras. A pesar de la inesperada llamada para ir a trabajar, Helena pensó que no iba en chándal. Iba tan elegante como siempre—. Y qué desperdicio de comida. Toda la fachada del edificio está cubierta de harina y huevo. Podríamos hacer tortitas.

Ella puso los ojos en blanco.

—¿Hay algún momento en el que no pienses en tu estómago? De todos modos, voy a subir. ¿Te quedas a ver el espectáculo?

—Sí. Unos minutos. Pero desde la ventana. No volveré a salir.

—Bien. Sube cuando hayas terminado, ¿vale? Esto ha llegado demasiado lejos. Necesitamos un plan.

Se dirigió a las escaleras. Los refuerzos estaban de camino y los más o menos cincuenta manifestantes que habían empezado a reunirse frente a la comisaría hacía una hora no tardarían en marcharse. La mayoría eran hombres jóvenes y algunos llevaban pancartas con eslóganes escritos en grandes letras mayúsculas rojas, el color de la sangre.

HAY UN ASESINO SUELTO
Y A LA PASMA NO LE IMPORTA.
¿CUÁNTOS MÁS TENEMOS QUE MORIR?

También habían llevado a la prensa: varios fotógrafos y tres camiones satélite de televisión, los de Sky, ITV y BBC News llegaron minutos después de que la primera bomba de harina impactara en la puerta principal. No se habían producido grandes destrozos (un par de cubos de agua y un cepillo para fregar pronto dejarían la fachada del edificio tal y como estaba, vieja pero limpia) y era poco probable que se produjeran detenciones. Pero Helena ya se estaba preparando para la llamada telefónica que sabía que no podría ignorar en cuanto la comisaria Anna Miller se enterase del altercado. La ciudad se estaba desmadrando y había pocas cosas que Miller odiara más que la mala publicidad y que acusaran a su querido Cuerpo de Policía de no estar a la altura de las circunstancias. Exigiría respuestas y proferiría amenazas y, mientras Helena se dirigía a la comisaría, dejando a una resignada Charlotte terminándose sola su tostada con aguacate de los domingos por la mañana, ya había empezado a planear una respuesta.

—Es hora de dejarse de tonterías —dijo en voz alta mientras se sentaba en la silla y encendía el ordenador. Nadie respondió; la comisaría estaba vacía, ya que el equipo se había tomado el tan necesario día libre.

Helena sabía que Devon también necesitaba tiempo libre (joder, hasta ella estaba desesperada por tenerlo y pasar un buen rato con su mujer), pero eso no le llevaría mucho tiempo. Máximo dos horas. Pensó que ya había sido suficiente. En cuanto Devon se reuniera con ella, repasarían todo lo que tenían sobre Gemma O'Connor, empezando por la última prueba (la declaración de Quinn sobre su comportamiento violento con Danny) e irían hacia atrás. Estaba segura de que no tenían pruebas suficientes para persuadir a la Fiscalía de que considerara acusarla de los otros cuatro asesinatos, pero del de su marido... De acuerdo, seguía sin haber cuerpo. Pero, aun así, desde hacía algún tiempo había quedado bastante claro que a Danny O'Connor le había pasado algo muy malo. Y ahora, con el público exigiendo que actuasen y la presión de sus superiores a punto de multiplicarse por diez, Helena se sintió repentinamente un poco temeraria y decidida. Estaba segura de que Gemma era culpable de algo y había llegado el momento de ir con todo. Era hora de hacer algo al respecto.

Capítulo 31

Dormí hasta casi las diez, me desperté mareada, tenía los ojos irritados y me dolía la cabeza. Encontré a Eva en la mesa de la cocina tomándose un café y leyendo algo en el iPad, la radio estaba puesta, bajita y de fondo, sintonizada en una emisora de música clásica.

–Muy civilizada –le dije mientras me dejaba caer en la silla frente a ella. Estaba agotada.

Levantó la vista y sonrió.

–Hola. Estoy leyendo sobre una revuelta fuera de la comisaría esta mañana. Parece una protesta sobre la incompetencia de la Policía: los ciudadanos están enfadados porque hay un asesino en serie entre ellos y nadie parece ser capaz de atraparle. Ya se ha acabado. ¿Cómo estás?

–¿Una revuelta? ¿Aquí, en Brístol? Joder.

Me incliné sobre la mesa y ella le dio la vuelta a la tableta para mostrarme una fotografía de un mar de rostros cabreados con pancartas en alto. Luego, me froté los ojos, fue como si alguien me hubiera echado arena.

–Estoy hecha polvo –dije–. Es como si hubiera tenido un elefante sentado en mi cabeza mientras dormía. Y tuve un sueño horrible.

Un estremecimiento involuntario me atravesó y Eva frunció el ceño.

–¿Qué clase de sueño? ¿Qué pasó?

Negué con la cabeza y volví a levantarme.

–Fue solo una pesadilla. Da igual. Necesito café, urgentemente. ¿Quieres?

–Gracias, uno más estaría bien. Oye, tengo que irme pronto, lo siento. Odio dejarte, sobre todo en el aniversario de tu boda y eso.

Pero tengo que estar en la redacción mañana temprano y tengo el piso hecho un asco y hace una semana que no hago la compra ni la colada. Voy a trabajar en pijama si no llego a casa a una hora razonable y arreglo algunas cosas.

–No te preocupes, estaré bien. Estoy agradecida de que hayas podido venir hasta aquí. ¿Qué historia vas a contar mañana?

Me había pasado a la encimera mientras hablaba y abría el armario para encontrar una taza.

–¿Eva?

No había respondido y me volví. Me miraba fijamente y con cautela.

–¿Qué?

Colocó las manos frente a ella, frunció los labios y soltó un poco de aire.

–Vale, mira… Iba a contártelo el viernes, pero entonces pasó lo de los mensajes y todo eso, y luego lo de Quinn. No me parecía…, bueno, ya sabes…

Había vuelto a la mesa, dejando el café olvidado.

–¿Qué? Me estás asustando, Eva. ¿Qué pasa?

–Bueno, es que… Bueno, ya sabes que la última vez que estuve aquí bromeé sobre «mi amiga la asesina en serie». Quieren que escriba sobre ello.

–¿Que quieren… qué?

Volví a hundirme en la silla y la miré fijamente. Estaba enrollándose un mechón de pelo en un dedo, con la mirada clavada en el suelo.

–Quieren que escriba un artículo sobre ti. Sobre la desaparición de Danny, sobre las similitudes entre las cuatro víctimas de asesinato y él. Y sobre la Policía arrastrándote una y otra vez para un interrogatorio. Quieren un artículo sobre lo que es ser sospechoso de asesinato en serie desde el punto de vista de alguien que tiene información privilegiada.

Me había quedado con la boca abierta, sin saber qué decir.

–Evidentemente, si acusan a alguien, todo cambia y no podemos escribir nada, como ya sabes –se apresuró a añadir–. Pero ahora, bueno…

—No vas a hacerlo, ¿verdad? —De repente, mi voz había vuelto, y alta—. Eva, por favor. No puedes.

Suspiró.

—He estado intentando retrasarlo una semana, pero ahora me están presionando. No quiero hacerlo, Gemma. Pero ya sabes cómo va… Si no lo hago yo, lo harán de todas formas y quienquiera que lo escriba no será tan comprensivo como yo. No creo que tenga otra opción. Lo siento mucho.

Gruñí y hundí la cabeza entre las manos. Tenía razón, sabía lo que se sentía. Podía imaginarme perfectamente la presión a la que se veía sometida Eva para escribir el artículo, imaginarme la cara de satisfacción de su redactor jefe cuando se diera cuenta de que su mejor reportera era amiga íntima de una mujer de la que la Policía parecía sospechar que era una asesina en serie. Estaba perfectamente situada para ofrecer una historia fascinante, pero el problema era que aquello no era solo una historia, no para mí. Era mi vida, mi propio infierno personal, y la perspectiva de un artículo detallado escrito por mi mejor amiga, mi confidente… No podía ni pensarlo.

Volví a levantar la vista con los ojos llenos de lágrimas y un nudo en la garganta.

—Lo sé. Sé que si no tuvieras que hacerlo no lo harías —susurré—. Pero, por favor…, ¿puedes posponerlo un poco más? No sé si podré soportarlo. Mi familia, la gente…

—Lo intentaré —dijo y me di cuenta de que también tenía lágrimas en los ojos—. Lo prometo. Lo intentaré.

Cuando se fue, me obligué a ducharme y vestirme, a quitar la ropa de la cama y el polvo de la habitación de invitados, a pasar la aspiradora, a poner la ropa sucia en la lavadora y a sacar a Albert a dar un paseo. A la hora de comer se me habían acabado las cosas que hacer, así que encendí la televisión, busqué el canal de las comedias y vi capítulos repetidos de *Cheers*, *Seinfeld* y *The Office* para ahuyentar los pensamientos sobre Danny y Quinn y la Policía y el artículo de Eva y todo eso (cada pedacito horrible y aterrador de todo aquello). Me di cuenta de que estaba esperando.

Esperando lo que iba a ocurrir a continuación. Esperando otro mensaje, esperando a que la Policía fuera a arrestarme, esperando a ver si podía reunir la energía suficiente para volver a la comisaría para contarle a alguien mi teoría de que Quinn había atacado o incluso matado a Danny, aunque ¿qué sentido tenía? De todos modos, no me creerían. Y así me quedé: esperando, esperando, esperando.

A las cuatro de la tarde, para mi sorpresa, de repente me di cuenta de que me moría de hambre, herví un poco de pasta y le eché un bote de salsa *arrabbiata* ya preparada que encontré en la despensa. Acababa de acomodarme en el sofá para comerla cuando me sonó el móvil. Se me revolvió el estómago. Otro mensaje. Dejé el tenedor despacio y cogí el móvil.

¿Has confesado ya? Último aviso. Voy a por ti.

Leí las palabras y miré quién las había enviado, esperando, como siempre, ver «número oculto». Y entonces sonreí.

–¡SÍ! ¡Lo tengo! –grité triunfante, dándole un golpe al cojín que tenía al lado. Albert, que estaba tumbado a mis pies, dio un brinco violento y soltó un ladrido acusador–. Lo siento, Albert. Pero tenía razón. ¡Tenía razón!

Tenía razón. Y esa vez, había cometido un error. Esa vez, el mensaje no venía de un número anónimo. Había usado su propio móvil. El mensaje era de Quinn.

Capítulo 32

–¿No lo ve? ¡Está tratando de incriminarme! Me envió los otros mensajes y este también desde un móvil de prepago. No era su móvil. Pero luego envió otro, este, y metió la pata. Usó su propio móvil, ¡mire! Se nota que los mensajes son de la misma persona con solo mirarlos. Creo que le hizo daño a Danny, tal vez incluso le mató, y no me pregunte por qué, porque no he resuelto esa parte todavía, y de todos modos ese es su trabajo, no el mío. ¡Pero lo hizo, y está intentando que me encierren a mí por ello! Y también me amenaza. Tiene que…

Devon levantó una mano.

–Vale, vale. Más despacio.

Gemma estaba de pie frente a él, con las mejillas sonrosadas y los ojos como platos, prácticamente dando saltos en su empeño por convencerle de que el primo de su marido desaparecido, Quinn O'Connor, estaba intentando inculparla de asesinato. Se había sorprendido cuando le llamaron del piso de abajo para decirle que había vuelto a entrar y exigía hablar con él; después de haber discutido largo y tendido con Helena el día anterior, sabía que estaba casi dispuesta a arriesgarse y acusar a Gemma O'Connor y que se sorprendería tanto como él de ver a la mujer ya en comisaría cuando llegara, lo que debería ocurrir dentro de muy poco. Decidió seguirle la corriente a Gemma.

–Mire, déjeme el móvil y comprobaré el número del remitente del mensaje con el número que tenemos de Quinn, ¿vale? Siéntese un momento. Enviaré a alguien a traerle un café y bajaré en unos minutos.

Ella miró hacia la silla que él señalaba, insegura, y luego asintió.

–De acuerdo. Gracias –dijo.

La dejó allí y se dirigió de nuevo al centro de coordinación, donde encontró a Helena quitándose el abrigo y colgándolo en el perchero abarrotado de la pared del fondo.

—Buenos días. ¿Hoy se te han pegado las sábanas, jefa?

Ella se volvió y le miró con el ceño fruncido.

—Cállate. Solo son las ocho y media y tengo la sensación de que va a ser un día muy largo. ¿Alguna novedad?

—Alguna, sí.

La puso al corriente de la última visita de Gemma O'Connor y abrió los ojos de par en par.

—¿Y sigue aquí?

—Sí. Está tomándose un café en la sala de interrogatorios número tres. ¿Cómo quieres actuar?

Se frotó los ojos. Devon pensó que parecía cansada.

—¿Qué opinas de los mensajes? Si son de Quinn, ¿cambia algo? Estoy demasiado cansada como para pensar con claridad.

Se encogió de hombros.

—Bueno, si son de él, está claro que no debería enviar mensajes amenazadores como esos, sean cuales sean las circunstancias, y tendremos que hablar con él. He comprobado su historial, por cierto. Un puñado de delitos menores en su juventud en Irlanda, pero nada durante años y nada en este país. Pero el contenido de esos mensajes es interesante, ¿no? Parece que se reafirma en lo que nos dijo cuando vino: que cree que ella es la responsable de la desaparición, muerte o lo que sea de Danny y quiere que lo confiese. Mientras tanto, ahora ella intenta afirmar que él podría haberle hecho algo a Danny y que está intentando inculparla. Pero eso no me suena coherente; ¿de verdad habría venido aquí por su propia voluntad a hablar con nosotros si fuera el asesino?

Helena negó con la cabeza.

—Poco probable. Si hubiera matado a alguien, lo último que haría sería ir a la Policía y ponerme en su radar. Entonces, ¿qué pensamos? ¿Que ahora está asustada y trata de echarle la culpa a él para salvar el pellejo?

Le dio vueltas unos segundos y suspiró.

–Tal vez. No lo sé. Como sigo diciendo, jefa, esta vez no puedo decidir. Pero incluso yo no puedo negar que hay un montón de pruebas que apuntan directamente en su dirección.

–¡Mierda! Jefa, Devon, ¡venid aquí, rápido! Tenéis que ver esto.

Ambos se sobresaltaron. Al otro lado de la sala, el agente Frankie Stevens les hacía señas frenéticas y señalaba la pantalla de su ordenador. Intercambiaron miradas perplejas y se acercaron a ver qué quería.

–¿Qué pasa, Frankie? –preguntó Helena y él hizo un gesto enloquecido a la pantalla con una mano, empujando sus gafitas hacia arriba con la otra.

–Esto –dijo con un tono de voz elevado por la emoción–. Acaba de llegar de nuestro contacto en la metropolitana. Se trata de una agresión grave, un intento de asesinato, creen, en Londres el pasado jueves por la noche. Un hombre que se llama Declan Bailey fue atacado en una calle lateral de Vauxhall Bridge Road, pero alguien se acercó e interrumpió al atacante, que huyó. Todo sucedió demasiado rápido para que el testigo pudiera ver al agresor; dice que estaba demasiado preocupado por el hombre que sangraba en el suelo delante de él, pero esperad… Dos cosas. En primer lugar, tenía la aplicación EHU en el móvil, lo que puede ser importante o no, pero merece la pena destacarlo. Y… y esta es la parte más emocionante… al asaltante se le cayó el arma que estaba usando. Al parecer era un martillo pequeño y pesado. Así que…

–Espera, espera. Vale, el jueves pasado. ¿No fue cuando…?

Todas las personas que había en la sala se acercaron para escuchar la conversación. Frankie asintió con los ojos brillantes.

–El día en que Gemma fue a Londres a ver a Quinn en un *puh* de Victoria.

–¿Y has dicho una calle lateral de Vauxhall Bridge Road? –Helena se acercó más y miró la pantalla.

–Conozco esa zona. Está literalmente a unos metros de la estación –dijo Devon. De repente, su ritmo cardíaco se había acelerado–. Maldita sea, jefa. Estaba allí.

Los detectives reunidos respiraron al unísono.

–¡Vaya! –dijo alguien.

Helena se incorporó despacio, con los ojos fijos en el mensaje de la pantalla.

–¿Por qué nos lo dicen ahora? Es lunes, por el amor de Dios.

–Un par de personas que conocían nuestros casos y los posibles vínculos con los asesinatos de Londres estaban en una conferencia a finales de la semana pasada –dijo Frankie. Parecía un poco sin aliento–. Así que nadie lo relacionó hasta esta mañana, cuando nuestros contactos volvieron y vieron el informe del crimen. Ah, y vieron una foto. Todavía no la han enviado, pero al parecer es otro que se parece… Todo encaja, jefa. Todo encaja, joder.

–Mierda. –Helena se giró y sonrió a Devon, luego se volvió hacia Frankie.

–Entonces, ¿está vivo? ¿Ese tal Declan? ¿Y el atacante soltó el arma? Madre mía.

Frankie asintió con vigor, las gafas se le balanceaban sobre la nariz.

–Tiene una contusión muy fea en la cabeza, pero está vivo, aunque no recuerda mucho. Están llevando el arma a los forenses. Me quedaré aquí y te daré los resultados tan pronto como lleguen, jefa.

–Mierda, chicos. Creo que la tenemos –dijo Helena despacio.

Hubo un momento de silencio, luego alguien empezó a aplaudir, seguido de otro y de otro más. Helena y Devon se sonrieron y ella levantó la mano.

–Vale, sí, la cosa pinta bien. Pero todavía tenemos mucho que hacer en este caso. Si podemos sacar ADN de ese martillo…

–¿Y Gemma O'Connor? Está abajo, ¿recuerdas? –dijo Devon. Volvió a sonreír.

–Bueno, vamos a verla, ¿de acuerdo? Y luego arrestémosla. Bajo sospecha de asesinato e intento de asesinato.

Capítulo 33

–Creo que es aquí. Sí, el número dieciséis. El dieciséis bis.

El agente Mike Slater, que acababa de meter el coche en una plaza justo enfrente del número 16 de Elmwood Road, señaló la casa. Era un semiadosado destartalado, con el jardincito cubierto de maleza en la parte de delante y una bicicleta a la que le faltaba la primera rueda apoyada en la cochambrosa valla de madera que separaba la casa de su vecina.

–Bien. Déjame terminarme esto y veamos si está.

Devon levantó su vaso de té para llevar y Mike le hizo un gesto con el pulgar hacia arriba. Estaban en Feltham, al oeste de Londres, tras pasar el día con sus contactos de la Policía metropolitana visitando el lugar del último ataque (fallido, gracias a Dios) y después dirigiéndose al hospital St. Thomas para ver e intentar entrevistar a la víctima, Declan Bailey. Desgraciadamente, el hombre estaba dormido, aún algo sedado, y su doctora había insistido en que no se le molestara.

–Confiamos en que se recupere, pero sigue muy enfermo y, por lo que sé, no recuerda absolutamente nada del ataque –había dicho la doctora Mulligan. Era una mujer alta, imponente, con una mata de pelo rubio teñido recogido en lo alto de la cabeza–. Podrán hablar con él cuando esté mejor. No le despierten ahora.

Devon y Mike habían obedecido las órdenes de la doctora, pero se las habían arreglado para echar un vistazo al paciente dormido y, aunque tenía la cara magullada e hinchada y la mayor parte del pelo cubierto por las vendas que le protegían las heridas de la cabeza, las similitudes entre él y las otras cuatro víctimas (cinco si se contaba a Danny O'Connor) eran evidentes.

–Tiene el mismo pelo, cejas oscuras, el mismo aspecto en general –había susurrado Mike antes de que la doctora Mulligan los sacara de la habitación–. ¿Qué demonios pasa, Devon? Si Gemma está detrás de todo esto, ¿por qué ataca a hombres que se parecen a su marido? ¿Tanto le odia? ¿Qué diablos puede haberle hecho para empujarla a esto?

Sin embargo, seguían esperando el informe forense sobre el arma con que habían atacado a Declan; con profusas disculpas y murmullos sobre recortes presupuestarios y escasez de personal, les habían dicho que había algún retraso y que podrían pasar otras veinticuatro o incluso cuarenta y ocho horas antes de que tuvieran un resultado. Mientras tanto, y con Gemma detenida desde la mañana anterior, que seguía negándolo todo cuando la interrogaban, habían enviado a Devon y Mike a intentar reunir todas las pruebas que pudieran. Se habían detenido en Feltham de regreso a Brístol para intentar localizar a Quinn O'Connor, que no contestaba al teléfono.

–Dadle un toque sobre lo de amenazar por mensaje –había dicho Helena mientras ojeaba al mismo tiempo las portadas de los periódicos del martes, todas con titulares entusiasmados sobre la detención de Gemma.

¿ES ESTE EL ROSTRO
DE UNA ASESINA EN SERIE?

ESPOSA DETENIDA:
¿ES LA ASESINA DE BRÍSTOL?

–Pero también conseguid una declaración sobre el jueves pasado, cuando se reunió con Gemma –dijo y apartó la pila de papeles–. Necesitamos detalles: hora exacta, lugar exacto. No nos los dio cuando vino a hablar con nosotros porque entonces no eran relevantes. Ahora sí. No había cámaras en la calle lateral en la que atacaron a Declan Bailey, pero sí muchas en la zona en general. Alguien de la metropolitana está mirando las grabaciones de esa tarde para ver si puede localizarla, pero es muchísimo trabajo.

Podemos ayudarle mucho si le damos más detalles sobre la hora y el lugar.

Al fracasar los numerosos intentos de llamar a Quinn para concertar otra reunión, Devon y Mike decidieron probar en su domicilio de Feltham, al oeste de Twickenham.

—Nos pilla de camino —había comentado Mike mientras luchaban contra el tráfico de la tarde, en dirección oeste.

Cuando por fin aparcaron delante de la casa, Devon se bebió lo que quedaba de té.

—Las luces están encendidas. Puede que tengamos suerte —dijo mientras salían del coche.

Cruzaron la carretera y abrieron la verja de metal oxidado, que crujió con fuerza. En la puerta principal, Devon estudió por un momento los dos pulsadores de timbre sin nombre y luego pulsó al azar el superior. Silencio. Esperaron un minuto entero. Tan cerca de la casa podían percibir un leve olor a comida grasienta y a humo de cigarrillo rancio. Devon volvió a pulsar el timbre. Esta vez se oyó un estruendo procedente de algún lugar del interior del edificio y, a continuación, el ruido sordo de unos pies en las escaleras.

—Joder, Quinn. ¿Has vuelto a olvidarte las llaves? —dijo la voz de un hombre. Tenía acento irlandés y parecía furioso.

Segundos después, la puerta se abrió de golpe.

—Hola, buscamos a…

Entonces Devon miró bien al hombre que estaba de pie en la puerta y se quedó con la boca abierta.

—¿Qué demo…?

A su lado, oyó a Mike jadear.

—Ah, mierda —dijo el hombre.

Devon le miró fijamente, miró a Mike, que se había quedado pálido de repente, y luego volvió a mirar al hombre. El hombre al que había reconocido al instante. El hombre al que todos creían muerto, pero que en realidad estaba vivo. El hombre que había abierto la puerta era, sin ningún atisbo de duda, Danny O'Connor.

Capítulo 34

Me senté en el borde del delgado colchón temblando. Me había pasado la última hora paseándome de un lado a otro por el minúsculo espacio para intentar entrar en calor, pero me encontraba mal, estaba agotada y el corazón me latía con fuerza en los oídos. Mientras me envolvía los hombros con la manta raída que me había dado el agente de guardia, me di cuenta de que estaba aterrorizada. Estaba aterrada porque por fin había sucedido y no veía salida. Me habían detenido y estaba en un calabozo. Yo, Gemma O'Connor, periodista, columnista, con un historial impecable (ni siquiera tenía una multa de aparcamiento, por el amor de Dios), había sido detenida bajo sospecha de asesinato e intento de asesinato. Habría sido graciosísimo si no hubiera sido tan horrible. Había perdido la cuenta de cuántas preguntas me habían hecho, cuántas veces me habían llevado a la pequeña y acalorada sala de interrogatorios, desde aquel momento surrealista en el que aparecieron de repente en la sala y me leyeron mis derechos, y yo me quedé allí, con la boca abierta por el asombro, incapaz de creer lo que estaba ocurriendo. No había pronunciado ni una palabra mientras me vaciaban los bolsillos, me quitaban el bolso y los zapatos, me fotografiaban desde distintos ángulos, me cogían las huellas. Me procesaron, así me dijeron que se llamaba aquello. Llevaba días medio esperándolo, el arresto, pero cuando por fin ocurrió fue abrumador, irreal, y parecía haber enmudecido, era incapaz de articular palabra. Y entonces, después de haber estado en mi pequeña celda durante una hora, o tal vez dos, o diez, quién sabe, allí sentada, entumecida y temblando, por fin me llevaron a una sala de interrogatorios y todo empezó.

Había vuelto a hablar de lo mismo de siempre: la sangre en el dormitorio, el hecho de que nadie, excepto yo, parecía haber visto a Danny desde finales de enero, y así una y otra vez. Mi voz volvió, fina y ronca, e intenté, intenté con todas mis fuerzas argumentar, intenté recordarles de nuevo las imágenes de las cámaras de seguridad del gimnasio, las imágenes en las que estaba convencida de que aparecía Danny, intenté decirles una y otra vez que había estado vivo y bien y que había vivido conmigo en Brístol hasta hacía dos semanas y media. Me escucharon y luego desecharon todos mis argumentos con rapidez y frialdad.

–Si estaba yendo al gimnasio, si iba por Brístol todos los días, ¿por qué no usaba su cuenta bancaria?

–¿Por qué no se comunicó con nadie, ni siquiera con su madre?

–¿Por qué no tiene fotos de él, ni correos electrónicos, desde el 30 de enero?

–¿Por qué nos está mintiendo, Gemma?

–¿Qué le hizo a Danny?

Y luego preguntaron, otra vez, por los otros hombres, los dos asesinados en Londres, los dos a los que mataron en Brístol. Y sobre alguien más, alguien de quien nunca había oído hablar, un hombre llamado Declan que al parecer había sido agredido en Londres la tarde en que yo había ido a reunirme con Quinn. Me quedé mirándolos con incredulidad, con la mente yéndome a mil por hora.

–Bueno…, tal vez fue él. Quinn. Les dije que creo que está detrás de la desaparición de Danny. Tal vez no hirió solo a Danny, tal vez Quinn es el hombre al que están buscando para todos estos asesinatos; no lo sé, no soy una puñetera detective. Quizá fue él quien atacó a este tipo si fue cerca de donde nos reunimos… Porque yo no fui, no fui yo, yo no podría, yo no le haría daño a nadie, esto es ridículo, lo han malinterpretado todo…

Al final me derrumbé, con enormes sollozos sacudiéndome el cuerpo, y me dijeron que podíamos tomarnos un descanso. Hasta ese momento había rechazado los servicios de un abogado; era inocente, así que ¿por qué iba a necesitar representación legal? Pero mientras me llevaban a mi celda una vez más cambió de opinión. Aquello había ido demasiado lejos. Ahora era de verdad.

Me habían arrestado y la Policía pensaba que mentía, que mentía sobre todo, y eso significaba que estaba metida en un lío, un lío enorme, y no tenía ni la más remota idea de cómo lidiar con ello. Así que les pregunté si podía llamar a mi padre. Papá se había quedado atónito, casi mudo de asombro y furia, cuando le llamé para contarle lo que había pasado, pero de alguna manera le había hecho entender que necesitaba un abogado, alguien bueno, y él me había prometido que se encargaría, con la voz entrecortada por la emoción al despedirse.

Así que allí estaba, esperando, esperando en mi celda helada, y, de alguna forma, me parecía que había pasado un día entero y una noche, y seguía allí sentada, temblorosa, sin nada que mirar salvo las cuatro paredes sucias y el retrete que había en una esquina, con olor a lejía y a orina en el aire. Antes me habían llevado algo de comida: un vaso de poliestireno con té aguado y una caja de cartón con una especie de estofado hecho en el microondas; se me había revuelto el estómago al verlo y lo había apartado mientras observaba cómo se formaba poco a poco una capa de grasa sobre la carne al enfriarse. Me senté allí, acurrucada en la manta áspera, con todo el cuerpo temblándome, y una sensación extraña empezó a invadirme, como si la frialdad de mi cuerpo hubiera llegado por fin a mi cerebro y lo apagara poco a poco, volviéndolo incapaz de pensar, incapaz de cualquier cosa excepto de intentar sobrevivir un minuto más a ese infierno, y luego otro y otro.

Y, entonces, ocurrió algo tan raro y sorprendente que, cuando ocurrió, lo único que pude hacer fue quedarme allí sentada, inmóvil, mirando fijamente al hombre que acababa de abrir la puerta de mi celda. Era el agente de guardia y sonreía.

–Hola, Gemma. Es libre de irse. Han encontrado a su marido. Con vida –dijo.

Capítulo 35

Devon rodeó con las manos la taza de té que acababan de colocarle en la mesa que tenía frente a él y miró fijamente a Danny O'Connor. Después de semanas viendo la foto del hombre colgada en la pizarra del centro de coordinación de la comisaría, era muy... muy raro verle corretear por la mugrienta cocina del pequeño piso en el que ahora estaban sentados, preparando bebidas calientes y ofreciéndoles galletas de jengibre y nueces de un paquete medio vacío.

«Esto es surrealista –pensó Devon–. Y Helena va a cabrearse un montón. La cantidad de tiempo que hemos perdido buscándole, interrogando a su mujer sobre su asesinato, cuando todo el tiempo...».

Al final, Danny se sentó, los tres quedaron muy juntos alrededor de una mesa pensada para dos personas, una de esas mesas de estilo bistró que suelen verse en terrazas o balcones, con dos sillas a juego y un pequeño taburete que parecía inestable, en el que Mike estaba sentado, incómodo. Parecía tan sorprendido como Devon y movía la cabeza cada dos por tres, como si estuviera asombrado.

–No voy a preguntar cómo me han encontrado –dijo Danny–. Es bastante obvio, la verdad. Quinn, ¿no? Debería haberlo sabido, después de que el muy estúpido me dijera que había ido a verlos después de reunirse con Gemma. Se puso en su radar, enseñándoles esas fotos de los moratones. Pero me dijo que parecían creer que estaba muerto, ya saben, que no me buscaban vivo, así que pensé que estaría a salvo aquí, al menos unos días más...

Suspiró. Tenía un suave acento irlandés, el pelo oscuro y denso, más largo e incluso más rizado y rebelde de lo que parecía en las fotografías que Devon había visto.

—¿A salvo? ¿A salvo de qué? –preguntó Devon.

Danny se movió en la silla. Miró de Devon a Mike y luego dejó caer la mirada sobre la mesa frente a él.

—Prefiero… prefiero no hablar de ello. Es… es difícil. Difícil de explicar.

—Bueno, vamos a necesitar una explicación, señor O'Connor. Vayamos despacio, ¿de acuerdo? Acaba de mencionar las fotos de los moratones, los moratones que su primo Quinn dijo que su esposa le causó al pegarle, ¿sí? Ella dijo que eran de un accidente con la bicicleta. ¿Qué versión es la verdadera, Danny? –preguntó Devon.

—La de la bicicleta –dijo Danny–. Lo siento. Hicimos las fotografías en su momento porque iba a denunciar el accidente a la Policía y luego no me molesté, no le vi sentido. No sabía que Quinn iba a hacer eso con ellas, inventarse esa historia sobre Gemma. No me lo dijo hasta que volvió a Londres… Miren, ¿de verdad tengo que contárselo todo? Me refiero a que aquí no se ha cometido ningún crimen, ¿no? Estoy vivo y bien, Gemma no ha hecho nada malo. ¿No podemos dejarlo así?

Extendió las manos en señal de placaje y sonrió con timidez.

Devon frunció el ceño. «¿Habla en serio?».

—No, no podemos. ¿Es consciente de la de problemas que ha causado, señor O'Connor? ¿Es consciente de que pensábamos que era víctima de un asesino en serie? No es un delito que un adulto desaparezca y no se lo diga a nadie, tiene derecho a hacer lo que quiera e ir adonde le plazca, pero debe haber visto los periódicos, oído las noticias, ¿verdad? Tenía que saber que pensábamos que era una víctima de asesinato. ¿Por qué no llamó o mandó un mensaje a sus amigos y familiares para decirles que estaba bien? Han estado pasando por un infierno, Danny. Y sospechábamos de Gemma. Sospechábamos que Gemma, su mujer, le había matado. ¿Lo sabía? No nos creíamos ni una palabra de lo que decía y ahora parece que nos estaba diciendo la verdad todo el tiempo.

Danny agachó la cabeza, suspiró y volvió a mirar a Devon.

—Vi las noticias, sí. Lo siento mucho, muchísimo. Pero me pareció la única manera…

—¿La única manera de qué? Mire, señor O'Connor, podría estar metido en problemas, incluso enfrentarse a cargos. Pero si nos lo explica, al menos si intenta ayudarnos a entender lo que ha pasado en las últimas semanas, bueno, eso puede ayudar, ¿sabe? Así que, por favor, empiece a hablar.

Danny guardó silencio unos segundos y luego asintió despacio, como si hubiera tomado una decisión.

–Vale, lo entiendo. Intentaré explicárselo. No sé si lo entenderán, pero voy a intentarlo. Y…, bueno, si voy a hacer esto, supongo que será mejor que empiece por el principio.

«Por fin –pensó Devon–. Por fin».

Danny hizo una pausa, volvió a moverse en la silla y respiró hondo.

–Me metí en un problemilla –dijo–. Bueno, en realidad, en un problema bastante gordo. Soy especialista en seguridad informática… Bueno, seguro que ya lo saben. Hace unos meses, alguien se puso en contacto conmigo para encargarme un trabajo privado. Se suponía que no podía aceptar trabajos externos. En aquel entonces trabajaba para una empresa llamada Hanfield Solutions, que tenía una política muy estricta al respecto. Pero digamos que el tipo que se puso en contacto conmigo fue muy… muy persuasivo. El dinero que ofrecía era una locura, ¿saben? Una cantidad muy grande. Nos habría dado para toda una vida. El único problema era que para ganar ese dinero tenía que hacer algo… algo ilegal. Algo bastante malo.

Mike y Devon intercambiaron miradas.

«Gemma tenía razón –pensó Devon–. Esta era su teoría, que Danny se había metido en un problema serio. ¿Por qué no la escuchamos?».

–Continúe –dijo.

Danny volvió a tomar aire y lo exhaló poco a poco.

–Miren, no puedo contarlo todo, no puedo dar nombres ni nada, es demasiado peligroso. Pero me he pasado la vida defendiendo a las empresas de los piratas informáticos y me pedían que hiciera todo lo contrario. Hackear el sistema de una gran compañía, y…, bueno, en los términos más simples, básicamente mover dinero. Para robarlo, básicamente. Mucho dinero. Lo medité durante un tiempo, de verdad que lo pensé. Era un fraude, un fraude de primera división, y si me pillaban sabía que me caerían años de cárcel. Era un gran riesgo, pero el pago era muy bueno. Demasiado bueno. Así que dije que lo haría. Solo una vez, cogería el dinero y a vivir bien toda la vida. Fui un idiota, ahora lo sé. Pero ¿cuántas veces se presenta una oportunidad así, una oportunidad que te cambia la vida? Era como ganar la lotería. Así que empecé el proceso. Y entonces, no sé por qué, un día, unas semanas más tarde, entré en razón de golpe, sin más. Creo que fue porque Gemma me habló de bebés, de nuestro futuro, de algún día. Yo quería todo eso, quería una familia, y entonces me di cuenta de que lo importante no era el dinero, sino ella y nuestro futuro juntos. Estaría tirando todo por la borda si las cosas salían mal, si me pillaban. Lo arruinaría todo. Así que me puse en contacto con el tipo y le dije que dejaba el trabajo. Pero, bueno, no fue tan sencillo.

Levantó la taza y le dio un sorbo al té. Luego sonrió de forma fugaz e hizo que sus ojos castaños oscuros se arrugaran en las comisuras antes de volver a adoptar una expresión seria.

—Me lo imagino. ¿Cómo reaccionó? —preguntó Devon.

—Me dijo que me mataría —soltó sin más. Hizo otra pausa y pasó un dedo por el borde de la taza—. Si no hacía el trabajo, me perseguirían y me matarían. Sabía demasiado, ¿lo entienden? Sabía lo que estaban planeando. Y aunque prometí y juré por la vida de mi madre que nunca diría una palabra a nadie, no fue suficiente. Si no hacía el trabajo, sería el fin. Me dieron un plazo, finales de enero, y me dijeron que tenía que hacer el trabajo para entonces o todo acabaría. Y que, si iba a la Policía antes, no solo me matarían a mí, sino también a Gemma, a mi madre y a mi hermano Liam. A mi hermano. No haría daño ni a una mosca, ¿saben? Es tan inocente como un niño de cinco años. Ni siquiera sé cómo sabían de él, de mi familia, pero lo sabían, lo sabían todo. Así que no tenía elección. Si hacía el trabajo y me atrapaban, mi vida habría terminado. Si no lo hacía, mi vida también acabaría y la gente a la que quiero moriría conmigo. Así que no tenía elección. Tenía que huir, tenía que desaparecer.

—Pfff. —Mike dejó escapar un suspiro largo y bajo.

–Lo sé. –Danny volvió a levantar la taza, bebió y luego se quedó mirando el té.

–Así que trazó un plan para hacer creer a todo el mundo que estaba muerto –dijo Devon.

Danny asintió.

–Miren, no estoy orgulloso de ello, ¿vale? Sobre todo, a la vista de todos los problemas que he causado. Pero en ese momento…, bueno, no se me ocurrió nada mejor. Si todos pensaban que estaba muerto, la amenaza habría terminado, ¿no? Así es como empezó todo. Llámenme estúpido.

–Bueno, tal vez no fuese su mejor idea. Pero no tiene sentido insistir en eso ahora –dijo Devon–. Cuéntenoslo.

Danny entrelazó las manos y apoyó la barbilla en los dedos índices. Devon pensó que parecía un chiquillo a punto de contar su última travesura.

–Bien, allá vamos. Tenía que desaparecer de la noche a la mañana. Y luego mudarme al extranjero, conseguir una nueva identidad, intentar empezar de cero. Era demasiado arriesgado que Gemma o cualquier otra persona viniera conmigo… Si me pillaban, nos habrían matado a los dos. Y sí, antes de que lo digan, sé que lo que he hecho ha sido cruel, sobre todo para Gemma. Y para todos, mi familia, mis amigos. Pero me hubiera hecho la vida mucho más fácil, ¿saben? Que pensaran que estaba muerto y no solo desaparecido. Habría significado que después de un tiempo nadie me habría buscado. Sí, estaría solo. Nunca podría volver a ver a mis amigos y a mi familia. Habría echado mucho de menos a Gemma, muchísimo. Pero al menos sería libre. ¿Y saben qué…? De todas formas, Gemma estaría mejor sin mí. No fui un buen marido, aunque intenté serlo. No siempre le fui fiel. Pero, ahora eso no importa.

Devon y Mike volvieron a intercambiar miradas.

–Bueno, pues sigamos –dijo Devon–. Háblenos de su plan.

–De acuerdo, allá vamos –dijo, incorporándose en la silla–. Ya habíamos decidido mudarnos de Londres a Brístol y eso resultó ser una bendición. Estaría en un sitio nuevo, donde nadie me conocería, donde podría esconderme a plena vista, más o menos. Allí practicaría la desaparición antes de hacerla para siempre. Además, necesitaba un poco más de tiempo para conseguir documentos de identidad nuevos y demás. Lleva un tiempo si quieres unos buenos. Así que tuve esta idea. Decidí intentar que pareciera que nunca había estado en Brístol, que algo me había pasado en Londres antes de la mudanza. Y…, bueno, esta es la parte de la que estoy más avergonzado… Sabía que la forma más fácil de hacerlo, con diferencia, era implicar a Gemma. Hacer que pareciera que me había hecho algo, algo terrible, antes de irse. Entonces, cuando llegara el día y denunciara mi desaparición, la Policía investigaría y no encontraría rastro de mí en Brístol y, bueno…, pensaría que ella, o tal vez alguien más, pero lo más probable es que ella, me había matado semanas antes. Dios, ahora suena demencial, ¿verdad? No pensé que llegaría tan lejos, ¿saben? Al fin y al cabo, no había pruebas reales contra ella porque no hizo nada malo, pero todo parece haberse ido un poco de las manos. Lo siento mucho.

Se recostó en la silla y se pasó las manos por la cara.

Devon pensó que sonaba muy demencial. Y criminal también, cosa que pronto Danny descubriría cuando le detuvieran. «¿Cómo podía alguien hacerle eso a su propia esposa, a una mujer que le amaba?». A su lado, Mike también guardaba silencio, pero Devon podía oírle respirar hondo.

«Él también está intentando controlarse. Este cabrón nos ha dejado a todos en ridículo», pensó.

—Siento mucho lo que le he hecho. Si alguna vez tengo la oportunidad de volver a ver a Gemma se lo diré. Pero en ese momento… —Levantó la taza, bebió otro trago e hizo una mueca—. Se está enfriando —dijo.

—Mike, ¿puedes poner la tetera y rellenar las tazas? —preguntó Devon—. Siga, Danny.

—Claro.

Mike se levantó, con el rostro inexpresivo. Danny le sonrió, señalándole la tetera que había sobre la encimera detrás de ellos, y luego se volvió hacia Devon.

—Vale, supongo que querrá saber los detalles. Empecé abriendo un par de cuentas bancarias en el extranjero y poco a poco fui ingresando dinero en ellas. Nunca tuvimos una cuenta conjunta, así que esa parte fue fácil; era mi dinero y solo sacaba pequeñas cantidades de aquí y de allá, sin retiradas grandes, nada que pudiera parecer raro si alguien lo comprobaba. También tuve un par de bonificaciones importantes de las que no le hablé a Gemma, las pedí en cheque y las guardé. Guardé la mayor parte para Gemma, para que tuviera algo a lo que recurrir cuando me hubiera ido, ¿sabe? Habría encontrado una manera de hacerle saber dónde debía buscar el dinero, con el tiempo. Y también un poco para mí, por supuesto. Quería un poco de dinero en el banco para empezar, pero no necesitaba mucho. Sabía que, acabara donde acabara, encontraría trabajo. Es lo bueno de mi trabajo. Hoy en día, todo el mundo necesita informáticos. De todos modos, la parte más importante: me aseguré de que Gemma se mudara a Brístol una semana antes que yo, le dije que tenía un trabajo que terminar aquí. Esa parte era crucial. Necesitaba tiempo para montar la escena en Londres.

–¿Montar la escena? ¿Se refiere a la sangre en el dormitorio?

La voz de Mike resultó fría al formular la pregunta mientras abría el grifo para volver a llenar la tetera.

Danny asintió sin darse cuenta.

«Está disfrutando de contar su historia», pensó Devon.

–Sí. Entonces, ¿la encontraron? No estaba seguro, pero esperaba que lo hicieran. Vale, esto también suena a enfermo mental, pero ya he empezado a contárselo. No tiene sentido dejar nada fuera. Compré un kit en internet, con agujas y todo. Empecé a sacarme un poco de sangre unas cuantas veces a la semana. Lo sé, una locura, ¿verdad? Pero fue efectivo. Quinn me ayudó. Sí, él sabía lo que estaba pasando. Era el único que lo sabía. Es mi mejor compañero en el mundo. Bueno, eso y el hecho de que tenía una deuda conmigo. No financiera, me lo debía por algo que pasó hace años, cuando éramos niños. De todos modos, eso no importa. Pero me lo debía y por eso accedió a ayudar con todo.

«Otro que nos ha hecho perder el tiempo, pues», pensó Devon con frialdad.

–De todas formas --continuó Danny--, me ayudó con la sangre.

Leímos en internet que la sangre aguanta hasta unos cuarenta días en el frigorífico, solo se necesitan algunas piezas especiales, pero lo conseguimos todo *online* y fue bastante fácil. Me la guardó aquí, en la nevera.

Mike, que acababa de abrir la nevera para encontrar la leche, retrocedió visiblemente.

–En cuanto Gemma se fue a Brístol, Quinn llevó la sangre y la esparcí por todo el dormitorio. Copié algunas fotos de escenas de crímenes que encontramos en internet. Hice un buen trabajo. Y luego le dejé las llaves al casero, asegurándome de que nadie me viera, y me mudé aquí con Quinn durante una semana, sin llamar la atención. Una semana después, cuando me fui a Brístol, me disfracé (barba, sombrero, gafas) y me aseguré de llegar al anochecer por la puerta trasera. Ya me había puesto en contacto con mis nuevos jefes en Brístol para decirles que había cambiado de opinión sobre el trabajo, así que todo lo que tenía que hacer era encontrar un lugar donde pasar el rato todos los días, asegurándome de que entraba y salía cuando estaba oscuro para reducir las posibilidades de que los vecinos me vieran. Al final utilicé un gimnasio local, iba disfrazado todos los días, sin complicaciones. Usaba el nombre de Patrick y pagaba todo en efectivo. Fue fácil.

«Una vez más, Gemma tenía razón –pensó Devon, con una punzada de culpabilidad–. Intentó explicárnoslo y no la escuchamos. Pensábamos que mentía en todo».

Danny seguía hablando.

–También dejé de utilizar mi cuenta bancaria inglesa, usaba mi tarjeta de crédito extranjera si tenía que hacer una compra importante; solo tenía que asegurarme de que Gemma no la viera –explica–. Por lo demás, pagaba las cosas en efectivo y me aseguré de tener suficiente dinero en la mochila para las últimas semanas. Y evité abrir la puerta de casa, cosas así. Pensé que Gemma empezaría a darse cuenta, pero no lo hizo. Supongo que teníamos mucho que hacer en la casa, recién mudados. Es fácil quedarse en casa sin salir. Hubiera sido más difícil con el paso del tiempo, pero solo pretendía hacerlo durante unas pocas semanas. Me aseguré de no contactar con nadie durante esas semanas: me deshice del teléfono y me inventé una historia sobre un retraso en el trabajo a la hora de conseguirme uno nuevo. Era como un juego. Y funcionó. Lo único que me preocupaba era que Evans, nuestro casero, encontrara la sangre en el dormitorio demasiado pronto, entonces tendría que mudarme antes de estar listo. Pero sabía que se iba a ir y supuse que tendría unas semanas. Todo salió a la perfección.

Mike había vuelto a la mesa. Había llevado una tetera y estaba llenando las tazas con té recién hecho, con los ojos entrecerrados, escuchando con atención. Devon también estaba absorto, con una especie de fascinación horrorizada.

«Menuda historia», pensó.

–¿Y qué hay de los correos electrónicos que Gemma dijo que le envió durante las semanas que estuvo en Brístol? ¿Y las fotos que dijo que le hizo? ¿Cómo se deshizo de ellas? Porque supongo que fue usted quien se deshizo de ellas. Ella pensaba que su móvil no iba bien –dijo.

–Ya saben a qué me dedico –dijo Danny. Tenía una expresión de culpabilidad en el rostro–. Fue bastante sencillo hacer que desaparecieran para siempre. Y cuando por fin me mudé, lo hice cuando Gemma estaba fuera en un viaje de prensa, así pude limpiar todo con lejía, asegurarme de que la mayor cantidad posible de mi ADN y huellas dactilares desaparecieran. Que pareciera que apenas había estado allí. Entonces, de madrugada, Quinn vino y nos recogió a mí y a la bicicleta en su furgoneta y me llevó a Londres. He estado aquí desde entonces.

–Vaya. –Mike exhaló con fuerza.

–Lo sé. Soy una mierda escurridiza, ¿verdad? –Danny volvía a parecer arrepentido–. Pero les diré una cosa, no sabía que iba a aparecer un asesino en serie, ¿eh? Eso fue una sorpresa. Y el hecho de que las víctimas se parecieran a mí… fue raro, muy raro. Raro, pero también un regalo, ¿saben? Si los tipos que me perseguían pensaban que yo era la víctima de un asesino en serie, bueno, fantástico. Pero cuando vi en las noticias que Gemma estaba siendo interrogada no solo sobre mí, sino también sobre esos otros asesinatos, bueno…, eso fue horrible. Lo sentí mucho, muchísimo. No podía arreglarlo.

—Usaba la misma aplicación de citas que al menos dos de los hombres muertos, ¿lo sabía? Elite Hook Ups. EHU. —dijo Devon.

Danny asintió, la expresión de culpabilidad volvió a su rostro.

—Sí, estaba en ella... ¿Pero esos tipos también la usaban? Esa es otra extraña coincidencia. O tal vez no, quiero decir que es bastante popular hoy en día, miles de personas la usan. Pero aun así. No sabía eso hasta que Gemma se lo mencionó a Quinn el otro día y me lo dijo. Qué raro. Miren, no estoy orgulloso de eso. De estar casado y registrarme en una página de citas, quiero decir. Como ya he dicho, no siempre fui un buen marido para Gemma. Siempre he luchado por ser fiel, no solo a ella, también a todas las mujeres con las que salí antes de ella. Últimamente había mejorado, lo estaba intentando, de verdad. Amo a Gemma, ¿saben? Quería un futuro con ella, hijos, todas las cosas normales. Pero era como... como una adicción.

Se pasó una mano por el pelo, cerró los ojos y negó despacio con la cabeza. Devon no sabía qué decir y estaba claro que Mike pensaba lo mismo, así que ambos se quedaron sentados, en silencio, esperando a que Danny continuara.

—Necesitaba mucha atención femenina, siempre la he necesitado. Suena patético, pero es así —dijo al final—. Así que de vez en cuando me acostaba con alguien que conocía por internet, sin compromisos. Solo sexo. Pero a veces iba demasiado lejos. Una vez me tiré a una chica en una fiesta en la que estaba con Gemma... Me escapé a un dormitorio durante diez minutos mientras ella charlaba con otra persona. Qué mal, ¿eh? Gemma nunca se enteró, ni siquiera lo sospechó, y fue muy emocionante hacerlo con tanta gente a unos metros de distancia. Y otra vez intenté hacerlo con su amiga Eva. Joder, eso fue un error. Pero ella no quiso, y menos mal. No me habría salido con la mía si Gemma se hubiera enterado.

Los ojos de Devon se abrieron de par en par al oír el nombre de Eva y sintió una pequeña oleada de satisfacción. «¿Así que la preciosa Eva rechazó las insinuaciones de Danny? Qué bien».

—¿Podemos volver a la aplicación EHU por un minuto? —dijo Mike—. Usó una dirección de correo falsa. O, al menos, una que no se podía rastrear. ¿Por qué?

—Solo usé un programa para ocultar mi dirección IP. Por privacidad, ya saben. En mi situación…

A Devon empezaba a dolerle la cabeza.

—Vale. Vale. Hay mucho que asimilar —dijo.

Con Danny vivo, habría que revisar muchas suposiciones que habían hecho sobre los asesinatos, pero sabía que en esos momentos no podía pensar en eso.

—¿Y Quinn? —dijo—. ¿Por qué le envío esos mensajes a Gemma? ¿Le pidió usted que lo hiciese?

Danny parecía sorprendido.

—¿Los mensajes? ¿Cómo…? —Hizo una pausa—. Bueno, sí, sabía que había enviado algunos mensajes. Estaba planeando salir de aquí la semana que viene. Pasaporte falso, documentos, todo, ya estaba todo preparado. Quería reforzar la idea de que estaba muerto, como ya he dicho, para que si alguien me reconocía en un avión o algo así nadie le creyera si lo denunciaba, porque sería bien sabido que mi mujer estaba siendo interrogada por haberme matado. Así que Quinn dijo que enviaría algunos mensajes para mover un poco las cosas, hacerles creer que alguien ahí fuera sabía que me había hecho algo malo. Pero dijo que usaría un teléfono de prepago barato, imposible de rastrear. No me digan…

—Metió la pata —dijo Devon—. Envió el último mensaje desde su propio móvil.

—Mierda. Maldito imbécil —dijo Danny. Por un momento, parecía furioso. Luego se encogió de hombros—. Supongo que ya no importa, ¿no? Se acabó el juego. Van a arrestarme, ¿verdad?

Devon asintió.

—Me temo que sí. Aún no estoy muy seguro de qué se le acusará; hay mucho que desentrañar aquí, pero hay intento de pervertir el curso de la justicia, pérdida de tiempo de la Policía, posesión de documentos de identidad con intenciones impropias, además de…

Danny levantó las manos.

—¡Vale, vale! ¿Puedo ir a mear antes de irnos? Mucho té.

—Claro. Y coja también un abrigo y unos zapatos. Hace frío.

—De acuerdo. Y gracias. A los dos. Por escuchar. Ha estado bien que alguien escuche, ¿saben? Escuchar y no juzgar. Sé que he metido la pata hasta el fondo. Dios sabe cómo voy a mantenerme a salvo de los locos que me persiguen ahora. Pero supongo que ese no es su problema.

Se levantó y salió de la cocina; segundos después oyeron cerrarse la puerta del cuarto de baño. Devon y Mike se sentaron a la mesa en silencio durante unos segundos, hasta que Mike habló en voz baja.

–¿Escuchar y no juzgar? El tío está loco. Quiero decir, entiendo que temiera por su vida y necesitara huir. Pero hay maneras de hacer las cosas. Hacer lo que le hizo a esa pobre mujer…

–Lo sé. Lo sé. Pero por ahora calla.

Volvieron a sentarse en silencio, ambos sumidos en sus pensamientos. A su alrededor, el pequeño piso estaba en calma, el silencio solo lo rompía el bajo zumbido de la nevera y el lento goteo del grifo de la cocina.

«Mierda», pensó Devon de repente. Había demasiado silencio.

–Mike, ¡rápido!

–¿Qué?

Un Mike asustado se levantó de un salto y le siguió mientras Devon salía corriendo de la habitación.

–¡Danny! –Tocó en la puerta del baño. Nada–. Bien, retrocede. Voy a entrar.

Retrocedió todo lo que pudo en el pasillo, que era estrecho, y se lanzó contra la puerta. La puerta se abrió de golpe, la madera endeble crujió y se estrelló contra la pared. Devon, con la respiración agitada, entró corriendo en la habitación, Mike detrás de él. La habitación era diminuta, la mampara de la ducha era estrecha y estaba vacía. Encima del lavamanos, la ventana estaba abierta de par en par, los visillos ondeaban con suavidad en la fría brisa nocturna. Y Danny se había ido.

Capítulo 36

Acomodé los pies en el sofá, me tapé las rodillas con la manta de piel sintética, agarré el plato que acababa de dejar en la mesa baja y le di un buen mordisco a mi sándwich de queso *brie* y beicon tostado. El queso sobresalió del pan, me cayó por la barbilla, me lo limpié con el dedo y luego lo lamí. Sabía a gloria. A mis pies, Albert me observaba, dispuesto a lanzarse sobre cualquier trocito de beicon que cayera del plato. Le quité una loncha y se la di; la devoró haciendo ruido y luego volvió a mirarme hambriento. Me lo habían traído a casa a primera hora, después de que la Policía lo llevara a una perrera local para cuidarlo mientras yo estaba bajo arresto, y desde entonces no se había separado de mí, salvo para engullir un enorme plato de comida en la cocina y buscarme de inmediato para suplicar más. Puse los ojos en blanco (estaba segura de que en la perrera no lo habían matado de hambre), pero le di una segunda ración de todos modos. A mí también me gustaban las raciones dobles de todo, así que ¿quién era yo para juzgar?

Cuando llegué a casa la noche anterior, todavía estaba un poco aturdida al salir a trompicones del taxi. «¿Esto es real? ¿Danny está vivo y yo soy libre?». De repente, me di cuenta de que me moría de hambre y, salvo las pocas horas en las que había sucumbido a un sueño profundo y sin sueños, no había dejado de comer.

–Para compensar las últimas semanas –me dijo Eva cuando hablé con ella por teléfono–. He estado preocupada por ti, apenas has comido nada.

–Ahora sí –murmuré entre dientes mientras masticaba una barrita Mars–. Creo que he engordado medio kilo desde que llegué a casa.

Clare y Tai habían venido esa misma mañana después de enterarse por las noticias de mi detención y posterior puesta en libertad. Habían llegado cargadas con bolsas llenas y me dijeron que no estaban allí para hacer preguntas, sino para asegurarse de que estaba bien.

—Pensamos que no tendrías comida, así que fuimos a comprar por ti —dijo Tai mientras sacaba la compra de las bolsas sobre la mesa de la cocina.

Se me encogió el corazón. La noche anterior, mi cena había consistido en palitos de pescado y patatas fritas en el microondas que había encontrado en el congelador, y la nevera y los armarios estaban prácticamente vacíos otra vez. Pensé que esas mujeres a las que apenas conocía eran muy amables y consideradas. Ya éramos amigas, amigas de verdad, a pesar del poco tiempo que llevábamos quedando.

—Y no estábamos cien por cien seguras de lo que querrías, pero sabíamos que no eres vegetariana ni vegana ni nada de eso, así que compramos un poco de todo —añadió Clare—. Lo esencial, obviamente, leche, pan, mantequilla y demás. Algo de fruta y verdura. Queso, embutido, beicon, pollo, salmón ahumado. Vino, por supuesto. Chocolate. Y también algunas cosas congeladas. ¿Te parece bien?

—¿Bien? Es increíble. Las dos sois increíbles —les dije y las abracé con fuerza.

Se marcharon después de hacerme prometer que nos veríamos muy pronto para cenar y me dejaron para que empezara a rebuscar en mis armarios recién reabastecidos.

Todavía me parecía surrealista estar allí sentada, a salvo en mi propio sofá, sabiendo que todas las acusaciones y sospechas que se habían arremolinado a mi alrededor durante semanas habían desaparecido. La Policía no me había contado mucho cuando me soltaron, solo que habían encontrado a Danny sano y salvo y que les había explicado su desaparición. Cuando intenté pedir más detalles, el agente al que habían enviado para explicarme por qué se me permitía volver a casa se mostró poco preciso y se negó a decirme dónde estaba Danny o si alguien iba a enfrentarse a algún cargo relacionado con su desaparición.

—Puede estar tranquila, señora O'Connor, porque ya no consideramos la posibilidad de presentar cargos penales contra usted —me había dicho.

Todavía tenía muchas preguntas: en primer lugar, ¿por qué Danny había sentido la necesidad de desaparecer? ¿De dónde había salido la sangre del dormitorio? ¿Por qué se había comportado de forma tan extraña en el periodo previo a su marcha? Y el asuntillo de la aplicación de citas, claro. Pero parecía que tendría que esperar para obtener las respuestas. Eva también sentía una curiosidad insaciable.

—Tenemos que averiguar qué ha pasado, ¡esto es una locura! —dijo—. Seguro que Danny se pondrá en contacto contigo para darte explicaciones ahora que sabe que sabes que está vivo. Sé que tienen que respetar su intimidad, pero si te hubieran dado alguna idea de dónde estaba quizá podríamos localizarle. Ni siquiera sabemos si sigue en el Reino Unido, ¿no? ¿Y está detenido o no? Seguro que se enfrenta a cargos de algún tipo.

—No tengo ni idea —dije y partí otro trozo de mi chocolatina—. Y, sí, yo también estoy desesperada por saber qué pasó exactamente y qué piensa hacer ahora. Solo puedo asumir que esos planes no me incluyen, lo que sigue siendo desgarrador. Pero por alguna razón ahora mismo estoy bien, ¿sabes? Incluso algo eufórica. Es un poco raro, o sea, mi marido me ha dejado y es muy probable que esté viendo a otra, y seguro que todo lo que hemos tenido juntos ha sido una mentira, y todo eso es una mierda, y yo debería estar destrozada y llorando. Pero... No sé, creo que es un alivio. Ha sido horrible no saber si estaba vivo o muerto y que la Policía pensara que yo podría haber tenido algo que ver. Y también esos otros asesinatos. Dijeron que, como estaba claro que yo no había matado a Danny, la posibilidad de que yo hubiera matado a los otros hombres ya no se consideraba. Supongo que ahora han vuelto al principio. Que Danny se pareciera tanto a las víctimas era una extraña coincidencia. Pero, honestamente, Eva, me da igual. Ya no me interesa. Danny está vivo y por ahora eso es suficiente. El resto puede esperar.

El artículo que le habían pedido a Eva que escribiera sobre mí —«mi amiga, la presunta asesina en serie»— había sido descartado y un vistazo a través de las cortinas del salón a primera hora de la mañana había confirmado lo que esperaba: que la prensa tampoco tenía ya ningún interés en mí. Abrí las cortinas de par en par y, mientras me comía mi sándwich tostado, el sol del mediodía entraba a raudales por la ventana; las nubes parecían algodón de azúcar blanco y esponjoso, el cielo era de color azul celeste.

Llevaba toda la mañana recibiendo y haciendo llamadas para poner al día a familiares y amigos sobre los extraordinarios acontecimientos de los últimos días.

Mi padre había llorado de alivio, mi madre también sollozaba en el fondo y, aunque ellos, al igual que yo y todos los demás, tenían preguntas que yo no podía responder, estaban contentos con dejar que el misterio continuara siendo un misterio por ahora.

—Mientras tú estés bien, cariño... Eso es lo que importa —dijo papá.

Había decidido no llamar a Bridget. La Policía me había dicho que informaría a la familia de Danny de que lo habían encontrado y con eso me bastaba. Pensé que, si quería hablar conmigo, podía llamarme, pero no esperaba saber nada de ella. No parecía importarle que Danny hubiera desaparecido y estaba segura de que tampoco le interesaba que reapareciera. Qué mujer más extraña, fría y horrible. Cuando encendí la televisión para ver las noticias del mediodía, solo hubo una breve mención de Danny.

La Policía de Avon informa de que Danny O'Connor, el hombre de treinta y tres años que llevaba desaparecido casi tres semanas, ha sido encontrado sano y salvo. Se temía que pudiera haber sido otra víctima del supuesto «asesino en serie», después de que dos hombres fueran asesinados en Brístol el mes pasado. Además, hay otros dos asesinatos y una grave agresión en Londres que se relacionan con los homicidios de Brístol. Una mujer que estaba siendo interrogada ha sido puesta en libertad sin cargos. Un portavoz ha declarado que encontrar al responsable de los asesinatos sigue siendo la máxima prioridad de la Policía.

Cogí el mando a distancia y apagué la televisión. Había muchas cosas más que quería saber y, sin duda, mucho más dolor por delante. Pero, por ahora, estaba contenta. Contenta de estar allí, sentada, con la luz del sol inundando la habitación, la barriga llena, mi nombre limpio y mi marido vivo. Todo había terminado.

Capítulo 37

—Cuando le encontremos se va a enterar.

Helena arrojó con fuerza el corazón de una manzana a la papelera que había junto a su escritorio, como para ilustrar aquella intención. Rebotó en el borde y aterrizó en la moqueta. Helena maldijo en voz baja y se agachó para recogerlo. Era miércoles por la tarde y el equipo se había reunido para ponerse al día y reorganizarse tras el inesperado descubrimiento de que Danny O'Connor no era, después de todo, una víctima de asesinato, sino el cerebro de su propia desaparición. Una desaparición exitosa hasta el día anterior, por supuesto.

—Para empezar, quiero que le condenen por obstaculizar el curso de la justicia.

Tenía el ceño fruncido e iba paseándose de un lado para otro por el hueco que había entre dos filas de mesas en el centro de coordinación.

—La sangre en el dormitorio, esa mierdecilla… Fabricar pruebas, hacernos creer que Gemma era una asesina… Solo por eso podrían caerle años. Hacer perder el tiempo a la Policía… y si además tiene documentos de identidad falsos… ¿Alguna noticia de su paradero? ¿O del paradero de su primo Quinn? Le quiero a él también. Venir aquí, mentirnos descaradamente sobre Gemma, ayudar a Danny con todo el maldito engaño… Los quiero a los dos, y ya. ¿Alguna noticia?

—Por desgracia, no.

—Todavía nada, jefa.

—Tal vez quien le perseguía acabó por atraparle. ¡Que le den!

Las respuestas llegaron de diferentes partes de la sala y ella suspiró con frustración. Habían emitido un aviso a todos los puertos –el boletín que circula por todos los puertos y aeropuertos internacionales con el objetivo de identificar y detener a un sospechoso que huye– tanto sobre Danny como sobre Quinn O'Connor, pero hasta el momento no se había informado de ningún avistamiento.

–Es probable que se escondan en algún lugar del Reino Unido –dijo Devon malhumorado–. Son buenos escondiéndose, ya lo sabemos.

Helena dejó de caminar, se acercó a él y le dio un puñetazo en el hombro con suavidad.

–Anímate, colega. Deja de castigarte por haber perdido a Danny. Un día de estos lo atraparemos. Y, mientras tanto, hemos vuelto al principio con estos asesinatos. Necesitamos poner en orden las cosas. Danny y Gemma O'Connor eran una distracción que nos ha quitado demasiado tiempo, ¿vale? Olvídate de ellos por ahora.

Suspiró.

–Ya. Sé que tienes razón, pero sigo cabreado conmigo mismo. Voy a por té, ¿quieres uno?

–Por favor.

Helena le dedicó una sonrisa irónica y comprensiva. Dejar escapar a Danny por la ventana de su cuarto de baño no había sido lo ideal, pero no estaba dispuesta a desquitarse con Devon, ni tampoco con Mike. Estas cosas pasan. Estaba más enfadada, muy enfadada, de hecho, por el hecho de que el equipo hubiera perdido tanto tiempo buscando a Danny e investigando a Gemma. Todavía había algunas coincidencias que le molestaban un poco –las similitudes físicas entre Danny y las víctimas de asesinato, por ejemplo–, pero sabía que tendría que dejarlo pasar y seguir adelante. Él no era una víctima y había sido responsable de su propia desaparición. En ese momento tenía cosas más importantes de las que preocuparse; la prensa, siempre dispuesta a olfatear una noticia desfavorable, había vuelto a la carga y exigía una actualización oficial sobre cuál iba a ser el siguiente paso en la investigación del supuesto asesino en serie, ahora que la principal sospechosa había sido puesta en libertad sin cargos.

Por un momento se había planteado la posibilidad de volver a detener a George Dolan, el hombre que había afirmado haber matado a los cinco hombres, pero había descartado la idea casi al instante. Estaba claro que había mentido descaradamente, algo que resultaba aún más obvio ahora que Danny O'Connor estaba vivito y coleando a pesar de las afirmaciones de Dolan, y su instinto le decía que las horas que habían pasado con él habían sido otra auténtica pérdida de tiempo. Y no podía permitirse volver a equivocarse; ya había tenido que atender otra llamada airada de la comisaría a primera hora de la mañana. No había sido una conversación agradable.

–Solo necesitamos avanzar un poco. Una pista pequeñita. Vamos, universo, ayúdame –murmuró mientras se sentaba frente al escritorio y tocaba el ratón. La pantalla se iluminó y en una esquina apareció una notificación de correo electrónico. Hizo clic en él. Por fin, era el informe forense del intento de asesinato de Declan Bailey en Londres, el ataque que había tenido lugar, casualmente, tan cerca del *pub* donde Gemma y Quinn habían quedado. El corazón se le aceleró cuando empezó a leer el correo electrónico. Si habían encontrado ADN en el arma que había arrojado el agresor… Entonces dejó de leer y frunció el ceño.

–¿Qué? ¡¿QUÉ?!

–¿Qué pasa?

Devon, que aún estaba a medio camino al otro lado de la sala tras haberse detenido a charlar con Tara mientras se dirigía hacia la puerta en su misión de preparar té, se dio la vuelta y empezó a caminar de vuelta hacia ella.

–¡MIERDA! Esto no puede estar bien. No puede ser, no tiene sentido…

Ya estaba de pie, pero seguía mirando la pantalla del ordenador, incapaz de comprender lo que leía.

–Jefa, ¿qué? ¿Qué pasa?

Devon estaba a su lado, intentando ver lo que estaba mirando.

–Es el informe forense del asalto en Londres. Han encontrado ADN. Y mira, Devon. Mira.

Él también lo leyó y se quedó boquiabierto.

–¿Qué? Pero eso significa…

Helena respiró hondo.

–Exacto. Significa que nos hemos equivocado. Nos hemos equivocado en todo.

Capítulo 38

—Qué amable, muchas gracias. De verdad que lo agradezco.

Acepté la cazuela que me ofrecía Jo y que olía tan bien y sonreí. Mi vecina de al lado acababa de aparecer para decirme que había estado siguiendo las noticias y que se había sentido muy aliviada al saber que era libre y que Danny estaba vivo.

—Evidentemente, nunca le conocí, pero estabas muy preocupada por él cuando viniste, así que me alegro mucho de que todo haya salido bien —dijo—. La verdad es que no sabíamos qué hacer, Jenny, Clive y yo, mientras todo sucedía, ¿sabes? Con toda la prensa fuera y eso. Hablamos de venir a ver si estabas bien, pero luego pensamos, bueno, en realidad no te conocíamos, y… y, bueno, fue todo tan raro. Deberíamos haberlo hecho, lo siento.

—Ay, por favor, no lo sientas. Soy yo la que lo siente, muchísimo, por todo el alboroto. Vi a Clive un par de veces y me di cuenta de que parecía muy incómodo. No le culpo, ni a ti. Fue una situación horrible.

Jo sonrió.

—Bueno, vale. De todas formas, ya se ha terminado y pensé que con todo el jaleo no habrías tenido mucho tiempo para cocinar. Así que aquí tienes. Es solo un guiso de salchichas, pero suele gustar cuando vienen amigos. Ay, Dios, no eres vegetariana, ¿verdad?

—No. Y huele de maravilla. De verdad que es muy amable por tu parte. Y Albert piensa lo mismo. De momento no parece que quiera dejar de comer.

Señalé a mi perro, que miraba ansioso hacia la cazuela moviendo la cola. Jo sonrió.

—Es monísimo. Seguro que también hay suficiente para él.

Le devolví la sonrisa.

—Ah, él se encargará de eso. Tiene métodos para que haga lo que él quiere, créeme. Pero, en serio, la gente está siendo tan tan amable, no sabes cuánto te lo agradezco. Y, de nuevo, siento mucho que hayas tenido que aguantar a la prensa ahí fuera todo este tiempo. Ya se han ido, espero que para siempre.

Jo volvió a sonreír, con unos ojos amables que se arrugaban en el rabillo, y se apartó un mechón de pelo de la cara. Ese día lo llevaba suelto y le caía como una cortina gris y pesada por la espalda.

—No te preocupes. Y, cuando estés de humor, ven a casa a tomar algo. Le diré a Jenny y Clive que vengan también. Estaría bien conocerte mejor.

—Me encantaría, gracias. ¿Cómo caliento esto?

—Una media hora a 170° en el horno debería bastar. Asegúrate de que esté bien caliente. Y ahora debo irme, mi amiga Ally viene en diez minutos y tengo bollos en el horno. Mételo en la nevera de momento. Me voy. Cuídate, Gemma.

Me dio una palmadita en el brazo y salió por la puerta de la cocina hacia el pasillo. Mientras abría la nevera con el codo y colocaba con cuidado el recipiente grande en el estante del centro, oí que me llamaba.

—¿Gemma? Tienes otra visita. Le he dejado entrar, ¡nos vemos!

¿Una visita? ¿Tal vez era Clive? Agarré el paño que colgaba de un gancho junto al fregadero y me limpié las manos. Entonces me giré al oír unos pasos entrar en la habitación. Había un hombre alto, con barba, gafas y el pelo cubierto por un gorro negro. Albert también se volvió, se detuvo un segundo, luego ladró y se lanzó sobre el visitante ladrando sin parar, dando brincos en el aire por la alegría, la cola una mancha de frenesí.

—¿Qué… quién…? —tartamudeé. Miré fijamente al hombre.

«No podía ser. ¿No?».

—Hola, Gemma —dijo el hombre y yo jadeé.

Danny. Era Danny. Había vuelto a casa.

Capítulo 39

En el centro de coordinación de la comisaría, el aire estaba cargado de una tensión nerviosa, el murmullo de las conversaciones animadas se convirtió en un susurro y luego en silencio cuando Helena se dirigió al frente de la sala y levantó una mano.

–Bien, escuchad. Como ya sabéis, ahora tenemos a un sospechoso. Las pruebas forenses son muy claras: la persona que fue interrumpida durante el ataque a Declan Bailey y huyó, dejando caer el martillo usado como arma, dejó ADN, tal y como esperábamos. Y ese ADN coincide con un perfil de la Base de Datos Nacional de ADN. Es una sorpresa, sí, pero nuestra prioridad ahora es encontrar al sospechoso lo antes posible y ver si podemos relacionar ese ataque con nuestros dos asesinatos sin resolver y es muy posible que también a los dos asesinatos de Londres. Parece muy probable, dadas las similitudes entre los casos, que este agresor sea el que todos hemos estado buscando y que la prensa también haya estado en lo cierto con sus especulaciones todo el tiempo.

Tomó aire.

–Lo que estoy diciendo es que ahora estamos buscando a un asesino en serie de manera oficial. Y ahora también tenemos una cara y un nombre. Solo que no es la cara o el nombre que ninguno de nosotros esperaba, ¿verdad?

Capítulo 40

Danny y yo nos sentamos en la mesa de la cocina, Albert se estiró debajo de ella, como en los viejos tiempos. Salvo que no era como en los viejos tiempos porque mi marido acababa de contarme exactamente cómo se las había arreglado para desaparecer por completo. Después de todo, Eva y yo teníamos razón. Se había escondido a plena vista en Brístol, lo había planeado todo. No me había dicho por qué, todavía no. Me había dicho que me lo contaría más tarde. Pero me había contado cómo. Cómo lo había planeado todo durante años, cómo había calculado cómo hacerlo y cómo hacerlo a la perfección y cómo Quinn, que al final lo sabía todo, le había ayudado. Le ayudó a preparar su propia muerte. La sangre. Limpiar nuestra casa con lejía para que pareciera que apenas había estado allí, asegurarse de que yo no viera que usaba una tarjeta bancaria extranjera que no conocía cuando pagaba las cosas y usar el dinero en efectivo que había escondido tan a menudo como podía. Ahorrar dinero para el futuro. Averiguar la ubicación de todas las cámaras de seguridad de Brístol y elegir nuestra nueva casa porque estaba en un lugar donde él sabía que no había ninguna. Borrar todas las fotos recientes que tenía de él y los correos electrónicos que me había enviado. Dejar su nuevo trabajo en Brístol y pasar los días en el gimnasio, escondiéndose. También había tenido razón en eso, pero el plan, todo aquello, todo aquel plan increíble y organizado que había funcionado tan bien, de forma tan brillante, me dejó estupefacta. También sabía que la Policía sospecharía que le había atacado. Esperaba que sospecharan de mí. Incluso me había confesado, casi como una ocurrencia tardía, que me había sido infiel cada dos por tres durante todo nuestro matrimonio, era «adicto» al sexo con otras mujeres, había salido a escondidas a menudo para acostarse con otras mujeres que había conocido por internet cuando yo pensaba que estaba trabajando hasta tarde o dando uno de sus solitarios paseos en bicicleta. Con cada nueva confesión me pedía disculpas, expresaba su arrepentimiento por lo que me había hecho pasar, pero apenas oía sus palabras de remordimiento, la magnitud de su engaño me golpeó con tal fuerza que me sentí como si me estuvieran atacando físicamente, con tal presión en el pecho que me costaba recuperar el aliento y me invadían oleadas de náuseas. Si no hubiera sido mi vida, si lo hubiera leído en un periódico, habría pensado que alguien se lo había inventado. Pero era mi vida y, una vez más, me sentí como si alguien hubiera lanzado una bomba y la hubiera hecho estallar en mil pedazos.

–Venga ya, Danny. ¿Por qué? Por el amor de Dios. Me has dicho cómo lo hiciste, ahora dime por qué. ¿Por qué tuviste que huir, fingir que estabas muerto? ¿Qué puede haber ido tan mal para que tuvieras que hacer eso? ¿Para qué tuviste que incriminarme en tu asesinato? ¿A mí, a tu esposa?

Me temblaba la voz. Si en las últimas semanas, que habían sido horribles, me había atrevido alguna vez a permitirme imaginar ese día, el día en que Danny volvería a casa sano y salvo, nunca lo había imaginado así. Nunca imaginé que el hombre al que tanto amaba pudiera tratarme así, utilizarme, ponerme a propósito en una situación tan espantosa. Joder, si sospechaban que era una asesina en serie, y todo por él. Me quedé mirándole, esperando a que me lo explicara, a que me dijera por qué, con el corazón latiéndome en el pecho, débil, y me di cuenta con una claridad súbita y espantosa de lo que ya sospechaba desde hacía tiempo: que nunca había llegado a conocer a ese hombre. Ese hombre con el que había prometido pasar mi vida, para bien o para mal. Ese hombre que me había hecho los mismos votos. Había sido mentira, hasta la última palabra, y, aunque me lo había preguntado en los días más oscuros de las últimas semanas, ahora era verdad y me balanceaba de un lado a otro. De hecho, no, no me balanceaba, «balancear» era una palabra insignificante para lo que estaba sintiendo. Balancear sonaba a algo divertido, tal vez a un movimiento suave y que podía dar un poco de vértigo sobre una pista de baile. En realidad, lo que sentía era como si mi mundo diera vueltas a toda velocidad, sin control, a una velocidad vertiginosa y sin que pudiera volver a la normalidad. ¿Cómo te recuperas de algo así? ¿Acaso era posible?

—Te quiero, ¿sabes?

Me sobresalté. Había empezado a hablar otra vez, mi marido, mirándome con aquellos preciosos ojos de color marrón chocolate, y traté de volver a prestarle atención, lejos de mi propia angustia, lejos del abismo en el que me estaba hundiendo, el lugar oscuro y profundo en el que sabía que me sumergiría por completo en cuanto él se marchara, el lugar del que dudaba que pudiera volver a salir.

—¿Qué? —Solté una carcajada, una carcajada corta y ronca, y él se estremeció un poco. Se había quitado el disfraz, el sombrero, las gafas y la barba. Estaba sobre la mesa, entre nosotros, como un pequeño animal dormido.

—Te quiero. Sé que no vas a creerme, no ahora. Pero es así. Lo único que quería era una vida normal, una familia. Tú, yo y dos niños, vivir en algún lugar lleno de amor como este, en Brístol. Pero las cosas no salieron así.

Resoplé.

—¿Amor? No conoces el significado de la palabra amor, Danny. Nadie que ame a alguien le trataría como tú me has tratado a mí. Y todavía no me has dicho por qué. ¡¿Por qué, Danny?!

Grité las tres últimas palabras golpeando la mesa con los puños y él volvió a estremecerse.

—Lo siento, siento mucho que hayas tenido que pasar por todo esto. Nunca podré expresar cuánto lo siento. Pero pensé que era la única manera, ¿sabes? De desaparecer de verdad. Lo entenderás cuando te lo cuente. Dame un minuto, por favor. Esto no es fácil para mí.

Negué con la cabeza, despacio, y por un momento se disiparon la rabia y la desdicha mientras la incredulidad se apoderaba de mí.

—¿De verdad? ¿No es fácil para ti? ¿Te crees que ha sido fácil para mí? Intentaste incriminarme, Danny. Por ASESINATO. ¿Te das cuenta de lo mal de la cabeza que suena eso? ¿Solo porque, por el motivo que sea, querías irte y empezar una nueva vida en el extranjero? ¿Qué demonios pasa contigo? ¡¿Por qué, Danny?! Por el amor de Dios, ¡¿por qué has hecho esto?!

Para entonces ya estaba gritando, me había puesto de pie, inclinada sobre la mesa, casi escupiéndole. Albert también estaba de pie, miraba de mí a Danny, inquieto, con el rabo entre las piernas. Danny se encogió en la silla y yo me quedé mirándole un rato, luego gruñí y me di la vuelta. Atravesé la cocina hasta la ventana y me quedé allí con la mirada perdida. No sabía qué más decir, qué más hacer. Seguro que iba a decirme que se había enamorado de otra y de repente me di cuenta de que ya ni siquiera me importaba. Lo único que quería era que se fuera. En el pasillo, oí que empezaba a sonarme el móvil. Lo ignoré.

—Vete, Danny —dije en voz baja sin girarme—. Márchate. Empieza tu nueva vida. Aquí ya hemos terminado.

Capítulo 41

–Jefa, Gemma O'Connor no responde.

El agente Frankie Stevens le hizo señas a Helena con el auricular del teléfono fijo en la mano y ella asintió.

–Vale, volveré a intentarlo dentro de un rato. Mientras, quiero ponerme en marcha. Devon, tú vienes conmigo, ¿vale?

–Claro –dijo con un gesto de malhumor–. No hay otro lugar en el que prefiera estar ahora mismo.

Ella le dirigió una sonrisa tensa.

–Vamos a por él, ya lo sabes. Lo conseguiremos. Aunque sea lo último que haga en este maldito trabajo.

«Y puede que lo sea –pensó–. Podría ser lo último que haga en este trabajo. La hemos cagado, la he cagado. Lo hice tan tan mal. He perdido tanto tiempo mirándolo de forma equivocada, mirando a la persona equivocada. Y ahora tengo que arreglarlo. De alguna forma. Tengo que hacerlo».

Respiró hondo, enderezó los hombros y se volvió hacia la pizarra, donde había un gran círculo rojo alrededor de una de las fotos que llevaban colgadas ahí dos semanas y media.

–Vamos allá –dijo–. Vamos a por nuestro asesino en serie. Vamos a por Danny O'Connor.

Capítulo 42

–Vamos, Danny. Vete de aquí. Ni siquiera puedo mirarte.

Seguía de espaldas a él, intentaba luchar contra las lágrimas.

–Todavía no. Tengo que contarte todo, necesito sacarlo. Pero primero, Gemma, tienes que prometerme algo. Sé que no me debes nada, no después de esto. No después de lo que te he hecho, de lo que te he hecho pasar. Pero, Gemma, por favor, si alguna vez me has querido, prométeme una última cosa. ¿Me prometes que cuando te cuente lo que voy a contarte te lo callarás? ¿Que no se lo dirás a nadie nunca? Por favor, Gemma, ¿puedes prometerme eso? Y entonces te lo contaré y me iré. No tendrás que volver a verme.

«¿En serio? ¿En serio está pidiéndome un favor después de todo?». Por un momento, la ira se apoderó de mí, pero enseguida se disipó. De repente me sentí cansada, muy muy cansada. No sabía si podría aguantar más; lo que ya me había dicho había sido más que suficiente, mucho más que suficiente. «Pero, da igual. ¿Qué más da ya?».

–Por el amor de Dios. Supongo que has conocido a alguien, Danny, ¿y sabes qué? No me importa. De verdad, en serio, me la suda. Pero adelante. Guardaré tu pequeño secreto de mierda. Acabemos de una vez –dije cansada. Me volví para mirarle, con el estómago revuelto por la miseria.

–¿Me lo prometes? ¿Eso es una promesa, Gemma?

–Joder. Sí, es una promesa –escupí las palabras.

–Vale. Bien. Gracias. Bueno, allá vamos.

Apretó y relajó los puños una, dos, tres veces, mirándose las manos. Luego volvió a mirarme.

–Le he mentido a la Policía, Gemma. Me inventé un cuento

chino para explicar por qué tenía que desaparecer. Les dije que mi vida corría peligro, y la tuya también, porque me había metido en un lío con un cliente chungo y se lo creyeron todo. Pero eso no es cierto y quiero contarte lo que pasó en realidad. Y, por cierto, no he conocido a otra persona con la que quiera estar. Ojalá lo hubiera hecho, ojalá fuera eso. Es… es algo distinto. Algo… algo horrible, Gemma.

Dejó de hablar, respiró hondo.

—Vale, allá vamos. Cuando era pequeño, mi padre… era un capullo. Y me refiero a los de verdad, era un capullo de los de verdad. Bebía mucho y cuando estaba borracho llegaba a casa y pegaba a mi madre. La pegaba mucho, como para acabar en el hospital. Sin ninguna razón, aparte de que le gustaba ser el jefe, tenerla a su entera disposición. A mí también me pegaba con cualquier excusa. Me pegaba por cosas como dejar caer migas de pan al suelo durante el desayuno o traer barro de fuera en los zapatos. Rara vez había un día en que uno de los dos no recibiera un puñetazo o una bofetada. Así durante años y años.

Me quedé perpleja, sin responder, sorprendida por ese cambio de rumbo y tratando de relacionar esa descripción de Donal con el débil jubilado que había visto en el sillón la única vez que visité la casa de la familia. El hombre no me había caído nada bien. Me había parecido frío, duro, desagradable. «¿Pero violento?».

Se me debió de notar el escepticismo en la cara, porque Danny dijo:

—Ah, no fue así en esos últimos años, evidentemente. Era demasiado viejo y estaba demasiado enfermo, gracias a Dios. Pero entonces… era un animal, Gemma. No te lo puedes ni imaginar.

«Después de todo, tal vez sí pueda», pensé. Sí, Donal estaba delicado cuando le conocí. Pero recordaba que seguía teniendo el control de la casa. Bridget seguía correteando de un lado a otro cumpliendo sus órdenes. ¿Todavía le tenía miedo, incluso en ese momento? ¿Por eso era como era? Si lo que Danny decía era cierto, tuvo que ser terrible para todos ellos vivir así. Sin entender por qué me lo contaba, qué tenía que ver su infancia con todo este lío, le dije en voz baja:

–Lo siento. Es horrible.

Danny no respondió, tenía la mirada clavada en la mesa.

–Y también le era infiel a mi madre, una y otra y otra vez. Pasaba noches enteras fuera de casa tirándose a otras mujeres y luego volvía a casa y presumía de ello, diciéndole que un tipo guapo como él no tenía por qué conformarse con una mujer desaliñada como ella, que podía tener a quien quisiera. Ella estaba allí para cocinar y limpiar y para plancharle la ropa, nada más. Recuerdo quizá tres o cuatro veces en toda mi infancia que salieron juntos a cenar o de fiesta. Era tóxico, el peor ambiente posible para crecer. Pasé años con miedo, esperando el siguiente golpe, el siguiente puñetazo en el estómago, la siguiente bronca.

–Mierda, Danny.

Ahora miraba fijamente al vacío con los ojos vidriosos, como si estuviera viendo cómo se desarrollaba su infancia delante de él y, de repente, sentí el impulso de cruzar la habitación y abrazarle para consolarle, para quitarle parte del dolor. Entonces recordé lo que me había hecho y mi corazón volvió a endurecerse.

«¿Infiel? ¿Una y otra vez? De tal palo, tal astilla», pensé con amargura y me quedé donde estaba. Cuanto antes terminara, antes le sacaría de allí.

–Siguió así durante años, Gemma. ¿Y sabes qué fue lo peor? Lo soportamos los dos. Mamá y yo. Cuando nació Liam, y Dios sabe cómo pasó, pero no quiero pensar en ello, me sentí fatal durante semanas, muy asustado de que papá fuera a por él. Pero nunca lo hizo. Nunca supe por qué, pero nunca lo hizo. Liam era especial, en más de un sentido, y el hecho de que cuando mi padre estaba cabreado nunca le pusiera una mano encima es el único rasgo que redime toda su enfermiza y retorcida vida. Pero él siguió igual que siempre conmigo y con mamá y nosotros seguimos soportándolo. Y hasta el día de hoy no sé por qué, ¿sabes? Era como si tuviera ese… ese poder sobre nosotros. Nunca se lo dijimos a nadie, nunca le denunciamos. Si alguien preguntaba, le decíamos que nuestras lesiones eran por accidentes, por caídas, aunque solo Dios sabe por qué alguien iba a creernos, tendríamos que habernos estado cayendo cada dos días para explicar la cantidad de moratones que teníamos todo el tiempo. Supongo que quizá en parte era porque nos avergonzábamos, nos avergonzábamos de cómo eran nuestras vidas cuando a nuestro alrededor todos los demás parecían tan normales y felices. Pero, sobre todo, teníamos miedo. Miedo de él, miedo de lo que nos haría si nos defendíamos, si le hacíamos frente. Le dejamos seguir y no hicimos nada. No hicimos absolutamente nada.

Dio un fuerte puñetazo en la mesa, con la cara roja de ira, y me invadió otra oleada de compasión. Pobre Danny. Y pobre Bridget también, que seguía tan enfadada con todos y con todo. Qué vida tuvo que llevar.

Danny seguía hablando, absorto en su historia.

—Me marché en cuanto pude cuando tenía dieciocho años y me fui a la universidad. Pero incluso entonces, a pesar de que ya era lo bastante mayor y fuerte para defender a mi madre, no lo hice. No me atrevía. Era como si, después de toda una vida, él tuviera ese control sobre los dos. Nunca nos defendimos, nunca lo contamos. Bueno, excepto a Quinn. —Se detuvo un momento y se pasó una mano por la cara—. No lo sabía todo, ni lo constante que era, ni lo malo que era, no en esa época. Ahora sabe más. Pero un día entró, vino sin avisar cuando mi padre estaba dándole una paliza a mi madre y nunca olvidaré su cara, Gemma. Nunca olvidaré lo sorprendido que estaba cuando vio la sangre, cuando vio la ferocidad con la que mi padre la estaba pegando. Papá no sabía que estaba allí, lo que probablemente fue una suerte para él, y yo le rogué que no se lo contara a nadie, le dije que si lo hacía mi padre nos mataría a todos. Y así fue como guardó el secreto. Me ha cuidado desde que éramos niños ese chaval. Yo también cuidé de él, ¿sabes? Quizá no estaría aquí hoy si no fuera por mí, pero esa es una historia para otro día. Él haría cualquier cosa por mí. Siempre lo hizo. Sigue haciéndolo.

«Conozco la historia —pensé—. Y por eso Quinn mintió descaradamente a la Policía sobre mí. Le salvaste la vida y habría hecho cualquier cosa para protegerte».

La amargura había vuelto. ¿Por qué me estaba contando todo esto? Sí, fue horrible, espantoso. Pero todo eso era pasado. Había seguido adelante, había construido una nueva vida en Londres. ¿Qué tenía que ver con todo eso ahora?

—Y también guardó el secreto, como ya te he contado —decía Danny—. Todos guardábamos el secreto. Me había acostumbrado tanto a ocultarlo de niño que se convirtió en algo natural. Y cuando crecí y me mudé aquí, no parecía tener sentido contárselo a nadie, así que nunca lo hice. Pero seguía ahí dentro, ¿sabes? La mayor parte del tiempo podía olvidarlo, pero la verdad es que algo así nunca desaparece. Y supongo que… supuraba. El saber que podría haber hecho algo para detenerlo y no lo hice… Con el paso de los años, empecé a odiarme por eso. Y me refiero a odiarme de verdad. Tanto que empezó a… a consumirme, Gemma. Pensaba en ello todo el tiempo, la vergüenza, la culpa… Incluso si le había dejado hacerme eso, ¿por qué le había dejado hacérselo a ella, a mi madre? ¿Por qué no la protegí cuando tuve edad suficiente para luchar contra él? ¿Tan cobarde era? Lo era y ella también lo sabía. Sabía que era un cobarde y también me odiaba por ello. Todavía me odia. Nunca me perdonó que la abandonara.

Volví a pensar en cómo había reaccionado Bridget ante la desaparición de Danny, en lo poco interesada que me había parecido y luego en cómo se había portado con él durante nuestra visita; su patético afán por complacer a su madre y la frialdad con que ella le había respondido. Pensé que tenía razón, ella nunca le había perdonado y mi corazón, ya partido en dos, se hizo añicos un poco más por ellos dos, por esas dos personas rotas que se necesitaban tan desesperadamente, pero que, por la razón que fuera, no encontraban la forma de ayudarse a superar su infierno.

—Siempre me dijeron que era la viva imagen de mi padre —decía Danny—. Hasta tú lo dijiste cuando le conociste, ¿recuerdas?

Asentí con la cabeza mientras hacía memoria. En efecto, Donal había sido una versión más vieja y canosa de Danny.

—Pero cuando la gente decía eso solía asquearme. Pensaba: «No. ¡NO! No me parezco en nada a él, no me parezco en nada a ese cabrón». Y entonces… entonces, Gemma, empecé a darme cuenta de que lo era. Era como él.

Le miré fijamente.

—¿Qué quieres decir? —Danny nunca había sido violento. Ni siquiera podía imaginármelo pegándole a una mujer, a nadie.

—No soy violento —dijo, como si me leyera la mente—. Pero… Las mujeres, los líos. Incluso desde la primera vez que tuve novia no podía aguantar más de un par de semanas. Siempre en búsqueda, siempre al acecho de la próxima. Y sabía que lo había heredado de él, Gemma. Yo era como él y lo odiaba por eso, muchísimo. Pero me odiaba más a mí mismo. Y entonces…, bueno, entonces te conocí y pensé: por fin. Por fin. Te amaba, Gemma, y sabía que tú me amabas, y pensé: «Ya está, esta vez es diferente. Con esta voy a casarme, y nunca me voy a alejar, y no voy a ser como él, nunca más. Se acabó y voy a ganar».

Volvió a golpear la mesa con el puño con fuerza y algo brilló en sus ojos; como respuesta, sentí una chispa de ira.

—Pero no lo hiciste. No ganaste, Danny. Porque seguiste con ello, ¿verdad? Te casaste conmigo, pero seguiste haciéndolo. Incluso te registraste en una aplicación de citas cuando estabas casado conmigo, joder.

Sus ojos se encontraron con los míos y hundió los hombros.

—Lo sé —susurró—. Lo intenté. Lo intenté con todas mis fuerzas. Pero era como una enfermedad, Gemma. Una adicción. Estaba fuera de mi control. No podía hacerlo. Después de casarnos, solo fue de vez en cuando, te lo prometo, solo alguna que otra vez. Pero no podía… no podía parar. Y lo siento mucho. Nunca llegarás a saber cuánto lo siento.

Exhalé con fuerza y negué con la cabeza. ¿Qué más daba ya?

—¿Por qué me cuentas todo esto? ¿Qué tiene que ver…?

Levantó una mano.

—Por favor. Ya casi acabo. Lo entenderás cuando… De todos modos, a medida que pasaba el tiempo me enfadaba más y más. El odio por él y por mí, por lo que me había hecho… era como algo vivo, Gem. Me estaba comiendo vivo. Lo único en lo que podía pensar era en por qué no hice algo, por qué no le detuve. Incluso soñaba con él, soñaba con volver a Irlanda y hacer por fin lo que debería haber hecho hace tantos años, darle por fin el castigo que se merecía. Y entonces…

Tragó saliva, con la mirada clavada en la mesa frente a él.

–Y entonces murió. Y era demasiado tarde.

Hubo un largo silencio. Me quedé mirándole, esperando, y de repente sentí un poco de culpabilidad. Mi marido había sufrido un tormento. ¿Cómo no me había dado cuenta? Todas esas veces, después de la muerte de Donal, cuando Danny se marchaba solo y desaparecía durante horas. De repente me di cuenta de que era mucho peor de lo que había pensado, un dolor de una clase muy diferente. No pena porque amara a su padre, pena porque le odiaba. Pena porque le despreciaba y quería vengarse, y pena porque había perdido la oportunidad para siempre. Si lo hubiera sabido, si me hubiera dado cuenta entonces, quizá podría haberle ayudado, quizá podríamos haber evitado…

–Y entonces, un día pasó algo raro. –Volvía a hablar–. Algo tan condenadamente raro que parecía el destino, Gemma, parecía que estaba destinado a pasar. Acababa de meterme a esa aplicación de citas, Elite Hook Ups… Lo sé, lo sé y, otra vez, lo siento mucho. De todos modos, yo estaba echando un vistazo a los perfiles tratando de averiguar qué escribir para el mío. Y entonces le vi.

Hizo otra pausa, me miró y apartó la mirada.

–¿A quién viste?

–Vi a un hombre que se parecía a papá. Que se parecía a él cuando era más joven, cuando tenía mi edad, cuando nos pegaba y nos maltrataba y nos puteaba… –Había entrecerrado los ojos y hablaba en voz baja, enfadado–. Y, de repente, fue como si por fin hubiera salido el sol y supe qué hacer. Sabía lo que tenía que hacer para que todo mejorara. Para que por fin todo desapareciera. Para curarme. Pero… –Una pequeña risa, amarga y ronca–. Aunque parezca irónico, fue entonces cuando todo empezó a ir mal.

Hizo una pausa, respiró hondo y, de repente, sus ojos brillaron y se llenaron de lágrimas. Una pequeña oleada de inquietud me recorrió.

–¿Qué hiciste? ¿Qué salió mal, Danny?

Me miraba fijamente, con los labios apretados, mirándome con una intensidad repentina, con el ceño algo fruncido.

–¡Dímelo! Danny, por favor.

Hubo un silencio largo, los dos quietos, él seguía sentado, la espalda rígida, las manos entrelazadas delante de él sobre la mesa, yo de pie, apoyada en el duro borde de la encimera de la cocina, expectante, con una sensación de frío que me recorría la columna vertebral.

—¿Danny? —Mi voz sonó demasiado alta, demasiado aguda.

Tragó saliva.

—Empecé a matarlos —susurró.

Capítulo 43

Se me revolvió el estómago. ¿Qué?

–¿Que tú… qué?

¿Qué acababa de decir? Pensé que no lo había oído bien. No podía referirse a…

Ahora él también estaba de pie, rodeaba la mesa y se acercaba a mí. Seguía hablando, cada vez más deprisa, y las palabras le salían a borbotones.

–Como te he dicho, vi al primero en la aplicación –dijo, y habló con voz ronca–. No creí que la Policía se diera cuenta de lo de la aplicación. Pensé que había cubierto mis huellas. No son tan estúpidos como pensaba. De todos modos, lo vi y supe que tenía que conocerle. Este tipo, su cara… Se parecía a mi padre, Gemma. Y a mí, por supuesto, mirándolo en retrospectiva, pero ¿no es extraño que nunca se me pasara por la cabeza eso? Solo vi a papá. Solo vi la cara de mi padre. Y fue fácil, jodidamente fácil. Creé un perfil femenino falso con la foto de una mujer guapa y quedé con él. Así de simple. Era la noche de mi despedida de soltero, así que me fui temprano antes de reunirme con los demás en el *pub*, ¿sabes? Y, en cuanto lo vi, de pie en el lugar donde habíamos quedado en Richmond Park, tan desprevenido…

Volvía a tener los ojos vidriosos y un miedo terrible empezó a apoderarse de mí.

«No, Danny, por favor, por favor, no».

–Había tormenta, había ramas caídas por todas partes y sentí una rabia, una ira como nunca antes había sentido y me agaché y agarré una rama caída y le golpeé muy fuerte y… enseguida supe que lo había matado. Fue así de fácil. Y me quedé allí y le miré, lo miré durante una eternidad, y sentí una oleada de… de paz y… alivio. Fue como una liberación, ¿sabes? Como si de alguna manera el proceso de curación hubiera comenzado. Nunca me había sentido así, como en esos pocos minutos, Gemma. Fue como si hubiera matado a mi padre, al monstruo, la cosa, lo que me había causado tanto dolor. Sé que parece una locura, pero… ¿Lo entiendes, Gemma? ¿Lo entiendes?

Se acercó un paso y me quedé paralizada, con los ojos muy abiertos, clavados en su cara. ¿Eso era real? ¿De verdad mi marido acababa de decirme que había matado a alguien? Mi cerebro no parecía funcionar correctamente y un extraño sopor empezó a extenderse por mí, desde los dedos de los pies hacia arriba. Sentía las piernas rígidas y pesadas, el estómago encogido. Le miré fijamente y abrí la boca para decir algo, pero no salió nada.

«¿Richmond Park? Uno de los asesinatos de Londres relacionados con los casos de Brístol ocurrió en Richmond Park, ¿no? ¿Eso significaba…? Por favor, no…».

–Durante un tiempo, me sentí bien. –Había vuelto a hablar y sus ojos habían adquirido una mirada un poco salvaje, recorrían la habitación sin mirarme a mí–. Pero, entonces, unas semanas después de casarnos, fui a tomar una copa después del trabajo y vi a ese tipo en la barra y otra vez se parecía un poco a papá. Así es, Gemma. Como si fuera mi padre, allí sentado, y sé, lo sé, que hay un montón de tíos por ahí que se parecen un poco a mi padre, un poco a mí, cuando piensas en ello… Pelo oscuro, cejas oscuras. Pero en ese momento, bueno, era como el destino, ¿sabes? Pensé: «Aquí hay otro, me lo han enviado». Así que me acerqué y le dije algo así como: «Hola, ¿eres mi hermano perdido o qué?, ¡míranos!». Y nos pusimos a charlar y luego me dijo que tenía que volver a casa con su novia, así que le seguí. Se subió al metro, yo me subí al metro… Había dejado su coche en la estación de Hounslow West, aparcado en un bonito rincón a oscuras. Cuando llegué allí y le observé desde las sombras no estaba seguro de si iba a volver a ocurrir; pensé que podría ser capaz de controlarlo aquella vez, ya sabes, pero fue como si la rabia se apoderara de mí, Gemma. Me dominó. Y entonces agarré algo que estaba tirado en el suelo, creo que era un tubo de escape roto, algo así, estaba ahí, y…, bueno, otra vez igual. El alivio, la paz.

–El hombre muerto –susurré. Se me empezaba a estrechar la garganta y me preguntaba si pronto dejaría de respirar. «¿Esto era real? ¿Lo que estoy oyendo es de verdad?».

Danny se echó a reír y volvió a ponerse serio.

–El hombre muerto –dijo en voz baja.

Nos miramos unos segundos y él dio otro paso hacia mí. Noté un ligero olor, una mezcla de sudor y *aftershave*, agrio y dulce. Mi móvil había vuelto a sonar. Danny miró hacia la puerta del vestíbulo, pero dejó de sonar y la llamada saltó al buzón de voz. Volvió a mirarme.

–Y, entonces, nada. Estaba bien. Me sentí mejor –dijo–. Pensé: «Ya está. Estoy bien, lo he superado, por fin puedo seguir adelante». Todo fue bien durante mucho tiempo. Te tenía a ti, estábamos planeando nuestro futuro y todo iba a ir bien. Y de alguna manera me había salido con la mía también. Matándolos, quiero decir. No había tocado a ninguno de los dos, ni con las manos, ni con el cuerpo, así que sabía que no habría ADN ni nada, y las dos armas del crimen… Me había deshecho de ellas, las había metido en la mochila, las había tirado a kilómetros de donde las había usado. Incluso me acordé de eliminar la aplicación del teléfono del primero y borré todos sus correos electrónicos para que no hubiera pruebas de ninguna comunicación entre nosotros. Fue bastante fácil, con el trabajo que tengo. Tenía acceso a *softwares* para ocultar mi propia dirección IP, todas esas cosas. No te aburriré con eso, pero sabía que nunca me encontrarían. Pero no duró mucho la paz. Unos meses más tarde, volvió otra vez la ira, el odio, y supe que no había terminado, Gemma. Pero también sabía que mi suerte no podía durar, que un día no muy lejano se acabaría. Y no quería pasar el resto de mi vida en prisión, Gemma. No podría soportarlo. Así que solo había una solución. Huir. Desaparecer y empezar una nueva vida con una nueva identidad lejos de todo. Lejos de lo que había hecho. –Hablaba con calma, pero tenía una mirada desquiciada–. Podría haberme suicidado, esa habría sido una solución, claro –dijo–. Y, por un momento, me lo planteé. Pero luego pensé: «Qué desperdicio». Tengo tanto que dar, Gemma. Pensé que tal vez podría ir a alguna parte a trabajar con víctimas de violencia machista, devolver algo, redimirme…, pero también pensé en ti, ¿sabes? Ahorré dinero para ti, mucho dinero, habrías estado bien, al menos durante un tiempo… Pensé en ti, lo sabes, ¿no? Sabes que te quería, ¿verdad? Así que, de todos modos, nos mudamos a Brístol, el plan estaba saliendo muy bien. Mi plan, escapar, como ya te he dicho. Pero entonces…

Empezaba a encontrarme mal, con el estómago revuelto.

Suspiró.

—Bueno, luego hubo un par de pequeños contratiempos. Y supongo que ya has adivinado cuáles fueron, ¿verdad?

El tono de su voz había cambiado de repente, con un deje de locura, y un escalofrío me recorrió la espalda. Parecía estar esperando a que le respondiera, me miraba interrogante, como si acabara de pedirme que resolviera un acertijo. Tenía los ojos oscuros, casi negros, y movía los labios como si estuviera a punto de reírse. Asentí con la cabeza, con las manos agarradas al borde de la encimera que tenía detrás y la cabeza empezando a darme vueltas. Empecé a marearme. Sí, lo había adivinado. Claro que lo había adivinado.

—Los dos asesinatos de Brístol. Los dos hombres que murieron en The Downs. También los mataste tú —dije, mi voz era apenas audible—. Eres el asesino en serie.

Entonces se echó a reír y luego se detuvo de golpe.

—Supongo que lo soy —dijo—. Bueno, así es como me llamarán, ¿no? —Me miró interrogante y luego siguió hablando—: Esa maldita aplicación… Era muy fácil encontrar gente que encajara, que tuviera el aspecto apropiado, y cuando el impulso volvió a aparecer en Brístol…, bueno, ya sabes. Usé el perfil femenino falso, quedé con ellos por la noche, cuando estaba oscuro. El primero era un corredor entusiasta, así que le dije que yo también lo era y le propuse quedar en The Downs para correr y luego ir a tomar algo. Al segundo le dije que vivía a la vuelta de la esquina y le propuse que nos viéramos en ese callejón. Solo me llevó unos minutos hacerlo en cada ocasión. Me aseguré de que las armas que usaba quedaran ocultas. Fácil, fácil, fácil. De algún modo, pude volver a casa contigo y seguir como si nada. Fue demasiado fácil evitar que la Policía me encontrara. Borré los correos electrónicos y mensajes de texto de los teléfonos de los chicos y fui capaz de bloquear la aplicación EHU de forma remota también, borrar todos sus datos de búsqueda, por si acaso alguien vinculaba los asesinatos con la aplicación de alguna manera. Mira, vi las noticias, sé que la Policía sospechaba de ti también de todos esos asesinatos, y lo siento, Gem, de verdad. No fue justo hacerte pasar por eso. Quería que pensaran que quizá me habías hecho daño, pero no pensé… Lo siento muchísimo. Pero bien está lo que bien acaba, ¿no? Eres inocente y la Policía quiere acusarme, pero no van a encontrarme. Les llevo mucha ventaja. Voy a escapar y empezar de nuevo y no tendré que volver a hacerle daño a nadie. Ya he acabado. Es probable que no me creas, no después de lo que acabo de contarte, pero así es. Por fin me he quitado de encima al cabrón de mi padre y todo ha terminado y… –Sonrió y luego frunció el ceño–. Solo hay una cosilla que espero que no sea un problema. Tuve un pequeño lío la semana pasada. Estaba teniendo un mal día, el día que Quinn se reunió contigo. Estaba nervioso, preguntándome por qué le habías llamado y de qué estabais hablando, preguntándome si la Policía estaba a punto de encontrarme. Había visto la prensa, sabía que estaban relacionando los asesinatos de Londres y Brístol y necesitaba hacer algo, calmar los nervios y, en retrospectiva, tuve una mala idea, decidí probar una vez más la aplicación. Encontré a un chico, otro doble de papá, ¡hay tantos, Gem, tantos!, y le convencí para quedar conmigo, o con mi personaje femenino, mejor dicho, allí mismo. Pero justo después de golpearle un tipo entró en el callejón. Fue culpa mía, era demasiado arriesgado quedar a esa hora en un sitio así… Así que corrí, pero el martillo que había usado se me resbaló de la mano y pensé que seguramente se darían cuenta de que era lo que había usado para atacarle y quizá podrían relacionarlo conmigo. Me había puesto guantes, pero tenía calor, sudaba y algo podría haber goteado, no sé, tal vez no…, pero, además, no tuve tiempo de borrar la aplicación de su teléfono, ya sabes, la aplicación EHU, así que tal vez…

Volvía a hablar deprisa, con una mirada de loco en los ojos; me encogí contra la encimera, la madera se hundía en mi espalda. En ese momento me daba cuenta de que estaba enfermo, muy muy enfermo. Tenía una enfermedad mental, estaba trastornado. ¿Cómo había podido vivir tanto tiempo con un enfermo mental sin saberlo? ¿Cómo? La cabeza me zumbaba, las palabras se repetían a toda velocidad.

«Mi marido es un asesino en serie, mi marido es un asesino en serie…».

—Quinn lo hizo bien cuando quedó contigo. Dio un buen espectáculo, según parece. Quinn se ha portado muy bien conmigo. Se sorprendió, claro que sí, cuando le conté lo de los hombres a los que había hecho daño…, matado. Todavía mataba. ¿Quién no se escandalizaría? Estuvo a punto de perder la cabeza, me dijo que me quería y que siempre me había apoyado, pero que eso era demasiado. Pero cuando le expliqué por qué, al final lo entendió, ¿sabes? Quinn es un tipo curioso, la verdad. Tiene mucha moral cuando se trata de adulterio, de infidelidad. Se habría vuelto loco si hubiera sabido que me estaba acostando con otras. No se lo dije a nadie, ninguno de mis amigos lo sabía. Supongo que por vergüenza otra vez. Y Quinn se habría puesto como una fiera conmigo. Pero esto… Aunque era un millón de veces peor, mil millones de veces peor, él sabía lo que me había pasado de pequeño, lo que le había pasado a mi madre, y lo entendió. Llevó su tiempo, pero al final accedió a ayudarme. A ayudarme a escapar.

Pensé en la reacción de Quinn cuando mencioné a Bridget. Ahora también tenía sentido. Lo sabía todo, sabía por qué odiaba tanto a Danny.

Danny seguía hablando.

—Me hizo prometer que, cuando me marchara, no le haría daño a nadie más, por supuesto. Cuando me equivoqué, cuando pasó lo de Brístol, volvió a enloquecer, estuvo a punto de irse. Dos ya era algo bastante grave, pero cuatro… Pero para entonces ya se había comprometido y le dije que ya estaba ayudando a un asesino. ¿De verdad había tanta diferencia entre dos cuerpos y cuatro? Así que se quedó conmigo. Estaba batallando con ello, batallando de verdad, pero se quedó conmigo. Pero en ese momento las cosas ya se habían puesto bastante serias y después de la cagada en el callejón Quinn empezó a enviarte mensajes. No quería asustarte, Gemma, no quería. Pero sabíamos que había metido la pata y esperábamos que se los enseñaras a la Policía… Si la Policía pensaba que alguien más creía que tú eras la asesina y te estaba amenazando, seguirían centrados en ti y me darían más tiempo para escapar. Pero entonces Quinn la cagó, ¿eh? El estrés le afectó. Usó su propio móvil para el último mensaje en vez del de usar y tirar. Y eso llevó a la Policía a nuestra puerta y, bueno, aquí estoy. Está claro que no me han relacionado con el tipo del callejón, todavía no. Pero puede que no tenga mucho tiempo, Gemma. Tengo que largarme de aquí.

Dio otro paso hacia mí, extendió una mano y me pasó con suavidad un dedo por la mejilla, con la mirada clavada en la mía. Miré a Albert y gruñó bajito, con los pelos de punta. Dio unos pasos hacia nosotros y tragué saliva mientras Danny seguía acariciándome la mejilla, intentando no estremecerme. Quería que se fuera, tenía que coger el móvil, pensé, desesperada. Necesitaba ayuda, rápido.

«Sácalo de aquí, luego llama a la Policía. Vete, Danny. Vete. Por favor».

–Entonces, ¿estamos bien, Gemma? Te lo he contado todo y se acabó, ¿vale? Y te prometo, te prometo que nunca volveré a hacer algo así, Gem. Así que estamos bien, ¿no? Prometiste no decir nada y no lo harás, ¿verdad? ¿Cumplirás tu promesa? –Se acercó aún más, sus labios rozaron el lóbulo de mi oreja, bajó la voz hasta convertirla en un susurro–: Quinn está dando vueltas esperándome. Le llamaré en un minuto y vendrá a buscarme, nos llevará a los dos al aeropuerto –dijo–. Ahora solo vosotros dos sabéis lo que ha pasado en realidad estos últimos meses. Y puedo confiar en Quinn. Es de la familia. Ha decidido venir conmigo por ahora y sé que, pase lo que pase en el futuro, nunca contará lo que sabe. Odia lo que he hecho. Pero ahora forma parte de ello. Siempre me ha apoyado y siempre lo hará. Y tú también lo harás, Gem, ¿verdad? Tú también eres de la familia y todavía nos queremos, ¿verdad? A pesar de todo. Así que prométemelo otra vez.

Prométeme una vez más que no dirás nada, que olvidarás todo lo que acabo de decirte. Por favor. Prométemelo. Y entonces me iré.

Me quedé paralizada durante unos segundos, aterrada, sin poder creerme nada. Sí, había prometido no contarle a nadie su secretillo, pero eso era antes, eso era cuando pensaba que el secreto era que había conocido a alguna otra mujer o algo así... Algo pequeño, algo estúpido, algo sin importancia. No eso. No esa historia de terror. ¿Esperaba que me callara todo esto? ¿Cómo alguien podría...?

De repente, sin esperarlo, me invadió un torrente de rabia y, en un abrir y cerrar de ojos, levanté las manos y le di un fuerte empujón en el pecho, tan fuerte que, sorprendido, se tambaleó hacia atrás y casi se cayó.

–¡NO! –grité.

Abrió los ojos de par en par y la sorpresa se reflejó en su rostro.

–¿Qué?

–¡NO! –volví a gritar–. NO, ¡NO VOY A CALLARME ESTO! ¿QUÉ DEMONIOS TE PASA, DANNY?

Abrió la boca para hablar y dio un paso hacia mí, pero levanté una mano.

–Aléjate de mí, Danny.

–Pero...

–Aléjate de mí.

La cabeza me iba a mil por hora. Tenía que saberlo, tenía que saber que no podía mantener eso en secreto. Que no lo haría. ¿Pero hasta dónde llegaría para detenerme? Había matado a gente, acababa de decírmelo. ¿Me haría daño? Acababa de decirme que me quería... Respiré hondo y tomé una decisión. Él seguía de pie a unos metros, en silencio, a la espera.

–Quiero que te vayas de esta casa, ahora –dije. Me sorprendió lo firme que sonó mi voz, lo tranquila que parecía–. Y luego llamaré a la Policía. Sí, Danny, lo siento. Cuando hice esa promesa, no tenía ni idea..., pero voy a darte una oportunidad, Danny. Por nosotros, por todo lo que tuvimos voy a esperar antes de hacer la llamada para darte ventaja. Todavía puedes escapar, ¿vale? ¿Qué necesitas, quince, veinte minutos, algo así? Entonces llama a Quinn ya, haz que venga a recogerte y os vais, ¿vale? Y yo esperaré un poco y luego haré la llamada. –Estaba mintiendo, obvio. Cogería el móvil en cuanto saliera por la puerta–. ¿Bien, Danny? Es justo, ¿no?

No respondió. Danny seguía inmóvil, me miraba fijamente con una expresión ilegible. Entonces, de repente, Albert volvió a gruñir con un sonido grave y amenazador. Danny se volvió y lo miró, el gruñido se hizo más fuerte. Mi marido volvió a mirarme y entrecerró los ojos. Luego se volvió, agarró a Albert por el collar y lo arrastró hasta la puerta de la cocina, la abrió y empujó al perro hacia el pasillo. El gruñido de Albert se convirtió en un ladrido fuerte y furioso cuando Danny cerró la puerta de un portazo. Se volvió hacia mí, se acercó más, cada vez más, su expresión era tranquila mientras los ladridos se hacían aún más fuertes, Albert lanzaba una y otra vez su cuerpo contra el otro lado de la puerta y raspaba la madera con las garras.

–Así mejor. Y, ahora, para responder a tu pregunta, no, Gemma. No está bien. Me hiciste una promesa, ¿y ahora la rompes así como así? Eso no está bien, no es justo. No es nada justo.

Hablaba con dulzura y volvió a acariciarme la mejilla con la mano.

–Danny, mira…

¿Había actuado mal? Me alejé de él y me agarró por la cintura con la otra mano, clavándome los dedos en la carne. Respiré hondo intentando mantener la calma. Solo tenía que sacarle de allí, hacer que se fuera…

–Confiaba en ti, Gemma. No te lo habría contado de no ser así. Confié en ti y me has decepcionado. Así que, usando un tópico… –dijo y luego hizo una pausa y me apretó más la cintura.

Tragué con fuerza y de repente el aire de la habitación me pareció espeso, pesado, me costaba respirar. MIERDA. Mierda, mierda, mierda. Le había juzgado mal, ¿verdad? Le había juzgado fatal, había juzgado mal lo trastornado que estaba. ¿Podría…? No, no lo haría, ¿verdad? No podría. A mí no…

«Así que piensa, Gemma, piensa…».

–Danny, por favor, lo siento, yo…

No me escuchaba, ahora había oscuridad en su mirada, maldad. Se me formó un nudo en la garganta.

—Danny…, por favor…

Negó con la cabeza, con la mirada clavada en la mía.

—Como iba diciendo, voy a usar un tópico: te he contado mi historia y ahora voy a tener que matarte.

Y despacio, muy despacio, apartó la mano de mi cara y la deslizó en el bolsillo de su chaqueta. Y sacó un cuchillo.

Capítulo 44

Helena no se encontraba bien, tenía el estómago revuelto. Habían metido la pata hasta el fondo y la idea era casi insoportable. «Menuda cagada», pensó. Y, sin embargo, el descubrimiento del ADN de Danny O'Connor en el martillo con el que atacaron a Declan Bailey en aquel callejón de Londres había hecho que, de repente, todo encajara. Había estado tan centrada en Gemma, tan segura de que la mujer les estaba mintiendo... Y las pruebas circunstanciales también encajaban a la perfección: los dos asesinatos de Londres, no muy lejos de donde ella vivía, los dos de Brístol, que ocurrieron poco después de que se mudara, e incluso el ataque de Declan Bailey, que ocurrió el día en que ella estaba de visita en Londres, muy cerca de donde se había citado en Victoria. Incluso la sangre en el dormitorio de su antiguo apartamento les convenció de que allí también había atacado y seguramente matado a su marido. Todo encajaba. Excepto, por supuesto, que no lo había hecho. Porque Danny O'Connor había fingido el ataque en el dormitorio. Y, si era Danny quien había llevado a cabo el ataque de Victoria, como ahora creían que había hecho, entonces era lógico que también hubiera llevado a cabo los otros. En ese momento no estaba segura al cien por cien, pero sí al noventa por ciento. Aún no sabía con exactitud por qué había sentido la necesidad de asesinar a hombres que se parecían a él, pero estaba claro que el hombre había ocultado muchas cosas a todo el mundo, incluida su esposa, y estaba segura de que, cuando le encontraran, le sacarían la verdad. Si le encontraban, claro. Porque lo habían perdido. El hombre era, probablemente, un asesino en serie muy peligroso y le habían tenido, literalmente, en sus manos. Y ahora le habían perdido, joder. Y eso era algo que tenían que arreglar, y rápido.

—Cinco minutos, jefa.

—Gracias, Devon. No estará allí, pero tenemos que descartarlo, por si acaso.

Iba en el asiento del copiloto, con Devon al volante, mientras atravesaban las ya oscuras calles de Brístol en dirección a la casa de los O'Connor en Clifton. Apenas hacía unas horas que había iniciado la búsqueda de Danny, pero ya estaba empezando a desesperarse. Hasta entonces habían conseguido ocultarlo a la prensa, pero sabía que, si no le encontraban pronto, quizá por la mañana tendría que hacerlo público, hacer un llamamiento a la población para que ayudara a encontrarle. Era eso, además de todo lo demás, lo que la estaba poniendo de los nervios: la ira de sus superiores, los artículos de prensa mordaces que con toda seguridad aparecerían en los próximos días. Ya podía ver los titulares.

LA POLICÍA DEJA ESCAPAR
A UN ASESINO EN SERIE

¿ES ESTA LA MAYOR METEDURA DE PATA
DE LA HISTORIA DE LA POLICÍA?

MIEDO EN LAS CALLES DEL REINO UNIDO:
UN ASESINO EN SERIE HUYE DE LA POLICÍA

Hasta ese momento, el apagón mediático había tenido éxito, pero había sido lo único. Había hecho todo lo posible en las últimas horas, pero todo le parecía demasiado poco y demasiado tarde. En Londres, los agentes habían registrado el piso de Quinn O'Connor por si acaso y estaban visitando los lugares que frecuentaba, bares locales y salas de billar, tratando de encontrar a alguien que pudiera saber dónde estaba alguno de los dos hombres. En Irlanda, la Policía local estaba comprobando los domicilios familiares de Danny y Quinn, así como las propiedades de tantos amigos y parientes como fuera posible, por si los primos fugados se las habían arreglado para cruzar el mar de Irlanda a pesar de la alerta en todos los puertos. Por otra parte, se estaba contactando con los amigos y excompañeros de trabajo de Danny y se habían distribuido fotografías a las fuerzas policiales de todo Reino Unido. La propia Helena había vuelto a llamar al móvil de Gemma en la última media hora para advertirle de que su marido era ahora un hombre en busca y captura, sospechoso de múltiples asesinatos, pero aún no había obtenido respuesta.

—Seguro que está fuera, celebrando su libertad —había comentado Devon—. Sé que eso es lo que yo estaría haciendo. Eso o está dormida. No puede haber dormido mucho en esa celda. Las camas parecen tablones de madera.

Pero no poder contactar con la mujer había preocupado a Helena y al final había decidido que debían hablar con Gemma en persona. También le debía una disculpa enorme, pensó con pesar al recordar todas las ocasiones en que había tratado a Gemma con tan poca amabilidad, convencida de que mentía, convencida de que ocultaba algo. Además, aunque las posibilidades de que Danny volviera a su casa de Brístol eran mínimas, era otra casilla que había que marcar en la búsqueda.

—Aquí estamos. Aunque no parece que haya nadie.

Devon apagó el motor y, por unos segundos, ambos se quedaron mirando la casa con las ventanas oscuras. Entonces Helena se quitó el cinturón de seguridad.

—Vamos.

Fue la primera en llegar y llamó al timbre. Desde el interior se oyó el ruido de unos pies correr y un perro empezó a ladrar desesperado, pero la puerta no se abrió. Helena volvió a llamar, mantuvo el dedo en el timbre durante veinte segundos, el timbre sonó estridente y fuerte incluso a través de la robusta puerta principal. Los ladridos se intensificaron, pero seguía sin aparecer nadie. Helena sintió una pequeña oleada de inquietud.

—Como he dicho, de fiesta o durmiendo. Aunque habría oído este jaleo aunque estuviera muerta a los ojos del mundo. ¿Tal vez ha salido? —preguntó Devon.

—No sin su perro.

La sensación de inquietud crecía, en el estómago de Helena se estaba formando un nudo. Algo no iba bien. Gemma nunca le había parecido una persona fiestera, sobre todo después de todo lo que había pasado últimamente. Tal vez se había ido unos días y lo había dejado arreglado para que alguien cuidara a su mascota, pero no había respondido al móvil y eso era preocupante. Tenía que asegurarse.

—Vamos por la parte de atrás —dijo.

Dieron la vuelta a la esquina y bajaron por la estrecha callejuela que rodeaba la parte trasera de la hilera de casas. La puerta de atrás de la casa de los O'Connor no estaba cerrada con llave y entraron sin hacer ruido en el patio. Devon se dirigió a la puerta trasera y llamó al picaporte.

—Cerrada —dijo.

Helena se asomó por la ventana de la cocina, con las manos ahuecadas alrededor de los ojos. Y entonces jadeó.

—Dios mío. ¡Oh, Dios mío!

—¿Qué? ¿Qué ha pasado?

Corrió hacia él con las manos extendidas, agarró el picaporte, lo sacudió y golpeó la madera.

—No, no, no —gritó—. Devon, tenemos que entrar ahí, rápido.

Se quedó un segundo mirándola, luego le puso las dos manos en los hombros y la movió con firmeza hacia un lado.

—Vale, todavía me duele el hombro de la última vez que hice esto, pero lo intentaré. Quédate ahí —dijo, dio unos pasos hacia atrás, inclinó el hombro izquierdo hacia la puerta y corrió hacia ella apuntando a la cerradura.

Se oyó un ruido sordo y, al mismo tiempo, el sonido de la madera astillándose. La puerta se abrió de golpe y Helena pasó corriendo junto a Devon, que estaba apoyado en el marco de la puerta quejándose y agarrándose la parte superior del brazo. Entonces se detuvo en seco, horrorizada ante lo que yacía en el suelo de baldosas frente a ella: la forma que había visto a través de la ventana y que la había aterrorizado, pero que había esperado con desesperación que resultara ser otra cosa, tal vez un montón de ropa sucia tirada esperando su turno en la lavadora; un abrigo tirado.

No era nada de eso. Era Gemma o, para ser más exactos, el

cuerpo de Gemma. Inmóvil, acurrucada en posición fetal, con un charco oscuro alrededor de su cuerpo desplomado. Y entonces lo vio. Vio exactamente lo que le había ocurrido a aquella mujer, la mujer a la que ahora sabía, con un sentimiento de dolor y culpa aplastante, que había defraudado por completo. Vio, con mucha claridad, incluso en la oscuridad de la cocina con las luces apagadas, que a Gemma le habían cortado el cuello.

Capítulo 45

–Tenemos que encontrarle. Tenemos que encontrar a ese desgraciado y tenemos que encontrarle ahora.

Helena caminaba de un lado a otro por el pasillo del hospital con el rostro marcado por la ira y la frustración, la chaqueta manchada de la sangre de Gemma O'Connor y una mancha oscura en la mejilla. Desde una de las sillas de plástico duro alineadas a lo largo de la pared, Devon la observaba, con su propia furia en aumento, pero una furia dirigida solo contra sí mismo. Había tenido a Danny O'Connor al alcance de su mano, se había sentado a tomar el té con él, por el amor de Dios. Y le había dejado escapar. Le había dejado escapar. Lo que le había pasado a Gemma O'Connor era culpa suya. Hundió la cabeza entre las manos, cerró los ojos con fuerza e intentó borrar el recuerdo del cuerpo desplomado en el suelo de la cocina, el corte en la garganta, la sangre…, tanta sangre…

Y, sin embargo, gracias a algún milagro, Gemma no estaba muerta. Parecía muerta, muy muerta, pero cuando Helena, con la cara blanca, se inclinó para tomarle el pulso y comprobar si había señales de vida, permaneció agachada durante unos segundos antes de darse la vuelta y llamar a Devon a gritos.

–¡Tiene pulso! ¡Todavía tiene pulso! ¡Una ambulancia, rápido! ¡Rápido!

Mientras marcaba el número con manos temblorosas, Helena había mirado desesperada por toda la habitación, había cogido un paño de cocina de un gancho de la pared y lo había apretado contra la garganta de Gemma. De eso hacía dos horas. El médico que había salido a verlos mientras llevaban a Gemma al quirófano de urgencia había murmurado algo sobre la suerte que había tenido; le habían cortado el cuello por la parte inferior, a lo largo de la tiroides, pero el cuchillo no había tocado las venas ni las arterias principales.

–La tiroides sangra una barbaridad, pero si te tienen que degollar, bueno... No llegó a las carótidas ni a las yugulares ni a la tráquea. Tuvieron que llegar a los pocos minutos de que ocurriera. Habría muerto si la hubieran dejado desangrarse mucho más tiempo. Estamos a punto de operarla y está muy grave, pero creemos que sobrevivirá. Como he dicho, tuvo suerte.

¿Suerte? Devon negó con la cabeza. Probablemente, Gemma O'Connor era la mujer con menos suerte que había conocido. Se había casado con un hombre que la había utilizado, que había intentado inculparla de su propio asesinato. Se había casado con un hombre que bien podría convertirse en uno de los asesinos en serie más prolíficos del Reino Unido, si se confirmaban las sospechas que tenían. Y, y no tenían pruebas de eso todavía, pensó, pero ¿quién más lo habría hecho?, con un hombre que, por la razón que fuera, había dejado de huir para visitar a su mujer y degollarla.

«Por favor, Gemma, por favor, vive –pidió en silencio–. Por ti, para que puedas superar esto y vivir la vida que te mereces. Pero también por nosotros. Te necesitamos. Necesitamos que nos ayudes a atraparle».

–Cuando le interrogaste, dijo que tenía un pasaporte falso, ¿verdad?

Devon dio un respingo y levantó la vista para ver que Helena había dejado de caminar y estaba de pie frente a él.

–Sí..., sí, lo dijo. Pero no sé qué nombre tenía ni de qué nacionalidad era ni nada... Ay, mierda, jefa. Lo siento mucho.

Se quedó un rato mirándole sin expresión en el rostro. Luego negó con la cabeza y se sentó en la silla de al lado.

–Yo también lo siento, Devon. Siento no haberla escuchado, siento no haberla creído. Todos hemos metido la pata –dijo en voz baja–. Y ahora él se ha marchado. Con un pasaporte falso podría estar en cualquier parte. Es decir, sabemos que es un mago de la informática, es probable que haya podido conseguir uno de los mejores, ¿no? La *deep web*, un montón de lugares a los que ir ... Y, si usó algún tipo de disfraz, ni siquiera la alerta de todos los puertos nos ayudaría… Es probable que haya ido directo al aeropuerto de Brístol después de atacarla y se haya subido a un avión. ¿O tal vez a un barco desde los muelles? Si era uno privado…, lo hemos perdido, Devon. A su primo también, seguramente. Pero vamos a encontrarlos, ¿vale? No nos vamos a rendir. Los encontraremos aunque sea lo último que hagamos.

Había una determinación ardiente y repentina en su voz y él esbozó una sonrisa fugaz; luego suspiró.

–Si conservamos nuestros puestos de trabajo –dijo.

Ella guardó silencio un segundo.

–Sí, eso también –dijo. Otra pausa–. ¿Sabes qué? Cuando todo esto acabe, voy a tener un hijo, Devon. Bueno, yo no. Charlotte. Pero en realidad es lo mismo. Voy a ser mamá. Lo he estado posponiendo y posponiendo y…, bueno, la vida es corta, ¿no? Y nunca sabes lo que hay a la vuelta de la esquina, lo que está ahí para joderte. A veces solo hay que saltar. Y esperar que la puta piscina tenga agua.

La miró de reojo y enarcó una ceja.

–Bien dicho, jefa. Sí. Hazlo y yo volveré a tener citas. A ver si esta vez puedo hacerlo bien, sin meter la pata. ¿Trato hecho?

Le ofreció un puño y ella sonrió y chocó el suyo contra el de él.

–Trato hecho.

Luego, cuando el médico que había hablado con ellos antes apareció de repente en el pasillo, se levantaron de golpe.

–Está despierta –dijo–. Y dice que necesita hablar con ustedes urgentemente.

Capítulo 46

Era por la mañana. Al menos, la luz del exterior de la pequeña ventana cuadrada frente a mi cama me hizo pensar que debía de ser por la mañana; hacía tiempo que había perdido la noción del tiempo, me sumía en un sueño intermitente mientras hombres y mujeres con uniformes blancos me controlaban sin descanso, me pinchaban y me hacían preguntas en voz baja. Las drogas que me habían estado administrando durante toda la noche a través de una aguja en el brazo me habían aturdido, pero el dolor que había sido tan agonizante y aterrador se había reducido a un dolor sordo y constante. Moví la mano derecha despacio por la colcha lisa y me toqué la garganta con cautela, sin sentir la piel, pero sí las vendas, apretadas y suaves. El cuchillo, la hoja, el dolor, aquel dolor horrible y escalofriante… Me invadió una repentina oleada de miedo y traté de respirar hondo, de recordar. Estaba a salvo. Estaba en el hospital, Danny se había ido y yo estaba a salvo. Danny… El miedo volvió a surgir. Mi marido, el asesino en serie. Me habían dicho que mis heridas físicas sanarían, pero ¿y el resto? ¿Cómo podía alguien recuperarse de eso? Había estado casada con un monstruo y no había tenido ni idea. ¿Cómo de estúpida tienes que ser para estar casada con un hombre que pasa el tiempo libre asesinando a gente y no darte cuenta de nada, para estar casada con un hombre que está claramente trastornado y no saberlo? Gemí. ¿Qué me había pasado?

Pero nada de eso había sido culpa mía, eso es lo que me habían dicho los dos agentes y tenía que creerlo. La mujer, la inspectora Dickens, había acercado una silla a mi cama con aire afligido diciéndome cuánto lo sentía, incluso me había agarrado la mano durante un rato con una caricia fría y curiosamente reconfortante sobre mi piel seca y caliente. El subinspector Clarke había permanecido de pie, cambiando el peso de su cuerpo de un pie a otro, tomando notas rápidas en un bloc que sacó de su bolsillo mientras yo, despacio y con dudas, a través de la agudeza del dolor y la neblina de la medicación, les contaba todo, todo lo que Danny me había contado. Todo lo que había hecho, por qué lo había hecho y qué pensaba hacer a continuación.

Cuando terminé, permanecieron en silencio durante un buen rato mirándose el uno al otro con expresiones de horror en sus rostros. Luego, la inspectora Dickens se volvió hacia mí y volvió a agarrarme la mano.

—No puedo ni imaginar por lo que pasó de niño. Es horrible y ningún niño debería pasar por una situación así. Pero eso no cambia lo que ha hecho, Gemma. Está claro que es un hombre que está muy enfermo y es muy peligroso. Ha matado a cuatro hombres, intentó matar a un quinto y casi la mata a usted también. Y le prometo que vamos a evitar que haga daño a más gente. Esto termina ahora.

Y luego me dijeron que todo iría bien y se marcharon. Pero ¿de verdad iría bien? ¿Cómo iba a ir bien? Se lo pregunté, se miraron y ella me apretó la mano con suavidad. Me dijo que día a día, hora a hora, lo superaría. Primero debía ponerme bien, luego preocuparme del resto. Pero cada vez sería más fácil. Hora a hora, día a día. Me prometió que volvería a encontrar la felicidad.

—Es valiente, Gemma. Es muy valiente. Mire por todo lo que ha pasado. Por el amor de Dios, le han cortado la garganta y sigue aquí, sigue luchando. Puede hacerlo y nosotros vamos a asegurarnos de que tenga toda la ayuda que necesite, ¿vale? Y vamos a encontrar a Danny y a hacerle pagar por todo lo que le ha hecho a usted y a todos esos hombres. Vamos a salir de aquí y a hacer un llamamiento urgente a la prensa y, en cuestión de horas, su cara va a estar en todos los informativos de televisión, en todos los periódicos, en todos los sitios web de noticias no solo aquí, sino en toda Europa, en todo el mundo. Vamos a encontrarle, Gemma, ¿de acuerdo? Y a su primo también. Él también va a pagar por esto, los dos van a pagarlo.

Me había dicho, para mi gran alivio, que Albert estaba bien, afectado pero ileso, y que lo habían llevado de nuevo a la perrera local para que lo cuidaran hasta que yo estuviera mejor. Entonces también hizo algunas llamadas por mí para contar lo que había pasado y recordé que Eva iba a llegar ese día y mis padres también. De repente, se me llenaron los ojos de lágrimas y aparté la mano de la garganta para secármelas. Mis padres vendrían ese día, después de todo lo que había pasado…, ¿cómo iban a entender todo eso, cómo iba a explicárselo…?

Y entonces otro pensamiento me golpeó y jadeé. Danny había intentado matarme para que no le contara a nadie lo que ahora sabía, lo que había hecho. Pero yo no estaba muerta y lo había contado. Y muy pronto lo sabría, porque la Policía haría un llamamiento, un llamamiento en el que su rostro sería retransmitido por las pantallas de televisión y las redes sociales de todo el mundo, nombrándolo principal sospechoso en el caso del asesino en serie de Reino Unido. Danny lo vería, no había forma de que no lo hiciera, y lo sabría. Sabría que seguía viva y lo que había hecho. ¿Y qué haría entonces?

El miedo empezó a invadirme y, de repente, respiré con rapidez y de forma entrecortada, con manchas negras bailando ante mis ojos. Cuando Danny había sacado el cuchillo en la cocina, había sido tan rápido, tan inesperado que no había tenido tiempo de sentir miedo de verdad antes de que la afilada hoja me atravesara la garganta. Sentí la sangre brotando, manando, sentí la debilidad en mi cuerpo mientras me desplomaba en el suelo, oí los pasos de Danny cruzando la habitación, deteniéndose, avanzando de nuevo, oí a Albert aullando en el pasillo, oí el portazo de la puerta principal, cerré los ojos mientras la oscuridad se apoderaba de mí. Pero miedo… miedo no, no de verdad, no en aquel momento. Pero ahora estaba ahí, en cada bocanada de aire, en el temblor que me subía por la columna vertebral, en el dolor que me recorría la garganta, en el sudor que me bajaba por la frente hasta los ojos y me nublaba la vista.

–¿Señora O'Connor? Señora O'Connor, ¿está despierta? ¿Está bien?

Di un respingo aterrorizada y tomé aire al reconocer al médico que me había atendido. Me miraba con expresión preocupada en su amable rostro.

–Sí. Estoy bien –logré decir.

–Bien. Porque tengo noticias para usted –dijo.

Capítulo 47

Siete meses después

—Gemma, ¿vienes? ¡Estamos sirviendo el champán!

La voz de Clare se elevó por encima del griterío de charlas y risas que venían del salón. Estaban todas presentes: Clare, Tai, Eva y todo un grupo de mujeres que había conocido durante los últimos meses en las clases a las que de repente había tenido que asistir y que ahora eran mis amigas, mi grupo de apoyo, mi familia en Brístol. Mujeres con las que podía reír y llorar; había habido mucho de lo segundo, pero, por suerte, suficiente de lo primero para mantenerme en mis cabales, para seguir adelante, para no mirar al pasado demasiado. Todavía lo hacía, claro, en las horas más oscuras y silenciosas, cuando el miedo se apoderaba de mí y me aferraba a Albert, temblorosa, desesperada por que amaneciera y la luz del sol ahuyentara las sombras. Pero lo intentaba y ganaba la mayor parte del tiempo.

En el pasillo, me agaché para recoger un pequeño montón de cartas del felpudo.

—Ya voy. ¡Estoy mirando el correo!

Eché un vistazo a los sobres, la mayoría eran postales de felicitación. Había recibido muchas en la última semana de amigos, antiguos compañeros, incluso de desconocidos, todas enviándome recuerdos y deseándome lo mejor al embarcarme en el nuevo e imprevisto viaje.

Cuando dejé el montón sobre la mesa del vestíbulo, se oyó una carcajada en el salón y, a continuación, el estallido de un corcho de champán seguido de un aullido de Albert y un estruendoso «¡bien hecho!». Sonreí. Papá. Mis padres también estaban allí, habían venido a pasar unos días y enseguida congeniaron con mis vecinos Jo, Jenny y Clive, a los que ahora veía casi a diario y que en ese momento estaban pululando por la cocina, sirviendo en bandejas sándwiches triangulares y pastelitos, la comida que habían insistido en traer a la fiesta. También había globos atados a los respaldos de las sillas y a los tiradores de las puertas, flotando en sus cuerdas largas. Globos azules para recibir al invitado de honor.

Me volví para mirarle y él me devolvió la mirada despierto, alerta. Extendí la mano y le acaricié la frente con suavidad, luego me la llevé a la garganta, despacio, y pasé los dedos por la cicatriz lívida que la atravesaba, ahora menos dolorosa, menos en carne viva, pero aún en relieve y fea, un recordatorio permanente del día en que mi vida cambió para siempre.

Todavía estaba por ahí en alguna parte. Danny, y Quinn también. La Policía me mantenía al corriente cada semana, pero cada vez que llamaban había menos cosas que decir, menos información que darme. Al principio, las fuerzas policiales de todo el mundo se habían visto inundadas de avistamientos, de gente que creía haber visto a Danny en un restaurante de Marbella, o a Quinn trabajando en un supermercado de Manhattan, o a ambos haciendo *autostop* al borde de la carretera en Bondi Beach. Pero ninguno de los avistamientos había llegado a nada y poco a poco los informes empezaron a agotarse. Helena y Devon (así los llamaba últimamente, ya que la formalidad de inspectora y subinspector había quedado atrás) también estaban en el salón, tomándose un descanso del trabajo para asistir a la celebración, y me alegré no solo porque había llegado a considerarlos amigos, sino porque de algún modo me hacían sentir segura. Después de todo, me habían salvado la vida. Habían salvado dos vidas, porque si yo hubiera muerto, él también lo habría hecho.

Volví a mirarle, sus párpados aleteaban, cansados. Tenía la suave manta blanca bajo la barbilla y un osito de peluche de rayas arcoíris a sus pies. Agarré el asa de la mecedora y empecé a mecerle con suavidad. Mi bebé. Mi hijo. Cuando el médico me dijo aquel día en el hospital que estaba embarazada, la conmoción fue tan grande que no pude hablar durante un minuto. ¿Embarazada? De hecho, había perdido peso en las últimas semanas. Y, sin embargo, explicaba muchas cosas: la fatiga que había estado notando, las frecuentes oleadas de náuseas, cosas que en aquel momento supuse que no eran más que meras reacciones a la situación en la que me encontraba, el estrés y el dolor por la desaparición de Danny. Al parecer, me había quedado embarazada unas semanas antes de mudarme a Brístol, en enero. En enero, cuando Danny ya había matado a dos hombres y planeaba escapar. Pensar en ello me daba escalofríos. ¿Cómo pudo haberme hecho el amor entonces, sabiendo lo que había hecho, lo que estaba a punto de hacer? ¿Sabiendo el infierno por el que estaba a punto de hacerme pasar?

Mientras estaba en el hospital recuperándome después de que el padre de mi bebé me degollara e intentara matarme, consideré, por un instante, interrumpir el embarazo. ¿Cómo iba a traer un niño al mundo si un día tendría que decirle que era hijo de un asesino en serie, de uno de los hombres más buscados del mundo? Pero casi de inmediato deseché ese pensamiento. Ya podía sentir la presencia de mi hijo, su fuerza vital. Ya había habido suficiente muerte.

Y ahora estaba aquí, mi bebé, había nacido hacía apenas unos días y estábamos a punto de celebrar su llegada. La única persona importante en su vida que no estaba allí era Bridget y, aunque estábamos construyendo una especie de relación por teléfono poco a poco, sabía que aún nos quedaba un largo camino por recorrer a mí y a esa mujer destrozada que había sufrido tanto. Era como si hubiera pasado tantos años guardando el secreto de su marido maltratador, aislándose del mundo, que le resultaba demasiado difícil dejar entrar a alguien, incluso ahora. O quizá sobre todo ahora, cuando el mundo sabía que era la madre de un asesino en serie. Parecía afrontarlo de la misma manera que había afrontado todo lo anterior: en silencio y sola. Pero al menos contestaba a mis llamadas, me hacía algunas preguntas sobre cómo estaba e incluso me había enviado una postal de «recién nacido». Nunca estaríamos unidas, eso lo sabía, pero esperaba poder visitarla algún día, que conociera a su nieto, al niño que ahora criaría sola.

Pero nos las arreglaríamos los dos, ¿no? Los tres, me corregí al oír otro ladrido de emoción de Albert. Durante un tiempo, había querido mudarme de la casa de Clifton, aterrorizada por la posibilidad de que Danny volviera, temblando cada vez que entraba en la cocina, recordando el horror de sus palabras, el cuchillo, el dolor. Y, entonces, de repente, también cambié el chip con eso. Me encantaba esa casa, me encantaba ese patio, y ahora también me encantaban mis vecinos. Y Danny me había quitado demasiado. No iba a llevarse ese lugar también. Algún día, cuando pudiera permitírmelo, compraría otra casa, pero por ahora ese era mi hogar y, para mi sorpresa, podía permitirme llevar una vida cómoda en él. El dinero que Danny había dicho que guardaría para mí nunca se materializó, aunque yo no lo habría aceptado. Pero, lejos de agotarse, como había temido, las ofertas de trabajo se habían duplicado, triplicado, después de mi terrible experiencia y, aunque sabía que se debía a mi nueva notoriedad como esposa de un asesino en serie a la fuga, lo agradecía. El Asesino de los Parecidos, así es como habían apodado a Danny. El asesino que había matado a hombres que se parecían a él intentando matar a los fantasmas que le perseguían. Al principio, me llovían las peticiones de entrevistas para conocer la historia desde dentro, pero las rechazaba todas y en los dos últimos meses las cosas habían vuelto casi a la normalidad.

—Y tengo la suerte de poder trabajar en casa, contigo —susurré.

Me aparté un segundo de la mecedora para comprobar que la puerta principal estaba cerrada con llave y que la cadena estaba bien puesta. La noche anterior había vuelto a oír ruidos, como las dos noches anteriores, rasguños y golpecitos que me helaron la sangre, ruidos que me hicieron sentarme en la cama, tensa, jadeante, con un dedo que temblaba sobre el botón del pánico que la Policía había instalado por si acaso. Pero los ruidos habían cesado, o tal vez nunca habían existido, y yo había vuelto a sumirme en un sueño intranquilo, aunque los gritos hambrientos del bebé me despertaron minutos después.

—¡Gemma! ¡Venga!

Era Clare otra vez.

—¡Ya voy! Acomodo al bebé y ya, un minuto, ¡lo prometo!

Me volví hacia la mecedora. Había vuelto a abrir los ojos, grandes y oscuros, enmarcados por unas pestañas que se agitaban. También tenía el pelo oscuro, una cantidad sorprendente, no solo pelusilla, sino una espesa mata oscura con suaves rizos en la frente. Los ojos como Danny, el pelo como Danny. El hijo de Danny. Hijo del Asesino de los Parecidos. Un bebé que se parecía a su padre, a su abuelo. A cuatro hombres muertos, a las víctimas de su padre. Miré a mi hijo a los ojos y, de repente, sentí un escalofrío, como si unos insectos me recorrieran la piel. Me estremecí y me giré de nuevo para comprobar la puerta, comprobé la cadena, respiré hondo e intenté ralentizar los latidos de mi corazón, que de repente se habían acelerado. Todo iba bien. Estábamos a salvo, estábamos bien. La casa estaba llena de gente, llena de amor y risas. Al menos ese día no podía pasar nada malo.

Volví a mirar a mi bebé. Se había quedado dormido con las pestañas apoyadas sobre las mejillas con delicadeza. Agarré el asa de la mecedora y me quedé mirándole un segundo, fijándome en cómo la manta subía y bajaba con suavidad con cada respiración pequeñita. Volví a mirar hacia la puerta para comprobarlo una vez más. Luego llevé la mecedora hasta el salón con cuidado y fui a unirme a la fiesta.

Agradecimientos

Mi anterior libro, *Am I Guilty?*, supuso un cambio de género; mis tres primeros libros eran una serie de novelas policíacas *cozy*, pero había empezado a sentir la necesidad de intentar escribir algo un poco más oscuro. Era muy arriesgado y no estaba segura de poder conseguirlo. Sin embargo, la acogida ha sido increíble y quiero empezar estos agradecimientos dando las gracias a todos los que confiaron en mí y en mi primera novela de suspense psicológico, novela negra doméstica o como quieran llamarla. Estoy muy agradecida no solo a mi agente y a mi editora (hablaré de ellas más adelante), sino también a todos los blogueros, reseñadores y autores que me han apoyado en este cambio radical y a todos los que compraron, leyeron y escribieron reseñas tan maravillosas del libro.

Aquí estamos con el segundo *thriller* psicológico. La idea de *La pareja perfecta* se me ocurrió un poco sin querer cuando estaba sentada en nuestro jardín de Gloucestershire un día soleado jugando a «¿qué pasaría si?», un juego al que juegan muchos autores: ¿qué pasaría si ocurriera esto? ¿Y si ocurriera aquello? ¿Y si una mujer volviera a casa de un viaje por trabajo y se encontrara con que su marido ha desaparecido? Y así nació otro bebé libro.

Como siempre, escribir una novela y llevarla hasta el punto en que está lista para salir al mundo no es un trabajo en solitario, ni mucho menos. Hay muchas personas que ayudan a que salga lo mejor posible. Mi marido, mis amigos y mi familia, que saben lo importante que es para mí escribir y me dan tiempo y espacio para hacerlo. Mi maravillosa agente Clare Hulton, que siempre está ahí si necesito ayuda. El equipo de HarperCollins y One More Chapter (¡y madre mía, menuda fiesta de verano fue aquella!), en

347

especial mi fantástica editora Kathryn Cheshire (muchas gracias por lo brillante que fuiste a la hora de editar *La pareja perfecta*: hubo momentos en los que pensé que nunca conseguiría que este libro saliera bien ¡y al final lo conseguiste!); la reina del *marketing,* la elegantísima Claire Fenby, siempre tan comprensiva; mi fabulosa correctora Janette Currie y la talentosísima Lucy Bennett, que diseñó la cubierta.

Gracias una vez más a todos los miembros de la maravillosa comunidad de blogs de libros, que siempre son tan amables y nos brindan su apoyo, que anuncian a bombo y platillo la presentación de las cubiertas y las fechas de lanzamiento y se toman el tiempo de escribir reseñas tan consideradas; sin vosotros, ninguno de nosotros podría seguir con esto.

Y, por supuesto, gracias a ti. Sin los lectores, no somos nada. En 2015, cuando escribí los agradecimientos de mi primer libro, les dije a mi agente y a mi editora que mi contrato había hecho realidad el sueño de una chiquilla y había hecho muy feliz a una mujer. Incluso ahora, a veces sigo sin creerme que pueda sentarme en casa a inventar historias y que la gente esté dispuesta a pagar dinero por ellas; de verdad que es un sueño hecho realidad. Muchas gracias.

Índice